国家社科基金重大项目“《文心雕龙》汇释及百年‘龙学’学案”（批准号：17ZDA253）特辑

戚良德／主编

中國文論

［第六辑］

山东人民出版社·济南
国家一级出版社 全国百佳图书出版单位

目　录
CONTENTS

文心雕龙

文之枢纽

论文叙笔

剖情析采

知音君子

学科纵横

文场笔苑

黄侃与中国现代“龙学”的创建[①]

朱文民

摘　要： 清代末年，章太炎在日本为中国留学生讲授《文心雕龙》，为中国现代“龙学”的诞生撒下了“种子”。其弟子黄侃、朱蓬仙和刘师培等人相继在北京大学开设《文心雕龙》课，产生了现代意义上的“文心雕龙学”，即“龙学”。考察现代“龙学”的诞生及其前前后后的故事，可以发现现代“龙学”的创建，也经历了一个前赴后继的过程。其标志性的成果，主要是黄侃的《文心雕龙札记》、刘咸炘的《文心雕龙阐说》和范文澜的《文心雕龙注》。这三部专著，既有理论阐述，也有校勘和注释，既包括了“龙学”的内涵，也涉及了“龙学”的外延，走出了古典“龙学”的窠臼。本文根据新出现的资料，对前辈和时贤往昔的提法进行了梳理和订补。同时，在对标志性成果的赞扬声中，添加了几句异样的评语。

关键词： 章太炎；黄侃；文心雕龙学；刘咸炘；范文澜

我在拙著《刘勰志》中，谈及民国时期的“龙学”时，曾经提到黄侃受其师章太炎的影响，与刘师培等人在北京大学开设《文心雕龙》课，并在讲义的基础上，形成《文心雕龙札记》一书，标志着现代“龙学”的诞生。但是囿于当时资料的限制，语焉不详。近年来，随着章太炎先生在日本讲授《文心雕龙》时，学生的笔记被发现并影印出版，以及相关人物当年的日记也陆续出版发行，“龙学”界朋友们的相关研究成果，不够精确的地方也显示出来了。随着新资料的发现，有必要对往昔的提法和结论，以

---

① 基金项目:国家社科基金重大项目“《文心雕龙》汇释及百年‘龙学’学案”(17ZDA253)。

及前前后后的故事，重新梳理和订补，以就教于同道大雅。

一、现代“龙学”的撒种期

我曾经把中国的“龙学”即“文心雕龙学”分为古典“龙学”和现代“龙学”，主张黄叔琳先生的《文心雕龙辑注》为古典“龙学”的集大成，黄叔琳也就成了古典“龙学”的终结者。那么怎样看待现代“龙学”的产生和发展呢？这是“龙学”发展史上的一件大事，同仁中也有不少论及者，但是我感觉还不够，尤其是忽略了章太炎先生对现代“龙学”的作用。我认为，现代“龙学”的播种者是章太炎先生。章太炎先生研究《文心雕龙》的成果，没有写成专门的著作流传下来，多亏他的学生把他的讲课记录留存世间一部分，使得我们能够看到章先生的部分观点，他的这部分“龙学”成果，虽然不显眼，却是火种，可以燎原；具有酵母的能量，可以发酵，成为现代“龙学”的种子。

（一）章太炎其人

章太炎（1869—1936），浙江余杭人。原名学乘，字枚叔，后易名为炳麟。因反清意识浓厚，仰慕顾绛（顾炎武）的为人行事而改名为绛，号太炎。是清末民初的民主革命家、思想家和国学家。鲁迅在《关于太炎先生二三事》一文中，评价章太炎是“有学问的革命家”。其于光绪二十三年（1897）任《时务报》撰述，因参加维新运动被通缉而流亡日本。光绪二十九年（1903）因发表《驳康有为论革命书》并为邹容《革命军》作序，再次触怒清廷，被捕入狱。光绪三十年（1904）与蔡元培等合作，发起组建光复会。光绪三十二年（1906）出狱后，赴日本避难，并参加同盟会，受孙中山委托，主编同盟会机关报《民报》。宣统三年（1911）上海光复后回国，主编《大共和日报》，并任孙中山总统府枢密顾问。1913 年宋教仁被刺后参加讨袁，被袁世凯禁锢北京，后被释放。从 1917 年开始，革命热情逐渐淡漠，在苏州设立国学讲习会，以讲学为业。晚年愤恨日本侵略中国，曾赞助抗日救亡运动。其一生为反清，数次被捕入狱；为了共和，不惧牺牲，登门与袁世凯抗争。章太炎对民主革命的贡献，已经载入史册；其学术成就，也有宏富的论著为证；融二者于一身而成为“有革命业绩的学问家”（汤炳正语），确是近代史上第一人。为了保种而主张国学传薪，病重至晚期，仍然坚持讲课。据王基乾《忆余杭先生》记载：“卒前数日，虽喘甚不食，犹执卷临坛，勉为讲论。夫人止之，则谓‘饭可不食，书仍要讲’。”①

（二）章太炎在日本讲授《文心雕龙》的时间问题

黄霖先生编《文心雕龙汇评》之“附录”，刊载了章太炎讲授《文心雕龙》的记录稿两种：第一种题目是《文心雕龙札记》，署名章太炎讲授。可惜这个记录稿只有《文心雕龙》第一至第八篇，为毛笔记录，首页有如下文字：“钱东涔记；㯽录（即杂货店也）；文心雕龙札记；稿本。”首页背面题“蓝本五人：钱东潜、朱逖先、朱蓬仙、沈兼士、张卓身”。钱东潜、钱东涔为钱玄同别名。内页为《文心雕龙》第一至第八篇听课记录，字迹潦草，时有涂抹。第二种为钢笔记录稿，字迹工整，颇有简帛味道，不著记录人。题目是《文学定谊诠国学讲习会略说》，署名章太炎讲授，从《原道》第一至《论说》第十八止。其后有一页内容和时间进度表，计划分五次讲完全书：第一次开讲是三月十一日，内容是一至八篇；第二次是三月十八日，内容是九至十八篇；第三次是三月二十五日，内容是十九至二十九篇；第四次是四月初一，内容是三十至三十八篇；第五次是四月初八日，内容是三十九至五十（完）。听讲人共六人，分别是：潜（钱东潜）、未（龚未生）、逖（朱逖先）、蓬（朱蓬仙）、兼（沈兼士）、卓（张卓身）。据周兴陆的《章太炎讲解〈文心雕龙〉辨释》一文介绍，这两份记录稿，原有的封面题“朱逖先撰《文心雕龙札记》”。朱逖先就是朱希祖（1879—1944），浙江海盐长木桥（今富亭乡）上水村人，字逷先，又作迪先、逖先。章太炎得意弟子，历任北京大学、北京师范大学、清华大学、辅仁大学、中山大学及中央大学（今南京大学）等校教授。为新中国成立前著名的史学家。然而，记录稿的内页第一页封面题目是：钱东涔记《文心雕龙札记》稿本。

上述资料现藏上海图书馆，多亏黄霖和周兴陆先生发现，并公之于世，为现代“龙学”的产生和创立找到了来龙去脉，也可以订正一些学者在谈到黄侃“龙学”渊源时，在时间上的一些推测之误。这个记录稿是章太炎先生哪一年的讲课记录呢？

根据记载，章太炎的讲学活动有十几次，但是“兴师动众”的主要有四次：第一次在日本讲学，时间是1908年至1911年，地点是在东京一所叫“大成中学”的中学教室里，同时又为鲁迅、周作人等开一小班，地点

① 转引自许寿裳：《章炳麟传》，北京：东方出版社，2009年，第139页。

是在《民报》内章太炎住所里；第二次是从日本回国后，1913 年章太炎被袁世凯软禁于北京期间，“以讲学自娱”，地点在北京化石桥共和党本部；第三次讲学是 1922 年夏天在上海时，应江苏省教育会的邀请所作的国学系列演讲；第四次是 1933 至 1936 年，章太炎在苏州公园的图书馆，盛况空前，学生达五百余人。在国内的讲课活动，当与上海图书馆收藏的这份《文心雕龙》授课记录稿无关。因为据周兴陆研究，这份记录稿用的稿纸上有制造厂家标记，即“松屋制”，周兴陆请教日本学者得知，这“松屋”是日本一家专门制造稿纸的店（厂）家名字。另一个证据就是听讲者朱蓬仙于 1919 年在北京逝世，龚未生也于 1922 年去世了。龚未生，名宝铨，字士衡，号未生，亦作“味生”，系章太炎的长女婿。这就是说，1922 年后开设的讲习班，与这份《文心雕龙》记录稿无关。

关于在章太炎寓所开设的小班，据许寿裳《纪念先师章太炎先生》一文记载：

> 民元前四年（一九〇八），我始偕朱蓬先（宗莱）、龚未生（宝铨）、朱逖先（希祖）、钱中季（夏，今更名玄同，名号一致）、周豫才（树人）、启明（作人）昆仲、钱均夫（家治），前往受业。每星期日清晨，步至牛込区新小川町二丁目八番地先师寓所，在一间陋室之内，师生席地而坐，环一小几。先师讲段氏《说文解字注》、郝氏《尔雅义疏》等，精力过人，逐字讲解，滔滔不绝，或则阐明语原，或则推见本字，或则旁证以各处方言，以故新谊创见，层出不穷。①

许寿裳《亡友鲁迅印象记》一书也大致如此著录。这件事周作人在《记太炎先生学梵文事》一文中，也有类似的记载。章太炎在寓所开设的小班，主要是浙江籍的学生多，黄侃是湖北籍。

那么，章太炎在日本讲《文心雕龙》的时间是哪一年呢？周勋初先生《黄季刚先生〈文心雕龙札记〉的学术渊源》一文说：

> 光绪二十八年（1902）时，季刚先生考入湖北崇文普通学堂学习。……季刚先生与同学及朋辈密谋覆清。两湖总督张之洞觉察，而张氏

① 陈平原、杜玲玲编：《追忆章太炎》，北京：中国广播电视出版社，1997 年，第 57—58 页。

与季刚之父云鹄先生乃旧交，至是遂资送季刚先生赴日留学。其时章太炎因从事推翻清廷的革命活动而在日本避难，主持《民报》笔政。光绪三十三年（1907），季刚先生向《民报》投稿，开始追随章氏。宣统二年（1910），章氏在东京聚徒讲学，季刚先生正式投入其门下。①

周勋初先生把章太炎在东京讲学的年份，与亲自听讲者的著录后延了两年，可以说不靠谱，更谈不上具体讲授《文心雕龙》的时间了。而童岭《上海图书馆藏〈章太炎先生文心雕龙讲录两种〉简述》一文说：

综合我现有材料，似可断定此稿当为太炎先生1908年以后在日本的讲演笔录。但仍有不可解处，据北京图书馆所藏《朱希祖日记》“明治四十一年”即1908年所载，太炎先生的讲演有《说文》《新方言》《庄子》《楚辞》《尔雅》等，其中似乎并无《文心雕龙》一书。对此我只有存疑以俟时贤指教了。②

董婧宸《章太炎〈说文解字〉授课笔记史料新考》一文，也谈到这两份《文心雕龙》听课记录稿。其云：

据《钱玄同日记》，1909年3月11日至4月8日，每周四上午，章氏在寓所讲授《文心雕龙》。与此同时，2月20日至3月27日，每周三、六下午，章太炎在寓所讲授《汉书》。这两门课程也是交叉进行。③

这个说法是笼统地概述了《钱玄同日记》对这段时间的记事，而司马朝军、王文晖合撰的《黄侃年谱》1909年条3月18日下说：

---

① 周勋初：《周勋初文集》第6卷，南京：江苏古籍出版社，2000年，第6页。

② 徐中玉、郭豫适主编：《古代文学理论研究》第二十三辑，上海：华东师范大学出版社，2005年，第468页。

③ 董婧宸：《章太炎〈说文解字〉授课笔记史料新考》，《北京师范大学学报》2017年第1期，第111页。

> 《钱玄同日记》载："是日《文心雕龙》讲了九篇，九至十八。在炎师处午飡，傍晚时归。与季刚同行……季刚有阮胡子《燕子笺》一部，借来于枕上看，一夜看完。"①

这里的"是日《文心雕龙》讲了九篇，九至十八"，与上海图书馆收藏的《文心雕龙》讲课记录稿著录的时间和内容进度表完全一致，可见章太炎是严格按照计划讲学，并从日记得知黄侃也在听讲之列。

至此，钱玄同日记资料证明，章太炎在日本东京寓所讲授《文心雕龙》的时间是1909年3月11日至4月8日，虽然记录稿不全，仅有十八篇，从内容和进度表看，其内容目标是《文心雕龙》五十篇。但是董婧宸这个研究还有一些问题没有解决，一是这个记录稿只是记录到第十八篇，其后的三十二篇没有记录稿和整理稿，全书是否授课完毕？二是这两份记录稿是随堂记录还是日后整理稿？三是第一份毛笔记录稿首页背面的"蓝本五人：钱东潜、朱逖先、朱蓬仙、沈兼士、张卓身"是什么意思？四是第二份记录稿即钢笔记录稿是单线竖排稿纸（第一份记录稿是双线竖排稿纸），最后一页是毛笔写的，而且是方框竖排稿纸（如同现在的学生作文稿纸），分为上中下三栏，上栏是内容进度，中栏是讲授的时间进度表，这个时间表是指的阳历还是阴历？五是最后一栏与内页符号对应的"潜未逖蓬兼卓"是什么关系？

这些问题的答案基本上都在《钱玄同日记》里。我们将其中1909年3月11日至4月8日有关听讲《文心雕龙》的部分内容整理如下：

> 1. 3月11日（二月二十日），晴，今日讲《文心雕龙》八篇，讲毕即归。
>
> 2. 3月18日（二月二十七日），晴，是日《文心雕龙》讲了九篇（九至十八）。在炎处午餐。傍晚时归。与季刚同行，彼走得甚快，余追不上，不知其去向。晚间叔美未来。季刚有阮胡子《燕子笺》一部，借来于枕上看，一夜看完。

---

① 司马朝军、王文晖：《黄侃年谱》，武汉：湖北人民出版社，2005年，第46页。按：此段引文作者注明引自《钱玄同日记》第678页，此页码当为影印本页码，即稿本页码。《钱玄同日记》已经出版两种版本：一种是原稿影印，称稿本，共12册7596页，福建教育出版社2002年出版；另一种是杨天石主编整理本，共3册1434页，北京大学出版社2014年8月出版。

3. 3月22日（闰二月朔日），晴，天气温和。下午借取逖先、未生、卓身、兼士及余自己五本《文心雕龙》札记，草录一通。

4. 3月25日（闰二月四日），晴，《文心雕龙》今日讲至二十九篇。

5. 4月7日（闰二月十七日），晴，大风。天甚热……午后札《文心雕龙》稿二纸。

6. 4月8日（闰二月十八日），晴，上午去上《文心雕龙》课，今日恰好讲完了。

根据这些资料可知，上海图书馆藏第一份《文心雕龙》听课笔记，应当就是这第三条资料，即3月22日说的：“下午借取逖先、未生、卓身、兼士及余自己五本《文心雕龙》札记，草录一通”的“稿本”。这首页背面的“蓝本五人”正是1909年3月22日，借取五人笔记整理成“稿本”的人名，这就是钱玄同“草录一通”的成果。可以断定，这个笔记是钱玄同汇合了以上五人笔记的整理稿。在3月22日之前，太炎先生也正是把《文心雕龙》讲至第十八篇。第二份记录稿，也应该是根据六人笔记的整理稿。这是一份尚未整理完成的稿本，其题目“文心雕龙”四个字字体为隶书，内容笔势为简帛味很浓的行楷字体，系钢笔书写。我查阅了《章太炎说文解字授课笔记》书前收录的钱玄同多种笔记书影和网上公布的钱玄同书法作品，与之相比较，虽然仍然不敢说一定是钱玄同笔迹，却倾向于钱玄同。但是，最后一页的毛笔草稿，可以断定是钱玄同的笔迹无疑。这一页的下栏对应的六人，是指整理稿中录用了他们的记录，其中右侧“共六人”下有符号说明：◎为“上者”，△为“未上者”。我们可以说，在这六人的笔记中，龚未生是五次讲课全到场，且均有笔记，但符号中表明，前两次记录稿清楚，后三次潦草。朱逷先五次听课均有记录，朱蓬仙前三次课没有去听，或者说听课了，但没有做笔记。沈兼士后三次没有到场听课，或者到场，但没有笔记。张卓身只有3月18日的笔记，其他四次，没有去听课，或者听课了，但没有笔记。钱玄同自己在四月初一这天画的符号是△，为“未上者”。这就是说，章太炎讲了五次《文心雕龙》课程，钱玄同只缺四月初一这一天，查《钱玄同日记》，四月初一没有出现去听课的记录，只记录了这一天传说闹地震，其他四次《文心雕龙》授课，钱玄同在日记中均有记录。我们之所以说这第二份记录稿是整理稿，还有一个原因：

据许寿裳说，报馆章氏寓所讲堂是“在一间陋室之内，师生席地而坐，环一小几”①，这种条件，没法把笔记做得太正规，坐久了需要动一动，这就是鲁迅为什么给钱玄同起了个绰号“爬来爬去”的原因。许寿裳说听课“以逷先笔记为最勤”，这个第二份记录稿最后一页的下栏符号中，朱逖先一天也不缺席，便是证明。再则，根据《章太炎说文解字授课笔记》，可以证明，这些听课者，并非只有一套笔记。从《钱玄同日记》中可以看出，钱玄同有搜集他人笔记、做综合整理的习惯。仅《文心雕龙》一课，《钱玄同日记》就记录他两次综合整理。因此上海图书馆藏两份《文心雕龙札记》，第一份首页冠名“文心雕龙札记　钱玄同记”，与末尾一页毛笔草稿，应该看成是首尾一致的。由此也可以看成是钱玄同整理章太炎讲《文心雕龙札记》两种，或者说两套。关于讲课时间表是阴历还是阳历问题，我在翻阅《钱玄同日记》之前，按照我们老家习惯，把阴历的上旬称之为“初几”，称呼阳历则直接称 1 号、2 号……，但《钱玄同日记》证明，这个时间表的时间是阳历，其中“初几”之谓，可能只是民间习惯而已。

至此，可以初步结论，上海图书馆藏章太炎《文心雕龙札记》，是 1909 年章太炎在东京《明报》馆内寓所讲授《文心雕龙》的内容，为钱玄同搜集其他听课记录综合整理而成。具体时间用的是公历。学术界普遍认为黄侃《文心雕龙札记》的产生，是现代“龙学”诞生的标记，我们又从《钱玄同日记》看到黄侃是 1909 年 3 月 1 日从中国返回日本，3 月 3 日来到章太炎处，并参加了章太炎在报馆寓所的听课。② 这就是说，章太炎在日本向中国留学生播下的有关《文心雕龙》的种子，首先在北京大学黄侃那里生根、发芽、结果。

（三）章太炎讲义稿《文心雕龙札记》的主要观点

讲《文心雕龙》首先遇到的一个问题就是什么是“文”和“文学”。我们看到章太炎《文心雕龙札记》整理稿的第一种，有一个开场白，讲了什么是文，什么是文学。这个问题，周兴陆先生在《章太炎讲〈文心雕龙〉辨释》一文，已经做了阐述。周先生的“辨释”文章，认为章太炎的

---

① 转引自许寿裳：《章炳麟传》，第 58 页。

② 据司马朝军、王文晖《黄侃年谱》载，黄侃 1908 年 2 月生母病危，慈母电召还家侍疾。7 月 8 日生母病逝，但是葬母之后，是否及时返回日本，不明确。《黄侃年谱》在 1908 年 7 月只记到 8 日，其后，只用“是年”记事。例如：“是年，回国侍母疾，后遭追捕，潜走日本。”（司马朝军、王文晖：《黄侃年谱》，第 46 页。）

文学观念是“泛文学观”，或者说是“杂文学观”。主张“古者凡字皆曰文，不问其工拙优劣，故即簿录表谱，亦皆得谓之文，犹一字曰书，全部之书亦曰书”[①]。这不仅表现在章太炎讲《文心雕龙》的开场白，也表现在他在以前讲的《文学总略》中。在《文学总略》中，我们还可以看到章太炎不仅文学观，即是文体论也深受《文心雕龙》的影响。不仅批评桐城派，也批评了萧统《文选》的言行不一。

章太炎的这段开场白是怎么引起的呢？据许寿裳说，是鲁迅回答章太炎什么是文学的课堂提问时阐述的，许寿裳说：

> 鲁迅听讲很少发言，只有一次，因为章先生问及文学的定义如何，鲁迅答道：“文学和学说不同，学说所以启人思，文学所以增人感。”先生听了说：这样分法虽较胜前人，然仍有不当。郭璞的《江赋》，木华的《海赋》，何尝能动人哀乐呢。鲁迅默然不服，退而和我说：先生诠释文学，范围过于宽泛，把有句读的和无句读的悉数归入文学。其实文字与文学固有分别的，《江赋》和《海赋》之类，辞虽奥博，而其文学价值就很难说。这可见鲁迅治学“爱吾师犹爱真理”的态度。[②]

针对鲁迅的课堂答题，也结合桐城派和萧统《文选》关于“文”的观点，章太炎认为：

> 古者凡字皆曰文，不问其工拙优劣，故即簿录表谱，亦皆得谓之文，犹一字曰书，全部之书亦曰书。
>
> 《文心雕龙》于凡有字者，皆谓之文，故经、传、子、史、诗、赋、歌、谣，以至谐、隐，皆称谓文，唯分其工拙而已。此彦和之见高出于他人者也。
>
> 彦和以史传列诸文，是也。昭明以为非文，误矣。“夫玄黄色杂”至“此盖道之文也”：据此数语，则并无文字者，亦得称“文”矣。[③]

① 《章太炎讲授〈文心雕龙〉纪录稿两种(整理稿)》，黄霖编：《文心雕龙汇评》，上海：上海古籍出版社，2005年，第167页。

② 许寿裳：《亡友鲁迅印象记》，上海：上海文化出版社，2006年，第29页。

③ 《章太炎讲授〈文心雕龙〉纪录稿两种(整理稿)》，黄霖编：《文心雕龙汇评》，第167、168页。

章太炎的观点，说明不仅文字属于“文”，自然界的景色，也属于文。章氏的话，既讲解了《文心雕龙》的观点，也批评了桐城派和萧统《文选》的狭义性，更是对纪晓岚《文心雕龙·书记》篇眉批的回击。可见学问贵在自得，不可跟在名人屁股后面做应声虫，这一点比起后来的一些“龙学”家高明得多。

章太炎讲《文心雕龙札记》中，做的校勘不多，只有寥寥数处。我们仅举一处太炎用理校法做出的成果。校勘之法，向有理校法，在没有版本做根据的情况下，做出判断，必须有扎实的理论功力。章太炎对于《文心雕龙·原道》“形立则章成矣，声发则文生矣”两句，就利用理校法做了校勘。其云：“‘文’‘章’二字，当互调，当云：‘形立则文成，声发则章生。’乐竟为一章。”① 这一“文”“章”互调的主张，是没有版本做根据的。章太炎的根据就是“乐竟为一章。”《说文解字》卷三音部“章”：“乐竟为一章。从音从十。十，数之终也。”② 章太炎是《说文》大家，他根据《说文》“乐竟为一章”，做出前无古人的校勘，不仅高出于他的前辈，而且后来者也没有很好地利用他这一成果，包括黄侃《文心雕龙札记》和鲁迅《汉文学史纲》都曾涉及这两句，也没有提到他老师的校勘。理校法是校勘学四法中最难的一法。陈垣说：“段玉裁曰：‘校书之难，非照本改字不讹不漏之难，定其是非之难。’所谓理校法也。……此法须通识为之，否则卤莽灭裂，以不误为误，而纠纷愈甚矣。故最妙者此法，最危险者亦此法。”③ 现代“龙学”诞生后，《文心雕龙》校注本如雨后春笋，令人目不暇接，但是诸公对此多未校出，只有郭晋稀在《文心雕龙译注十八篇》和《文心雕龙注译》中做了校勘，但郭晋稀用的是本校法。

二、现代“龙学”的萌芽期

“龙学”界把黄侃《文心雕龙札记》看成是现代“龙学”诞生的标记，但是对于这个《札记》产生前前后后的故事，探索者不多，我们在研究百年“龙学”的时候，不能只著录成功者的花环，也应该著录失败者的眼泪。我们细究现代“龙学”产生、发展的路径，发现它也像其他事物发展一样，

---

① 《章太炎讲授〈文心雕龙〉纪录稿两种（整理稿）》，黄霖编：《文心雕龙汇评》，第168页。

② ［汉］许慎：《说文解字》，北京：中华书局，1978年，第58页。

③ 陈垣：《校勘学释例》，北京：中华书局，2016年，第138—139页。

一路走来，经历了前赴后继的历史。我们知道黄侃《文心雕龙札记》是他在北京大学教书期间的讲义稿，但是对于这份讲义最初是从哪一年开始的，学界没有形成共识，只笼统的说是黄侃1914至1919年任教北大时的讲义。我也只能把资料摆在这里，让大家自己判断。

（一）黄侃讲《文心雕龙》的时间问题

罗家伦在《元气淋漓的傅孟真》一文中说：

> 我和孟真是民国六年开始在北京大学认识的。他经过三年标准很高的北大预科的训练以后，升入文科本科，所以他的中国学问的基础很好，而且浏览英文的能力很强。……我是从上海直接考进文科本科的学生，当时读的是外国文学，和他的中国文学虽然隔系，可是我们两人在学问方面都有贪多务得的坏习惯，所以常常彼此越系选科，弄到同班的功课很多，就在哲学系方面，也同过三样功课的班。……就在当时的北大，有一位朱蓬仙教授（注意不是朱逿先先生），也是太炎弟子，可是所教的《文心雕龙》却非所长，在教室里不免出了好些错误，可是要举发这些错误，学生的笔记终究难以为凭。恰好有一位姓张的同学借到那部朱教授的讲义全稿，交给孟真。孟真一夜看完，摘出三十几处错误，由全班签名上书校长蔡先生，请求补救，书中附列这错误的三十几条。蔡先生自己对于这问题是内行，看了自然明白，可是他不信这是由学生们自己发觉的，并且似乎要预防教授们互相攻讦之风，于是突然召见签名的全班学生。那时学生也慌了，害怕蔡先生要考，又怕孟真一人担负责任，未免太重，于是大家在见蔡先生之前，每人分任几条，预备好了，方才进去。果然蔡先生当面口试起来了，分担的人回答的头头是道。考完之后，蔡先生一声不发，学生们也一声不发，一鞠躬鱼贯退出。到了适当的时候，这门功课重新调整了。这件事可以表示一点当时的学风。我那年不曾选这样功课，可是我在旁边看得清清楚楚。他们退出来以后个个大笑，我也帮了大笑。①

同一件事，傅斯年也曾经亲口对王利器说：

① 王大鹏选编:《百年国士》第三册,北京:中国文联出版社,1999年,第263—265页。

当年我在北大念书时，听朱蓬仙讲《文心雕龙》（尔时，我不知道朱蓬仙是何许人，又不好意思问，后来，我买到了他用王谟所刻《汉魏丛书》本《论衡》，校以硖石蒋氏所藏元至元本，从他的跋语，才知道朱蓬仙即朱宗莱）。大家不满意，有些地方讲错了，有些地方讲不到。我和罗家伦、顾颉刚等同学商量，准备向蔡孑民校长上书，请求撤换朱蓬仙。于是我们就上书了。大家又商量蔡校长必然要清问此事，我们得准备准备。果然，没两天，蔡校长把我们找去了，听取大家意见。我们就分别把准备好的问题，一一申说。蔡校长听了之后，向我们说："你们回去，此事学校会妥善安排的。"不久，这个课就由黄季刚先生来担任。又不久，五四运动开始了。章门弟子大多回南方去了。①

以上两段文字说明给傅斯年等人讲《文心雕龙》的最初是朱蓬仙先生，但是因讲义和言论有低级错误，被学生赶下讲台，继之者为黄侃。

其中提到了几个当事人物：蔡元培、朱蓬仙、傅斯年、罗家伦、顾颉刚、黄侃。通过这几个人物，我们可以考订出黄侃给傅斯年等人讲授《文心雕龙》的时间上限是1917年的下学期。因为蔡元培是1916年12月26日被任命为北大校长的，任职令公布的当天，蔡元培就聘任陈独秀为北大文科学长。具体开始工作是1917年1月份；罗家伦考入本科的时间是1917年夏天。顾颉刚和傅斯年都是1916年夏天由预科升入本科，又考虑到罗家伦是外国文学门，顾颉刚是哲学门，傅斯年是中国文学门，因为跨学科听课混得如此熟悉，当不会是罗家伦入学的第一个学期之初。因为罗家伦是从外地考入的，熟悉北大学风需有一段时间，因此最上限应该是1917年底发生了把朱蓬仙赶下"龙学"讲台事件。

《黄侃年谱》1917年度说：

徐复《黄补文心雕龙隐秀篇笺注》云："民国六年，黄先生主讲北大文科，始补撰《隐秀篇》全文，闻之同门海宁孙鹰若先生云：八

---

① 王利器：《我与〈文心雕龙〉》，《往日心痕——王利器自述》，太原：山西人民出版社，1997年，第95页。

年三月（1919年3月）载北京大学《国故》第一期。”[①]

这条资料的价值应该有折扣，因为徐复不是黄侃在北大的学生，而是在金陵大学的学生，“民国六年”之谓是听来的。但是考虑到这篇补文首次刊于《国故》1919年第一期（1925年又刊于《华国月刊》第三期），可知这篇文章当是黄侃讲授《文心雕龙》课的产物。但是“民国六年”黄侃再次公开研究《文心雕龙》，并写出部分讲义稿，在《钱玄同日记》里，还真能找到证据：《钱玄同日记》1917年1月3日记：“……季刚所编《文心雕龙章句篇札记》，余从沈尹默处借观，觉其无甚精彩，且立说过于陈旧……”[②]这说明蔡元培主政北大的第一个月初，黄侃的《文心雕龙札记》就早在教师之间已经传播开来。这又使我们产生一个想法：在给傅斯年、顾颉刚他们开讲《文心雕龙》之前，是否已经在其他年级开讲《文心雕龙》？1917年的下学期，傅斯年、顾颉刚已经是二年级了。罗家伦1917年夏季升入北大文科外国文学门，他又是亲历者，这个时间问题是丁丁卯卯的事，不好更改。而黄侃《文心雕龙札记》的部分篇章又出现在《钱玄同日记》的1917年1月3日里，这也是丁丁卯卯的事。1917年11月29日《北京大学日刊》刊载了黄侃、刘师培二人1917年在北京大学携手共讲中国文学课，在当时的中国文学门中，一年级“中国文学”课每周六小时，黄侃、刘师培各授三小时；二年级“中国文学”课每周七小时，黄侃四小时，刘师培三小时。[③] 这记录的是1917年下半年的事，因为刘师培是1917年夏天进入北大。

《钱玄同日记》1917年2月1日记：

> 午后二时许偕蓬仙同访尹默，知蔡（元培）、陈（独秀）二君欲以分科一年级文学（旧称“词章学”）请蓬仙担任……现在欲请逖先担任三代秦汉文学史，即请蓬仙担任三代秦汉之文学……四时倾，偕蓬仙同至大学，访孑民、独秀。[④]

---

① 马朝军、王文晖：《黄侃年谱》，第122页。

② 杨天石主编：《钱玄同日记》，北京：北京大学出版社，2014年，第297页。

③ 《文科本科现行课程》，《北京大学日刊》，1917年11月29日。

④ 杨天石主编：《钱玄同日记》，第307页。

1917年2月1日，正是春节后的正月初十，安排的是春节后的课程。而此时的一年级正是傅斯年、顾颉刚的年级，1917年下半年进入二年级的上学期，这“文学”课，旧称“词章学”。然朱蓬仙上学期担任的“三代秦汉之文学”不涉及《文心雕龙》，如果顺延，下学期必定是魏晋南北朝文学。但由于1917年下半年一、二年级的文学课，由于刘师培的加入，1917年11月29日的《北京大学日刊》明文记载，一、二年级的文学课是黄侃和刘师培交叉讲授，不见朱蓬仙了。这当是11月29日之前，朱蓬仙就被赶下台了。如果我们这样考证算是接近史实，再考虑到罗家伦是亲历者，朱蓬仙被赶下讲台的时间，就应该是1917年下半年的后期了。

但是上面摘录傅斯年与王利器的谈话内容中，还有一条信息，这就是：“不久，这个课就由黄季刚先生来担任。又不久，五四运动开始了。章门弟子大多回南方去了。”这条资料又似乎促使我们考虑，事件似乎应该发生在1918年的下半年。1918年下半年黄侃担任的是新入校的新生一年级课程：“文，三时；诗，二时。”这个课程表刊登在1918年9月26日《北京大学日刊》（213号）上。这里黄侃给新入校的一年级讲的“文”内容是否是《文心雕龙》？“诗”是否是《诗品》？不好确定了。但知黄侃在北大不仅有《文心雕龙札记》讲义，也有《诗品讲疏》讲义，这是不争的事实。

这里还有比傅斯年、顾颉刚、罗家伦更早的学生，在自己的文章里提到听黄侃讲《文心雕龙》的事情，这就是范文澜《文心雕龙讲疏自序》：

> 曩岁游京师，从蕲州黄季刚先生治词章之学。黄先生授以《文心雕龙札记》二十余篇，精义妙旨，启发无遗。①

这说明范文澜也亲自听黄侃讲授《文心雕龙》，而且是顶着“词章学”的帽子。范文澜的同学金毓黻《静晤室日记》1943年3月10日记云：

> 向李君长之假得《文心雕龙》范注一册。《文心雕龙》注本有四，一为黄叔琳注，二为李详补注，三为先师黄季刚先生札记，四为同门范文澜注。四者余有其三。黄先生《札记》只缺末四篇，然往曾取《神思》篇以下付刊，以上则弃不取，以非精心结撰也；厥后中大

---

① 范文澜：《文心雕龙讲疏》，《范文澜全集》第三卷，石家庄：河北教育出版社，2002年，第5页。

《文艺丛刊》乃取舍稿付印，然以先生谢世，缺已过半。①

张之强《读〈文心雕龙札记·章句〉》说：

> 《文心雕龙札记》一书的成书时间是在1913—1918年之间。此外还有一个有力的佐证：钟歆在1921年印行了一本《词言通释》②，他在后记中说：“仆昔游京师，从黄先生季刚学，略通音训，命纂《词言通释》，于丙辰冬草创初毕。”他这本书是完全依据黄先生《章句篇》札记第九节“词言通释”而作的。他只是为黄先生的结论添补例证，其书《叙》《附言》都是一字不易的抄录黄先生的。他的书已经明言“丙辰（即1916年）冬草创初毕”，那么黄先生《文心雕龙札记》一书，起码是《章句篇》的札记的写作时间一定是在1916年前。③

根据上面这段资料，再结合1917年1月3日《钱玄同日记》从沈尹默处借观季刚所编《文心雕龙章句篇札记》看，以及钟歆《词言通释》之《叙》《附言》言及的《文心雕龙章句篇札记》，可知黄侃的《文心雕龙札记》散篇在1917年前已经在师生之间传开，是丁丁卯卯的史实了。前面录用资料中范文澜、金毓黻都谈到听黄侃讲《文心雕龙》是不容怀疑的。范文澜于1913年考入北京大学预科，一年后升入本科国文门。金毓黻于1913年考入北京大学本科国文门。金毓黻《静晤室日记》云：“先师黄季刚先生曾于戊辰岁首写《金缕曲》一首贻余……余授业于先生之门凡二年，时为民国三年秋至五年夏，肄业北京大学文科之倾。及十六年秋先生来沈，膺东北大学之聘。翌年春去沈，转就南京中央大学之聘。所谓戊辰元日，即十七年旧历正月初一日也。当先生在沈，余自长春来谒，旋即别去。”④金毓黻《静晤室日记》1927年10月7日载：“不见季刚师已十一年矣，今日往谒东北大学，相见之下欢若平生……先生言尚有一札，昨日发出当已邮到，又留余至其寓舍午餐，谈至二时许始辞去。”⑤ 20日金毓黻再次拜谒

---

① 转引自马朝军、王文晖：《黄侃年谱》，第91—92页。

② 按：钟歆《词言通释》曾在章太炎和黄侃办的《华国月刊》连载。

③ 陆宗达主编：《训诂研究》第一辑，北京：北京师范大学出版社，1981年，第59页。

④ 转引自马朝军、王文晖：《黄侃年谱》，第235页。

⑤ 转引自马朝军、王文晖：《黄侃年谱》，第2229页。

黄季刚，并赋诗记之。我似乎感到金毓黻了解黄侃1927年出版的《文心雕龙札记》的内情。金毓黻与黄侃数次见面，必定谈到出版不久的《文心雕龙札记》。说自己“黄先生《札记》只缺末四篇”，似乎《札记》之谓不是指1927年7月已经出版的《文心雕龙札记》，而是讲义稿的末四篇，给人以《文心雕龙》全书五十篇讲义稿他手头只缺最后四篇之感。我们还可以根据金毓黻1927年《静晤室日记》得知，黄侃逝世后中央大学《文艺丛刊》印行的《原道》以下十一篇，是组织出版《神思》以下二十篇舍弃的稿子。这似乎又与潘重规台湾文史哲1973年6月本《文心雕龙札记》跋语“先师平生不轻著书，门人坚请刊布，惟取《神思》以下二十篇畀之”① 相印证。二十篇《札记》，“以非精心结撰也”，是“门人坚请刊布”的产物。这样推理，又似乎与范文澜所谓“黄先生授以《文心雕龙札记》二十余篇”相矛盾。史料相互抵触，令我们难以正确判断。但是，范文澜是1917年夏季毕业，黄侃继续在北大讲文学概论，并以《文心雕龙》为教材，这是1917年升入中文本科的赵亮功亲自经历的。加之学生听课，打破学科界墙，没有年级限制，随便选科。章太炎在日本《民报》馆内讲授《文心雕龙》虽然时间短，仅用五次就把《文心雕龙》五十篇讲完了，黄侃在北大法定开设的课程中必定将全书讲授完毕，我们可以从他以单篇刊布的“龙学”文章和1927年出版的《文心雕龙札记》，连题目都效法章太炎称之为“札记”，断定他也一定效法其章师讲完全书，只是他的讲义按篇发散，又加本人不善保存，一致散失，至今难以觅全罢了（当然，这也只是揣测而已）。

通过以上资料辨析，我们可以断定，黄侃在北京大学既给1916年毕业的金毓黻班讲《文心雕龙》，也给1917年毕业的范文澜班讲《文心雕龙》，又给1919年毕业的傅斯年班讲《文心雕龙》，还给1920年毕业的赵亮功班讲《文心雕龙》（忽略跨年级、跨学科听课）。如果我的这个考订接近史实的话，那么李平教授说：“在黄侃到来之前，北大已开设《文心雕龙》课，黄侃是代替别人讲授《文心雕龙》的。”② 这个说法有两点可以提出来商讨：第一，黄侃是1914年入北大，朱蓬仙是1915年入北大，黄在前，朱在后。第二，前面提供的资料证明，撤换朱蓬仙的事，发生在蔡元培主政

---

① 黄侃：《文心雕龙札记》，台北：台北文史哲出版社，1973年，第232页。

② 李平：《〈文心雕龙〉研究史论》，合肥：黄山书社，2009年，第48页。

时期，即1917年1月以后。而在1917年1月3日，钱玄同就从沈尹默处拿到了《文心雕龙章句篇札记》的讲义。这似乎可以说，黄侃在接替朱蓬仙之前已经开设了《文心雕龙》课。

（二）《文心雕龙札记》是什么课程名称下的讲义

上引范文澜《文心雕龙讲疏自序》有云：“曩岁游京师，从蕲州黄季刚先生治词章之学。”赵亮功在《早期三十年的教学生活》一书中对1917年暑假以后的教师教学分工有一个记述：

> 当时中文系教授有刘申叔（师培）先生讲授中古文学史，黄季刚先生教文学概论，黄晦闻（节）先生教诗，吴瞿安（梅）先生教词曲，皆是一时之选。其次如钱玄同先生教文字学亦颇负盛名，在教学上较差的要算朱逿先和周作人两先生了。兹将这几位教授教学的情形及其逸事分述如下：……黄季刚先生教文学概论以《文心雕龙》为教本，著有《文心雕龙札记》。他抨击白话文不遗余力，每次上课必定对白话文痛骂一番，然后才开始讲课。五十分钟上课时间，大约有三十分钟要用在骂白话文上面。他骂的对象为胡适之、沈尹默、钱玄同几位先生。……他骂钱尤其刻毒。……但是黄先生除了骂人外，讲起课来却深具吸引力。[①]

李平教授在《论黄侃的〈文心雕龙札记〉》一文中说：

> 黄侃在北大讲授《文心雕龙》的课程名称是“文章作法”，并非“中国文学史”，所以黄侃主要讲授《文心雕龙》创作论的20篇。[②]

栗永清先生有《学科史视野下的中国古代文论研究——从黄侃在北京大学开设的课程说起》一文，第二个小标题为“《文心雕龙札记》是哪门课程的讲义?”其云：

> 1917年之后，黄侃并未开设“词章学”课程，而这个黄侃进入北

---

① 赵亮功:《早期三十年的教学生活》,合肥:黄山书社,2008年,第19—22页。

② 李平:《〈文心雕龙〉研究史论》,第49页。

京大学就开设的、范文澜也提到的“词章学”并非一个泛称，而实实在在的是“国家规定课程”。1913年1月12日，《教育部公布大学规程》中规定文学门下国文学类所设科目包括“……词章学……”，“词章学”赫然在列。……由以上考证可以发现，《文心雕龙》在进入大学课堂时是顶着“词章学”的“帽子”的，虽然黄侃对《文心雕龙》、古代文论的研究作出了重要的贡献，但“词章学”的定位却在相当程度上消解了将黄侃讲授《文心雕龙》作为“古代文论”学科开始的判断。①

栗永清在他大作的第三个标题“从‘中国文学概论’到‘文学品评’”下说：

如果我们说黄侃以《文心雕龙札记》讲授“中国文学概论”尚属推论的话，那么南开大学“文论”课的出现，则无疑是“古代文论”学科自觉的一个重要标志。②

范文澜先生说的“词章之学”，我们从1917年2月1日《钱玄同日记》可以知道，1917年以后的“文学”课，就是“旧称词章学”。“前此因‘词章学’之名费解，故担任者皆各以意教授学生，实无从受益也。”③1913年教育部规定的大学课程中，“文学门”下，所含范围很广，“词章学”是其子目之一。我们还从这一天的《钱玄同日记》看到，蔡元培到北大之后，与陈独秀及部分教师酝酿对北大的学制、课程、教师授课用的语言等进行改革。特别是除了外语课，其他文科一律用汉语授课。其中就有“文学概论”。到1917年12月2日的《北京大学日刊》（第15号）刊登的《改定文科课程会议记事（第二次、第三次会议决议案）》，以及12月9日、10日（第21、22号）刊登的《文科改定课程会议决议案修正》，规定“文学概论”为必修课，并且把“文学概论”排在中国文学门国文学类课

① 栗永清：《学科史视野下的中国古代文论研究——从黄侃在北京大学开设的课程说起》，《东方丛刊》2008年第3期。

② 栗永清：《学科史视野下的中国古代文论研究——从黄侃在北京大学开设的课程说起》，《东方丛刊》2008年第3期。

③ 杨天石主编：《钱玄同日记》，第307页。

程的第一位。因此，1917 年夏季升入中文本科的赵亮功所谓“黄季刚先生教文学概论以《文心雕龙》为教本”的说法是对的，范文澜从黄季刚“治词章之学”也是对的，二者并不矛盾。这些看似矛盾的事，使得诸多朋友不解的原因，乃是忽视了蔡元培主政北大之后的课程改革。李平教授所言“文章作法”之谓，我曾在《黄叔琳与中国古典“龙学”的终结》一文中袭用，但又总觉得不像一门课程名称。在自己没有研究明白之前，只得采用了李先生的提法。

栗永清先生的文章由于一直囿于“词章学”的限制，只得强调“词章学”，甚至把黄侃所讲的“词章学”与“古代文论”推入了矛盾之中。虽然把蔡元培和陈独秀入主北大进行的课程改革纳入研究范围，但没有参考 1917 年 2 月 1 日《钱玄同日记》，也没有参考当时听课者赵亮功提供的资料，如果看到的话，这个矛盾就会迎刃而解。而要说“文学概论”的课程，在 1913—1917 年还以“词章学”的帽子处在模糊期的话，其在 1917 年末就已经明确下来了。栗先生说“南开大学‘文论’课的出现，则无疑是‘古代文论’学科自觉的一个重要标志”，我感到是不妥的，以后的范围不局限于《文心雕龙》，只能说是发展和完善。1917 年 12 月份几期《北京大学日刊》公布的课程会议决议案和决议修正，已经明确将“文学概论”列在国文门文学类的首位，这就应该看成是一个自觉的重要标志，因为已经走出模糊期，进入了明朗化阶段。

（三）成功者的花环和失败者的眼泪

黄侃在北京大学授课，取得了巨大的成功，这无论是从当时的学生评论还是日后学界的评判中，都可以看得出来。

1915 年夏季升入北京大学的冯友兰先生，在《三松堂自序》中，有一段话，可以证明黄侃的成功和北大学风。其云：

> 现在要说的是，北大当时的学生，在学习上是自由极了。本系功课表上的课，学生不爱上就不上；别系的课，爱上就去上。教师那里没有点名册，从来不点名。学生要上哪一课，只需在上课时到课堂上坐下就行了。就是与北大毫无关系的人，也可以进去听讲。在上课之前，有一个人站在课堂门口，手里拿一堆油印的讲稿，当时称为讲义，进来一个人，就发给他一份，从来不问他是谁。往往有不应该上这个课的人先到，把讲义都拿完了；应该上这个课的人来了倒得不到讲义。

> 可是从来也没有因此发生争执，后来的人只怨自家来得太晚。当时北大中国文学系，有一位很叫座的名教授，叫黄侃。他上课的时候，听讲的人最多，我也常去听讲，他在课堂上讲《文选》和《文心雕龙》，这些书我从前连名字也不知道。黄侃善于念诗念文章，他讲完一篇文章或一首诗，就高声念一遍，听起来抑扬顿挫，很好听。他念的时候，下边的听众都高声跟着念，当时称为“黄调”。在当时宿舍中，到晚上各处都可以听到“黄调”。①

这说明黄侃虽然在“五四”以后离开了北大，但在北大期间他的授课是很受欢迎的。冯友兰的话，可以看成是学生给他的花环。他离开北大是因为他反对新文化运动，自感与北大学风不适应，这就是傅斯年说的“又不久，五四运动开始了。章门弟子大多回南方去了”。这个“大多”说的很有分寸。章门弟子钱玄同就留下来了，因为他提倡白话文，支持新文化运动。

从史料来看，罗家伦考入北大的1917年之前，黄侃就在此讲《文心雕龙》，而且名声大噪，而又何故使得朱蓬仙也开讲《文心雕龙》课，却又偏偏给傅斯年班讲呢?② 由于资料问题，这个谜不好破。但是在1917年11月30日《北京大学日刊》（第10号）公布的《专任教员题名》中，朱蓬仙已被列为“文科预科教授”，而不在中文本科授课了。他与钱玄同来往比较密切，时常出现在《钱玄同日记》里。我估计他在1917年底被学生赶下大学讲堂之后，就专任文科预科教授，教授文字学。这在《钱玄同日记》里也可以看得出来。《钱玄同日记》1918年1月28日记载：“与蓬仙谈语言得音之源。”3月4日记载：“蓬仙示我以小学讲义，对于章君之说而小变之，谓建类言形、一首言音、同意相受为义……”③ 这说明此时的朱蓬仙已到预科改教文字学了。④ 而这位被傅斯年、罗家伦、顾颉刚等人赶下台

---

① 冯友兰：《三松堂自序》，北京：人民出版社，2008年，第36—37页。

② 据考察，这个班有俞平伯、许德珩、杨振声、康白情等人。而且以这个班的学生为主体，成立了三个对立的社团，创立了三个刊物：《新潮》《国民》《国故》。同班同学都分成三个阵营，可想而知当年新文化运动的震动有多大、分歧有多大、阻力有多大。与他们同班的新潮社社员俞平伯1979年赋诗《“五四”六十周年忆往事十首》（其五），记录和妙评这段轶事：“同学少年多好事，一班刊物竞成三。”

③ 杨天石主编：《钱玄同日记》，第331、334页。

④ 北京大学文科很注重文字学，在预科和本科都设有文字学课，在研究所也开设文字学课。从《钱玄同日记》看，他曾利用晚上给研究所讲文字学，其深浅的程度不知如何分工的。

的朱蓬仙是怎样的教授呢？如上所述，他的名字曾经出现在章太炎讲《文心雕龙札记》的记录者之中。

朱蓬仙（1981—1919）名宗莱，字蓬仙，浙江海宁人。光绪二十六年（1900 年）赴日本留学，一年后，因父病回国，父亲病逝后，曾在安澜学堂教文史课。光绪三十年（1904 年），与祝学豫等人组建“海宁州教育会”，筹建“海宁州中学堂”“正蒙女子学堂”，创办了海宁州图书馆。同年（1904 年）复往日本入早稻田大学研习文科。光绪三十二年（1906 年），章太炎出狱后，在日本创办国学讲习班，朱蓬仙前往听讲①，并在此加入同盟会。民国初年任浙江省立二中国文教师；1915 年受张宗祥（时任教育部视学）之邀，执教于北京大学。1919 年秋天病逝于北京协和医院，时年 39 岁。死后萧条，没钱安葬。据 1919 年 9 月 25 日《北京大学日刊》记载的蔡元培所撰《为朱宗莱募赙金启事》②，可知蔡元培、刘复、刘文典、朱希祖、钱玄同、马寅初、沈兼士、马叙伦、沈尹默等 20 位北大著名教授联名发起启事募捐，以安葬朱蓬仙。我们可以想象，他是含泪而去。

朱蓬仙先生的著述计有：《蛰庐读书记》《逸史祖》《说文叙补注》《文字学形义篇》《转注释例》等。其遗稿《文学述谊正名篇》，由友人朱宇苍组织刊印问世。另校有《盐铁论》《论衡》《意林》未行刊印。③ 他的这些著作，是否传世，现在的人知之者已经不多了。

三、现代“龙学”的诞生期

我们从现在已经出版的有关《文心雕龙》研究的论著索引来看，民国之前，在报刊上发表研究《文心雕龙》之文章的是李详，而李详的文章都是对黄叔琳《文心雕龙辑注》的补正，从研究套路来看，没有跳出黄叔琳的思路，从学术理论上说，仍然属于古典“龙学”，而真正开创新思路的是黄侃在北京大学开设《文心雕龙》课时，撰写的讲义稿《文心雕龙札记》。

（一）黄侃及其《文心雕龙札记》

黄侃，字季刚，湖北蕲春青石岭大樟树人。原名乔馨，字梅君，后改名侃，又字季子，号量守居士。1886 年 4 月 3 日生于成都，1935 年 10 月 8

---

① 按：从章太炎讲《文心雕龙札记》末页的五次考勤表中，可以发现朱蓬仙有三次未有听课。

② 该“启事”收于《蔡元培全集》第三卷，北京：中华书局，1984 年，第 346 页。

③ 朱怿：《朱蓬仙生平事略》，《鲁迅研究月刊》1984 年第 1 期；又见李玉安、黄正雨：《中国藏书家通典》，香港：中国国际文化出版社，2005 年，第 855 页。

日病逝于南京，年仅49岁。黄侃早年留学日本期间加入同盟会，并拜章太炎为师。1910年回国从事反清革命。辛亥革命后，因宋教仁命案的刺激，逐渐远离了政治。先后任教于北京大学、武昌高等师范学校、中华大学、北京师范大学、暨南大学、山西大学、东北大学、金陵大学、中央大学等高等院校，讲授经学、史学、文学等课程。在北京大学期间，主要开设中国文学概论（初称词章学）、中国文学史、文字学等。所治文字、声韵、训诂之学，多有创见，自成一家。晚年主要从事训诂学之研究。黄侃著作甚丰，其重要著述有《黄季刚诗文抄》《音略》《说文略说》《尔雅略说》《集韵声类表》《文心雕龙札记》《日知录校记》《黄侃论学杂著》等数十种。现中华书局有《黄侃文集》出版面世。

讲义稿《文心雕龙札记》的散篇，从1919年开始发表，其每一篇的名字大都是冠名《文心雕龙札记》XX篇。李平教授有如下统计[①]：

> 《补文心雕龙隐秀篇》，1919年，北京大学《国故》第一期；
> 《文心雕龙夸饰篇简评》，1919年，北京《新中国》[②]一卷二号；
> 《文心雕龙附会篇简评》，1919年，北京《新中国》一卷三至四号；
> 《题词及略例》《原道》，1925年，《华国月刊》[③]第二期第五册；
> 《征圣》《宗经》《正纬》，1925年，《华国月刊》第二期第六册；
> 《辨骚》《明诗》，1925年，《华国月刊》第二期第十册；
> 《乐府》，1926年，《华国月刊》第三期第一册；
> 《诠赋》《颂赞》，1926年，《华国月刊》第二期第三册。

笔者将国家图书馆出版社出版的《民国期刊资料分类汇编——文心雕龙学》收录黄侃发表的“龙学”文章题目移录如下：

---

① 李平：《〈文心雕龙札记〉成书及版本述略》，载于《文心雕龙与21世纪文论研究国际学术研讨会论文集》，北京：学苑出版社，2009年，第523页；又见李平：《文心雕龙研究史论》，第50页。

② 《新中国》（月刊）：1919年5月15日在北京创刊，新中国杂志社编辑。邵飘萍、孙少少等为主笔，封面题签人为狄平子。该刊积极宣传新思想和新文学，介绍、评述国际形势和中国各方面现状，并翻译介绍国外学术理论思想。1920年8月停刊，共出2卷16期。

③ 《华国月刊》：1923年9月15日在上海创刊，是以国学研究为主的综合性刊物，章太炎任社长兼主编，章门弟子汪东、黄侃等任编辑，每月1期，12期为1卷，出至3卷4期，共28期，1926年7月停刊。线装书局于2006年出版13册影印本，上海书店出版社于2017年出版9册影印本。

《文心雕龙札记夸饰篇评》，1919年《大公报》夏历己未年五月三十日（星期五）、六月初一日（星期六）、六月初二日（星期日）、六月初三日（星期一）四天连载；

《文心雕龙附会篇评》，1919年《大公报》夏历己未年六月二十七日（星期四）、二十八日（星期五）两天连载；

《补文心雕龙隐秀篇并序》，《华国月刊》，1925年第一卷第三期；

《文心雕龙札记·〈题词及略例〉〈原道第一〉》，《华国月刊》，1925年第二卷第五期；

《文心雕龙札记·〈征圣第二〉〈宗经第三〉〈正纬第四〉》，《华国月刊》，1925年第二卷第六期；

《文心雕龙札记·〈辨骚第五〉〈明诗第六〉》，《华国月刊》，1925年第二卷第十期；

《文心雕龙札记·〈乐府第七〉》，《华国月刊》，1926年第三卷第一期；

《文心雕龙札记·〈诠赋第八〉〈颂赞第九〉》，《华国月刊》，1926年第三卷第三期。

从上述两个统计来看，同一文章的题目有所不同。笔者检索《华国月刊》发表的黄侃“龙学”文章，除了《补文心雕龙·隐秀篇》一文外，其他都是在冠名《文心雕龙札记》下的XX篇，文章名称是同一的。李平教授所谓“零星发表的文章名称各异，并非都以‘札记’一名冠之”① 的说法，是不够准确的。

《文心雕龙札记》的《题辞及略例》发表于1925年，我们从中看到，黄侃针对的是黄叔琳《文心雕龙辑注》本，主要参考的是李详的《黄注补正》和孙诒让的《札迻》。黄侃批评黄注本：“其书大抵成于宾客之手，故纰缪弘多，所引书往往为今世所无，辗转取载而不著其出处，此是大病。”② 对此我曾针对范文澜袭录黄侃此语给予辩驳：

这个问题，责任不在黄叔琳及其参与者，而在后世文献流失所致。

---

① 李平：《文心雕龙研究史论》，第50页。
② 黄侃：《文心雕龙札记》，北京：中华书局，1962年，第1—2页。

至于引书不注出处，这是古人通病，即使民国时期一些旧儒遗老仍然犯此毛病，包括杨明照等人，甚至删句连排，不加删节号。“今观注本，纰缪弘多”，当是可以商榷，因为没有瑕疵的著作几乎难找。但是因此，认为“显系浅人所为”，此话过于盲目，据笔者考证参与者没有一个是浅人，甚至个个是鸿儒，至少是进士或者举人，可说是饱学之士。①

从现代人的著述来看，引书皆应注明出处，这是时代的问题。黄侃既然指出黄叔琳的不足，在他的“龙学”著作中，自然应该明确标出引书出处，这些也是我把黄侃的“龙学”著作列为现代“龙学”的条件之一。但其《文心雕龙札记·章句篇》在当时的钱玄同看来却水平不高。1917 年 1 月 3 日《钱玄同日记》云：

季刚所编《文心雕龙章句篇札记》，余从沈尹默处借观，觉其无甚精彩，且立说过于陈旧，不但《马氏文通》分句、读、顿为三之说，彼不谓然，即自来句读之说亦所不取，谓句读一义二名，皆原于“丶”字，故不可析而为二。此说已不免胶柱鼓瑟。又谓句读有系于文义与系于音节之异，故如《关雎》首章，论文义止二句，而毛公以为四句，据此以为句读不分之证。吾谓句读之学本非中国古人所知，伪毛亨以《关雎》首章为四句，本不足讥，今仍引此等陈腐之论，以图打消句读有分之说，不亦异乎！（黄君此说，与胡适之之《论文字句读及符号》② 直不可同年而语。）③

黄侃与钱玄同皆为章门弟子，且早在日本就已经订交。回国后，同任教于北京大学。但是，在学术上，黄侃日趋保守，钱玄同日趋激进，特别是对待白话文的问题，时常看到他们在课堂上，或在报刊上，隔空对骂，黄侃的言辞更为刻薄。钱玄同认为黄侃《文心雕龙章句篇札记》“立说过

① 朱文民：《黄叔琳与中国古典“龙学”的终结》，《语文学刊》2019 年第 2 期。

② 按：胡适该文，发表于 1916 年 6 月的《科学》杂志上，文章约一万字，规定了十余种标点符号，并宣布他以后的文章将使用这些标点符号。该文被学术界认为是我国关于新式标点的第一篇系统完整的科学论文。

③ 杨天石主编：《钱玄同日记》，第 297 页。

于陈旧”，是“陈腐之论”，有“胶柱鼓瑟”之嫌，也不无道理。不过，黄侃说的“句读有系于文义与系于音节之异”应该是事实。但是，黄、钱二人都是我国大师级文字学家，一个用发展的眼光看待汉语语法问题，一个囿于传统训诂，我们不妨暂且看作学派之争，其他不敢臧否一词。钱玄同的评论，是我们迄今看到的最早对黄侃《札记》单篇做出评论的文字，显得弥足珍贵，不可忽略，因而记录如上。

黄侃《文心雕龙札记》讲义稿成书的时候已经是1927年了，而且仅是结集了《神思》以下的二十篇。1935年10月8日黄侃去世，一年后，中央大学《文艺丛刊》出版纪念专号，印行了《原道》以下的十一篇。据金毓黻说：这十一篇《札记》稿，是组织印行二十篇《札记》时，舍弃了的稿子。① 1947年四川大学学生集资印行了三十一篇线装本。其后，各种版本不断出现，各家多有差别。但是，可归纳为台湾文史哲出版社系统和大陆中华书局系统。② 把黄侃《文心雕龙札记》的结集出版并引起轰动，看成是现代“龙学”诞生的标志，对此我是同意的、赞成的。但是，在承认黄先生功绩的同时，我冒昧提一点不同看法：我同意金毓黻先生说的“非精心结撰”的看法。第一，体例不统一。总体来看，黄侃的做法是，解题、注释（包括考据）、校勘、例文、品评五合一。作为一部严肃的学术专著，应该每篇大都遵循以上原则。当然，就校勘而言，根据自己的认识，有则校勘，无则不必强求。但是解题，应该是每篇都有的，然而，三十一篇之中，《议对》《书记》《序志》三篇没有题解。注释也应该是每篇都有的，没有注释，学生不是每篇都能看得懂的；然而，三十一篇之中，《情采》《熔裁》《章句》《丽辞》《事类》《附会》六篇没有注释。第二，无论作为讲义，还是专著，每篇文字，应该大体整齐。然而，三十一篇之中，篇幅有长有短，最短者如《情采》《熔裁》仅六七百字；最长者如《章句》篇，两万二千多字（包括引文）。当然《章句》篇内容，在清代以前属于小学，细分可划入训诂学范畴。这训诂学正是黄侃的长项，也许是原因之一，或许可以看成是与新文化派的论战。不管怎样解释，也掩盖不了黄侃的任性。但是，瑕不掩瑜，我们应该看到：

---

① 马朝军、王文晖：《黄侃年谱》，第91—92页。

② 关于《文心雕龙札记》的版本系统，李平教授《〈文心雕龙札记〉成书及版本述略》一文，论述比较详细，可以参考。

黄侃在《札记》各篇的解题式的大论，是古典“龙学”所没有的，在二百余条的注释中虽然与黄叔琳相同，只标出词条，没有像弟子范《注》那样加上序号，但是其注释文字却一改古典式的烦琐而变为简洁明了，并时有评论。其方式虽旧，但内涵却不与清儒相同，在每篇之中附有例文，以为弟子助读，这也应该是创新，说明他不再遵循清儒训诂考据的老路子，而是走出了自己的新路子——解题、校勘、注释、品评、例文五合一的新体例。在理论阐释方面，看出刘勰“自然之道”乃老庄之道，而非儒家之道，不可与传统儒家的“文以载道”说相混淆；他还看出刘勰在方法论上用的是“折中”法，这就从理论上和方法论上把握住了大节，大大地高出了他的前辈，就是纪昀这样的大儒也被黄侃抛在身后。就这来说，谁也不好否认黄侃《札记》是走出传统，迈向新时代的代表性“龙学”成果。①

（二）刘咸炘及其《文心雕龙阐说》

刘咸炘，字鉴泉、别号宥斋，四川双流人。从其曾祖父起，便开始设馆聚徒讲学，数代办教育，誉满蜀中。其祖父刘沅，融汇儒释道三家，创立槐轩学派。清光绪二十二年（1896）11月29日，鉴泉先生出生于成都“儒林第”祖宅。五岁能属文，九岁能自学，日览书数十册；稍长就学于家塾，习古文，读四史，得章学诚《文史通义》而细研之，晓然于治学方法与著述体例，遂终身私淑章学诚。从此，每读书必考辨源流，初作札记零条，积久乃综合为单篇论文，然后逐步归类而集成专书。20岁前所读的书，都有札记。自15岁，开始研读《文心雕龙》，凡有心得，随书笔录，或作零星札记。②《文心雕龙阐说》就是在此基础上形成于1917年的。1918年，从兄刘咸俊创办尚友书塾，鉴泉先生被任为塾师；执教十余年，后又与友人唐迪风、彭云生、蒙文通等创办敬业书院，曾任哲学系主任；继又被成都大学、四川大学聘为教授，乐群善诱，深受学生爱戴，1932年不幸病逝，享年36岁，闻者莫不痛惋。先生著述甚丰，2009年，上海科学技术出版社推出《推十书增补全本》，共计20册。

---

① 朱文民：《黄叔琳与中国古典“龙学”的终结》，《语文学刊》2019年第2期。

② 刘伯谷、朱炳先：《文化巨著〈推十书〉的作者刘咸炘》，四川省文史馆、四川省政协文史资料研究委员会编：《四川近现代文化人物》，成都：四川人民出版社，1989年。

刘咸炘的《文心雕龙阐说》，成书于1917年，这是刘咸炘自己的交代。他说：“丁巳撰此书时，于文章体宜系别，尚未了了。彼时方知放胆作札记也。庚申七月，因撰《文式》，复读《雕龙》，取旧稿阅之，亦颇有可喜者。”① 这“丁巳”年是1917年，时年刘咸炘21岁。据刘伯谷、朱炳先《文化巨著〈推十书〉的作者刘咸炘》一文介绍，刘咸炘“15岁时读《文心雕龙》”，“初作札记零条”，“丁巳”年将读《文心雕龙》的“札记零条”整理成《文心雕龙阐说》。“庚申七月”，是1920年7月。此时撰写《文式》，“复读《雕龙》，取旧稿阅之，亦颇有可喜者。”《文心雕龙阐说》写成后，一直未有刊布，直到上海科学技术出版社2009年出版《推十书》（增补全本）时，才将其收在戊辑中。山东大学戚良德教授发现后，将其与黄叔琳《文心雕龙辑注》、纪评、李详补注一起整理出版，成为黄注、纪评、李详补注、刘咸炘阐说，形成一个新的读本，推向社会，使得“龙学”界为之一震。

《文心雕龙阐说》规模不大，一万五千字左右，但是，这是对刘勰《文心雕龙》五十篇做出全面阐述和评论的第一部专著（仅有《奏启》篇未有专门评论，但是在相邻的《章表》篇有涉猎）。每篇文字多寡不一，最多者（《神思》《论说》篇）也不足千字，最少者，不足三十字。但是它的意义却非同小可。戚良德教授在他辑校的黄注、纪评、李详补注、刘咸炘阐说《文心雕龙》读本末，附有一篇评论，名曰：《一部尘封百年的“龙学”开山之作——评近代国学大师刘咸炘的〈文心雕龙阐说〉》，该文后来又发表在《徐州工程学院学报》2017年第5期上。戚教授的评论文章，对刘咸炘的《阐说》做了很好的解读并给予极高的评价。戚教授认为，与黄侃《札记》相比，首先，刘咸炘更重视文体论。“对《文心雕龙》文体论进行了空前深入系统的阐释，即在今天，这些阐释仍有其重要的参考价值。……刘咸炘认为，《文心雕龙》的文体论‘端绪秩然’，乃是中国文学文体论的系统之作，却没有受到应有的重视”。刘咸炘特打抱不平说：“姚（鼐）、曾（国藩）诸人稍稍就所见唐、宋文字分立目录，遂已为士林宝重，矜为特出，亦可慨矣哉！”② 第二，戚教授认为，刘咸炘《文心雕龙

---

① 刘勰著、黄叔琳注、纪昀评、李详补注、刘咸炘阐说，戚良德辑校：《文心雕龙》，上海：上海古籍出版社，2015年，第285页。

② 刘勰著、黄叔琳注、纪昀评、李详补注、刘咸炘阐说，戚良德辑校：《文心雕龙》，第320—321页。

阐说》“对《文心雕龙》创作论体系的把握和理解，不仅精深而独特，发人所未发，而且极为准确地揭示了《文心雕龙》创作论理论体系的内在脉络和意蕴，具有重要的启发意义。”① 第三，《文心雕龙阐说》认为《文心雕龙》是一部子书。戚教授认为，“这一认识可谓深得彦和之心！应该说，在近百年来的《文心雕龙》研究中，类似的认识并非绝无仅有，但并没有引起大多数研究者的注意和重视；而刘咸炘如此明确地指出后世把《文心雕龙》列为‘诗文评’一类，实际上并非刘勰之本意，可谓石破天惊之论。”② 第四，刘咸炘对于“势”的解释，前无古人，后无来者。刘咸炘在《定势》篇说：“情与气乃势之原，气变成姿，各具无溷，彦和勘合刚柔，不必壮言慷慨，洵为卓论。”戚教授评论说：“短短数语，既抓住了本篇的要害，更是新见迭出。其一，‘情与气乃势之原’，既属探本之论，亦为新见之一。……其二，所谓‘气变成姿’，此乃新见之二，谈‘势’而引出‘姿’，这更是一个顺理成章而容易理解的说法，却不啻是刘氏的发明，道人所未道。……其三，所谓‘勘合刚柔，不必壮言慷慨’云云，乃是《定势》的观点，他赞之‘洵为卓论’，可以说抓住了刘勰讨论定势问题的核心。”③ ……第五，刘勰文体论部分，首列《明诗》，刘咸炘在《明诗》篇评论说：“论诸文体，而先诗，诗教为宗。”戚教授评论说：刘咸炘认为“刘勰首先论诗的原因，不是出于什么纯文学的概念，而是‘诗教为宗’。我们不能不说，这显然更符合刘勰的基本思想和儒学观念。……刘咸炘论《文心雕龙》没有先入为主之见，特别是没有现代文艺学的观念羁绊，可能从刘勰思想实际出发而抓住根本和要害。”④

戚教授对刘咸炘《阐说》的解读和评论我完全赞成。以我个人的认识，觉得再加上三点：第一，刘咸炘对《原道》篇的阐释，也应该引起重视。他说：“以‘丽天’‘理地’，明道之文，是以天地为道也。《易》曰：‘一阴一阳之谓道。’阴阳即天地也。斯说也，超乎后世之以空虚为道者矣。”⑤ 刘咸炘对道的解读，较之前人更明朗化，显示了道的可知性。道家对道的描述太玄虚了，甚至陷入了不可知论。刘咸炘还指出《原道》篇的时代烙

① 刘勰著、黄叔琳注、纪昀评、李详补注、刘咸炘阐说，戚良德辑校：《文心雕龙》，第 324—325 页。
② 刘勰著、黄叔琳注、纪昀评、李详补注、刘咸炘阐说，戚良德辑校：《文心雕龙》，第 318 页。
③ 刘勰著、黄叔琳注、纪昀评、李详补注、刘咸炘阐说，戚良德辑校：《文心雕龙》，第 328 页。
④ 刘勰著、黄叔琳注、纪昀评、李详补注、刘咸炘阐说，戚良德辑校：《文心雕龙》，第 323 页。
⑤ 刘勰著、黄叔琳注、纪昀评、李详补注、刘咸炘阐说，戚良德辑校：《文心雕龙》，第 8 页。

印。他说：“彼时玄学正盛。老子云：‘道法自然。’彦和之‘原道’，盖标自然为宗也。”[①]“标自然为宗”，虽然纪昀早于刘咸炘指出这一点，但是纪昀较之刘咸炘笼统得多。第二，刘咸炘《阐说》的独立性，没有先入为主之见，这表现在他没有成为纪评的应声虫。如《征圣》篇，纪评：“此篇却是装点门面，推到究极，仍是宗经。”对此，刘咸炘反驳纪评说：“‘征圣’者，以圣言为准也。纪氏以为装点门面，未识《征圣》《宗经》二篇之异。”[②] 又如《史传》篇，纪评曰：“彦和妙解文理，而史事非其当行，此篇文句特烦，而约略依稀，无甚高论，特敷衍以足数耳。”刘咸炘反驳说：“纪氏谓此篇无甚高论，非也。此书论文，专主词章，史、子特其旁及，只可略言大概。其述编年、纪传得失，亦略备矣。其诠《国策》名体，本纪名义，后世多不知之矣。”[③] 再如《诏策》篇，纪评曰：“彦和之意，似以魏、晋为盛轨，盖习于当时之所尚。观‘自斯以后’二语，其皆可知也。”刘咸炘反驳曰：“以文而论，魏、晋固极润典之美。纪氏谓彦和囿于习尚，非也。”[④] 等等。

再一点就是刘咸炘《文心雕龙阐说》形成的时间，这是一个极其重要的关节点。所谓“关节”点，我是说，刘咸炘的《阐说》与黄侃的《札记》几乎是同时形成，甚至还早于《札记》。刘咸炘 15 岁时，是 1911 年，此时黄侃尚未到北大教书，其意义更不寻常。这种不寻常还显示在，黄侃《札记》形成于人文荟萃的北京大学，而《阐说》诞生在相对封闭的成都。刘咸炘的《阐说》是主动阐释，黄侃是应课程需要，被动解读。黄侃曾留学东洋，刘咸炘一生未走出四川。这一点戚教授也曾指出，以引起读者注意。黄侃反对新文化运动，而刘咸炘赞成白话文。不同地域，不同人物，对于同一问题，展开研读，彼此认识，大致不反。这使我想起了东方的孔子（公元前 551—前 479）和西方的赫拉克利特（约公元前 535—前 475），他们是同时代的人，分居世界两地，彼此互无来往，但是对事物的运动性，却有着相同的认识，这就是孔子的“逝者如斯夫，不舍昼夜”，赫拉克利特的“人不能两次踏入同一条河流”之著名论断。这说明世界发展到一定的时候，人们的认识往往也有惊人的相似之处。因此，戚良德教授谈到刘咸

---

① 刘勰著、黄叔琳注、纪昀评、李详补注、刘咸炘阐说，戚良德辑校：《文心雕龙》，第 8 页。
② 刘勰著、黄叔琳注、纪昀评、李详补注、刘咸炘阐说，戚良德辑校：《文心雕龙》，第 11、12 页。
③ 刘勰著、黄叔琳注、纪昀评、李详补注、刘咸炘阐说，戚良德辑校：《文心雕龙》，第 106、107 页。
④ 刘勰著、黄叔琳注、纪昀评、李详补注、刘咸炘阐说，戚良德辑校：《文心雕龙》，第 131、132 页。

炘《文心雕龙阐说》的历史地位时把黄侃《札记》与刘咸炘《阐说》，看成是“近现代‘龙学’开山之作的双壁”①。

当然，刘咸炘的《文心雕龙阐说》虽然与黄侃《文心雕龙札记》堪称“近现代‘龙学’开山之作的双壁”，却并不等于“无瑕”。黄侃《札记》尚且“非精心结撰”，而刘咸炘《阐说》，在其生前并未刊布，尽管其自称《阐说》“颇有可喜者。但微义少，常谈多；大义少，细论多耳”②。这说明刘咸炘颇有自知之明。他的《阐说》毕竟是初次“放胆作札记”，就全书来说，没有体例，没有系统，没有给予统筹全局关照，而是随着读书有感而发，给人以过于零碎之感。

（三）范文澜及其《文心雕龙讲疏》

范文澜小名麒麟，字云台、芸台、仲沄，笔名武波、武陂。清光绪十九年（1893）11 月 15 日出生于浙江省绍兴府山阴县（今绍兴市）城内府山北、锦麟桥南侧的黄花弄。绍兴范家为书香门第。范文澜 1913 年考入北京大学预科，越年夏季升入北京大学中文门（后改称国文门）。1917 年夏季毕业，为了生计，经叔父范寿铭介绍，给蔡元培做私人秘书。1918 年初，到沈阳高等师范学校教书。暑假后，到河南汲县省立中学任教。1922 年夏季，受张伯苓之邀请，到天津南开中学任国文教员，同时，又在大学部兼课，讲授预科及二年级国文。③ 从 1924 年起任大学部教授，讲授文科二年级国文（必修课）。④ 1927 年 5 月，范文澜因参加革命活动而受到天津警备司令部追捕，遂逃到北京，从下半年开始，任北京大学教授。同时，还在北京师范大学、女子师范大学、中国大学、朝阳大学、北平大学女子文理学院、中法大学、辅仁大学等学校兼课。1933 年出任北平大学女子文理学院院长。1936 年到河南大学文学院任教。1940 年 1 月，到延安，任马列学院历史研究室主任。1941 年 7 月，马列学院改名为“马列主义研究院”，8 月，马列研究院改组为“中央研究院”，范文澜任副院长兼历史研究室主任。1943 年，在中央宣传部工作。1946 年离开延安，到晋鲁豫边区，任北方大学校长。1948 年 8 月，北方大学与华北联合大学合并，成立华北大学，任副校长兼研究部主任、中国历史研究室主任。1950 年，华北大学历史研

---

① 刘勰著、黄叔琳注、纪昀评、李详补注、刘咸炘阐说，戚良德辑校：《文心雕龙》，第 314 页。

② 刘勰著、黄叔琳注、纪昀评、李详补注、刘咸炘阐说，戚良德辑校：《文心雕龙》，第 285 页。

③ 南开大学校史编写组：《南开大学校史》，天津：南开大学出版社，1989 年，第 25 页。

④ 陈其泰：《范文澜学术思想评传》，北京：北京图书馆出版社，2000 年，第 26 页。

究室划归中国科学院历史研究所三所，范文澜任所长。1969 年 7 月 29 日，范文澜在北京逝世。其主要著述有：《文心雕龙讲疏》《诸子略义》《水经注写景文钞》《文心雕龙注》《中国通史简编》《中国近代史》《群经概论》《范文澜史学论文集》等。2002 年，河北教育出版社推出了十卷本的《范文澜全集》。

范文澜的《文心雕龙讲疏》出版于 1925 年 10 月，由天津新懋印书局出版发行。该书 16 开平装本，竖排版，印刷得比较精致。大约 25 万字。全书总体结构分为上篇和下篇两部分，正文前有《文心雕龙上篇提要》和《文心雕龙下篇提要》，具体仍然按照五篇一卷，其页码的排列，按照每一卷为一个单位，分卷则重新编码。其内容多寡不一，例如第二卷页码是 102 页，而第八卷仅 30 页。

该书卷首有梁启超先生 1924 年 11 月写的序，次为作者 1923 年自己写的序，又次为黄叔琳辑注本原序、《南史》刘勰本传，其后为目录。本书为范文澜先生任教于南开大学时，在《文心雕龙》讲义稿基础上修订而成的一部专著，也是在黄侃《文心雕龙札记》影响下的第一部“龙学”专著。较之前辈学者，其在形式上最大的创新是：第一，将《文心雕龙》原文每篇分段注释，对原文需要注释的词句，加上序号，在分段相应序号下注释。第二，按照刘勰原意，分为上篇和下篇，并各列出一个知识结构图表。这两点是“龙学”史上前无古人的创新，且影响深远，后来的“龙学”家，多有效仿者。范文澜自己在《自序》中说：“读《文心》，当知崇自然、贵通变二要义；虽谓为全书精神可也。讲疏中屡言之者，即以此故。”[①] 梁启超在序言里评价范注说：“展卷诵读，知其征证详核，考据精审，于训诂义理，皆多所发明，荟萃通人之说，而折衷之，使义无不明，句无不达，是非特嘉惠于今世学子，而实大有勋劳于舍人也。”[②]“崇自然”“贵通变”这两点，说明范文澜抓住了《文心雕龙》的根本。范文澜在自序中说：“今观注本，纰缪弘多，所引书往往为今世所无，展转取载，而不著其出处。”[③] 按理说，在指责往昔他人不足之后，自己应该避免。但是，范注却也不无重复前人已经犯过的毛病之处。

① 范文澜：《文心雕龙讲疏》，《范文澜全集》第三卷，第 6 页。
② 范文澜：《文心雕龙讲疏》，《范文澜全集》第三卷，第 4 页。
③ 范文澜：《文心雕龙讲疏》，《范文澜全集》第三卷，第 5 页。

关于《文心雕龙讲疏》为什么在天津新懋印书局出版的问题，蔡美彪在《旧国学传人，新史学宗师——范文澜与北大》一文中著录：范文澜曾对蔡美彪说："那时有位姓李的同志，要天津搞印刷厂，掩护党的地下活动。没有东西印，就把我的《文心雕龙讲疏》稿子拿去印了。"① 此书印数不多，但出版后立即受到学术界的重视。当时《南开周刊》第一卷第四期（1925 年 10 月 17 日）刊登了寿昀《介绍范文澜著〈文心雕龙讲疏〉》一文，该文指出：

> 只要是打算研究中国文学的人，谁不知道看《文心雕龙》，还用着我来介绍——说费话！不过这部书虽然是有价值，然而没有好注本。现在通行的黄注本，我实在不敢恭维：不但疏略，还有错误。我曾上过它好几次的当；想读过它的朋友也许有同感吧！以这样有价值的名著，而得不到好的注本，是多么讨厌的事！本校教授范仲沄先生也许是看到这步，所以费了一年多的功夫"旁征博引"，仔仔细细地著成一部"讲疏"，他这部书，我曾经读过一遍，虽然不敢过于恭维，认为是"尽美矣，又尽善也！"但是敢负责任地说，这部书实在比通行的注本好的多。我们读他这部书，旁的好处都不算，至少也可以减少好些翻书的麻烦，经济了好些时间。所以朋友们，要是你们的意见同纪老先生一样，以为"读文心雕龙者，不患不知此……"，那我这话又算白说了；如若不然，那就虔诚的请你赶快买读这——《文心雕龙讲疏》。②

寿昀的这篇介绍文章，表面看来，好像一篇广告词，但是，细心读来，却也是一篇大实话。从另一角度看，范著《讲疏》也有它自身的不足。

当范文澜把自己大著寄给好友李笠指正的时候，李笠于 1926 年 6 月在《图书馆学季刊》第 1 卷第 2 期发表了评论，李笠指出尚有两大类工作需要完善：一是当增补者：（1）应该增加历代公私书目及史志著录情况；（2）应该补加刘勰年谱；（3）应该交代刘勰其他著述；（4）增加旁证；（5）注重引书出处（范文澜虽然指责往昔注本没有指出引文出处，而他自己仍然没

---

① 蔡美彪：《学林旧事》，北京：中华书局，2012 年，第 15 页。

② 王文俊等选编：《南开大学校史资料选（1919—1949）》，天津：南开大学出版社，1989 年，第 349 页。

有完全避免这一毛病）；（6）范注既需要增加，也需要削繁；也就是说，当注的尚有不少没有注出，而已经注出的需要再简明一些；（7）校勘不精；（8）尚有许多内容需要补充。二是排版问题，此类责任主要是出版社的问题，当然，与范文澜手稿要求不明也有关：（1）正文与注疏文字没有明显区别；（2）注疏自身之区别不明。李笠的评论，未有涉及范注对《文心雕龙》理论理解和阐释，而只是从本书的体例方面直言品评，可谓知音。

两年后，范文澜在此基础上，推出新版《文心雕龙注》，补充、增订、扩大了阵容，成为一部40多万字的巨著，比起《讲疏》来，注释（包括附录）字数增加了一倍多，主要是注释条数和内容的增加。如《史传》《诸子》两篇，《讲疏》各有40多条，而《注》又增至50多条。《神思》篇，《讲疏》注释24条，《注》增至32条。范注除了注释详赡外，另一特点是各篇注释下，附录了不少参考性文字，有的属于彦和原文中提到的作品，与原文对照参看，甚是方便。此一特色，在《讲疏》中已经出现，《文心雕龙注》更加增益。例如《正纬》篇，《讲疏》仅录刘师培《谶纬论》一篇，《注》则增加了徐养原《纬候不起于哀平辨》、刘师培《国学发微》（一节）等6篇。又如《序志》篇，《讲疏》原录应玚《文质论》等4篇，《注》又增加了曹丕《典论·论文》等5篇。这就是说，在《讲疏》出版后的两年时间里，范文澜一直处在不断的修改、补充中。在体例上，《注》不再像《讲疏》那样，分段注释，而是把彦和原文集中在一起，在每篇需要注释的地方加上序号，于1929年9月作为上册，由北平文化书社出版发行，而注释部分则分为中册和下册分别出版。中册注释内容是《原道》至《书记》25篇的注释，于1929年12月由北平文化书社出版发行，下册注释内容是《神思》至《序志》25篇的注释，于1931年2月由北平文化书社出版发行。

杨明照于1937年在《文学年报》第3期，发表了对北平文化书社本《范文澜〈文心雕龙注〉举正》的批评文章，对范注诠说不当者举正了37条；对黄叔琳评而误为纪昀评者，指出了14条。杨明照说：“上所列者，凡十有四条，皆黄氏叔琳评语，而范注乃以属诸纪氏。又按：养素堂本，仅有黄评。庐涿州刊于粤者，则朱墨区分，黄评墨字，纪评朱字。各于其党。坊间通行本，亦各冠其姓氏以示异①。不知范氏何以致误？”②

---

① 按：此坊间本，当指1916年10月中原书局出版的李详《文心雕龙补注》。

② 杨明照：《范文澜〈文心雕龙注〉举正》，《文学年报》1937年第3期。

1936年7月，范文澜《文心雕龙注》由上海开明书店出版了线装七卷本。至此，我们说，范文澜的注本，已经代表了现代“龙学”的最高范本。这个范本除了在校勘、考据、注释方面代表了当时的最高水平之外，还有三个特点：第一，在上篇和下篇中，各列出了一个知识结构图表，尽管这两个图表在每一次出版时都有修改的痕迹，这些痕迹代表了范文澜对《文心雕龙》全书知识结构认识的不断深化，可以说，范文澜是研究《文心雕龙》理论体系的第一人。第二，尽管范氏好友李笠先生指出《讲疏》没有列出刘勰年谱是一个遗憾，但在《文心雕龙注·序志》篇的注释中，范文澜引用了刘毓崧《通谊堂集·书文心雕龙后》，在确定了《文心雕龙》成书年代的基础上，对刘勰家世、生平做了考证，这个考证，实际上就是给刘勰作了一个“传”，此时继《梁书》和《南史》之后，范文澜已经是为刘勰作传的第三人了，但是，就其家世、生平的全面性来说，刘节、梁绳祎的《评传》没有超过范文澜。① 刘节对刘勰作的“传”太略，没有突破《梁书》和《南史》。应该称道的是，梁绳祎为刘勰家族画出了一个世系表。第三，范注为了加强读者对原书的理解，或节录、或全录了大量与《文心雕龙》相关的文章，这是前无古人的，在《讲疏》的基础上，其数量上已经增至数百种了。按照我对“文心雕龙学”可分为内涵和外延两大块的理解，范文澜从《讲疏》到《注》皆关注到了，如此全面者，范君也是现代“龙学”的第一人。同时，我们看到李笠的品评、杨明照的两次评论，在1936年出版的开明书店本《文心雕龙注》中，基本吸纳了他们的批评意见，这从另一个方面说，学术批评是学术进步的重要一环，值得我们深思。

牟世金先生把1914至1949年新中国诞生之前这一段时期，看成是“文心雕龙学”的诞生期。② 这个跨度虽然大一点，但大体不差。这一时期除了上述所列成果外，尚有朱恕之的《文心雕龙研究》、叶长青的《文心雕龙杂记》、刘永济的《文心雕龙校释》等其他专著及单篇论文问世，恕不一一展开介绍。

---

① 1927年3月刘节在《国学月刊》第二卷第3期发表了《刘勰评传》；同年6月，梁绳祎在《小说月报》第十七卷号外《中国文学研究》发表了《文学批评家刘彦和评传》。霍依仙又在《南风》第12卷第2、3号合刊（1936年5月）发表了《刘彦和评传》。

② 牟世金：《“龙学”七十年概观》，《雕龙后集》，济南：山东大学出版社，1993年，第4页。

四、结语

综上所述，通过对黄侃《文心雕龙札记》的诞生及其前前后后相关资料的搜集与辨析，可以明确同仁们的一些推理和模糊认识。首先，章太炎在日本给黄侃、朱蓬仙、鲁迅、朱希祖、钱玄同等人讲授《文心雕龙》的具体时间，是公元1909年3月11日至4月8日，每周一次，周四上午授课，每次讲授内容是10篇，共分五次授完。

其次，中国现代“龙学”的创建，章太炎是播种者，北京大学是温床，又有成都“儒林第”和南开大学两厢辅佐。无论章太炎还是刘咸炘家族，皆背负着传扬国学的使命，在诸位国学大师的努力下，可以代表中国传统文化的现代“文心雕龙学”诞生在民国初期。黄侃的《文心雕龙札记》、刘咸炘《文心雕龙阐说》同为现代“龙学”的开山之作。

第三，经过辨析，可以断定朱蓬仙在北大讲授《文心雕龙》出现低级错误而被傅斯年等人赶下讲坛的时间，大致在1917年下半年至1918年下半年之间。资料证明，黄侃在接替朱蓬仙给傅斯年等人讲授《文心雕龙》之前，就已经在其他年级开设《文心雕龙》课。黄侃在蔡元培主政北大之前，讲授《文心雕龙》所属学科为“词章学”，在蔡元培改革北大课程之后，其讲《文心雕龙》所属学科为“文学概论”。

（作者单位：山东莒县刘勰《文心雕龙》研究所）

《文心雕龙》的结构及其理论体系

——基于“总论”与“批评论”的考察

蔡鑫泉

摘　要：从诠释学、文本分析以及刘勰提示等方面，对《宗经》《正纬》《辨骚》《物色》等篇主旨进行分析，可以确定它们对《文心雕龙》文体论、创作论的指导作用，从而确立它们在《文心雕龙》理论体系中的重要地位。根据“枢纽”的比喻寓意和纬谶寓意，“总论”可以做新的分层。《时序》等五篇，是对文体论和创作论所做的总结，宜称之为“综论”，并做出与“总论”相应的分层。“综论”的《时序》《知音》《物色》，与“总论”的《辨骚》《正纬》《宗经》主旨相同，互为呼应、补充，共同对文体论、创作论发挥总则作用。以此为基础，可以绘制一个《文心雕龙》理论体系框图，以便清晰显示各个板块之间的相互作用关系，对理解理论体系有一定帮助。

关键词：《文心雕龙》；理论体系；总论；综论；框图

对《文心雕龙》理论体系的阐述，属于诠释学的范畴。傅伟勋先生的创造诠释说分为实谓、意谓、蕴谓、当谓、必谓五种层次。[①] 阐述《文心雕龙》的理论体系，旨在探讨其实谓、意谓，适当探讨蕴谓、当谓甚至必谓。“夫缀文者情动而辞发，观文者披文以入情，沿波讨源，虽幽必显。”[②] 阐述最基本的依据是文本。《序志》有云：

盖《文心》之作也，本乎道，师乎圣，体乎经，酌乎纬，变乎骚，

① 洪汉鼎、傅永军主编：《中国诠释学》，济南：山东人民出版社，2012 年，第 25 页。

② ［梁］刘勰著、范文澜注：《文心雕龙注》，北京：人民文学出版社，1958 年，第 715 页。

文之枢纽，亦云极矣。若乃论文叙笔，则囿别区分，原始以表末，释名以章义，选文以定篇，敷理以举统，上篇以上，纲领明矣。至于割情析采，笼圈条贯，摛神性，图风势，苞会通，阅声字，崇替于《时序》，褒贬于《才略》，怊怅于《知音》，耿介于《程器》，长怀《序志》，以驭群篇，下篇以下，毛目显矣。①

这是介绍《文心雕龙》的基本篇章结构，是阐述的重要依据。牟世金先生说："联系刘勰自己强调'制首以通尾'而反对'尺接以寸附'（《附会》），可以肯定其书五十篇必有一个总体规划，然后基本上按此规划依次撰写。"② 对于文章高手刘勰，这样的期许十分合情合理。

一、关于总论

《文心雕龙》总论包括《原道》《征圣》《宗经》《正纬》《辨骚》。对《原道》《征圣》讨论比较多，认识也比较充分。我们先从诠释学的角度，对《宗经》《正纬》《辨骚》做一番考察；然后根据"枢纽"的含义，将总论分为两个层次。

（一）《宗经》——教化论

汉武帝罢黜百家，独尊儒术。光武中兴以后，作家靡于儒风，死守章句，所以没有留下什么有价值的文学作品。经过汉末大乱，文人们开始有所觉醒，出现了历史上所谓"文学的自觉时代"。汉以后的魏晋南北朝门阀割据，政治黑暗，但是却迎来了文学艺术的大繁荣。统治阶级企图借以麻醉人民群众，一般士大夫文人也从中寻求精神寄托而远世避害。世族地主把持文坛，附庸风雅，无病呻吟，为文造情，追求文辞藻饰的形式主义日趋明显。这种风气到南朝得到进一步发展，齐梁以后出现了庸俗的色情文学。③ 这就是《文心雕龙》的历史背景和面临的问题。

《宗经》开宗明言："三极彝训，其书言《经》。经也者，恒久之至道，不刊之鸿教也。"圣人制作的经，是"不刊之鸿教也"。接着，《易》《书》《诗》《礼》《春秋》等"义既极乎性情，辞亦匠于文理，故能开学养正，

① ［梁］刘勰著、范文澜注：《文心雕龙注》，第727页。

② 牟世金：《文心雕龙研究》，北京：人民文学出版社，1995年，第61页。

③ 参见牟世金：《〈文心雕龙译注〉引论》，《雕龙集》，北京：中国社会科学出版社，1993年，第193—197页。

昭明有融”①，“开学养正”，启发学养、陶冶性情是也。在赞语中又一次强调“三极彝道，训深稽古。致化惟一，分教斯五”②，经的作用与道是相同的，在于治理天下，教化民风。刘勰高举教化的旗帜，力挽齐梁唯美庸俗文学的颓势。《文心雕龙》多处触及文学的教化作用问题。集中论述这一问题的是《宗经》。

在如何达到教化作用上，经也是榜样。经典“至根柢盘深，枝叶峻茂，辞约而旨丰，事近而喻远，是以往者虽旧，余味日新，后进追取而非晚，前修久用而未先”③。经典教化作用像春雨润物细无声，广被山岳河泽，更是刘勰所强调的。面对当时的颓风，刘勰的回答是：“夫文以行立，行以文传，四教所先，符采相济。励德树声，莫不师圣；而建言修辞，鲜克宗经。是以楚艳汉侈，流弊不还，正末归本，不其懿欤！”④

我们的传统一向十分重视文的教化作用。这方面的论述很多，最为著名的要算《毛诗序》了。“风，风也，教也。风以动之，教以化之。诗者，志之所之也。在心为志，发言为诗。情动于中，而形于言；言之不足，故嗟叹之；嗟叹之不足，故永歌之；永歌之不足，不知手之舞之，足之蹈之也。”⑤ 陈昭瑛先生说：“儒家认为，作家对政治的关心是由‘仁心’所发，因而是自然而然的，文艺的教化、批判作用也因此是自然而然的。”⑥ 教化之风可谓源深流长，浩浩荡荡。

根据《宗经》的文本内容，根据《宗经》的当谓，说《宗经》的主旨是教化论是妥当的。许多学者也注意到这一点，有很精当的论述。

牟世金先生认为，关于经，“刘勰论五经，也重视其教育作用”⑦。经是圣人用来“教人成其德”的，讲经离不开教化。“《征圣》《宗经》中提出的文学主张，有三点是较为重要的。第一是文学的教育作用。文学的教化作用，一向为儒家所重视。六朝名教废弛，文学创作也‘习华随侈，流遁忘返’（《风骨》）。刘勰重视诗文的风教意义，认为‘怊怅述情，必始乎

---

① ［梁］刘勰著、范文澜注:《文心雕龙注》,第21页。

② ［梁］刘勰著、范文澜注:《文心雕龙注》,第23页。

③ ［梁］刘勰著、范文澜注:《文心雕龙注》,第22页。

④ ［梁］刘勰著、范文澜注:《文心雕龙注》,第23页。

⑤ ［梁］刘勰著、范文澜注:《文心雕龙注》,第96页。

⑥ 陈昭瑛:《儒家美学与经典诠释》,上海:华东师范大学出版社,2008年,第140页。

⑦ 牟世金:《文心雕龙研究》,第177页。

风'，既是时代的要求，也和儒家的传统观点一致。"[①] 刘勰重视教化，超过汉儒。所以说，"自曹丕《典论·论文》提出'盖文章经国之大业，不朽之盛事'，文学事业开始有了自己独立的社会价值。这种价值是和文学的实用主义密切联系着的。刘勰继承发展了这一观念，论'文章之用'则云'五礼资之以成，六典因之致用，君臣所以炳焕，军国所以昭明'（《序志》）；论文章典范则是'写天地之辉光，晓生民之耳目'，'经纬区宇，弥纶彝宪，发挥事业，彪炳辞义'（《原道》）。总的说来，就是要求文章在治理种种国家大事中发挥积极的作用，也就是所谓'摛文必在纬军国'。这就是刘勰最基本的文学主张，全书对历代作家作品的评论，以及各种艺术技巧的讲求，无不由此出发。"[②]《宗经》的宗旨为教化明矣。

周振甫先生说："《宗经》还有更深刻的含义，是有关创作的用意的。像《文赋》提出'诗缘情而绮靡'，即要求抒情而有文采。但《明诗》里指出'诗言志'；'诗者持也，持人情性'，要求有'顺美匡恶'的美刺作用。这样讲诗，就超过了'诗缘情'，是宗经也起到了挽救文弊的作用。"[③]《宗经》的主旨为教化论可谓呼之欲出。

罗宗强先生认为："这个理论核心实质上是一个文的理想模式"，"这个理想模式，自文之功用言之，是抒情写意与教化的统一……从其对历代作家作品的品评中，知教化功用，乃其衡文之宗旨。"[④] "文之功用"，可谓教化论的代名词，古代文论挥之不去。

戚良德先生说："谓'风'为'化感之本源'，亦即教育、感化之根本，可以说此乃本于《毛诗序》之论；而谓'风'为'志气之符契'，亦即这种教育、感化作用同作者内心的情志、血气是一致的，这便是刘勰自己的解释了。"[⑤] 又说："刘勰的初衷是要对孔门四教之一端——'文教'进行研究。所以，《文心雕龙》不仅是一部文学理论，更是一部儒家人文修养和文章写作的教科书。"[⑥]《文心雕龙》意在教化已经十分具体了。

万奇、李金秋先生指出：刘勰认为诗歌的功能之一是"'风流二南'

---

① 牟世金：《文心雕龙研究》，第 182 页。

② 牟世金：《文心雕龙研究》，第 78 页。

③ [梁]刘勰著，周振甫注：《文心雕龙注释》，北京：人民文学出版社，1981 年，第 28 页。

④ 转引自戚良德：《〈文心雕龙〉与中国文论》，北京：中国书籍出版社，2017 年，第 217 页。

⑤ 戚良德：《〈文心雕龙〉与中国文论》，第 117 页。

⑥ 戚良德：《〈文心雕龙〉与中国文论》，第 49 页。

的教化功能。‘风流二南’，是讲风教通过《诗经》的传播，以感化人心，着眼于诗歌与民众。上述看法，也并非刘勰的发明，本于《诗大序》：‘风，风也，教也，风以动之，教以化之。……故正得失，动天地，感鬼神，莫近于诗。先王以是经夫妇，成孝敬，厚人伦，美教化，移风俗。……吟咏性情，以风其上……’”① 文学的教化作用，刘勰传承自《风》《雅》。

可见，《宗经》的主旨是教化论。这一点在其他章节有很多体现应用。《宗经》之总论的地位也体现在此。

（二）《正纬》——批评论

总论的《正纬》，争论比较多。正确阐述《正纬》在总论中的地位，仍然离不开《文心雕龙》诞生的时代。如上所述，魏晋南北朝政治混乱，却迎来了文学艺术大繁荣。到了南朝，出现了“家家有制，人人有集”② 的盛况。这种现象，是产生文学评论的直接原因。当时已经有人看到这一点了。文学评论在当时不乏其人，不过多是达官贵人在“博论之余”的信口雌黄，没有任何准则。萧绎《金楼子·立言》称：“嗟我后生博达之士，有能品藻异同，删整芜秽，使卷无瑕玷，览无遗功，可谓学矣。”③ 迎合历史潮流，刘勰担当起这一责任，而且他有能力担当。刘勰在《文心雕龙》中构建了文学理论体系，完全有必要也应该把批评论作为总论的重要一环。作为总论中的一篇，《正纬》担纲的正是这一责任。

《正纬》贬损纬谶的话不少。“夫《六经》彪炳，而纬候稠迭；《孝》《论》昭皙，而《钩》《谶》葳蕤。”④ 这些还只是质上的不同。“按经验纬，其伪有四”⑤，简直是一无是处，罄竹难书了。仁人君子深恶痛之：“是以后来辞人，采摭英华。平子恐其迷学，奏令禁绝；仲豫惜其杂真，未许煨燔。”⑥ 但是刘勰发出的“伪既倍摘，则义异自明，《经》足训矣，《纬》何豫焉”⑦ 的感慨，是很值得深思的：经既然已经足以教训千古了，

---

① 万奇、李金秋主编：《文心雕龙文体论新探》，北京：中央民族大学出版社，2012 年，第 1 页。

② ［梁］萧绎：《金楼子·立言》，［梁］萧绎撰，许逸民校笺：《金楼子校笺》，北京：中华书局，2011 年，第 852 页。

③ ［梁］萧绎撰，许逸民校笺：《金楼子校笺》，第 852 页。

④ ［梁］刘勰著、范文澜注：《文心雕龙注》，第 30 页。

⑤ ［梁］刘勰著、范文澜注：《文心雕龙注》，第 30 页。

⑥ ［梁］刘勰著、范文澜注：《文心雕龙注》，第 31 页。

⑦ ［梁］刘勰著、范文澜注：《文心雕龙注》，第 30 页。

“伪既倍摘”的纬又能有什么危害呢?

刘勰的论述没有到此为止，而是话锋转变。如果“义非配《经》”，不把它视为经，换作文学的角度去看待纬谶，“若乃羲农轩皞之源，山渎钟律之要，白鱼赤乌之符，黄金紫玉之瑞，事丰奇伟，辞富膏腴，无益经典，而有助文章”①，虽然纬谶对经典无什么益处，但是对于文章却十分有益。罗宗强先生说:“论经书，只能是‘事信而不诞’。但是文学又确实已经发展了，文学想象已经大量存在，要否定文学想象是不容易的。”② 文学最主要特性之一是虚构性。“芟夷谲诡”等“雕蔚”之处，是纬谶最文学的地方。刘勰对纬谶作出了全面深刻的文学批评。周振甫先生认为:“从‘宗经’来说，对汉以来与经相配的纬应该怎样对待，《正纬》里回答了这个问题。”③ 所谓“正”，乃“评判”之意，对纬的“对待”，正是为了可用于文学，因而可以引申为文学的批评论。《正纬》的主旨为批评论的观点呼之欲出。

健康繁荣的文学，离不开健康有力的文学批评。当代文学理论中，批评论是最重要的范畴之一。文学批评是文艺理论界最为热门关切的话题之一。社科院文学所主办的中国文学网学术争鸣栏，刊录文章500篇，指名道姓“批评”的123篇，约占四分之一。如果从内容上界定，属文学批评的就更多了。④ 王蒙先生在东南卫视《中国正在说》节目第二季第7期题为“文学:与人民同心、与历史同行”的演讲中说:“我希望我们的媒体，我们的评论家，对文学要有更严格的要求，就是一定要敢于指出哪些作品是胡闹的、是没有价值的、是单纯消费性的，是远远不能代表我们这个民族的文学水准的。”⑤ 因此，讨论《正纬》的主旨为批评论，有很切实的现实意义。

刘勰以典型例子剖析的办法，展开文学批评论这一议题。这一近乎“隐”的手法，让我们思忖良久。但是，只要结合《正纬》在总论中的位置，其主旨归纳为批评论是完全适当的。批评论贯穿《文心雕龙》文体论、

---

① [梁]刘勰著、范文澜注:《文心雕龙注》,第31页。

② 罗宗强:《刘勰文学思想的主要倾向》,张少康编:《文心雕龙研究》,武汉:湖北教育出版社,2002年,第326页。

③ [梁]刘勰著,周振甫注:《文心雕龙注释》,第33页。

④ http://www.literature.org/cnwww.literature.net.cn/20190213,2019年2月13日。

⑤ http://www.fjsen.com/zhuanti/20170509/content_19490873.htm,2019年3月5日,此据视频整理,未经本人核实。

创作论，又是文体论、创作论的总结。从某种意义上说，《文心雕龙》就是一部截止南朝的文学批评简史。

（三）《辨骚》——发展论

"自《风》《雅》寝声，莫或抽绪，奇文郁起，其《离骚》哉！"[①]《风》《雅》兴盛久寂之后，《离骚》奇文郁起，引起众人评头论足。"昔汉武爱《骚》，而淮南作《传》，以为《国风》好色而不淫，《小雅》怨诽而不乱。若《离骚》者，可谓兼之。蝉蜕秽浊之中，浮游尘埃之外，皭然涅而不缁，虽与日月争光可也。班固以为露才扬己，忿怼沉江；羿浇二姚，与《左氏》不合；昆仑悬圃，非经义所载。然其文辞丽雅，为词赋之宗。虽非明哲，可谓妙才。王逸以为诗人提耳，屈原婉顺，《离骚》之文，依《经》立义：驷虬乘鹥，则时乘六龙；昆仑流沙，则《禹贡》敷土；名儒辞赋，莫不拟其仪表，所谓金相玉质，百世无匹者也。及汉宣嗟叹，以为皆合经术；扬雄讽味，亦言体同诗雅。四家举以方经，而孟坚谓不合传。"[②] 褒之者奉为楷模，贬之者鄙而不视。所有这些，刘勰认为"褒贬任声，抑扬过实，可谓鉴而弗精，玩而未核者也"[③]，都没有说到点子上。

要说到点子上，务必"将核其论，必征言焉"[④]。其一，"故其陈尧舜之耿介，称汤武之祗敬，典诰之体也；讥桀纣之猖披，伤羿浇之颠陨，规讽之旨也；虬龙以喻君子，云蜺以譬谗邪，比兴之义也；每一顾而淹涕，叹君门之九重，忠恕之辞也：观兹四事，同于《风》《雅》者也。"其二，"至于托云龙，说迂怪，丰隆求宓妃，鸩鸟媒娀女，诡异之辞也；康回倾地，夷羿彃日，木夫九首，土伯三目，谲怪之谈也；依彭咸之遗则，从子胥以自适，狷狭之志也；士女杂座，乱而不分，指以为乐；娱酒不废，沉湎日夜，举以为欢，荒淫之意也。摘此四事，异乎经典者也。"[⑤] 概而言之，"故论其典诰则如彼，语其夸诞则如此。固知《楚辞》者，体宪于三代，而风雅于战国，乃《雅》《颂》之博徒，而词赋之英杰也。"[⑥] 接下来，"观其骨鲠所树，肌肤所附，虽取镕《经》旨，亦自铸伟辞。故《骚经》

---

① ［梁］刘勰著、范文澜注：《文心雕龙注》，第45页。
② ［梁］刘勰著、范文澜注：《文心雕龙注》，第45、46页。
③ ［梁］刘勰著、范文澜注：《文心雕龙注》，第46页。
④ ［梁］刘勰著、范文澜注：《文心雕龙注》，第46页。
⑤ ［梁］刘勰著、范文澜注：《文心雕龙注》，第46、47页。
⑥ ［梁］刘勰著、范文澜注：《文心雕龙注》，第47页。

《九章》，朗丽以哀志；《九歌》《九辩》，绮靡以伤情；《远游》《天问》，瑰诡而惠巧；《招魂》《招隐》，耀艳而深华。《卜居》摽放言之致，《渔父》寄独往之才。故能气往轹古，辞来切今，惊采绝艳，难与并能矣"①，都是褒奖赞赏的话了。赞赏的焦点在"谲怪之谈""自铸伟辞"，在"气往轹古，辞来切今，惊采绝艳，难与并能矣"。褒奖的关键在"托云龙"的方法、文学元素特征明显的"说迂怪"的内容。《风》《雅》是我国文学史上的第一座高峰。屈原的功绩在于"体宪于三代，而风杂于战国"，内容、词语推陈出新，培育《离骚》成为文学史上的第二座高峰，成为文学随时代谋发展的楷模。没有"体宪于三代"就没有《离骚》，但是刘勰在这里更为突出的是《离骚》相对于《风》《雅》的发展。将《辨骚》的主旨概括为发展论，最能够体现《离骚》的特征，也才能与总论之一的地位相称。

有专家已经注意到了这一点。周振甫先生说："只有文学创作上有了新变，才是文学的发展。所以'变乎骚'的主要精神，不是用儒家思想来贬低《楚辞》的创作，恰恰相反，是要用《楚辞》的新变来论证文学的发展。"又说："刘勰把'变乎骚'作为文之枢纽，结合文学的新变来说，这是他对文学理论上的突出贡献，是超越前人的。"② "新变"犹发展，《辨骚》的主旨为发展论已见端倪。

董海平、安海民先生认为："《辨骚》篇亦是从文章流变的角度，来探讨'为文之用心'的，亦即无论创作还是批评，只有做到以'雅颂'来驾驭如楚篇中之'奇''艳'，做到'酌奇而不失其真，玩华而不堕其实'，才能防止文章发展流变过程中的'浮诡''讹滥'之文弊发生，才能使得后之为文者的创作步入正确、健康的创作道路。"③ "流变"是发展的另一种表达。

尹恭弘先生概括段熙仲先生的观点说："依据《序志》所言，文体论二十篇的一般结构分成四部分，'原始以表末'是述的演变，'释名以章义'是定界说，'选文以定篇'是举范作，'敷理以举统'是标规格，《明诗篇》以下是符合的，但以《辨骚》篇内容做具体分析时，并不是如此结

① ［梁］刘勰著、范文澜注：《文心雕龙注》，第 47 页。范本"摽"作"标"。清代黄叔琳《文心雕龙辑注》等作"摽"。

② ［梁］刘勰著，周振甫注：《文心雕龙注释》，"前言"，第 28、30 页。

③ 董海平、安海民：《〈文心雕龙〉理论体系研究》，北京：华龄出版社，2012 年，第 31 页。

构，可知其并非文体论。”① “并非文体论”，以此来肯定《辨骚》在总论中的地位。

赵永纪先生云：“从通变的观点来看，‘变乎骚’是刘勰整个理论体系的基本的指导思想。讨论如何通变，是刘勰‘言为文之用心’的一个重要问题。刘勰认为《楚辞》所以能够‘气往轹古，辞来切今，惊采绝艳，难于并能’，就是因为‘其骨鲠所树，肌肤所附，虽取熔经意，亦自铸伟辞’，无论在思想内容还是艺术表现各个方面，都能够对经典有所继承，并在此基础上有所创新。刘勰要人们向《楚辞》学习通变，就在于此。‘变乎骚’的观点和‘宗经’观点完全一致，都是针对当时不良文风而提出的，都是建立其理论体系的指导思想。因此，《辨骚》篇也不能不属于全书的总论部分。”② “变乎骚”是刘勰整个理论体系的基本的指导思想，是关乎文学总体的课题，《辨骚》在总论中的地位不言而喻。

因此，《辨骚》是刘勰再一次通过典型事例来申明文学的一个重要课题：发展论。

（四）“枢纽”的寓意与总论的两个层次

牟世金先生说：“在‘文之枢纽’的五篇中，可以视为《文心》全书总论的，只有前三篇提出的原道论、征圣论和宗经论。此三论和‘正纬’‘辨骚’的根本区别，就在它是贯穿于全书的基本观点，也是全书立论的基本原则。”③ 这提示，总论可以分为两个层次。根据“枢纽”的寓意与五篇的内容，笔者得出与牟先生不尽相同的层次划分。

刘勰把总论比作枢纽。枢纽包括不动的基座和转动的枢轴。基座虽然不动，但离开基座，轴就不能转动。基座是为基础，其重要性更胜一筹。《宗经》的主旨为教化论，《正纬》的主旨为批评论，《辨骚》的主旨为发展论。这些都是文学最重要的范畴，是文学须臾离开不得的。《原道》的主旨在于交代《文心雕龙》所讨论的文的来源，《征圣》的主旨在于交代《宗经》的经来历。对于理论体系，《原道》《征圣》的重要性不言而喻，

---

① 尹恭弘：《刘勰〈文心雕龙〉思想体系的研究》，卢兴基主编：《“建国”以来古代文学问题讨论举要》，济南：齐鲁书社，1987年，第145—146页。

② 赵永纪：《〈辨骚〉篇不属于总论吗》，《复旦学报》1981年第5期。引用赵永纪的这段论述，主要着眼其文学发展观，并不意味苟同对“通变”的理解。有关“通变”的寓意，参见拙文《〈文心雕龙〉“相循参伍，因革通变”文本分析与通变观》（《语文学刊》2017年第2期）、《再论〈文心雕龙〉“相循参伍，因革通变”文本分析与刘勰通变观》（《语文学刊》2018年第5期）。

③ 牟世金：《文心雕龙研究》，第100—101页。

也是完整的理论体系所缺少不了的。它们居高临下，占据主导地位，但并不像《宗经》《正纬》《辨骚》与文学的关系那么直接。也就是说将总论比作文学的枢纽组，《原道》《征圣》是基座，《宗经》《正纬》《辨骚》是枢轴。《原道》《征圣》的重要性超过《宗经》《正纬》《辨骚》，但起直接作用的则是后者。文体论、创作论所系于的是《宗经》《正纬》《辨骚》。如果要将总论分层次，第一个层次应该是《原道》《征圣》，它们高瞻远瞩、居高临下，犹如总论的导论；《宗经》《正纬》《辨骚》是第二个层次，它们身临其境、躬逢其事，犹如总论的总则。打个不适当的比喻，一个像高高在上的皇帝，一个像万事亲躬的宰相。

上面已经说到，刘勰全面批评纬谶，把它作为一种文学现象。有的学者认为，枢纽说即取自纬谶。邓国光先生说："所谓'枢纽'，屡见于纬书，实源自纬学的概念。""'枢纽'全名'含枢纽'，是中央黄帝座北斗的神名。北斗居中不动，天上众宿依从斗柄所运而转，为众星首脑。北斗这一特色，古人视为王者之象。"[①] 北斗七星，前四颗称斗魁，又名璇玑；后三颗称斗柄，又名玉衡。古代观测天象的仪器，运转的部分称璇玑，持正的称为玉衡。按此，《原道》《征圣》是斗柄，是玉衡；《宗经》《正纬》《辨骚》是斗魁，是璇玑。

两种分析看起来不同，结果则是一样的。

二、关于"批评论"

"批评论"的五篇，《时序》的主旨为发展论，《知音》的主旨为批评论，《才略》《程器》为作家论，学界意见比较一致。关于《物色》的分歧最为明显，因此我们先对《物色》的主旨做一番分析，然后对"批评论"做一些辨析，并进行分层处理。

（一）关于《物色》

《文心雕龙辞典》（增订本）称《物色》是《文心雕龙》"文学评论"中的一篇。[②] 对《物色》的排序存在一些异议。显然，异议的产生与对"物色"含义的理解有关。当然解决的办法，也在对"物色"的理解。本文先对目前"龙学"界对"物色"的解释做一些综述，再从《物色》篇文

---

① 邓国光：《〈文心雕龙〉假纬立义初探》，张少康编：《文心雕龙研究》，第231页。
② 贾锦福主编：《文心雕龙辞典》（增订本），济南：济南出版社，2010年，第342页。

本分析入手，探求“物色”的含义。

范文澜先生《物色》篇注曰：“《文选》赋有物色类。……本篇当移在《附会》篇之下，《总术》篇之上。盖物色犹言声色，即《声律》篇以下诸篇之总名，与《附会》篇相对而统于《总术》篇，今在卷十之首，疑有误也。”① 先生编制的下篇二十篇列表，《物色》即与《附会》并列于《声律》之后。② 范先生的这一注解影响深远。③ “物色”是《文选》的“物色”，“色”乃物之文。于是乎《物色》成了“描写景色”的方法论，就只能与《声律》为伍了。但是如果考察“物色”的上下文语境，似乎不那么令人信服。

《文心雕龙》中“物色”出现了四次。为了便于分析，前后文一并引用：

> 春秋代序，阴阳惨舒，物色之动，心亦摇焉。盖阳气萌而玄驹步，阴律凝而丹鸟羞；微虫犹或入感，四时之动物深矣。若夫珪璋挺其惠心，英华秀其清气，物色相召，人谁获安？

> 是以四序纷回，而入兴贵闲；物色虽繁，而析辞尚简；使味飘飘而轻举，情晔晔而更新。古来辞人，异代接武，莫不参伍以相（变）［循］、因革以为功，物色尽而情有余者，晓会通也。④

先看后一句。祖保泉先生说：“入兴：指有了实际感受而进入创作阶段。”⑤ 这是说作家已经进入创作状态。作家坐在书案旁，自然美景的感受使他兴奋不已，欣然命笔。这里的“物色”，不可能是外化的自然景色，而是自然景色留在脑子中的印象。“古来辞人，异代接武”，说明本句是总结古代作

---

① ［梁］刘勰著、范文澜注：《文心雕龙注》，第695页。

② ［梁］刘勰著、范文澜注：《文心雕龙注》，第496页。

③ 参见贾锦福主编：《文心雕龙辞典》（增订本），第42、198页；刘永济校释：《文心雕龙校释附征引文录》，武汉：武汉大学出版社，2013年，第142页；［南北朝］刘勰著、陈书良整理：《文心雕龙》，北京：作家出版社，2017年，第10、31、358页；张国庆、涂光社：《〈文心雕龙〉集校、集释、直译》，北京：中国社会科学出版社，2015年，第851页。

④ ［梁］刘勰著、范文澜注：《文心雕龙注》，第693—694页。“因革”是创新，“相变”的“变”也是创新，两者重复了。疑“相变”或为“相循”之误。

⑤ ［梁］刘勰著、祖保泉解说：《文心雕龙解说》，合肥：安徽教育出版社，1993年，第911页。

家传承的方法，同样是对创作过程而言。这是理解整句话所要依据的语境。“物色尽而情有余”中的“物色”，也应该是“古来辞人”的“心”中（刘勰的说法）或脑海中（现在科学说法）的“物色”，而不应该是外在的自然美景。

同一篇文章中的同一个词语，当语境相同时，它们的意思很可能相同。“是以四序纷回”“古来辞人”句中的“物色”的解释，可以作为“物色之动，心亦摇焉”“物色相召，人谁获安”中“物色”的参考。“春秋代序，阴阳惨舒”，是自然美景。“物色相召”，召唤作家的应该是身临其境后的美好自然景色留在作家脑海中的印象。“物色之动，心亦摇焉”，“物色相召，人谁获安”，应该是身处书斋案头，是创作过程中的思虑活动。况且“春秋代序”是动，“阴阳惨舒”也是动，无须“物色之动”的“动”来重复。面对自然山水、花鸟鱼虫，人人都赏心悦目。事过之后，唯有作家能将观看景色后留在脑海中的印象梳理升华，行之笔端。

“物色”似可理解为自然景物对人的感染。从现代文学理论来说，刘勰的所谓“物色”是形象思维的重要一环。[①] 如果将“物色”简单化地理解为“声色”“自然万物的声音状貌”，势必影响全面理解刘勰对情与物关系的论述，割裂了《物色》与现代文学理论的联系，不啻浅尝辄止。“物”是一般概念，“色”为一般概念的属性。属性与它的一般概念并列，是逻辑规则所不允许的。这从另一个侧面说明了“物色”不宜理解为一个词。

牟世金先生说：“刘勰的全部文学理论，不出‘情’‘物’二字及其相互关系。”[②]《物色》是“就自然现象对文学创作的影响，来论述文学与现实的关系”[③]。张少康先生说：“《文心雕龙》中对创作过程的主客观关系有过许多重要论述，如《物色》篇中讲的心和物关系……”[④] 涂光社先生说：“于《物色》篇，刘勰专门探讨了文学作品应描写自然景观的问题。他提出了‘江山之助’，也即山水等自然景观对人的思想感情能够产生巨大影

---

① 参见胡雪冈：《意象范畴的流变》，南昌：百花洲文艺出版社，2017 年，第 57—61 页；郁沅：《心物感应与情景交融》，南昌：百花洲文艺出版社，2017 年，第 113—114 页；牛月明：《中国文论构建研究：因情立体、以象兴境》，北京：中央编译出版社，2012 年，第 71 页。

② 牟世金：《雕龙集》，第 213 页。

③ 陆侃如、牟世金：《文心雕龙译注》（下册），济南：齐鲁书社，1982 年，第 338 页。

④ 张少康：《〈文心雕龙〉的物色论——刘勰论文学创作的主观与客观》，《北京大学学报》1985 年第 5 期。

响，有助于文思。”[①]《物色》篇集中讨论的，正是这一文学的中心问题。写什么问题的另一面，是文学的功能问题。牛月明先生认为，文学写作中的物我关系，其实也是文学写什么的问题。历史上有所谓题材决定论，认为题材决定文学作品的价值和意义。[②]

《文心雕龙》属于骈文。“崇替于《时序》，褒贬于《才略》，怊怅于《知音》，耿介于《程器》”，这四句两两相对。“时序”“才略”是主谓结构，“知音”“程器”是动宾结构。主谓结构的还有“物色”。为了语句对仗，刘勰选择缺省处理。这不能成为将《物色》踢出“综论”的理由。何况“剖情析采，笼圈条贯”中也有省略。这也是一种结构呼应。

《物色》篇不是局限于描写自然景物的方法论，而是专注于作家与自然也就是文学与自然的关系，主张文学的教化作用。教化论的主旨确定以后，《物色》篇在“批评论”中的地位也就毋庸置疑了。

（二）“批评论”的正名与分层

贾锦福主编《文心雕龙辞典》（增订本）称《时序》等五篇为“文学评论”。[③] 牟世金《雕龙集》说：“按《序志》的说法，从《时序》到《程器》的五篇属批评论。”[④] 王运熙先生则称之为“杂论”。[⑤]“批评论”的称呼更为流行，但这一称呼有明显的局限性。《时序》的主旨是发展论，《物色》的主旨是教化论，《知音》的主旨是批评论，它们是文学理论中三个最主要的并行不悖的范畴。用其中一个的名称统称另外两个独立并行不悖的范畴，从命名的角度看很不规范。这一部分位于文体论、创作论之后，是综合分析的结果，其更为适宜的名称为“综论”。

《才略》《程器》明确提出作者自身德才修养的问题，但要通过文学创作来实现。了解作家的背景有助于理解文本，但并非必要。《古诗十九首》作者不可考，被刘勰誉为“实五言之冠冕”[⑥]；《风》《雅》的作者已经无从考查，它的经典地位亦无可撼动。科举考试阅卷，高考语文阅卷，部分学术期刊审稿，都采用匿名制。文学理论体系中，作家论相对独立。依据内

---

① 涂光社：《文心十论》，沈阳：春风文艺出版社，1986 年，第 114—119 页。

② 牛月明著：《中国文论构建研究：因情立体、以象兴境》，第 139 页。

③ 贾锦福主编：《文心雕龙辞典》（增订本），第 342 页。

④ 牟世金：《雕龙集》，第 283 页。

⑤ 王运熙、杨明：《魏晋南北朝文学批评史》，上海：上海古籍出版社，1989 年，第 336、338、490 页。

⑥ ［梁］刘勰著、范文澜注：《文心雕龙注》，第 66 页。

容，“综论”分为两个层次。第一个层次是《时序》《物色》《知音》，第二个层次是《才略》《程器》。

（三）《序志》“盖《文心》之作也”段再标点

目前这一段标点断句有多种处理，这既是《文心雕龙》理论体系认识不一的原因之一，也是表现。[①] 根据上面对理论体系的理解，再标点如下：

> 盖《文心》之作也，本乎《道》，师乎《圣》，体乎《经》，酌乎《纬》，变乎《骚》。文之枢纽，亦云极矣。若乃论文叙笔，则囿别区分。原始以表末，释名以章义；选文以定篇，敷理以举统。上篇以上，纲领明矣。至于割情析采，笼圈条贯。摛《神》《性》，图《风》《势》；苞《会》《通》，阅《声》《字》。崇替于《时序》，褒贬于《才略》；怊怅于《知音》，耿介于《程器》。长怀《序志》，以驭群篇。下篇以下，毛目显矣。[②]

三、理论体系框图

框图比较形象，相互之间的关系一目了然，所以为人们欢迎。多位专家曾为《文心雕龙》理论体系绘制框图。[③] 这些图框都是一维的表格再加上一些注释，没有表示出各部分之间的相互作用关系。范文澜先生编制了上篇二十五篇、下篇二十篇两个列表，思路各异，同时也不便组合。[④] 李曰刚先生绘制的两维框图似乎又过于复杂。[⑤] 罗宗强先生编制了一个二维的简表，但与《序志》的述说差异较大，且与本人前述不符。[⑥] 这几种图表似乎都不太理想，但可以提供借鉴。祖保泉先生说：“如果把上述对下篇篇次的看法与上篇的‘文之枢纽’‘论文叙笔’相对照，便会发现，除《序志》

---

① 例如，罗宗强先生按照前引的标点处理，以为“全书分为三部分：文之枢纽，上篇、下篇。”（见其《魏晋南北朝文学思想史》，北京：中华书局，2015 年，第 190、192 页）。

② ［梁］刘勰著、范文澜注：《文心雕龙注》，第 727 页。

③ 牟世金：《文心雕龙研究》，第 133 页；牟世金：《雕龙集》，第 180 页；张少康编：《文心雕龙研究》，第 376 页；万奇、李金秋主编：《文心雕龙文体论新探》，第 141 页；董海平、安海民：《〈文心雕龙〉理论体系研究》，第 139 页。

④ ［梁］刘勰著、范文澜注：《文心雕龙注》，第 4、496 页。

⑤ 参见张然：《论李曰刚〈文心雕龙斠诠〉的成就》，戚良德主编：《中国文论》第四辑，上海：上海古籍出版社，2018 年，第 230 页。

⑥ 罗宗强：《魏晋南北朝文学思想史》，第 229 页。表中列为五部分，而第 190 页称分为三部分。

‘通驭群篇’外，‘文之枢纽’与‘就文之情变角度的剖情析采’是两相对应的，‘论文叙笔’与‘就创作过程的剖情析采’也是两相对应的。”“上下两篇两相对应，不只是形式上的，更重要的还表现在内容上”；“通行本《文心雕龙》下篇的篇次组合，我以为是有思想线索可寻的，而且与上篇的篇次组合，隐隐地有对应关系”。[①] 这一论述很有见地。唯所述对应关系似乎并不十分恰当。

笔者为《文心雕龙》理论体系绘制框图如下：

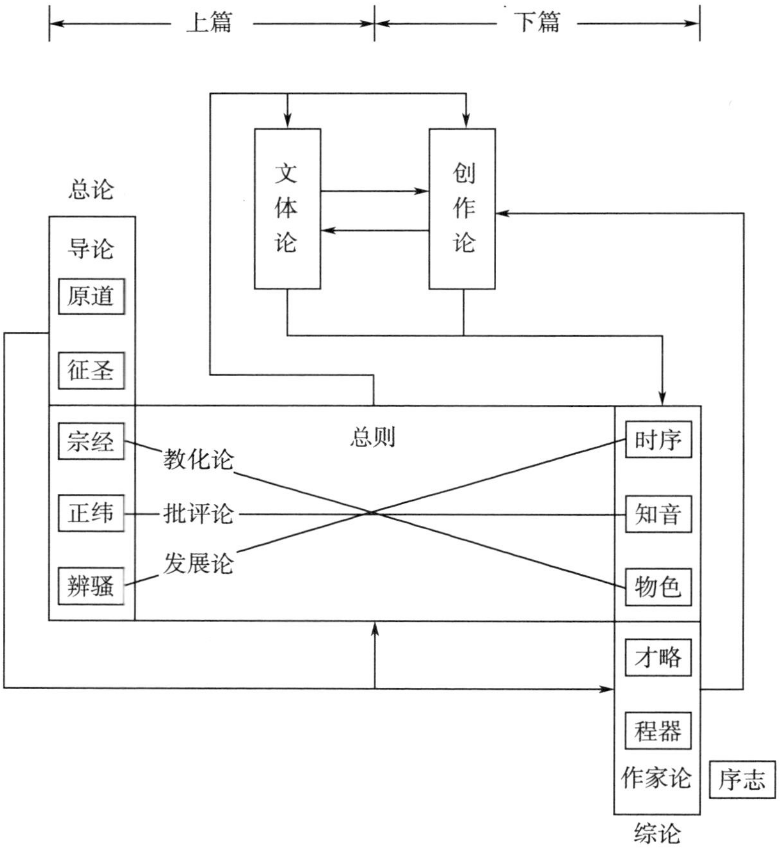

在这个框图中，多种对称关系清晰可见。总论与综论呈轴对称，文体论与创作论呈轴对称，上篇与下篇呈轴对称。总论与综论又呈中心对称。互为中心对称的还有《宗经》与《物色》，《正纬》与《知音》，《辨骚》

---

① 祖保泉：《〈文心〉下篇篇次组合试解》，张少康编：《文心雕龙研究》，第368、365页。

与《时序》，以及导论的《原道》《征圣》与作家论的《程器》《才略》。刘勰《文心雕龙》理论体系的结构真是太匀称、太完美了。

位置对称，说明它们在理论体系中的地位相同、内容关联。《宗经》与《物色》，《正纬》与《知音》，《辨骚》与《时序》两两对称，两相对应的主旨应该相同。总论与综论之间呈轴对称、中心对称，说明它们在理论体系中的地位、作用相当。综论与总论有所区别，但又密切相关。总论是演绎文体论、创作论的基础。综论是文体论、创作论的归纳总结，又构成逻辑上的对称关系。“上篇以上，纲领明矣”“下篇以下，毛目显矣”，从字面上看“毛目”隶属纲领。但它们的对称关系提示，两者在理论体系中的地位、属性相当。罗宗强先生说：“称上篇为‘纲领明矣’，下篇为‘毛目显矣’，非谓上为纲下为目，上为主下为从，盖泛指条理分明而已。”[①] 这里的“毛目”意同“纲领”，是为避免“重出”[②] 而为之。综论和总论互为补充，共同组成《文心雕龙》理论体系，对文体论和文学创作发挥指导作用。作为作家论的《才略》《程器》论述作家的德才与文学的关系，其位置与《原道》《征圣》呼应。枢纽的比喻同样适用于综论。《文心雕龙》理论体系有两组枢纽组更符合习惯和观念，因为日常生活中枢纽往往成双提对使用。

各个板块乃至一些篇章之间的关系也一目了然。导论《原道》《征圣》作用于总论的《宗经》《正纬》《辨骚》与综论的《时序》《知音》《物色》，共同组成理论体系的总则，这更加突显《时序》《知音》《物色》在理论体系中的重要性。虽然导论《原道》《征圣》与《宗经》《正纬》《辨骚》同属于总论，但前者作用于后者，是后者的基础。例如，“人文之元，肇自太极，幽赞神明，《易象》惟先。庖牺画其始，仲尼翼其终”；“自鸟迹代绳，文字始炳，炎皞遗事，纪在《三坟》，而年世渺邈，声采靡追。唐虞文章，则焕乎始盛。元首载歌，既发吟咏之志；益稷陈谟，亦垂敷奏之风。夏后氏兴，业峻鸿绩，九序惟歌，勋德弥缛。逮及商周，文胜其质”[③]，《原道》中的这些有关人文发展的论述，堪称《辨骚》主旨的基础。导论《原道》《征圣》还作用于作家论。它们处于理论体系的顶端，是整

---

① 罗宗强：《魏晋南北朝文学思想史》，第190页。但疑惑的是，第229页“简表”里，犹言“上为纲下为目，上为主下为从”。

② ［梁］刘勰著、范文澜注：《文心雕龙注》，第624页。

③ ［梁］刘勰著、范文澜注：《文心雕龙注》，第2页。

个理论体系的基础。总论接受导论《原道》《征圣》的作用，同时又作用于文体论、创作论。指向文体论、创作论的箭头，既表示文体论、创作路与总论《宗经》《正纬》《辨骚》之间的演绎关系，又表示作为文体论、创作论归纳结果的综论中的《时序》《知音》《物色》对文体论、创作论的反作用关系。如果严格采取一线一用的原则，要用两条线来表示，这将使得框图复杂化。这里采用了简化表示，似乎并不影响读图。因为从文体论、创作论引出的线指向综论，说明综论是由文体论、创作论归纳而来。总论对文体论、创作论发挥指导作用的，只能是总论《宗经》《正纬》《辨骚》。从作家论有一条线指向创作论，这既说明了作家论与创作论之间的关系，也说明作家论在综论中与《时序》《知音》《物色》并列，相对独立。

从本文的结构看，框图是上面分析的结果。其实，许多分析是在框图的引导下取得的。综论中，《时序》的主旨为发展论，《知音》的主旨为批评论。牟世金、祖保泉先生提示刘勰在布局中可能前后呼应，推测最有可能与《时序》呼应的是《辨骚》，与《知音》呼应的是《正纬》。结合诠释学的蕴谓、当谓，猜测《正纬》《辨骚》是以典型事例为切入点，主旨为批评论和发展论，然后做了较为详细的考证。反之，对《物色》的理解很不一致，大有要将它踢出综论的势头。也是根据对称关系，我们推断《物色》很可能与《宗经》呼应，主旨相同，并做了较为详细的论证。

长期以来，很多讨论都在《文心雕龙》文本的排序与理论体系组织的一致性上纠缠不休，其实这是可以回避的。框图反映的是理论体系的内在逻辑关系，文本是理论体系的外在语言表达。两者的机制不同，不可能完全一致，也不应该强求一致。外在表现形式与内在逻辑次序之间的不一致是常有的事。例如宾语提前。又例如小说中的插叙、倒叙。框图的排序与文本也略有差异，《知音》提至《物色》之前，但可谓很小了。这也是刘勰谋划高明的另一体现。

四、结语

《序志》“盖《文心》之作也”段，是刘勰对《文心雕龙》理论体系的精准描述，再标点后更是如此。《文心雕龙》的写作按照这一意图展开。只是个别章节次序有所不同。理论体系为内在逻辑表现，文本是它的外在语辞表现，没有必要强求一致。

借助《文心雕龙》理论体系框图，可以更准确理解“盖《文心》之作也”段，准确掌握各部分之间的关系。《文心雕龙》理论体系结构匀称、完备，极为精美。刘勰匠心独运，不愧为谋篇高手，著作名家。

以诠释学为指导，经过文本分析，《宗经》《正纬》《辨骚》的主旨分别为教化论、批评论、发展论。它们对文体论和创作论都有理论指导意义，是现代文艺理论的最重要的范畴。《原道》《征圣》为总论的导论，是《文心雕龙》理论体系的基础。

《时序》等五篇是文体论和创作论的综合分析的结果，宜称之为“综论”。《才略》《程器》为作家论。《时序》《知音》《物色》与“总论”中的《辨骚》《正纬》《宗经》主旨分别相同，互为呼应补充，共同对文体论、创作论发挥总则作用。“综论”与“总论”同为文章枢纽。

（作者单位：上海市新学科学会）

春秋改革第一相：齐国管仲传叙

——《左传》春秋齐文化述略（下）

蒋　凡

摘　要：齐国称霸，管仲与桓公的默契必不可少。管仲成功推动桓公登上了历史舞台做有声有色的表演，而桓公则举贤授能，能够给予管仲信任，并具大局思考，同样成就了管仲改革的千秋功业。管仲相齐，推动改革，标志了春秋时代士人阶层开始突破周朝旧贵族世卿世禄制度及贵族对思想文化的垄断，大踏步地走上了历史舞台，谱写了上古时代改革开放的新篇章。桓公与管仲，二人相得益彰，史上众口皆碑。

关键词：管仲；齐文化；春秋；《左传》

读《左传》，介绍春秋五霸之首的齐桓公，必然离不开贤相管仲。故《齐桓公传叙》与《管仲传叙》为姐妹篇，二篇内容交融，各有重点，可以互读参考：桓公君主，重点写其人物性格、心理特点及其霸业成败的原因；管仲贤相，虽为臣下，但君所宠信，几乎言听计从，而齐桓霸业，赖之以成。故清高士奇评曰："谅哉！（齐桓公）一世之雄，而仲诚天下才也。"[①] 桓公与管仲，在春秋史上，形影相随。《左传》主要通过精彩言论来写管仲的人格力量及其道德高尚，同时也涉及其治国方略及其某些改革措施的成效。本篇将结合《国语·齐语》《史记·管晏列传》《齐太公世家》及《管子》以及先秦两汉诸子中较为可靠的有关篇章，来介绍管仲所推行的制度改革及其对后世的影响。

---

① ［清］高士奇:《左传纪事本末》,北京:中华书局,1979 年,第 210 页。

一、阶下囚入齐拜相

公及齐大夫盟于蔇，齐无君也。

夏，公伐齐，纳子纠。桓公自莒先入。秋，师及齐师战于乾时，我师败绩。公丧戎路，传乘而归。秦子、梁子以公旗辟于下道，是以皆止。鲍叔帅师来言曰："子纠，亲也，请君讨之；管、召，仇也，请受而甘心焉。"乃杀子纠于生窦。召忽死之。管仲请囚，鲍叔受之，及堂阜而税之。归而以告曰："管夷吾治于高傒，使相可也。"公从之。(《左传》庄公九年)[①]

故事发生在公元前685年。前一年，齐襄公诸儿遇弑死，其兄弟公子纠与小白争立。早先纠奔鲁，小白奔莒以避祸。以此，鲁庄公帅师伐齐纳纠，而小白自莒先入齐即位，史称桓公，帅齐师与鲁战。鲁败，精锐丧失殆尽，庄公也丧其乘坐兵车。桓公命鲍叔牙率师乘胜追击，齐军压鲁，提出了杀公子纠并送回管仲、召忽，前者绝争位之患，后者"仇人"，欲在齐廷当众惩罚。这是齐鲁讲和的条件，不然大军压境，鲁难喘息。无奈，鲁杀公子纠，召忽死之。而管仲请囚，他不会为公子纠一人尽其愚忠，而是准备将来为齐争霸天下而奋斗，这是他早年的理想。这样，管仲就成了《左传》叙述的主角之一，可参阅《齐桓公传叙》有关部分。

管仲（？—前645），名夷吾，又称管敬仲。据《史记索引》注称其管严之子，颍上（颍水之滨）人。因鲍叔之荐，被齐桓公任为执政卿相。《左传》僖十二年孔颖达疏引《世族谱》，谓"管氏出自周穆王"，则与天子同为姬姓；但春秋时早已没落无闻，降为中下层官吏或一般之士，只能从头奋起努力。管姓之人，《左传》偶有记载，如庄公八年戍葵丘而作乱的管至父，不知是否与管仲同族，也只是普通的中下层军官。而《国语·齐语》韦昭注："管夷吾，齐卿，姬姓之后，管严仲（按：名次山）之子敬仲也。"[②] 有关管仲任卿相前的生平行事，秦汉前的诸子著作或有零星记述。《战国策·秦策》记姚贾之言："管仲，其鄙人之贾也，南阳之弊幽，

① 杨伯峻：《春秋左传注》(修订本)，北京：中华书局，1990年，第179—180页。
② 上海师大古籍整理组校点：《国语》，上海：上海古籍出版社，1978年，第222页。

鲁之免囚，桓公用之而伯。”[①] 鄙，国都城邑之外的郊野也，说明管仲是出于边鄙乡村的一个小商人。又刘向《说苑·善说》篇载，子路在和孔子谈到管仲时说：“（管仲）家残于齐而无忧色，是不慈也。”孔子辩曰：“家残于齐而无忧色，非不慈也，知命也。”也就是说，家庭残破而无忧色，并不是管仲不爱家人，而是知名待机而准备东山再起。所谓管仲“家残”，据《善说》篇记子路言：“昔者管仲说（齐）襄公，襄公不悦。”[②] 在桓公前的襄公时代，管仲也曾企图挤进齐国政坛而向襄公进谏言，但因“襄公不悦”而受惩罚，因此家残事败。《说苑·尊贤》篇也称“管仲故成阴之狗盗也，天下之庸夫也。”[③] 又《管子·小问》曰：“夷吾尝为圉人矣。”[④] 圉人，不过是掌养牛马放牧小官，可见其出身早已沦落底层，生活艰难，少有赏拔之者。可能父亲早死，管仲少时家贫，“与鲍叔同贾南阳，及分财利，而管仲尝欺鲍叔，多自取。鲍叔知其有母而贫，不以为贪也”[⑤]。管仲年轻时又当过兵，曾为母无人养而临阵脱逃，鲍叔不以为怯也。种种迹象表明，管仲出身微贱而历尽艰辛，但他不拘小节，忍耐待机，做种种努力，以便将来一展宏图。因此，在世卿世禄礼制仍在的东周初期，管仲要脱颖而出，就非有机缘与大本事不可。机会与理想才智，是管仲成其名相事业的双翼，缺一不可。如果没有挚友鲍叔力荐及桓公信任重用，又岂能有管仲改革的机缘及其名相事业？而如果管仲缺乏理想和真才实学，纵有桓公赏拔，改革也不会成功，又岂能助桓公成其千秋霸业？如前《齐桓公传叙》所言，就其历史贡献言，管仲、桓公相辅相成，互补双赢，到达了比翼飞天之境界。

管仲在鲁，被当作囚犯押回齐国。当时，鲁贤臣施伯早已发现齐将起用管仲的本意。但齐鲁二国，大小有别，鲁国之国力，难与齐硬顶死抗。在齐桓公之前，齐鲁近邻而具世仇，利齐则必不利于鲁。因而对于是否送回管仲，鲁庄公犹豫不决。但施伯谏曰：“君与之。臣闻齐君惕而亟骄，虽得贤，庸必能用之乎？及齐君之能用之也，管子之事济也。夫管仲，天下之大圣也。今彼反齐，天下皆乡之，岂独鲁乎！今若杀之，此鲍叔之友也，

① ［汉］刘向集录：《战国策》，上海：上海古籍出版社，1985年，第296页。
② ［汉］刘向撰，向宗鲁校证：《说苑校证》，北京：中华书局，1987年，第290页。
③ ［汉］刘向撰，向宗鲁校证：《说苑校证》，第177页。
④ 黎翔凤撰，梁运华整理：《管子校注》，北京：中华书局，2004年，第966页。
⑤ 王利器注疏：《吕氏春秋注疏》，成都：巴蜀书社，2002年，第3188页。

鲍叔因此以作难，君必不能待也，不如与之。”[①] 于是鲁囚管仲入齐军。到齐鲁交界处堂阜，鲍叔释放管仲，并向桓公力荐管仲之贤堪任卿相执国政。但桓公以管仲仇人而拒用。据《史记·齐太公世家》，在公子纠与小白争立之际，“管仲别将兵遮莒道，射中小白带钩。小白详（佯）死，管仲使人驰报鲁。”故“桓公之立，发兵攻鲁，心欲杀管仲”。但鲍叔牙坚决反对，理由非常充分，他说：“君将治齐，即高傒与叔牙足也。君且欲霸王，非管夷吾不可。夷吾所居国国重，不可失也。”[②] 详尽细说了自己治国不如管仲的五大方面问题，可参《齐桓公叙传》。于是桓公与管仲化敌为友，并立即重用为执政卿相。故《左传》僖二十四年载：“管敬仲，桓之贼也，实相以济。”[③] 管仲囚鲁入齐，桓公欲杀而未杀，同样经历坎坷，生死未卜。幸鲍叔牙诚恳力荐，桓公胸怀宽阔，有霸天下雄心壮志，故能与管仲化解仇恨而同心协力。管仲相齐，不仅因管仲本人的才智过人，同样，如果桓公小肚鸡肠而无争霸天下大志，则管仲早已命悬一线，岂有来日相业之辉光？从阶下死囚，化为上座卿相，这戏剧性的华丽转身，正说明了管仲与桓公，在政治上双方互有需求，彼此扶持而关系密不可分。但到晚年，桓公在功成名就之后，迅速腐化，二人理想与志业产生严重矛盾，管仲临终忠谏之言，桓公当耳边风，终于身死而霸业消散，悲哉！

管仲相齐，推动改革，标志了春秋时代士人阶层开始突破周朝旧贵族世卿世禄制度及贵族对思想文化的垄断，大踏步地走上了历史舞台，谱写了上古时代改革开放的新篇章。

二、尊王攘夷定国策

> 狄人伐邢。管敬仲言于齐侯曰：“戎狄豺狼，不可厌也。诸夏亲昵，不可弃也。宴安鸩毒，不可怀也。《诗》云：‘岂不怀归？畏此简书。’简书，同恶相恤之谓也。请救邢以从简书。”齐人救邢。（《左传》闵公元年）[④]

鲁闵公元年，即公元前661年。狄是当时中国北方以游牧为生的一支

① 黎翔凤撰，梁运华整理：《管子校注》，第342页。

② ［汉］司马迁：《史记》，北京：中华书局，1963年，第1485—1486页。

③ 杨伯峻：《春秋左传注》（修订本），第502页。

④ 杨伯峻：《春秋左传注》（修订本），第256页。

强大的少数民族，狄人羡慕中原财富，一有机会，就会乘隙向较弱小的中原诸侯国发动进攻，并于鲁闵公元年、二年奔袭邢、卫而亡其国，这就是典型事例。因此，管仲诚恳建言，对此不能熟视无睹，而应外攘夷狄以救助中原兄弟邻邦。简书，即各诸侯国会盟时签订的盟誓之约，是对祖宗神灵许诺的誓言，应该相互支援而共同对敌。盟约庄严肃穆，不可轻易违背。以此齐人救邢、卫。据《左传》闵公二年十二月，狄灭卫，“齐侯使公子无亏帅车三百乘、甲士三千人以戍曹。归公（按：卫戴公）乘马，祭服五称（按：单复衣配套曰称），牛、羊、豕、鸡、狗皆三百与门材（按：门户建材）。归夫人鱼轩，重锦三十两（匹）。”[①] 于是卫亡而复存。僖公元年，“诸侯救邢。邢人溃，出奔师。师遂逐狄人，具邢器用而迁之，师无私焉。”“夏，邢迁于夷仪，诸侯城之，救患也。凡侯伯，救患、分灾、讨罪，礼也。”[②] 于是邢亡而复生。又如北燕受山戎侵袭，岌岌可危，向齐求救，于是齐军跨越万水千山，历尽艰难险阻，北征山戎，终于击败强敌而壮大了兄弟燕。在兄弟之邦相互救助、共御外侮方面，管仲的指导思想和战略设计，是明确而坚定的。管仲具有较高的文化素养，他熟读古代《诗》《书》经典，引用《诗经·小雅·出车》之句，说明国家多难，百姓无法安居乐业，因此必须兄弟团结来共御外侮。士兵们难道不想回家安居生活吗？但兄弟之邦所订盟约不敢忘。这与《小雅·常棣》诗句“兄弟阋于墙，外御其侮”同一意思。俗话说，“打虎亲兄弟，战场父子兵”。在春秋宗法社会中，中原诸侯封国大多是周朝分封的姬姓之国，或与周天子沾亲带故，故天子称辈分较大的同姓诸侯为伯父，异姓诸侯为伯舅或舅氏，以血统之远近及其势力大小来分辨亲疏。这就是管仲提出救邢、卫以共御夷狄的社会根据。后来又因此发展为华夷之辨，成为民族传统精神，影响非常深远。如近现代的辛亥革命前后，同盟会领袖孙中山及章太炎，高举“驱逐鞑虏，恢复中华”大旗，明显继承《左传》华夷之辨思想影响而加以发扬光大。

至于尊王旗号，同样并非虚设，而是东周社会形势的需要。周朝是以血统为中心的宗法社会，千百个诸侯国都是姬周王朝分封，至春秋时尚存数百国。齐为太公之后，东方大国；但秦、晋与楚，在残酷的兼并战争中

---

① 杨伯峻：《春秋左传注》（修订本），第267—268页。

② 杨伯峻：《春秋左传注》（修订本），第278页。

日渐发展壮大，与齐并为大国。齐晋秦楚四大国，一时谁也吃不了谁。在僵持态势下，管仲建议桓公祭起尊王大旗，以资号召天下，争取中间势力，很有必要。当时周天子虽然衰落，但周礼尚存，其天下共主地位尚未根本动摇。如郑庄公曾发兵抗周，取得胜利，但仍然不得不祭起尊王大旗，以资号召，挟天子以令诸侯。又如楚虽早已称王，但对自己的“王”号与周天子的“王”号，质量分量明显有别，楚人十分清楚。齐桓公率诸侯之师伐楚，责其不向周天子纳贡，一代枭雄楚成王，也只能认错，曰：“贡之不入，寡人之罪也，敢不共（供）给？”① 楚王仍然承认周王为天下宗主的地位。在此形势下，管仲为桓公设计了“尊王攘夷”的战略，既有尊周之美，又可藉以挟天子而令诸侯，势压秦晋与强楚，何乐而不为呢？因此，管仲尊周尊王，并非虚情，而是从改革的战略出发，劝桓公力行其道。如《左传》僖公九年载：

> 夏，会于葵丘。寻盟，且修好，礼也。王使宰孔赐齐侯胙，曰：“天子有事于文、武，使孔赐伯舅胙。”齐侯将下、拜。孔曰：“且有后命——天子使孔曰：‘以伯舅耋老，加劳，赐一级，无下拜！’”对曰：“天威不违颜咫尺，小白，余敢贪天子之命，无下拜？恐陨越于下，以遗天子羞。敢不下拜？”下，拜；登，受。②

僖公九年，即公元前651年。当时桓公与中原诸侯会盟于葵丘，天子派太宰周公名孔者来赐桓公祭肉，并且传命桓公不必下坛跪拜受胙。这是天子对桓公的特殊恩宠，表明了桓公的地位远超一般诸侯，近逼天子。当时桓公受虚荣心驱使，很想接受这一至高无上的恩荣礼遇，以便夸耀诸侯，但遭管仲反对，谏曰：“为君不君，为臣不臣，乱之本也。”于是“桓公惧”，对天子特使宰孔说了一通“天威不违颜咫尺”的冠冕堂皇之语，下坛跪拜，依礼受祭肉，于是“诸侯称顺焉”③。也就是说，天下诸侯对桓公尊敬天子的谦顺态度，表示了赞赏和信服。相反，如果桓公拒谏而不拜天子之命，这无异于抛弃“尊王”大旗，可能引发各路诸侯不服，尤其是秦

---

① 杨伯峻:《春秋左传注》(修订本),第291页。
② 杨伯峻:《春秋左传注》(修订本),第326—327页。
③ 上海师大古籍整理组校点:《国语》,第245页。

晋楚诸大国，更有理由加以批判而抢过这面“尊王”大旗。这将对桓公霸业形成严重的挑战。经过盘算，桓公清醒，继续扛起“尊王”的大旗以号令天下。

在宗法社会里，至少在名义上，天子如父母，各路诸侯如兄弟，侯伯应高举“尊王”大旗，团结兄弟之邦，来处置天下大事，这是合乎当时形势需要的，也是管仲为桓公霸业所设计的战略理念。如果说桓公实践时曾有犹豫和动摇，也就是说，尚存某种虚伪的成分，管仲则坚决贯彻，自觉实行，因为这是他改造社会总战略的重要组成部分，岂容虚假水分掺和其中？如《左传》僖公十二年载，周襄王之弟王子带，勾结诸戎“同伐京师”，天庭有难，于是“齐侯使管夷吾平戎于王”，挽救了东周王朝，天王答谢：

> 王以上卿之礼飨管仲，管仲辞曰：“臣，贱有司也，有天子之二守国、高在。若节春秋来承王命，何以礼焉？陪臣敢辞。”王曰：“舅氏，余嘉乃勋，应乃懿德，谓督不忘。往践乃职，无逆朕命。”管仲受下卿之礼而还。君子曰：“管氏之世祀也宜哉！让不忘其上。《诗》曰：‘恺悌君子，神所劳矣。’”①

按周礼，大国诸侯立三卿，例由天子任命二卿，称上卿。齐之国子、高子，即是天子所命上卿。管仲在齐，虽为桓公所命卿相以执齐政，实权在握；但至少在名义上，高、国是天子任命的上卿，身份更为高贵，这是出于周之礼制。如果管仲在周一样享受上卿天命之礼，高、国二氏肯定会有想法而不予合作，这对齐国政治并无好处。经过考虑，管仲拒受天子恩宠，按周之礼制只受下卿飨礼。这表现了管仲对天子的尊重，对上司（按：指身份高贵的国、高二氏）的谦恭，对恩典利益的礼让，一切都出于内心至诚。他的态度，与桓公受胙时的犹豫动摇形成对比。让人看清了二人的内心世界。其实，当春秋初时，礼坏乐崩现象已逐渐加速，周之天朝已经相当孱弱，因此对于霸王桓公才会有“无下拜”之命，这是无奈；但管仲参透了天子的内在心理，避免了天子的尴尬，在尊周尊王的同时，也是对自己所设计的桓公霸业战略的宣传。因此影响很好，取得了天下归心的实

---

① 杨伯峻：《春秋左传注》（修订本），第341—342页。

效。以此，管仲礼让，获益最大的并非周天子，而是桓公霸业和管仲自己。时人给予“恺悌君子”的美评，说管氏为天上神灵所保佑赐福，故有“管氏其世祀也宜哉”之言，管仲恩泽，沾溉千秋后代。

三、辞达意正文辞美

（僖公）四年春，齐侯以诸侯之师侵蔡。蔡溃。遂伐楚。楚子使与师言曰：“君处北海，寡人处南海，唯是风马牛不相及也。不虞君之涉吾地也，何故？”管仲对曰：“昔召康公命我先君大公曰：‘五侯九伯，女实征之，以夹辅周室。’赐我先君履，东至于海，西至于河，南至于穆陵，北至于无棣。尔贡包茅不入，王祭不共，无以缩酒，寡人是征。昭王南征而不复，寡人是问。”对曰：“贡之不入，寡君之罪也，敢不共给？昭王之不复，君其问诸水滨。”师进，次于陉。

夏，楚子使屈完如师。师退，次于召陵。齐侯陈诸侯之师，与屈完乘而观之。齐侯曰：“岂不谷是为？先君之好是继。与不谷同好，如何？”对曰：“君惠徼福于敝邑之社稷，辱收寡君，寡君之愿也。”齐侯曰：“以此众战，谁能御之！以此攻城，何城不克！”对曰：“君若以德绥诸侯，谁敢不服？君若以力，楚国方城以为城，汉水以为池，虽众，无所用之！”屈完及诸侯盟。（《左传》僖公四年）[①]

故事发生在鲁僖公四年（公元前656）。前不久，桓公夫人蔡姬，因荡舟故意撒娇，惊吓桓公，桓公怒，出归蔡姬，于是蔡人另嫁姬。桓公盛怒，率师征蔡而蔡溃。管仲认为因个人私怨伐蔡，师出无名，不如顺势征楚不贡周廷天子之罪，名正言顺。据《韩非子》载，管仲谏伐蔡，曰：“夫以寝席之戏，不足以伐人之国，功业不可冀也，请无以此为稽也。”桓公不听。仲父曰：“必不得已，楚之菁茅不贡于天子三年矣，君不如举兵为天子伐楚。楚服，因还袭蔡，曰：‘余为天子伐楚，而蔡不以兵听从。’因遂灭之。此义于名而利于实，故必有为天子诛之名，而有报仇之实。”[②] 管仲用兵，扭转了桓公为私怨而灭人之国的不良倾向；因蔡近楚，故借地势之便，化征蔡“为天子伐楚”的堂堂正正之师，责楚之贡不入天廷之罪，义正词

---

① 杨伯峻：《春秋左传注》（修订本），第288—293页。

② ［战国］韩非著，陈奇猷校注：《韩非子新校注》，上海：上海古籍出版社，2000年，第688页。

严，理由充足，令楚不得不服。这样，战争性质发生变化，利于桓公霸业。楚终于服软，与诸侯盟，齐人胜出。有了《韩非子》记载做补充，《左传》的故事就更为完整。在楚人眼中，齐楚均等，齐忽征楚，毫无道理，故有二国“风马牛不相及”说辞，责齐口气明显。但管仲能言善辩，胸有成竹，抬出了几百年前周初命太公望专征五侯（公侯伯子男五等爵位）九伯（九州之长）以夹辅周室故事，说明齐有替天行道以征不服之权；然后又抬出当今周天子，责楚菁茅不贡、王祭无以缩酒之罪，事实俱在，名正言顺，令楚不得不服。这就大大提高了桓公作为春秋霸主的地位。因为南方广大，唯楚为大。楚原是周朝分封的子爵诸侯，但长期僻处南方，筚路蓝缕，以蛮夷自居。当周夷王时，熊渠已自称王号，不听天子号令。《史记·楚世家》载：“（楚君）熊渠曰：‘我，蛮夷也，不与中国之号谥。’”① 故《诗经·小雅·采杞》有“蠢尔蛮荆”之语。因此，管仲所倡伐楚之役，是借实力做后盾，以德绥人，以理服人的典型事件，具体说明了尊王攘夷的政治路线的精神实质，对中原诸侯具有号召力。

反观桓公，他与屈完对话，有“以此众战，谁能御之”之言，全然是一副以力压人而不绥以德的霸道脸孔，岂能令人信服？因此楚使屈完回话，不卑不亢，把傲慢的桓公顶了回去。在同一事件中，管仲与桓公的不同对话，说明了不同修养和心态，形成了鲜明对比。真正高举尊王攘夷以收天下归心者，乃其思想理念的总设计师管仲也；而桓公则边学习、边推行，在实践中曲折前行，且不时露出了自骄自满的尾巴。因此可以断言，如无管仲坚持，则齐国尊王攘夷国策，也有夭折的可能。管仲对桓公的规导，是必要而有效的。

如《左传》僖公七年载：“秋，盟于宁母，谋郑故也。管仲言于齐侯曰：‘臣闻之，招携以礼，怀远以德。德、礼不易，无人不怀。’齐侯修礼于诸侯，诸侯官受方物。郑伯使大子华听命于会，言于齐侯曰：‘泄氏、孔氏、子人氏三族，实违君命。若君去之以为成。我以郑为内臣，君亦无所不利焉。’齐侯将许之。管仲曰：‘君以礼与信属诸侯，而以奸终之，无乃不可乎？子父不奸之谓礼，守命共时之谓信。违此二者，奸莫大焉。’公曰：‘诸侯有讨于郑，未捷。今苟有衅。从之，不亦可乎？’对曰：‘君若绥之以德，加之以训辞，而帅诸侯以讨郑，郑将覆亡之不暇，岂敢不惧？

① ［汉］司马迁：《史记》，第1692页。

若总其罪人以临之，郑有辞矣，何惧？且夫合诸侯以崇德也，会而列奸，何以示后嗣？夫诸侯之会，其德刑礼义，无国不记。记奸之位，君盟替矣。作而不记，非盛德也。君其勿许，郑必受盟。夫子华既为大子而求介于大国，以弱其国，亦必不免。郑有叔詹、堵叔、师叔三良为政，未可间也。’齐侯辞焉。子华由是得罪于郑。”①

我们知道，郑处南北要冲之地，夹在南北大国之间，是个兵家必争的战略要地，兵锋所向，楚来服楚，齐来屈齐，不然很难生存。因此于鲁僖公七年，有桓公率诸侯“谋郑”的宁母之会。在盟会时，管仲对桓公的一番话，成为诸侯盟会的原则，即应以礼德服人，而非以力压人。只要盟主做到“德礼不易”，自然会达到“无人不怀”的最高效果。此次会盟，正是按照管仲所订的方针进行的。本来，各诸侯国都必须给霸主国贡献财物，虽非自愿，但早已形成规矩惯例，不得不然，因此时有沉重负担之感。但管仲则改变原有成规，并不强迫诸侯们贡献，相反，强调礼尚往来增其友谊，于是“齐侯修礼于诸侯，诸侯官受方物”，桓公反而向诸侯官员赠送齐国的土特产。财物之轻重且不论，但诸侯心悦，盟会自然能够顺利进行。

至于郑子华事，子华原为郑世子（太子），奉命与盟，但他违背君命和国人意愿，私下要求齐桓公帮他除掉郑国政敌，即所称泄氏、孔氏、子人氏三大家族。桓公认为郑国因此有机可乘，准备答应子华的要求。这时，管仲反对而加以劝阻，他认为盟主应该以身作则，端正自己，对诸侯们“绥之以德，加之以训辞”，据理加以劝说诱导，郑国自然会分析自己国情与厉害所在，自愿服从盟约。反之，齐国一旦要奸使坏，支持为一己私利而违反君命，准备除掉国内贤大夫的郑子华，这是在帮助叛国奸人，将会失去社会舆论的支持和诸侯的拥护。这时，即使齐再强大，郑国一定会因正义在握而做坚决的抵抗。故管仲说：“若总（按：率领）其罪人以临之，郑有辞矣，何惧？”一旦正义在握，郑国人人感愤，岂易征服？而且，招降纳叛之事，也一定会被各国史官记入会盟纪要，载入史册，难道可以一手遮天而不惧千秋骂名吗？为贪一时一地的小利，而忘记正义的礼德原则，得不偿失，后患无穷。一席话说得桓公幡然醒悟而改弦易辙。于此可见，管仲议论，义正词严，堂堂正正，虽非华丽文章，但言辞恳切，朴实厚重，很有分量而感人至深，其逻辑推理谨严，具浑厚气势，自然具有感人服人

---

① 杨伯峻：《春秋左传注》（修订本），第317—319页。

的力量。这与“齐侯将许之”的招降纳叛的一番辩辞，自然形成了反差，说明了二人内心之明暗。思想境界方面，管仲高出桓公许多。

四、制度改革千秋业

春，城小穀，为管仲也。(《左传》庄公三十二年)①

故事发生在公元前662年，小穀，齐城邑，在今山东东阿县，也就是今天盛产阿胶（驴皮膏）的地方。一般说来，如果没有特殊原因，君主一般不会为臣下采邑建筑城墙堡垒的，以免尾大不掉，对国家构成威胁。但桓公不仅封赐管仲采邑，让他的族人坐享租税收入，而且进一步动用国家的财力物力人力，修建穀地的城墙堡垒，增其军事防护能力，以便夹辅齐室。据传管仲也是当仁不让，接受封赠，他曾主动向桓公要官、要财、要名位，认为有助于加强自己推行改革时的权威地位。桓公无不一概应允，给予管仲“三归”租税收入以富之；给予卿相之位，以树其权威，尊为“仲父”以贵之，以示人人尊敬。如《说苑》曰：“齐桓公使管仲治国，管仲对曰：‘贱不能临贵。’桓公以为上卿，而国不治。桓公曰：‘何故?’管仲对曰：‘贫不能使富。’桓公赐之齐国市租一年，而国不治。桓公曰：‘何故?’对曰：‘疏不能制亲。’桓公立以为仲父，齐国大安，而遂霸天下。孔子曰：‘管仲之贤，不得此三权者，亦不能使其君南面而霸矣。’”②

因此，桓公为管仲城小穀，是自然的。据说后来的齐景公曾对相国晏婴曰：“昔吾先君桓公予管仲狐与穀，其县十七，著之于帛，申之以策，通之诸侯，以为其子孙赏邑。”③ 桓公于管仲采邑，不仅有穀，而且还有狐，其县十七，有一定规模，载入国家文献备案，并通知各国诸侯，是一件非常慎重的大事。如果管仲没有建立盖世功勋，那么一个沦落之士，是无法享此殊荣的。从鲁庄公九年管仲被桓公赏拔任命卿相开始，至庄公三十二年，已有二十几年时间，管仲在齐大力推行系列的制度改革，已大见成效，把齐国推向了繁荣富强而安定的局面，从而为桓公霸业奠定了坚实的基础。

---

① 杨伯峻:《春秋左传注》(修订本),第250页。

② [汉]刘向撰,向宗鲁校证:《说苑校证》,第198页。

③ 吴则虞编著,吴受琚、俞震校补:《晏子春秋集释》(增订本),北京:国家图书馆出版社,2011年,第376页。

这就可以理解桓公为管仲“城小穀”并赠狐邑的良苦用心。

《左传》多记管仲议论而少载行事，但与《左传》几乎同时诞生的《国语·齐语》，却对管仲的系列政治改革、经济改革、军事改革多有记载，其余先秦两汉诸子，也有所论述。据《左传》昭公十一年载申无宇对楚灵王说：“齐桓公城穀而置管仲焉，至于今赖之。”① 也就是说，齐国长期因管仲改革贡献而蒙受其巨大利益。后来齐成为战国七雄之一的强国，其稷下学派思想之活跃，有制度保障的政治、经济、文化和军事改革的继续，包括后来《孙膑兵法》等的出现，多少与管仲的改革影响有关。如果我们认真阅读思考《管子》有关内容，并能结合《史记·管晏列传》及《齐太公世家》来参考，自然明白有关管仲在齐成功实行了改革，并非虚言。《史记·管晏列传》称：“管仲既任政相齐，以区区之齐在海滨，通货积财，富国强兵，与俗同好恶。故其称曰：‘仓廪实而知礼节，衣食足而知荣辱，上服度则六亲固。四维不张，国乃灭亡。下令如流水之原，令顺民心。’故论卑而易行。俗之所欲，因而予之；俗之所否，因而去之。其为政也，善因祸而为福，转败而为功。贵轻重，慎权衡。桓公实怒少姬（按：即荡舟惊吓桓公的蔡姬），南袭蔡，管仲因而伐楚，责包茅不入贡于周室。桓公实北征山戎，而管仲因而令燕修召公之政。于柯之会，桓公欲背曹沫之约，管仲因而信之，诸侯由是归齐。故曰：‘知与之为取，政之宝也。’”② 司马迁简单概括了管仲改革的内容纲要。传后有太史公论曰：“吾读管氏《牧民》《山高》《乘马》《轻重》《九府》，及《晏子春秋》，详哉其言之也。既见其著书，欲观其行事，故次其传。”③ 这说明司马迁本人曾读过管仲的某些著作，参考了《管子》一书及先秦诸子如《韩非子》《吕氏春秋》《荀子》诸著中有关篇章内容，并结合当时所知史实，来编撰《管晏列传》的。所论有根有据。《管子》一书，虽非管仲亲著，并非篇篇皆真；但也非纯为后人虚妄捏造，如司马迁提到的《牧民》等五篇，以及《大匡》《中匡》《小匡》诸篇，大多有一定的历史真实性。《管子》一书，据古今学者研究，认为可能是战国时期推崇管仲的学者以及齐国史官，具体汇编有关管仲的文献而成书的。其所记录的管仲的思想理论及其行政措施，应有一定的根

① 杨伯峻：《春秋左传注》（修订本），第1328页。
② ［汉］司马迁：《史记》，第2132—2133页。
③ ［汉］司马迁：《史记》，第2136页。

据，具有较高的历史参考价值。《管子》一书，成为先秦诸子中的名著，世代流传，从另一方面说明了管仲改革在历史上曾产生了深远的影响，其“四维（按：指礼义廉耻）不张，国乃灭亡”“仓廪实而知礼节，衣食足而知荣辱”等，早已成为千古名言。明代赵用贤《管子书序》曰：“古今递迁，道随时降，王霸迭兴，政由俗革。吾以为周公经制之大备，盖所以成王道之终；管子能变其常而通其穷，亦所以基伯（霸）通之始。”[①] 赵氏认为世代发展，“政由俗革”，不得不变，而能善变周公之制者，莫精善于管仲也。管仲是春秋时代真正意义上改革家中的第一名相。

（一）政治改革

管仲改革，从政治始。如果管仲不是政治家，没有掌握行政大权，而只是一个经济学家，或者仅仅是个思想家学者，那么改革还是无从谈起，因为经济、文化、军事改革，必需依赖政治家的支持，方才能够施行。而管仲被齐桓公尊为“仲父”，获得君主宠信支持，任为卿相，大权在握，就有了推行系列改革的实力。有关管仲的具体改革事项，《左传》并未详加记载，但事实却是客观的存在，《国语》《史记》及先秦两汉诸子著作，多有叙述，不容否认。司马迁在《史记·管晏列传》中就提到自己读到《管子》的《牧民》诸篇，可能在西汉末年刘向以前，《管子》就是以单篇的形式流传的，因此《牧民》诸篇，具体反映了管仲的思想及其改革，应该是较为可靠的。

首先，管仲制定了施行改革的思想纲领，以此作为指导，强有力地推行到各个现实生活领域。《管子·牧民》篇曰：“凡有地牧民者，务在四时，守在仓廪。国多财则远者来，地辟举则民留处；仓廪实，则知礼节；衣食足，则知荣辱；上服度，则六亲固；四维张，则君令行。……不务天时，则财不生；不务地利，则仓廪不盈。野芜旷，则民乃菅（猪饲彦博疑作‘荒’，惰也）；上无量，则民乃妄。……四维不张，国乃灭亡。”“国有四维，一维绝则倾，二维绝则危，三维绝则覆，四维绝则灭。倾可正也，危可安也，覆可起也，灭不可复错也。何谓四维？一曰礼，二曰义，三曰廉，四曰耻。”[②] 这是说，一切改革，必须因循自然，根据天时地利的客观规律，依照百姓的生活需求，从实际出发来加以变革，制定立法制度，上

---

① 陈志坚主编：《诸子集成》（第三册），北京：北京燕山出版社，2008 年，第 476 页。

② 杨伯峻：《春秋左传注》（修订本），第 2—3、11 页。

下共同遵行，这样改革才有成功的可能。如果在上的肉食统治者对在下的百姓，进行“无量”——即无限制的剥削压榨，自己根本不守国法家法，则抛弃了“四维”——即礼义廉耻的道德准则，带头破坏改革，则国家岌岌可危而行将灭亡。因此，所称改革，不仅对下，同时也对上，要求上下一心，共同遵行而不悖。那种以为改革只照顾在上者的利益而不加法制约束的理解，会把改革推向失败的深渊。

而对于在下的百姓，管仲自有说法，其《牧民》又说：“政之所兴，在顺民心；政之所废，在逆民心。民恶忧劳，我佚乐之；民恶贫贱，我富贵之；民恶危坠，我存安之；民恶灭绝，我生育之。能佚乐之，则民为之忧劳；能富贵之，则民为之贫贱；能存安之，则民为之危坠；能生育之，则民为之灭绝。故刑罚不足以畏其意，杀戮不足以服其心。故刑罚繁而意不恐，则令不行矣；杀戮众而心不服，则上位危矣。故从其四欲，则远者自亲；行其四恶，则近者叛之。故知予之为取者，政之宝也。”① 这是一种俯视恩赐的观念，与百姓并非平等。但作为春秋奴隶制时代的一个统治者，能够眼光向下，思考百姓利益，虽然最终目的仍是为了维护在上的统治，但多少具有古代朴素的“民本”意识之萌芽，也属难能可贵了。同时，管仲的论述，去恶为善，从民所欲，国家以兴，其思想理论洋溢了生活的辩证法，给人启发，令人信服。改革之顺逆兴衰，在于“顺民心”或“逆民心”，其成败关键在于是否为民着想，从民生的实际出发，“仓廪实而知礼节，衣食足而知荣辱”，是其改革实际依据，成为千古名言，直到今天，仍然给后世的改革予有益启迪。那种叫平民百姓勒紧裤带、饿着肚子的改革，是无法持久的，也可说是不切合实际的幻想。管仲是不赞成、不提倡的。管仲改革，虽然最终目的是国家统治的巩固，但实际上却有益于民众的“仓廪实”“衣食足”。改善人民生活，才是改革要务。

其次，是具体的行政地区的划分改革。昔日西周奴隶制下的平民百姓，是以血统宗法统治下的井田制来加以聚居、控制和管理的。与之对应的是分封诸侯的畿甸乡遂制度的行政地区划分。据金景芳先生研究，以天子王城为中心，百里之内称乡，或称国，百里至二百里之内的环形区域称遂。天子六乡，大国三乡，次国二乡，小国一乡。在乡甸中实行井田制，一井千亩，大夫一井，所谓“十夫”为劳耕组织，所谓“井”为作业单位，也

---

① 杨伯峻:《春秋左传注》(修订本),第13页。

即耕种的田地。在王城二百里至三百里为稍，至四百里为县，县外至五百里为都，皆直辖于天庭，任命大夫管理行政事务。“稍、县九夫为井，一井千亩，其中百亩公田。十户设一里胥，二十五户一里宰，里胥、里宰由庶人或平民充任，与耕者同居里内，作为十户之一。都又称鄙，是卿士、大夫、士及三公和天子子弟分封的采邑区。”① 但在春秋时代，由于王室播迁，井田制下的乡遂都鄙制度，日渐破坏而难以复旧。频发的战争带来了大量的难民及其迁徙的不确定性，弱肉强食的大国兼并，使国土疆域剧烈变化，许多原来无人居住的荒僻草莱之区，也日渐被开垦出来成为新的耕田。因此，旧有以井田制维持的乡遂都鄙行政区，其制度必须加以改革，才能保障各诸侯国家行政措施的推行，以助国家的复兴。这时，齐国管仲，首先推动了行政区的制度改革。据《国语·齐语》载曰：“管子对（桓公）曰：‘昔者圣王之治天下也，参其国而伍其鄙，定民之居，成民之事，陵为之终，而慎用其六柄焉。’”六柄，指国君所掌握的对于臣民的生杀贵贱贫富的权力。也就是说，为了安定百姓，给臣民百姓以安居乐业的居所很重要，使他们各专其业，生有所寄，死有所终，统治者要谨慎对待百姓，给予尊重而不要滥用权力。另外，管仲还注意到土地的合理使用，不能用耕地做坟墓，而鼓励百姓使用不便于耕作的丘陵做墓区。把国都乡遂分为三大块，把鄙野分为五大块，分属管理。齐桓公曾问：“成民之事若何？”管子对曰：“四民者，勿使杂处，杂处则其言哤，其事易。”也就是说，士农工商四民杂居在一地，言杂多变，事情就较难成功。因此要把士农工商四民分开居住，“处士也，使就闲燕；处工，就官府；处商，就市井；处农，就田野。”各有分工，“少而习焉，其心安焉，不见异物而迁焉。”② 四民安定，则国家事业兴旺（同上）。至于具体的政区划分，所称“参其国而伍其鄙”来“定民之居”，据《管子·小匡》篇，所谓“参国”：“制国以为二十一乡，商工之乡六，士农之乡十五，公帅十一乡，高子帅五乡，国子帅五乡，参国故为三军，公立三官之臣。市立三乡，工立三族，泽立三虞，山立三衡，制五家为轨，轨有长。十轨为里，里有司。四里为连，连有长。十连为乡，乡有良人。三乡一帅。”③ 他把齐国国都地区划分为二十一个

① 董立章：《国语译注辨释》，广州：暨南大学出版社，1993 年，第 219 页。
② 上海师大古籍整理组校点：《国语》，第 224、226 页。
③ 黎翔凤撰，梁运华整理：《管子校注》，第 400 页。

乡，每乡有长官负责，其中高、国二卿族，各领五乡，直接向国君负责；而国君直辖的十一乡，则其乡长官直接向国君负责。乡下设连，连下设里，里下设司，司下设轨，各有长官相属负责，相当于近代之乡里保甲制度。四民之中非常重视“农”民居住地区的行政管理系统。在农业社会的时代，农耕为主，所以特别重视，故士农十五乡。至于士工商三民。又另有其分开管理的专属系统。臣僚及士划分为三卿系统，工匠们分为三族（按：族相当于乡），商贾聚居的商贸区划分为三乡，城外郊野之地，泽立三虞，山立三衡，分设长官各司其职。

至于“五鄙”，是对于国都之外广大边鄙郊野地区行政管理试行五分法，划为五大片区，每个片区又各自有其行政系统，如管子所称：“制五家为轨，轨有长。六轨为邑，邑有司。十邑为率，率有长。十率为乡，乡有良人。三乡为属，属有帅。五属一大夫，武政听属，文政听乡，各保而听，毋有淫佚者。”① 有关内容，与《国语·齐语》所述，小异而大同，说明《管子·小匡》篇所记有其依据。此不赘。通过行政区域的重新划分，打破了西周固有的井田乡遂制度，从而形成了从上到下严密的行政管理、控制网络，在上者号令一下，全国一致行动，如心之使臂，影之随形，效率很高，极大地提升了当时齐国的国力和影响力。

第三，举贤用能，扬善抑恶。这是管仲推荐给桓公的重要用人措施。在桓公时期，齐国上下一体实行贤能政治。嫉贤妒能，腐贪政治，这是自古通今以来极难克服的政治通病。管仲尝试加以抑止，他带头举贤用能。在对桓公问朝廷百官才能时，管仲对曰：“升降揖让，进退闲习、辩词之刚柔，臣不如隰朋；请立为大行（按：相当于主管诸国关系的‘外交部部长’）；入邑垦草辟土，聚粟众多，尽地之力，臣不如宁戚，请立为大司田（按：相当后世的农业部部长。古时以农立国，其责尤重）；平原广牧，车不结辙，士不旋踵，鼓之而三军之士视死如归，臣不如王子城父，请立为大司马（按：相当于今之国防部部长）；决狱折中，不杀无辜，不诬无罪，臣不如宾胥无，请立为大司理（按：相当于今之司法部部长兼最高法院院长）；犯君颜色，进谏必忠，不辟死亡，不挠富贵，臣不如东郭牙，请立为大谏之官；此五子者，夷吾一不如；然而以易夷吾，夷吾不为也。君若欲

---

① 黎翔凤撰，梁运华整理：《管子校注》，第400页。

治国强兵，则五子者存矣；若欲霸王，夷吾在此。”① 天之生人，各有其长。管仲当时虽然号称圣贤，但他坦然承认自己并非样样精通，而是与上述五位先生相比，有“不如”——也即承认他们在某些重要方面，超过自己。谦虚地指出了自己的不足，这对于国君一人之下的卿相，是难能可贵的。如果是一般的治国强兵，上述五子可以胜利；但若欲为“霸王”之业，则非用我管仲不可。因为管仲是个思考全局的改革国家的总设计师，具有综合考量与实际运用能力。这并非自我吹嘘，而是实事求是之言。自己既然是贤能之人，堪当重任，就应把自己推荐给国家使用，这同样是举贤授能的表现。

管仲为贤能行法施政的权力制订了礼法大纲，一体遵行不悖，有法可依，曰：“远举贤人，慈爱百姓，外存亡国，继绝世，起诸孤；薄税敛，轻刑罚，此为国之大礼也。”而百官治民理政，应具体做到“法行而不苛，刑廉而不赦，有司宽而不凌，菀浊困滞，皆法度不亡，往行不来，而民游世矣，此为天下也。”② 也就是贤能之臣掌握并施行权力，是出于“为天下”的公心，他们依照改革中所制订的礼法制度办事，依法施行，并不苛刻；减少对百姓的刑罚，但并非赦免有罪者；官吏办事态度宽容随和，但非拖拉应付；政府办事，要使孤独穷困的人也不会忘记法度，他们凛遵礼法规章，往来熙熙，快乐而不受约束压迫。这就为贤能政治指明了方向。这是贤能政治贴近百姓的正面效应。但是，从反面来看，如果管仲制定了一整套先进的改革措施及其礼法规章，但却缺乏一大批贤能之人来推行，实际上再先进的礼法规章、法律条文也是虚的，根本无法推行下去。因为一旦糟糠养贤才，贤能去位而贪腐者登台，试想，一个贿赂公行、司法腐败而缺乏法制约束的国家朝廷，岂有改革的美好前途？因此，从现实出发，管仲为贤明政治的改革，做出了有效的人事组织安排。朝廷庙堂之上，以管仲为核心形成了鲍叔牙、隰朋、宁戚、宾胥无、王子城父等贤人政治集团；在地方政权方面，则经由里邑至乡县的层层遴选，选拔了一大批贤能的地方官吏。在上级的推动监督下，地方有善不举、有恶不告，都属犯罪行为。因此，地方官吏兢兢业业，“五属大夫于是退而修属，属退而修县，县退而

① 黎翔凤撰，梁运华整理：《管子校注》，第447页。

② 黎翔凤撰，梁运华整理：《管子校注》，第386页。

修乡，乡退而修卒，卒退而修邑，邑退而修家”[①]，人人以修善去恶是务，“是故匹夫有善，可得而举也；匹夫有不善，可得而诛也”[②]。在改革者眼中，任用贤能与扬善抑恶，是同一事物的不同表述。管仲在朝廷举贤抑恶，净化政治，力防贪腐。管仲诸贤，除了桓公代表国家赏赐的采邑租税收入之外，史上不见有收受任何贿赂的记录。在上者清明政治，在下者也看在眼中，作为榜样。据《管子·大匡》载：“桓公使鲍叔识君臣之有善者，晏子（按：晏婴之父溺）识不仕与耕者之有善者，高子识工贾之有善者。”[③] 从国家庙堂，到地方乡县，选拔了大量贤能之才参与国家政治。贤者举则恶者退，因此政治清明，“政既成矣，以守则固，以征则强”[④]。从组织安排方面，成就了桓公霸业。

贤能政治，不仅是指臣下，同时也对在上一人的国君有严格的要求。葵丘会盟之时，天子使宰孔致胙于桓公，命桓公“无下拜”。于是桓公找管仲商议。管仲明确指出：“为君不君，为臣不臣，乱之本也。”[⑤] 贤明政治对君主同样有严格要求。君主必须以身作则，成为政治清明的榜样，才是个贤明君主，才能成就霸业。由于贤明君主齐桓公的支持，他与贤圣之臣管仲配合默契，因此把齐国改革的霸业，推向了成功的峰巅。政治改革，举贤授能必不可少，这是历史的经验。

但遗憾的是，由于时代的历史制约及当时封国的性质所决定，管仲改革的贤能政治，虽然制订了许多礼法规章、条条框框，但最终难以突破人治的藩篱。随着管仲诸贤相继谢世，桓公缺乏监督与约束，放纵权力，拒贤任佞，因此改革中所形成的春秋霸业，顷刻冰释崩溃，哀哉！

第四，亲和邻邦的外交改革。外交是政治生活的重要方面。国内政治与国外政治发展，密切相关。春秋时代诸侯封国数以百计，一二百年间逐渐兼并为数十国，在严酷的兼并与反兼并战争中，各国使尽了浑身解数，大家征兵征粮，准备打仗，怎能有安定的生活，怎能不影响政治形势呢？桓公甫一上台，就想以强凌弱，欺负近邻鲁国，他不听管仲等的劝告，急着发动对鲁战争，结果是心急吃不了热豆腐，鲁庄公十年，齐鲁长勺之战，

---

① 上海师大古籍整理组校点：《国语》，第238页。
② 黎翔凤撰，梁运华整理：《管子校注》，第417页。
③ 黎翔凤撰，梁运华整理：《管子校注》，第368页。
④ 上海师大古籍整理组校点：《国语》，第238页。
⑤ 上海师大古籍整理组校点：《国语》，第245页。

被鲁将曹刿一鼓作气击败。对齐来说，与邻国关系的重要性，以鲁为最。在桓公时期，齐鲁关系的发展演变，从紧张剧烈而又渐趋和缓，从而促进了双方的和平发展，达到了互利双赢的目的，这就是政治。有关内容，《齐桓公传叙》中多有讨论，故不重复。经过现实的教训，齐桓公逐渐认识到管仲的外交改革及其改革方向的正确。管仲基本是以睦邻的和平外交来促进国家的发展，以便实现其会盟诸侯、“一匡天下”而天下归心的霸业。桓公急于通过战争威吓邻国以成霸业的路线，被管仲诸贤扭转为以和平外交为主的睦邻路线。管仲明确地对桓公指出：“诸侯之君，不贪于土，贪于土必勤于兵，勤于兵必病于民，民病则多诈。夫诈密而后动者胜，诈则不信于民。夫不信于民则乱，内动则危于身。是以古之人闻先王之道者，不竞于兵。”“公内修政而劝民，可以信于诸侯矣。”① 这就把齐国的内政与外交相互沟通关联，形成了和平发展的政治生态环境。试想，齐之四境与邻国鸡犬相闻，自由交往，这等于是周围邻国在为齐国守边境，齐国不必多派兵卒而获得了和平发展的大环境，何乐而不为呢？齐国想要尊王攘夷，南征北伐，东征西讨，如果缺乏一个和平安定的环境，而天天在和邻国准备打仗，怎有力量去外攘夷狄呢？因此，你给鲁、卫等近邻以和平，人家也会给你和平。齐国才有可能成为盟主去讨伐夷狄。所以，管仲认为在“邻国未吾亲也”的紧张气氛中，齐国是不能有大作为的。从齐国霸业的长远利益考虑，管仲向桓公建议：“审吾疆场，反（返）其侵地，正其封界；毋受其货财，而美为皮弊，以极聘覜（按：诸侯相见之礼，大夫众来曰覜，寡来曰聘）于诸侯，以安四邻，则邻国亲我矣。”② 这就是说，边境划界清楚，过去侵占邻国的土地，一律主动退还，不要贪心邻国的财货，而应自己拿些皮币礼物，积极和邻国聘问往返，这样四邻安定，邻国也就会主动向我国示好亲善了。和平睦邻外交，起到了甲兵威吓和残酷战争所起不到的作用，从而促进了齐国政治生活及改革大业的健康顺利发展。齐国东临大海，其四邻较成规模的诸侯封国，南紧邻鲁，北有燕，西有卫。因此，管仲为齐开展和平睦邻外交，即从这三国始。通过这三国，亲善其他中原兄弟之国，从而形成“九合诸侯，一匡天下”的春秋霸业。据《管子·小匡》篇载：“桓公曰：‘甲兵大足矣，吾欲南伐，何主？’管子对曰：‘以鲁

---

① 黎翔凤撰，梁运华整理：《管子校注》，第357—358、360页。

② 黎翔凤撰，梁运华整理：《管子校注》，第424页。

为主。反其侵地常、潜，使海于有弊（按：疑作“蔽”，屏蔽保障也），渠弥于河有陼，纲山于有牢。’桓公曰：‘吾欲北伐，何主？’管子对曰：‘以燕为主，反其侵地柴夫、吠狗。使海于有弊，渠弥于有陼，纲山于有牢。’四邻大亲。”[①] 桓公霸业，是从亲善邻邦的外交活动开始的。《管子·小匡》所叙，与《国语·齐语》大同小异，其历史真实性不容否认。

管仲的外交改革，对四邻之国及兄弟友邦，是有利的。但反过来看，齐国所获利益则更大，因为其所重在于“天下归心”的霸业，归还侵地，开放边境自由交往，开放市场，造成了互利双赢的和平环境，实现了管仲改革的理想，这才是最重要的。管仲的亲善睦邻外交改革，直到今天仍有一定的借鉴价值。如今世界，某国凭其武器兵力及先进的经济水平，一方独霸，四处点火，以力服人，结果呢？促成了世界多处无法收拾的乱局，自己也焦头烂额，其一方独赢的局面也很难维持。相反，以德服人，互利双赢的和平，今天似乎更应大力提倡。这就更让人想起了古贤的话并未过时，睦邻亲善和平外交改革的思想理论是深刻的，曾做出了一定的历史贡献。

（二）经济改革

管仲为富国富民，完成齐之霸业，他明白如无强大的经济实力做基础，一切都是空话而难以实现。因此，经济改革是势在必行的重头戏。

首先，管仲为经济改革高悬追求的目标，而非一味地盲目生产以图发展。他认为：“凡治国之道，必先富民。民富则易治也，民贫则难治也。奚以知其然也？民富则安乡重家，安乡重家则敬上畏罪，敬上畏罪则易治也。……故治国常富，而乱国必贫。是以善为国者，必先富民，然后治之。”[②] 即使是为了维持统治，也必须先富民，然后国家富强。你要让众百姓跟随你一道搞改革，不让他们富裕起来，过好日子，他们当然不干。以此，管子对国家官吏提出了目标：“凡有地牧民者，务在四时，守在仓廪。国多财，则远者来；地辟举，则民留处；仓廪实，则知礼节；衣食足，则知荣辱。”[③] 只有改革经济，发展生产，让百姓的米库粮仓充满粮食，让百姓大多吃饱穿暖，过上舒心的日子，那么他们就跟在上的改革设计者、执行者

① 黎翔凤撰，梁运华整理：《管子校注》，第424页。
② 黎翔凤撰，梁运华整理：《管子校注》，第924页。
③ 黎翔凤撰，梁运华整理：《管子校注》，第2页。

一道干，大家共同富裕起来。百姓一旦富裕，那么国家赋税、兵乘就有了着落。君主与国家不就自然富强了吗！此即“民富君无与贫，民贫君无与富”[①]的意思，说白了就是“藏富于民”的意思。经济改革是为了国家富强以成霸业，但为了完成霸业，却必先让百姓富起来，“富民”与“富国”是同步实现的。

其次，管子注重发展农业生产。古时以农为本，国库无粮，则一事无成；国库粮仓满囤则心不慌。管子曾提出发展农业的具体措施，如《国语·齐语》所载，管子曰：“相地而衰征，则民不移；政不旅旧，则民不偷；山泽各致其时，则民不苟；陆、阜、陵、墐，井田畴均，则民不憾；无夺民时，则百姓富；牺牲不略，则牛羊遂。”[②]这一整套办法，关键在于“相地而衰征”一语。这是管仲对当时齐国土地制度及农民收入、负担所实行的改革。相，观察、考量。衰，衰减。也就是国家向农民征收赋税时，要依照土地是山陵或平原，是水浇地或盐碱地，是山林，或是泽薮，是隰阜，或沃衍，根据具体土地肥瘠质量及其灌溉条件差异的实际，分等级递减，施行按照田亩数额征收赋税。这就是力求合理负担而民无怨言。这就突破了西周以来的传统井田制，先耕公田后及私亩，私田所收，还要另交兵赋。另外，西周时地广人稀，大量土地荒废，荆棘丛生，草莱满地，但公井田制把人口限制在畿甸乡遂之间的井田社区，并不允许人们随意开垦荒地。这就大大限制了农民或农奴的生产积极性。这点管仲早有考虑予以改变，他设大司农官，鼓励农民垦荒。他指出：“野不辟，民无取，外不可以应敌，内不可以固守。”[③]同时这一改革，提高了农民（或农奴）的生产积极性，有利于齐国农业生产的发展。

对于农业生产，管仲不仅重视田亩农耕的“务五谷”，同时也不忽视山林、水泽的田猎、渔畋的副业生产，可说是综合性的全面发展，如《牧民》篇所说：“积于不涸之仓者，务五谷也；藏于不竭之府者，养桑麻、育六畜也。”“务五谷，则食足；养桑麻、育六畜，则民富。”[④]又如《国语·齐语》所说：“无夺民时，则百姓富；牺牲不略，则牛羊遂。”[⑤]依天时地利，

---

① 黎翔凤撰，梁运华整理：《管子校注》，第 1333 页。

② 上海师大古籍整理组校点：《国语》，第 236 页。

③ 黎翔凤撰，梁运华整理：《管子校注》，第 48 页。

④ 黎翔凤撰，梁运华整理：《管子校注》，第 14 页。

⑤ 上海师大古籍整理组校点：《国语》，第 236 页。

遵循自然节气，反对违反农时去大搞劳役兵役。主张不随便掠夺百姓牛羊去做祭品，则农业丰收，牛羊满川，民富国强。古时以农立国，于此可见管仲对农业改革重要性的认识。

可贵的是，管仲要求遵循自然，按照天时地利来发展农业，并非一味被动地靠天吃饭，而是强调利用自然，积极做好农田水利建设。他在朝廷设有司空（工）之职，相当于今之工程水利建设部部长，负责防火防水城建诸多工程事宜。管仲曾对桓公说，国之所以贫穷有五项，其中四项涉及了人对自然积极开发和利用的程度和成败，如“山泽救于火，草木殖成”“沟渎隧于隘，障水安其藏”“麻桑植于野，五谷宜其地”“六畜育于家，瓜瓠、荤菜、百果具备”。[①] 依照农作物的特性，以及农田水利灌溉的需要，积极开发，就会造成国家日富的局面。他明确朝廷官吏的职责：“修火宪，敬山泽，林薮积草，夫财之所出，以时禁发焉。使民足于宫室之用，薪蒸之所积，虞师之事也。决水潦，通沟渎，修障防，安水藏，使时水虽过度，无害于五谷。岁虽凶旱，有所秎获，司空之事也。”[②] 山林地区注意防火以积极保护生态环境和能源供应；同时努力于农田水利建设，以便防洪、防旱，保障农作物的收获。对于自然，既非一味索取掠夺和破坏，而是因势利导，积极防护和利用。在人与自然的关系中，化被动为主动。尽量减少了凶年饥岁的损害，农业收成有了一定的保障，六畜蕃育，农民富了，国家不就富强起来了吗？这就叫藏富于民。

第三，重本而不弃末，注重工商的改革和发展。古代以农立国，传统思想大多重本轻末，视农业为国本，而把工商业的生产和流通，视为末，认为是低人一等的贱业。直到西汉初，商人虽可致富，但国家却禁止他们穿绸缎的衣服，出门经商踏上旅途，身边不许佩有刀剑之类武器，这是明显低人一等的歧视。西汉封建社会如此，春秋奴隶社会更加歧视。这一方面，管仲也不能免俗。但他更加强调，在国家的经济发展中，工商活动必不可少。他认为士农工商四民，虽有分工不同，有一定地位的差异，但对国家政治和经济生活的发展，都很重要，岂可轻忽？他曾给桓公建议“处工就官府，处商就市井，处农就田野”[③]，是根据职业不同而居住在不同地

① 黎翔凤撰，梁运华整理：《管子校注》，第64页。
② 黎翔凤撰，梁运华整理：《管子校注》，第73页。
③ 上海师大古籍整理组校点：《国语》，第226页。

区，“市井”的商贸活动，商品流通，同样是人生中经济生活的重要组成部分，必须加以重视和发展。他说：“令夫商群萃而州处，察其四时，而监其乡之资，以知其市之贾，负任担荷，服牛轺马，以周四方，以其所有，易其所无，市贱鬻贵。旦暮从事于此，以饬其子弟，相语以利，相示以赖，相陈以知贾。少而习焉，其心安焉，不见异物而迁焉。是故其父兄之教不肃而成，其子弟之学不劳而能。夫是，故商之子恒为贾。”① 而对于从事于手工业生产的“工”，管仲也很重视，“令工处官府”，也就是朝廷设有专职官吏来负责管理手工业生产。“令夫工群萃而州处，审其四时，辨其功苦（按：指精粗优劣），权节其用，论比协材，旦暮从事，施于四方，以饬其子弟，相语以事，相示以巧，相陈以功。少而习焉，其心安焉，不见异物而迁焉。是故其父兄之教不肃而成，其子弟之学不劳而能。”② 在经济生活中，对于社会分工的必要性，管仲有充分的认识。经济生活少不了手工业制品，在互通有无的商品流通中，又少不了商贾的市场活动，因此，对于工商业的发展，就必须予以重视，并给予创造有利的条件。对于工商业的重视，这在齐国早已形成了优良传统。周朝祖先后稷是农业官职，因此姬周封国也大多重视农业，对工商活动则多有轻忽（按：郑晋例外），与齐相比，鲁就不太重视工商业的发展。而齐是姜姓，是姜太公吕尚的封国。据《史记·齐太公世家》载：“太公至国，修政，因其俗，简其礼，通商工之业，便鱼盐之利，而人民多归齐，齐为大国。”③ 重视和发展工商的优良传统，促使“人民多归齐”，在地广人稀的古代，有了人民，就促进了齐国的强大并发展为大国。管仲所继承和发展的正是太公以来齐国的重视发展工商渔盐之利的优良传统，这是他改革的重点之一。司马迁在《史记·管晏列传》中曾提到自己读管子的《牧民》《乘马》诸篇，他相信《乘马》诸篇是管仲的著作，即使不是亲笔，也是根据他的言论或有关文献记录整理的，其可靠性较大。所谓“乘”，指加减乘除的运算，或计算；“马”者非今之马，乃筹码、砝码的意思。因此，《管子·乘马》篇讨论了许多有关治国安邦统筹计算的经济生活问题，诸如市场贸易、货币交换诸问题，都在其中。管仲认为，“聚者有市，无市则民乏”，只要有百姓聚集之区，就应

① 黎翔凤撰，梁运华整理：《管子校注》，第226—228页。

② 上海师大古籍整理组校点：《国语》，第227页。

③ ［汉］司马迁：《史记》，第1480页。

该设立贸易市场，以便商品交换和流通，以方便人民的生活需求，同时也为国家增加了赋税和财政收入，可谓一举两得。这是强调商贾之人在市场交流贸易中的作用。商贾之人在经过各地市场需求的调查了解后，在商品积压而价格便宜的地方大量购进，贩运到数十里、数百里甚至是上千里路以外的异国他乡有需求的地方去卖高价，这是贱买贵卖，是互通有无的商贸活动，应该允许、支持，甚至鼓励。两地价格差所形成的商业利润，是正常的。但是，对于以次充好或伪劣假冒以取暴利的商贸活动，损害百姓生活和利益的行为，则应通过教育商人坚守诚信商道来加以纠正。所以管子又说："是故非诚贾不得食于贾，非诚工不得食于工。"提倡商贾之人的诚信，并从道德教育出发，加强了对商贾队伍的组织管理措施。不过，当时的工商之人，除了"官工""官贾"之外，还有以自由人身份投入工商活动的自由工匠和商贾，则必须按规定为国家无偿服三天劳役，"以为三日之功"①。这一负担并不重，从而促进了工商之人的积极性，推动了齐国经济的发展。

可贵的是，管子不仅重视齐国国内的工商贸易，而且积极开始与其他诸侯国的商贸交流。据《管子·小匡》载："通齐国之鱼盐东莱，使关市几（通'讥'，查问）而不征，廛而不税，以为诸侯之利，诸侯称宽焉。"②所称"关市几而不征，廛而不税"，是说进口货物，只查看验问而不征税，货物屯积房舍，只收房租而不另征税。这实际上是当时诸侯国之间的免税"自贸"协定，有利于各国的商贸活动，大大地活跃了市场，从而促进了各国经济的发展。

管仲所推行的工商贸易改革，为当时的齐国积累了大量的财富，他明确指出："发伏利，输墆积，修道途，便关市，慎将宿，此谓输之以财。"③为了便利于各国各地的工商贸易活动，开发尚未开发的财路，通畅地输送积囤的商品物资，就应修道路，加强交通驿递建设；设旅舍，便利来往商贾及其他交流人员的生活住宿，使他们有宾至如归之感，尽量减少旅客的风霜之苦；开放市场，减免关税，直接方便商贾及其货物的流通，从而促进了市场的繁荣。管仲提倡在自由商贸活动中来积极开发并积累国家财富，

---

① 黎翔凤撰，梁运华整理：《管子校注》，第89、91页。
② 黎翔凤撰，梁运华整理：《管子校注》，第439—440页。
③ 黎翔凤撰，梁运华整理：《管子校注》，第194页。

这比单纯的加重赋税来填充国库的办法，要好得多。于此可见，管仲经济眼光之深邃，令人叹服。

第四，“贵轻重，慎权衡”①，注重金融货币的改革。这超越了当时传统经济学家的思考。有关金融货币改革，《管子》中有《轻重》十九篇，今存十六篇。司马迁也曾读到，相信所言有据。所谓“轻重”，指钱币重轻，价值大小；“权衡”，即运筹管理。《管子·国蓄》篇曰：“凡将为国，不通于轻重，不可为笼以守民；不能调通民利，不可以语制为大治……君铸钱立币，民庶之通施也，人有若干百千之数矣。然而人事不及、用不足者何也？利有所藏也。然则人君非能散积聚，钧羡不足，分并财利而调民事也，则君虽强本趣耕，而自为铸币而无已，乃今使民下相役耳，恶能以为治乎？”② 这就指出，如果在上者只强调农业生产而“强本趣耕”，随意铸造钱币，那是一种灾难，因为统治者忽略国家经济还有会计统筹运算计划及货币金融改革的问题。货币金融政策的失误，或直接导致货币贬值，通货膨胀，民不聊生；或直接导致王公贵族和富商豪贾大量囤积货币作为财富，致使市场货币供不应求，导致钱贵物贱，谷贱伤农，帛贱伤民，同样会造成经济民生的崩溃。这就指出了货币金融改革的重要性：一是货币与货物之间市场供求关系直接影响了物价高低和人民生活；一是国家想法加以探索，找出一定的发展规律来对市场进行统筹管理，以便发展生产，便利民生。故《国蓄》篇又说：“凡轻重之大利，以重射轻，以贱泄平。万物之满虚随财，准平而不变，衡绝则重见。人君知其然，故守之以准平……故大贾蓄家不得豪夺吾民矣……春赋以敛缯帛，夏贷以收秋实，是故民无废事而国无失利也。”“夫物多则贱，寡则贵，散则轻，聚则重。人君知其然，故视国之羡不足而御其财物。谷贱则以币予食，布帛贱则以币予衣。视物之轻重而御之以准，故贵贱可调而君得其利。”③ 关键在于国家金融政策之“准平”，也就是说，按市场供求关系，来发放贷款，所以货物货币的轻重贵贱，可以“御之以准”，加以管理、控制和调整。这对国家国库财富的积累有利，对稳定百姓生活有利，对发展生产有利，但对少数大量聚敛金钱财富的金融大贾的投机倒把是不利的。管仲的“轻重”“权衡”

① ［汉］司马迁：《史记》，第 2133 页。

② 黎翔凤撰，梁运华整理：《管子校注》，第 1264—1266 页。

③ 黎翔凤撰，梁运华整理：《管子校注》，第 1269、1274—1275 页。

之术，实际上是一种影响国计民生的重大国策，所以说是“不通于轻重，谓之妄言”[①]。

当然，管仲的“轻重”论，主要是为国家在不增加百姓租赋的情况下，通过市场管理和调节，来为国库积聚大量财富，从而增强国力，以达其霸业目标。要称霸，没钱或缺乏钱是不行的。在市场与生产、消费与流通的过程中，管仲建议齐国对盐、铁实行国家垄断的专卖政策，也就是所谓“官盐”“官铁”，依靠市场的大量需求来为国家获取丰厚利润，从而肥了国库，壮大了齐国的经济实力。这是一方面，但另一方面，管仲“轻重”之术，是一种货币金融改革，客观上对百姓生活有利，而唯独不利于富豪大室放高利贷者，这和管仲“藏富于民”的经济思想有关。当桓公问以“国会”问题时，所谓“国会”，即指有关国家财政经济的会计运算及统筹安排事宜。管仲说：“王者藏于民，霸者藏于大夫，残国亡家藏于箧。”[②]他所称颂的是“藏于民”的办法，也就是让百姓口袋有钱，可以随心购物，生活轻松好过。反之，一心聚敛剥削百姓，钱藏于私人箱箧，就可能导致“残国亡家”的悲剧。因此他主张藏富于民：“民富君无与贫，民贫君无与富。故赋无钱布，府无藏财，赀藏于民。”[③] 这一经济思想，深刻而辩证，至今仍有启迪意义。这应该说是对古代经济思想的大拓展。

（三）军事改革

军事改革是管仲富国强兵的重要措施。依照西周军制，国家军队主要依靠井田制来供养建立。但发展至春秋时代井田制已开始动摇，甚或破坏殆尽。因此，出自井田制的兵赋资源也日渐萎缩，直至难以为继。有鉴于此，管仲认为军事改革势在必行，不然霸业无望。

春秋战国时代，绵亘数百年，是个战争频仍的残酷年代，诸侯“争地以战，杀人盈野；争城以战，杀人盈城”[④]。因此，军队和战争紧密联系。富国强兵，既是保护自己，同时也是针对他国的紧张备战。一国加强战备，必然引发相邻诸国的军事竞赛，把大量的人力、物力、财力投入战争。一年的战争，将消耗数年甚或十年的国家贮积。这就形成了恶性循环，导致国家统治的恶化，甚至会达到家残国灭的程度。当齐桓公

① 黎翔凤撰，梁运华整理：《管子校注》，第1326页。
② 黎翔凤撰，梁运华整理：《管子校注》，第1333页。
③ 黎翔凤撰，梁运华整理：《管子校注》，第1333页。
④ 杨伯峻译注：《孟子译注》，北京：中华书局，1960年，第175页。

上台不久，就想动用军队，消灭他国，以便壮大齐国。但管仲明确地否定了他的计划。《管子》中有关兵法的军事篇章甚多，如《兵法》《幼官》《七法》《参患》《势》诸篇，但与《孙子兵法》等相较，互有详略，相互发明，自具兵家系统，故池万兴先生怀疑“并非管仲所著，而是产生于战国中期稷下学宫时代的稷下兵家学派之作”①。因此我们仅作参考而不予采录征引。而《国语·齐语》，则与《左传》先后而著，其文献可靠性较高：

> 桓公曰：“吾欲从事于诸侯，其可乎？”管子对曰：“未可，国未安。”桓公曰：“安国若何？”管子对曰：“修旧法，择其善者而业用之；遂滋民，与无财，而敬百姓，则国安矣。”桓公曰：“诺。”……国既安矣，桓公曰：“国安矣，其可乎？”管子对曰：“未可。君若正卒伍，修甲兵，则大国亦将正卒伍，修甲兵，则难以速得志矣。君有攻伐之器，小国诸侯有守御之备，则难以速得志矣。君若欲速得志于天下诸侯，则事可以隐令，可以寄政。”桓公曰：“为之若何？”管子对曰：“作内政而寄军令焉。”桓公曰：“善。”管子于是制国：“五家为轨，轨为之长；十轨为里，里有司；四里为连，连为之长；十连为乡，乡有良人焉。以为军令：五家为轨，故五人为伍，轨长帅之；十轨为里，故五十人为小戎，里有司帅之；四里为连，故二百人为卒，连长帅之；十连为乡，故二千人为旅，乡良人帅之；五乡一帅，故万人为一军，五乡之帅帅之。三军，故有中军之鼓，有国子之鼓，有高子之鼓。春以搜振旅，秋以狝治兵。是故卒伍整于里，军旅整于郊。内教既成，令勿使迁徙。伍之人祭祀同福，死丧同恤，祸灾共之。人与人相畴，家与家相畴，世同居，少同游。故夜战声相闻，足以不乖；昼战目相见，足以相识。其欢欣足以相死。居同乐，行同和，死同哀。是故守则同固，战则同强。君有此士也三万人，以方行于天下，以诛无道，以屏周室，天下大国之君莫之能御。”②

这段话，说明战争并非纯是军事问题，军事战略应服从于政略的需要，

① 池万兴：《管子研究》，北京：高等教育出版社，2004年，第253页。

② 上海师大古籍整理组校点：《国语》，第230—232页。

军事建设、富国强兵，要求一个国内政治安定的良好环境。如果国内政治自我混乱，人心离散，又怎能团结一致共御外侮呢？因此，国内政治不安定，人民未予支持，又怎能“将有事于诸侯”呢？战争并非随心所欲的主观意志所决定，而应先考虑及人民的意向和态度，只有获得百姓支持，战争才能持久，并坚持到最后胜利。其次，在各大国的军事竞赛中，积极备战，进行军事建设是必要的。但积极备战有两种方式：一是公开备战，从而引发敌国的公开反弹，于是大家没完没了地扩军备战，既不能胜敌以解决问题，却又白白消耗了大量国力军力，这样的军事备战是盲目的，不仅没意义，而且可能产生负面效应；一是隐形的备战，备外以内，寄军于政，表面上是在加强国内政治组织的建设，实际上却是军政一体，建设地方政权组织，即是改革军队编制。这样不起眼的军政一体化的改革，寓兵于民，就不会引起敌国注意，更不会因此惹出诸多麻烦。以非军事的面貌来组织军队，无事时是生产单位，战时即是军事组织。这就是寓兵于农或藏兵于民。平时是农民，是士人，战时即是训练有素的战士和军官。在政制方面，分为轨、里、连、乡，各有长官；在兵制方面，也相应分为轨、里、连、乡，一轨五人，设轨长；十轨为一里，五十人为小戎，设里司帅之；四里为连，二百人，设连长带领；十连为乡，军队称旅，二千人，由乡良人帅之；五乡一万人，成为一军，由五乡之帅统领。全国又分为左右及中军，听中军旗鼓指挥进退。政制与军令高度一体化，可称全民皆兵。第三，利用农闲时节，春搜振旅，秋狝治兵，平时就训练有素，战时则易于指挥，大大增强了军队的素质。第四，由于士兵来自同一地方的邻里，彼此熟悉，平素相互关心，战场上就能配合默契，相互呼应救援，这就大大提高了战斗力量。第五，利用这样一支具有政治目标，有人民支持的军队，除暴安良，“以诛无道”，就能战无不胜，横行天下而莫之能御。

当然，《管子》诸篇有关军事改革的众多议论，虽然多有后人的发挥，他们从战争的性质、战略和战术，谈到武器装备和兵赋给养供应，其理论系统严密，如果稍加整理，即可成一部《管子兵法》而与《孙子兵法》相媲美，其内容可以相互补充。但因其思想超前，若干内容经不起事实的考证和推敲，我们并没有全然予以采信。因为《管子》中的兵法议论，似乎已在为战国以后的封建统一战争做准备，为人君的统一中国做战略思考。这不合于管仲的时代需求。管仲在春秋初期，他的兵家议论，只能围绕着君主争霸战争来思考。但反过来看，后人借管仲的某些言论和行事来写

《兵法》诸篇，仍有一定的参考价值，它发展并丰富了古代的军事学说。齐自太公吕尚开国以后，不断有著名兵家著作涌现。《太公兵法》，虽非太公亲笔，但时代较早，则可断言。后来，春秋末期诞生了孙武《孙子兵法》，直到现在，全世界的军事家都作为重要的参考。再后的战国年间，又有《孙膑兵法》的出现，并被现今的考古所证实。齐国诸多重要兵家著作的出现，并非偶然，而是形成了优良的军事传统。因此，管仲的军事改革，丰富而深刻，也是有原因的，既是现实的需要而应运而生，同时也是在齐国优良兵家传统基础上的新思考。而《管子》中的《兵法》《七法》诸篇，虽然不一定是管仲亲笔，但却是他的学生或崇仰者，根据齐国兵家传统来对春秋战国战争实际和军事发展的总结，因此可与《太公兵法》《孙子兵法》《孙膑兵法》参读互补，从另一侧面说明了管仲军事改革理论的肇源和思考。

（四）教育改革

当然，管仲在齐所施行的改革，是综合性的、全面的，除上述政治、经济、外交及军事改革诸方面，还涉及了教育、交通等方面的改革，难以一一尽述。如教育问题，《管子·权修》篇曰："厚爱利，足以亲之；明知礼，足以教之。上身服以先之，审度量以闲之，乡置师以说道之。"① 讨论的是教育民众的问题。这段话说明了几个问题：一是要教育在下的民众，必需"上身服以先之"，也就是说，在上者必先受教育，并且以身作则，遵法守纪，而不是以不知为知，到处凭借其地位做指示，乱发议论，这样老百姓不会听你的教训。一旦在上者先受教育，对于礼法规定带头执行，则其言传身教，让百姓们看在眼里，这就是一种很有效的"不言之教"。二是要为民众教育创造条件，具体到为他们请来教师开课，循循善诱，扬善去恶，从而移风易俗，此即"乡置师以说道之"。三是培养人才，让其一心向善，努力工作，也必须兼顾民众的生活和利益，如《五辅》篇所说："然则得人之道，莫如利之。利之之道，莫如教之以政。"② 这样办教育，就很实际而不是说空话。因为教育与学习，也有其潜在利益在，因此民众有了"利"的促进，就会较自觉地学习，接受教育，这也不失是一种引导之刺激之的有效教育的方法。

---

① 黎翔凤撰，梁运华整理：《管子校注》，第50页。

② 黎翔凤撰，梁运华整理：《管子校注》，第192页。

（五）交通改革

至于说到交通设施的建设，管仲同样重视。官府政令的下达、百姓民意的上达，需要一定的交通条件才能便于政府的管理和控制；民间的交流往来需要交通；沟通市场便于商贾服牛乘马，需要道路便利；国家设立驿递制度，拓宽道路，既便民生，又是国防军事需要。因此，道路交通设施，是涉及国计民生的基础建设。不仅是道路，就是"服牛、轺马"之类交通工具，他也加以注意。如无牛车、马车、战车之类交通工具，又怎样满载货物原料之类商品，来走遍天下贱买贵卖而获取丰厚利润呢？如无坚甲保护的便捷战车，又怎能运载军队冲锋陷阵呢？因此，管仲曾对桓公说："令夫商群萃而州处，察其四时，而监其乡之资，以知其市之贾，负任担荷，服牛轺马，以周四方，以其所有，易其所无。"① 他对交通工具性能的观察是细致的。但交通更重要的还在于道路基础设施的建设。如《管子·大匡》所说："三十里置遽，委焉，有司职之。从诸侯欲通，吏从行者，令一人为负以车；若宿者，令人养其马，食其委。客与有司别契，至国八（入）契费。义（仪）数而不当，有罪。凡庶人欲通，乡吏不通，七日，囚。出（按：'出'疑为'士'之讹）欲通，吏不通，五日，囚。贵人子欲通，吏不通，三日，囚。"② 于此可见，当时齐国驿站的建设和制度，是较先进的。后来封建时代有三十里一驿，或五十里一驿的设置。其到驿换乘的快递速度，有所谓日行三百里、五百里或八百里的等级区别。设三十里一驿，相当于后代五百里八百里快递。但除紧急军情之外，实际速度是日行三百里。管仲所设三十里一"遽"——即驿站，不输于后来唐宋明清的创设。而且，齐国的驿站设施齐全，从换车的车马、仓库的物资积聚及供应，双方各执一联的契税存单，都设有专人负责。如果驿站官吏刁难士民百姓，不给他们到政府机关所在地申诉的交通方便，按齐国法律是有罪的。这一驿站作为基础设施，对于当日齐国政治、外交、商贸、军事，都产生了积极的影响。

关于古代驿站邮传之设，今《辞海》认为起于战国时代，误。今按《左传》所载，春秋时期早已有之，但以管仲所创齐国驿站制度之设较为完善。现据《左传》，庄公九年（前685）载，齐鲁乾时之战，鲁师败绩，

① 上海师大古籍整理组校点：《国语》，第227页。

② 黎翔凤撰，梁运华整理：《管子校注》，第368—369页。

“公（按：指鲁庄公）丧戎路（兵车），传乘而归”①。鲁庄公在战场上丧失了战车，于是匆忙之中赴驿站“传乘而归”，即乘驿车返鲁，免于被俘命运。可见当时鲁国已设有驿站驿车，并由驿传机构负责道路交通设施的维护。文公十六年（前611），“楚子（按：楚庄王）乘驲，会师于临品”②，遂灭庸。驲、传、驿、遽，都是驿车简称。成公五年（前586），“梁山崩，晋侯（按：指晋景公）以传召伯宗。伯宗辟重，曰：‘辟重！’”③ 因为任务紧急，故晋景公命大夫伯宗乘驿车赴都。可见驿传速度快捷。又，乘驿传大多要员、要务，故一般车辆应避让驿传，这已成定例，故伯宗有“辟重”之语，叫一般的载重车辆避让自己的驿传，这是一般的正常要求，甚或是政府规定的交通规则。襄公二十一年（前552），晋国执政范宣子灭栾氏、羊舌氏家族，把羊舍肸（叔向）逮捕下狱，叔向生命危在旦夕。当时老臣祁奚早已退休，闻之，急忙“乘驲见宣子”，指出叔向贤臣，是晋“社稷之固”，应予赦免。祁奚不顾自己年老体衰，急急“乘驲”救叔向，可见驿车速度快捷，并较舒适，故老人也可经受长途奔劳。如果缺乏舒适驿车，车速不快，楚庄王当然也不会“乘驲会师”了。晋驿与楚驿相似，既快捷又舒适，能够给予客人较好的服务。襄公二十七年（前546），晋楚会盟，晋方赵孟提出希望楚国邀请秦国参加，楚令尹子木不敢擅作主张，于是“子木使驲谒诸王”，让楚康王亲自决策。在会盟期间，楚一路设驿传，因此子木才能够以最快的速度，“驲谒诸王”，通过驿传，向住楚都的国王请示汇报，传达重要信息、情报、文件并请示事宜。昭公二年（前540），郑国执政子产闻知“郑公孙黑将作乱”，当时“子产在鄙，闻之，惧弗及，乘遽而至”。可证郑国虽小，但也有一定的驿站驿传制度之设，才能从边远之地，很快赶叵国都处理紧急事务。昭公五年（前537），“楚子以驲至于罗汭”，楚灵王乘驿车奔赴吴楚前线，可证楚国驿递之设颇为发达，安全、舒适而便捷，争取了时间，有时就掌握战场先机。哀公二十一年（前474），齐鲁将会见，鲁哀公至于阳谷，齐大夫闾丘息见哀公曰：“群臣将传遽以告寡君。”④ 齐之驿递邮传，因管仲交通改革的遗产，制度较他国完善。齐人通过驿站传车，迅速向齐平公请示汇报。

---

① 杨伯峻:《春秋左传注》(修订本),第179页。

② 杨伯峻:《春秋左传注》(修订本),第619页。

③ 杨伯峻:《春秋左传注》(修订本),第822页。

④ 杨伯峻:《春秋左传注》(修订本),第1130、1229、1230、1271页。

综上所述，我国春秋时代早有驿站驿车之设，无论大国如晋楚齐秦，或是中小诸侯国如鲁郑，都已成为该国及异国相互交流互动的重要交通设施，从交通工具到道路建设，都已形成制度，并具一定的规模。这是涉及国计民生及国家生存发展的基础设施建设，促进了社会历史的发展。不过比较而言，春秋列国中，在经历管仲的改革后，齐国有关驿站驿递的制度，似乎尤为完善，值得治古代交通史者注意。

五、改革成败说教训

首先，谈管仲改革所受的影响及其历史渊源。

中国古代的改革，西周初周公旦的制礼作乐，是古代奴隶时代的一次大规模的改革。但周公基本因袭殷商旧制加以变革，并逐渐形成了一整套的周礼之治，影响到千秋后代。后人又对周公改制加以理想化，于是又有《周礼》《仪礼》等著作对礼乐制度做理想化的描述和规定。在周公所处的西周初年，是很难具体实行《周礼》《仪礼》所规定的烦琐制度的。因此，后来管仲在齐国所推进的改革，当然会受周公改制的影响，对其制礼作乐的改制变革思想，加以继承和发展；但在管仲的言行中，却不见对《周礼》《仪礼》等礼书的言说评论。就是后来孔子所说的周礼，也不是现存的《周礼》。因此可以断言，管仲改革所继承发扬的，只是周公改制的思想及其东征叛乱以尊王室的“一匡天下”的意图，而并非《周礼》诸书的具体制度规定。在具体的制度改革方面，管仲是空无依傍的。这正是他成为圣贤的根据。

作为齐国的改革家，管仲更多的是继承太公吕尚的开国思想，这对他影响更大。齐鲁二国是鸡犬相闻的邻邦，但齐文化和鲁文化却各具特点而多有不同。周公之子伯禽开国于鲁，所遵循完全是周公礼乐，故后人谓之“周礼尽在鲁矣”[①]。但姜太公吕尚封齐，他的开国指导思想与鲁有异，当时周、鲁二国曾因指导思想不同而发生争论。据《史记·鲁周公世家》载：“鲁公伯禽之初受封之鲁，三年而后报政周公。周公曰：‘何迟也?’伯禽曰：‘变其俗，革其礼，丧三年然后除之，故迟。’太公亦封于齐，五月而报政周公。周公曰：‘何疾也?’曰：‘吾简其君臣礼，从其俗为也。’及闻伯禽报政迟，乃叹曰：‘呜呼，鲁后世其北面事齐矣！夫政不简不易，民不

---

① 杨伯峻：《春秋左传注》（修订本），第1227页。

有近；平易近民，民必归之。'"[①] 齐鲁二国初封时，国土大小并无大的差别，鲁地还更肥沃。但几百年后，齐大鲁小，齐常恃强凌弱，不断兼并小国，开疆拓土，因此蔚为大国。齐鲁之民，原来都是殷商时代的东夷之民。鲁伯禽开国，硬是用周朝礼制，改造夷人，强行同化，这必然激化不同部族间的矛盾，为政治的稳定消耗了大量心血和国力，岂有更多力量来进行政治、经济、文化及军事变革？故步自封，鲁国维持原有规模已有困难，又何来壮大发展呢？而齐国的传统不同，太公开国，指导思想是"从其俗"来"简其君臣礼"，即汲取原来东夷的风俗习惯来制定礼制法规，使东夷百姓乐于遵行，君臣上下，和谐同心，这样就能政通人和，有了人民的支持拥护，就容易心想事成。因此，从太公开国之后，改革已成齐人的重要思考，并逐渐成为齐国的文化传统。据《史记·齐太公世家》载："太公至国，修政，因其俗，简其礼，通工商之业，便鱼盐之利，而民多归齐，齐为大国。"[②] 古时国之大小强弱，不仅是国土大小问题，更重要的是人口问题。古时地广人稀，有人居住，才能开发而加强实力。齐鲁二国是近邻，二国的人口基础，原本主要都是东夷之民。鲁强行依照新来的周朝礼制加以改变异族的风俗习惯，其文化冲突、政治冲突当然矛盾激烈，这是一味遵循周礼而不根据生活实际加以变革的严重后果，鲁国人口多有流失，"人民多归齐"。这主要不是齐国的军事暴力引起的，而是齐国太公"因其诸，简其礼"，在政治经济上加以改革所导致的，"齐为大国"，正是齐国根据现实，重视改革优良传统的结晶，也是管仲进行大规模改革的传统思想依据。反观鲁国直到春秋末期，仍然少有改革，如哀公二十一年（前 474），《左传》载："公及齐侯（齐平公）、邾子盟于顾。齐有责稽首，因歌之曰：'鲁人之皋，数年不觉，使我高蹈。唯其儒书。以为二国忧。'"[③] 齐人责备鲁人之"皋"，自己还不发觉不检讨。所谓"皋"，指不恭敬，说的是哀公十七年（前 478）齐鲁二君盟于蒙相见之礼。"齐侯稽首，公拜。齐人怒。武伯曰：'非天子，寡君无所稽首。'"[④] 也就是说，见面时齐平公先行跪拜叩头的"稽首"之礼，但鲁哀公依周公之后的高贵身份，认为只有对天子才"稽首"，对其他诸侯只能是弯腰而拜。这就引起齐人的发怒，影响了二

---

① ［汉］司马迁：《史记》，第 1524 页。

② ［汉］司马迁：《史记》，第 1480 页。

③ 杨伯峻：《春秋左传注》（修订本），第 1717—1718 页。

④ 杨伯峻：《春秋左传注》（修订本），第 1711 页。

国的外交关系，直到四年后，齐人仍然作歌加以讽刺，说是鲁人只是死读儒书，依循周礼而不据现实稍加变革，实在令人跳脚生气，以为“二国忧”。鲁人少有甚或不思变革，已成习惯思维，连孔子也难以免俗，季氏初税亩，稍加变革，即遭孔圣抨击。此所以鲁国常受侵蚀欺侮也。直至战国时被楚所亡。鲁国的经验教训，也为近邻齐国从反面提供了必须改革的思考。不思变则不如人，不如人则国弱力小受欺侮，这对齐国管仲改革也是一种刺激和推动。

其次，管仲改革，有其哲学思考，他是根据历史发展和现实需要来强调改革的必要性。司马迁曾读管氏《山高》篇，《山高》开篇即为：“山高而不崩，则祈羊至矣；渊深而不涸，则沉玉极矣。”① 日人猪饲彦博以为：“山高、渊深，形也；羊至、玉极，势也。取篇首两句之意以为名耳。”② 故《山高》虽不见于今本，但又名为《形势》而流传于今。《形势》篇曰：“持满者与天，安危者与人。失天之度，虽满必涸；上下不和，虽安必危。欲王天下而失天之道，天下不可得而王也。得天之道，其事若自然，失天之道，虽立不安。其道既得，莫知其亡；其功既成，莫知其释之。藏之无形，天之道也。疑今者察之古，不知来者视之往。万事之生也，异趣而同归，古今一也。”③ 要改革，首先必须遵循天的自然规律，“得天之道，其事若自然”，反之，若“失天之道”，违背自然，逆天而行，必受自然的惩罚而头破血流。但天道无形，如何认识自然呢？管仲继续提出了“疑今者察之古，不知来者视之往”，正确认识社会历史发展规律，总结历史的经验教训，既知其然，又知其所以然。这就有可能推动改革向正确的方向发展。同时，提出了“万物之生也，异趣而同归”的观念，自然环境与人类生活，在历史发展的长河中，波翻浪涌，千变万化，岂能一味固守不变？因此，要根据生活实际和现实需求，加以变改，只要遵循天道自然，鉴古知今，自是无往而不达。所论改革的哲学思考，思想深邃，洋溢着理性思辨的光辉。其改革能高瞻远瞩，胜人一筹者以此。

第三，管仲改革，充满了生活的辩证法。比如其外交改革，过去齐国恃强凌弱，欺侮鲁国，齐鲁多次交战，边境不安。急于兼并鲁国，实际上

---

① 黎翔凤撰，梁运华整理：《管子校注》，第 21 页。
② 黎翔凤撰，梁运华整理：《管子校注》，第 20 页。
③ 黎翔凤撰，梁运华整理：《管子校注》，第 42—43 页。

心急却一时办不成事。但管仲改行睦邻邦交，退返侵地的和平路线之后，表面上齐国失了若干田地，但实际上却让鲁国心服口服，随顺齐桓公的号令。每次齐国有所行动，鲁国积极出动兵赋紧紧跟随，这不就给齐国增添了许多力量吗？齐鲁双赢的和平外交，当然对鲁有利，在一定程度上维护并稳定了鲁国安全；但对齐更有利，退还若干侵地，本来就非已有，不是真有损伤；但同时边境却获得了和平与安宁，由鲁国代替齐军牢固地把守住齐国的南大门，形成了一个和平生态环境，大大利于改革的推行。齐国获利更大。因此，根据现实生活变化的需求，巧妙而成熟地驾驭生活的辩证法，也是为管仲改革增添光彩的一个亮点。

第四，改革中君主的支持和大力推行绝不可少。但管仲同时强调改革中君主应带头以身作则，遵法守法，对君主权威要有某种制约或限制，而不允许君主个人随心所欲地更改制度。《管子·牧民》篇曰："御民之辔，在上之所贵；道民之门，在上之所先。"君主在改革中，应带头遵纪守法。"毋蔹汝恶，毋异汝度，贤者将不汝助"①。在上君主，虽具权势，但君主也是人，也会犯错误，有人性弱点，这就应该主动认错而加改正，而不是自以为一贯正确，永远坚持错误而制造罪恶。管仲对在上一人摆出警告曰："君不君，则臣不臣；父不父，则子不子。上失其位，则下逾其节。上下不和，令乃不行。"② 在上君主知错不改，妄为肆虐，社会失去贤臣之助和人民的支持，此所谓君不君则臣不臣，成了百姓皆欲诛的独夫，又何来改革之成功和霸业的实现呢？

第五，君主的支持，是改革成功的保障；但君主的带头违反或"背叛"，却是管仲改革失败的一个重要因素。此史上所谓成也萧何，败也萧何也。管仲改革的成功，除了建立一整套完整的制度保证外，其个人的能力及人格魅力，吸引君主及贤臣、百姓的支持，也是重要原因。当管仲健在时，改革能稳步发展，桓公予以大力支持；但当其年老卧床之时，垂死之人尽忠谏言，桓公却听不进去。管仲死后，在组织用人安排这一关键问题上，立刻背叛了管仲，重用竖刁、易牙、公子开方等奸佞宵小，成了导致齐国改革失败的导火索。于此可见，管仲所制定的严密制度，对君主绝对权威是难以挑战的。管仲想要坚持法治，但最高统治者却一心维护自己的

① 黎翔凤撰，梁运华整理：《管子校注》，第17页。

② 黎翔凤撰，梁运华整理：《管子校注》，第37页。

绝对权威地位而不受任何法治的约束。管仲在世时，曾努力引导桓公走正确的路；当管仲不在世时，桓公内心的权力之魔，从被约束管制的魔瓶中放飞出来，又有谁能加以控制呢？以此看来，管仲改革，并未冲破君主人治的限制。如《韩非子·难二》在评论桓公时说："得管仲，为五伯长；失管仲、得竖刁而身死，虫流出尸不葬。"① 管仲不是不知人治的危害，但却无可奈何，悲哉！

管仲改革在桓公死后，顷刻失败消散，但这并不等于改革不起作用。管仲在齐国为改革建立了许多严整制度，行之有效，为后世的齐国所继承。后来齐之强大，与管仲改革直接相关。申无宇曾对楚灵王说："齐桓公城穀而置管仲焉，至于今赖之。"② 后来齐能成为战国七雄之一，在秦扫六合中能坚持到最后被灭亡，正是有赖于管仲改革的沾溉。

人称管仲为圣贤，但圣贤也非全人，他有自己的缺点。孔子曾批评说："管仲之器小哉！"认为管仲对传统周礼不够重视，他说："管氏而知礼，孰不知礼？"③ 后来荀子就继承孔子之说来加以批评，曰："管仲为政者也，未及修礼也。故修礼者王，为政者强。"④ 这是就后来儒家的王霸之说来加以批评的，是儒家的最高要求。但在现实生活中，孔子对管仲的总体评价还是很高的。据《论语·宪问》载："子路曰：'桓公杀公子纠，召忽死之，管仲不死。'曰：'未仁乎？'子曰：'桓公九合诸侯，不以兵车，管仲之力也。如其仁，如其仁。'子贡曰：'管仲非仁者与？桓公杀公子纠，不能死，又相之。'子曰：'管仲相桓公，霸诸侯，一匡天下，民到于今受其赐。微管仲，吾其被发左衽矣。'"⑤ 又《孔子家语·致思》曰：

> 子路问于孔子曰："管仲之为人如何？"子曰："仁也。得仁道也。"子路曰："昔管仲说襄公，公不受，是不辨也；欲立公子纠而不能，是不智也……家残于齐，而无忧色，是不慈也；桎梏而居槛车，无惭心，是无丑也；无耻恶之心，事所射之君，是不贞也；召忽死之，管仲不死，是不忠也。仁人之道，固若是乎？"孔子曰："管仲说襄公，

---

① ［战国］韩非著，陈奇猷校注：《韩非子新校注》，第879页。

② 杨伯峻：《春秋左传注》（修订本），第1328页。

③ 杨伯峻译注：《论语译注》，北京：中华书局，1958年，第33—34页。

④ ［战国］荀况著，王天海校释：《荀子校释》，上海：上海古籍出版社，2005年，第350页。

⑤ 杨伯峻译注：《论语译注》，第158—159页。

> 襄公不受，公之暗也；欲立子纠而不能，不遇时也；家残于齐而无忧色，是知权命也；桎梏而无惭心，自裁审也；事所射之君，通于变也；不死子纠，量轻重也。夫子纠未成君，管仲未成臣，管仲才度义，管仲不死束缚，而立功名，未可非也。召忽虽死，过于取仁，未足多也。”①

孔子针对子路对管仲的多重批评，认为子路是食古不化，所谓不忠不仁的批评，管仲不受也。孔子根据现实生活实际来给予具体而正确的评价。孔子否定子路的批评，实际上是给予管仲很高的评价。孔子批评管仲尚未知礼，而管仲强调的是因时因俗而加以变革，这正看出齐文化与鲁文化对于改革的不同思考。但总的说来，孔子还是给予管仲及其改革以较为客观而公正的历史评价的。

（作者单位：复旦大学中文系）

① 王怡然译注：《孔子家语》，长春：长春出版社，2017年，第55—56页。

刘勰的“文心”论及其理想人格思想①

杨来来

摘　要： 纵观整部《文心雕龙》，“文心”可谓刘勰命意的关键。出于个体人格实现的需要，刘勰积极从事论文，将完善“文心”看作是实现人生价值的伟大实践。大体来看，刘勰对“文心”的认识经历了一个从初识到体悟，再到建设的完整过程。随着刘勰对“文心”认识的逐步扩充、完整，他追求理想之文的意识愈加明确，最终生成了他的理想人格思想。这一过程大体可归纳为：由生存存在本体论升华为“文心”（含创作、批评）本体论，再升华为为现实和未来为文立规。究其实质，刘勰对理想“文心”的追寻，乃是为了追求一种“潜在的现实性”，这是其富有理论生命力的文学思想的有力说明。

关键词： 文心论；升华论；刘勰；理想人格；潜在现实性

众所周知，刘勰覃思苦心，最终著成了《文心雕龙》这部“体大而虑周”② 的皇皇巨著。作为展示刘勰文艺思想最为直接且集中的文本，《文心雕龙》之中寄寓他的一片“文心”。研究者们普遍认为，刘勰在《序志》篇中强调“言为文之用心”的目的是表明其关于文章的理论主张，即探讨如何作文的问题。所以，大多数研究者往往更多地将刘勰看作是一位富有代表性的文论家，专注于探讨文章写作中的具体问题，却较少将他看作是真实的个体性存在。换言之，大多数研究者只是将研究视角局限于刘勰对现实世界的有效建设上，却忽视了他对理想世界的潜

① 基金项目：国家社科基金重大项目“《文心雕龙》汇释及百年‘龙学’学案”(17ZDA253)。

② ［清］章学诚：《文史通义·诗话》，吕思勉评，李永圻、张耕华导读整理：《文史通义》，上海：上海古籍出版社，2008 年，第 179 页。

心营构。[①] 具体而言，以往的研究对刘勰“用心”的重视和强调有所忽视，也就未能明晰其人格诉求和理想追求，故而不能揭示出“为文之用心”的真实含义。基于此，本文试图以“文心”为切入点，对刘勰寻绎和建构理想人格的整个过程做一综合探究，力图能对刘勰的文学思想有更为深入的认识。大体来看，刘勰对“文心”的认识并非一蹴而就，而是经历了一个由初步认知到逐步深入，再到建设的完整过程。随着他对“文心”认识的不断扩充、完善，刘勰追求理想之文的意识愈加明确，最终生成了他寻觅和建构理想人格的生动实践。

一、刘勰对“文心”的初步认知：“心哉美矣”

刘勰在《文心雕龙·序志》篇开宗明义，直接阐明了自己的创作主张——“夫‘文心’者，言为文之用心也”[②]。因“文心”二字关涉《文心雕龙》之名，所以围绕书名释义和全书主旨展开的讨论几乎就没有断绝。历来的研究者大都认为此“文心”包举甚多，或是“关于文章的写作和批评实践的甘苦之谈”[③]；或是“‘原道’‘征圣’‘宗经’之心”[④]；或是“文章创作的原理”[⑤]，与之意思稍近的则认为是“运用心思或用心所在”[⑥]；还有的认为应该“包括作家的创作意图、审美倾向、情感特质、人格魅力、艺术匠心等等”[⑦]。关于“文心”究竟何义，各家争论不休，莫衷一是。

在笔者看来，“文心”不仅是刘勰表露心声的一种方式，同时也是他认识世界后的理论表述。刘勰在《序志》篇中明确指出：“昔涓子《琴心》，王孙《巧心》，心哉美矣夫，故用之焉。”[⑧] 意思是说，昔日有人用“心”

---

① 对此，常娜在其硕士学位论文《文心雕龙‘文心’论探议》中做了深入探究：“大多数研究者都是从‘为文’的角度来探讨文章的理论主旨，将文章论述的中心问题落脚在如何‘为文’或者为何样的文上，而对‘用心’关注甚少。”（参见常娜：《文心雕龙‘文心’论探议》，硕士学位论文，天津师范大学，2010 年，第 2 页。）

② ［梁］刘勰：《文心雕龙·序志》，戚良德：《文心雕龙校注通译》，上海：上海古籍出版社，2008 年，第 565 页。（以下所引《文心雕龙》诸篇原文悉据此书。）

③ 滕福海：《〈文心雕龙〉这个书名是什么意思?》，《文史知识》1983 年第 6 期。

④ 赵坚：《〈文心雕龙〉书名刍议》，《上海师范大学学报》1985 年第 1 期。

⑤ 李庆甲：《〈文心雕龙〉书名发微》，中国《文心雕龙》学会：《文心雕龙学刊》（第三辑），济南：齐鲁书社，1983 年，第 350 页。

⑥ 朱广成：《〈文心雕龙〉书名辨析》，《杭州师范学院学报》1990 年第 5 期。

⑦ 李建中：《论魏晋六朝作家“文心”与“人心”的分裂》，《文学评论》1989 年第 5 期。

⑧ ［梁］刘勰：《文心雕龙·序志》，戚良德：《文心雕龙校注通译》，第 564 页。

字作为书名，确实非常动听，我也采其入书。可见，刘勰最初的想法十分的简单朴素，他看重的是“心”字的美好之义，既动听又合适，所以将其用作书名。由此可见，刘勰起初对于“心”的认识是基于“经验”层面而言的，他非刻意袭取他人书名，只是因为“心”字契合自己心中文章的基本要求而已。所以他才紧接着说道：“古来文章，以雕缛成体，岂取邹奭之群言‘雕龙’也?”① 从古至今的文章，皆是经过百般雕琢才最终成为某种文体，难道只是因为人们称赞邹奭为“雕龙奭”而采用吗?从这个角度来理解刘勰对“文心”和“雕龙”的特殊说明，其主要目的便不是为了解释自己是否刻意袭取故说以作书名，而是为了告诉读者此“文心”与自己建设理想文章的审美旨趣相一致，其中寄寓了自己的独特用心。就此而言，“文言”之中的确包含了刘勰的心声，也隐藏了他对人文世界的理解和认知。

从理论层面来看，刘勰选择“文心”作为书名的关键词乃是其“审美经验超越原初经验”的必然结果。“进一步讲，审美经验对原初经验的超越，是‘主体性创造’的必然结果，因为作家从特定的审美意识出发，根据个人的生命体验和生命理想，对原初经验进行重组，赋予原初经验以生命意义”②。具体到刘勰，他以审美体验改造了原始经验，将自己作文中的深刻体会和广泛阅读后的点滴想法用艺术化手法表述出来，“文心”便是他的生活经验积淀为审美经验的自然结果。换言之，“文心”是经过艺术化手法处理的结果，是刘勰的审美创造。由此拉开了艺术和人生的距离，产生了“距离感”，所以解读起来也就各不相同。朱光潜先生是这样描述的：“艺术和实际人生之中本来要有一种‘距离’，所以免不了几分形式化，免不了几分不自然。演戏用歌唱的声调，雕刻用抽象化的人体，图画改变人物的本来面目，诗用音韵，都是因为这个道理。”③ 借用德国哲学家黑格尔的话来说，就是“在艺术里，感性的东西是经过心灵化了，而心灵的东西也借感性化而显现出来了”④。李建中先生更是明确地指出，这是一种通过归纳经验建构范畴的做法。“中国文学批评家常用直观取象的方式，从自己的人生经验中提取范畴，借助于感性对象的突出特点使人们领悟其所要表

---

① ［梁］刘勰：《文心雕龙·序志》，戚良德：《文心雕龙校注通译》，第564页。
② 李咏吟：《创作解释学》，桂林：广西师范大学出版社，2004年，第16页。
③ 朱光潜：《文艺心理学》，桂林：漓江出版社，2011年，第27页。
④ ［德］黑格尔：《美学》（第一卷），朱光潜译，北京：商务印书馆，1979年，第46页。

达的审美内涵”；他进一步指出，“文心”是批评家“‘近取诸身’、以人为喻的产物”。[①]

归根结底，正是因为刘勰初见“文心”，他便被“人之文”的美所吸引，从而对“文”倍加关注。进一步讲，“文心”之中的美意不仅引起了刘勰的关注，也为他之后的论文实践奠定了基调，促使他为建设美文，即心中的理想之文而不懈努力。因为“《文心雕龙》的中心问题，乃是研究如何‘用心’使文章臻于美的境界”[②]，所以刘勰将自己对“文”的美好希冀寄寓于“文心”之中，自然是理所当然的事情了。

二、刘勰对“文心”的进一步体认：“文果载心”

如果说刘勰起初只是认为“心”这一字眼很美而已，但在广阅天下之文的过程中，他不仅感受到了“天地之文”的美，也觉察到了“人之文”的美。于是，他便对“人之文”如何产生这一问题进行了反思。经过思索之后，他得出的结论是：

> 惟人参之，性灵所钟，是谓三才。为五行之秀，实天地之心。心生而言立，言立而文明，自然之道也。[③]

刘勰认为，“天地之文”缘于宇宙自然生成，“人之文”却是人心创造而成。前者美在自然，后者美在创造。在刘勰看来，这些都是自然而然的事情。

刘勰进一步认为，作为人文之代表，人们自觉地参与到了化育天地的活动中，并且通过自身努力促进着“文明”的实现，从而实现自己的人生价值。《原道》篇中说：“人文之元，肇自太极。幽赞神明，《易》象惟先。庖牺画其始，仲尼翼其终；而《乾》《坤》两位，独制《文言》。”[④] 从人文初始到人文化成，其中伏羲氏、孔子等人做了大量工作，承担了从有“言”到有“文”的伟大使命。可见，人文的最终实现需要通过有心之人

---

① 李建中：《中国文学批评史·导言》，李建中主编、高文强副主编：《中国文学批评史》，武汉：武汉大学出版社，2008 年，第 17 页。

② 戚良德：《文论巨典——〈文心雕龙〉与中国文化》，开封：河南大学出版社，2005 年，第 257 页。

③ ［梁］刘勰：《文心雕龙·原道》，戚良德：《文心雕龙校注通译》，第 1 页。

④ ［梁］刘勰：《文心雕龙·原道》，戚良德：《文心雕龙校注通译》，第 3 页。

的“绣虎雕龙”和积极参与，只有经由他们创造出符合自然之道的文章，才能将人类文明发扬光大。在此过程中，“人心”发挥了创造功能——创构了“文心”，从而起到了建设人文世界的关键作用。然而，人并不是凭空“化成人文”的，而是经由“文”，即通过合乎理想标准的“用心”之人参与到具体的文学活动中，通过他们的文墨泼洒才得以实现“言立”而后“文明”的。换言之，“为文之用心”的最终实现需要以“文”为中心来具体展开，但是却离不开人的主观创造——“用心”。如果说刘勰在未开始具体的论文工作时，他是怀着感性的心态来审视“天地之文”的，感受到的是其中蕴含的美意，也认识到“自然之道”的运行规律不可违背。而当他真正用心思考了“人之文”的生成过程后，他对“文心”有了更为深刻的理解和体悟，逐渐体会到了“文心”之中隐含的创造精神。于是，刘勰由最初的感性眼光转变为以理性的眼光来看待“文心”，基于对“人之文”的深刻体悟，他最终认识到了“文心”之中隐含的创造义。这可以看作是刘勰“文心”开启的一个标志。

刘勰面对的恰恰是一个“去圣久远，文体解散”的时代，同时代的文人普遍存在未能“振叶以寻根，观澜而索源”[①] 等诸种问题。文场和文人的种种不良现象，逐渐激起了他的“生命意识”，这种意识也被称作“忧患意识”。实际上，“忧患是深于困难情势之中，以自己的责任感探索解决问题端绪的心理表现；这便不能安心于在实际上无所作为的信仰，而要求在实际的行动中解决问题。”[②] 刘勰恰恰此时处于“困难情势之中”，他身处齐梁文坛，所以他才会发出“岂好辩哉？不得已也”[③] 的感慨。换句话说，正是因为刘勰心中早已深藏的知识分子之“良心”的有力推动，早已凝结为艺术范畴的“文心”，便转化为一个富有理论内涵的词汇。刘勰的诗性思考就有落实到实际操作之中的必要了，他不得不开始思考如何用心。

面对着种种困难情势，刘勰并未以辩解的方式说服其他的作家来扼制不良风气，而是转而寻找人生价值的根源，企求从最根本处加以探究。按照徐复观先生的看法，中国文化中对人生价值的根源这一问题的解答虽不尽相同，但最终都将其归结为人的个体之“心”[④]。刘勰亦是如此，他也将

---

① [梁]刘勰:《文心雕龙·序志》,戚良德:《文心雕龙校注通译》,第566页。
② 徐复观:《中国人的生命意识》,上海:华东师范大学出版社,2014年,第17页。
③ [梁]刘勰:《文心雕龙·序志》,戚良德:《文心雕龙校注通译》,第564页。
④ 徐复观:《中国思想史论集》,上海:上海书店出版社,2004年,第211页。

生命价值的根源安放于自己的“心”中，希望可以通过有涯人生的努力做出改变，以此获得生命价值的永恒。他对自我生命价值的基本认识是：“形甚草木之脆，名逾金石之坚。”① 大体来看，刘勰仿佛把世俗名利看得很重，其实文中另有深意。他如此珍视身后之名，并非汲汲于外在虚名以求万世长存，实则是为了追求精神实在的绵延与扩张。因为刘勰在追逐名利、追求知识的过程当中，感悟到的是另一种含义。这一点他在《序志》篇的赞语中做了总结性说明：

> 赞曰：“生也有涯，无涯惟智。逐物实难，凭性良易。傲岸泉石，咀嚼文义。文果载心，余心有寄”。②

我们都知道，“知识的成就，也可以看作一个人的人格自身的充实。知识分子的良心既可以通过他对知识的追求而间接地表现出来，也可以通过由知识而充实的人格，而直接表现出来”③。随着知识的增长，刘勰逐渐领悟到了人生的真谛，他意识到论文的根本目的其实不在于彰显智慧，更多的是对自我价值的追寻。赞语中的“逐物实难，凭性良易”一句尤为警醒，乃是刘勰对于自身价值的一种反思，也是他经历俗世名利追逐之后的由衷领悟。刘勰深刻地认识到了自己的使命和责任，“言为文之用心”便是他为自己设定的理想目标。“傲岸泉石，咀嚼文义”一句则是刘勰追求理想未果之后的自我安慰之语，不去计较外界评论，独自咀嚼心中悲欢、啸傲林泉，只期望能够坚守使命、努力回归初心。恰如李建中先生所言：“《文心雕龙》是文论巨制，也是刘勰人格形象与人格境界的展示，读《文心雕龙》也就是读刘勰的人格。”④ 我们的确可以从《序志》篇的赞词中读出刘勰的悲欢，同时也读出了刘勰的傲岸人格，感受到了他对“文”之事业的一往情深。

由此可以说，追逐“文心”的过程既是刘勰认识自我人生的完成，也是他寻求自我价值的开始。为了更好地发挥“文心”的创造义，刘勰将自己的人生经历、阅读经验、情感态度、理论意志等，即现实的本心，统统

---

① ［梁］刘勰：《文心雕龙·序志》，戚良德：《文心雕龙校注通译》，第564页。

② ［梁］刘勰：《文心雕龙·序志》，戚良德：《文心雕龙校注通译》，第572页。

③ 徐复观：《中国知识分子精神》，上海：华东师范大学出版社，2004年，第179页。

④ 李建中：《魏晋文学与魏晋人格》，武汉：湖北教育出版社，1998年，第215页。

包含进了“文心”之中。如果对刘勰的“文心”的开启过程加以描述的话，刘勰起初是用生活的眼光看世界，他看到了“天之文”的美。在此基础上，他又用理性的眼光接近、审视和体察“人之文”，看到了“文心”之美。在认识自我的过程中，心中潜藏已久的“忧患意识”推动他开始追寻“文心”所在，他便将自己心中的理想抱负寄寓《文心雕龙》之中。由此，刘勰对知识的追求不仅为世人留下了充实而伟大的人格形象，更重要的是创构了《文心雕龙》这部举世瞩目的经典之作。

概而言之，由“人心”到“文心”的开启，乃是一个由描到写，由生到发的过程。具体而言，“文心”之中承载了许多东西，生命之价值、社会之良心、文学之趣味、人文之精神、传统之力量、人格之理想……随着刘勰对“文心”的不断体认，他将自己的所思所感，既包括时代的，也包括个人的，都熔铸进了“文心”之中。黑格尔曾说：“美是理性的感性显现。”① 实际上，刘勰所言之“文心”，亦是他的理性认识的感性显现。最重要的是，在刘勰那里，“文心”从一个艺术范畴经过他的创造转化而成为一个富有理论内涵的词汇，其深层意涵之中蕴含了作家对于人类文明生成的诗性领悟，蕴含了刘勰建设理想之文和理想人格的深远追求。

三、刘勰不遗余力地建设“文心”：“余心有寄”

通过上文探究，我们认识到当刘勰经历了“自我与人生”的体认过程后，他不仅对生命的存在价值有了思考和理解，还萌生了超越自我内在精神的想法，产生了建构主体人格的意识。在刘勰看来，吾人既为天地间最贵之物，吾心便是“天地之心”，吾辈自然就有“为文用心”的义务。《序志》篇赞词最后一句“文果载心，余心有寄”便是刘勰发自肺腑的由衷心声，其中既蕴含了他追求充实人格的强烈诉求，也寄托了他对理想之文的美好期待，希望“文心”能够传响千载。然而，刘勰并不只是保持了这份美好初心，而是将他的诸种理念渗透到了文论建设的整个实践过程之中；也不只是把对理想人格坚持不懈的追寻隐藏于“文心”的字眼里，而是展现在整部《文心雕龙》的精彩华章之中。换言之，刘勰为了安放“文心”，使得“余心有寄”，他走上了建设“文心”的道路，并且为此不遗余力。

如前文所述，尽管“言为文之用心”围绕的中心话题始终是“为文”，

① ［德］黑格尔：《美学》（第一卷），朱光潜译，第142页。

但其理论重心却聚焦于“用心”。面对现实的诸种不堪，刘勰并不只是无力地呼喊，发无声之空音，而是将心中期许寄托于具体的操作过程。恰如李建中先生所言：“对于刘勰这样一个文艺理论家，‘为文之用心’就是他的魂，他要通过写一部文学理论之书来安顿自己的灵魂，来实现自己的理想，来把他的文化之根和现实连接起来。”① 这种伟大而深沉的理想意志既在表明解决问题的决心，也在表露寻求解决方法的诚心，他希望通过自身努力能够使得“文心”有寄。为了让“文心”落到实处，刘勰选择了从“论文叙笔”到“剖情析采”的言说方式。具体到《文心雕龙》中，刘勰不仅泛论众体，建立了庞大的文体论知识体系，他还积极揭橥文理，建立了严密的创作论体系。与此同时，他品评了历史上的许多作家作品，就“文”与时代等诸多问题发表了议论，提出了切实建议。可以说，刘勰的论述都是具有针对性的，建议也具有指导性，充满了理论的力量。他亲自从事论文实践，体验“文心”开启的过程，彰显的是“文心”的创造义，目的就是为了建设理想之文。

一方面，刘勰对同时代作家的创作实践有所不满，认为他们的文学观念太过偏狭，论述问题只是“各照隅隙，鲜观衢路”，“未能振叶以寻根，观澜而索源”。所以他才产生了“弥纶群言”的想法，在“品评成文”② 的生动实践中生成了全新的文学观念。有研究者指出，尽管魏晋南北朝时期的文体家们区分文体的标准有别，但是他们都有“一种共同的规范化倾向”③，其中就包括了刘勰。事实的确如此，刘勰在具体的论文过程中，他十分重视揭示文体的“大要”“大略”或“大体”，即“文”之本质特征或基本要求，从这个角度来看，全新文学观念之“新”主要体现在刘勰文学观念的深刻性上，他企图寻找文章正体，从理论高度规范文体，以此建设理想之文。另一方面，刘勰还将一切人文成果作为批评对象，既包括圣人的经典，也涉及具体作家及其作品。可以说，他的批评活动均建立在具体可感的研究对象之上，涉及广泛的人文成果。刘勰希望可以真正做到“笼罩群言”④、囊括古今。所以，他建设“文心”便不只是理想，而是具有明确指向且可供操作的、能够有效解决问题的途径和方法，充满了创新

① 李建中：《文心雕龙讲演录》，桂林：广西师范大学出版社，2008 年，第 189 页。

② ［梁］刘勰：《文心雕龙·序志》，戚良德：《文心雕龙校注通译》，第 566、571 页。

③ 施惟达：《裂变的光芒——魏晋南北朝文化与文艺美学》，成都：巴蜀书社，1995 年，第 169 页。

④ ［清］章学诚：《文史通义·诗话》，吕思勉评，李永圻、张耕华导读整理：《文史通义》，第 179 页。

精神和实践品格。对此，刘永济先生早有明断，他指出：“彦和之作此书，既以子书自许，凡子书皆有其对于时政、世风之批评，皆可见作者本人之学术思想（参看《诸子篇》），故彦和此书亦有匡救时弊之意。”他又说：“彦和从文学之浮靡推及当时士大夫风尚之颓废与时政之隳弛，实怀亡国之惧，故其论文必注重作者品格之高下与政治之得失（参看《时序》《才略》《程器》等篇）。”[①] 就此而言，“新”的第二层含义主要集中于刘勰的理论创新上，他为了实现心中的宏伟目标，亟须确立一种人格范式，以此来纠正不合时宜的文学观念，从而为时代及其后世之文开具一服良药。

具体到《文心雕龙》之中，在全新文学观念的指导下，刘勰积极地投入到理想之文的建设过程中，他将理想与现实共同融入创作实践之中，从而熔铸成了《文心雕龙》的理论核心。对此，罗宗强先生在《魏晋南北朝文学思想史》中曾就刘勰的理论体系做了重点介绍。他说：“这个理论的核心实质上是一个文的理想模式。他规范出这个理想模式，以它为中心，向各个方面展开他的理论。”[②] 同时，罗先生还进一步指明了这一理论核心的博大精深之处，认为其涵盖了对“作者的才性气质学识的要求（才思识略、学养、品德、灵感与文思）”，对“作品的艺术风貌的要求（体、势、风骨、味）”和对“创作的表现技巧的要求（修辞、事典、声律、篇章结构、方法）”。[③] 由此可见，刘勰充分地考虑到了自己接触到的和可能会面临的各种问题，并且对创作的各个方面都提出了严格要求。完全可以说，他是按照自己心中“美”的原则来“雕龙”的，通过全方位地塑造理想的作者、批评家和正确的表现方式，不遗余力地建构着“文的理想模式”。

然而，无论哪一个方面的要求，都可以说是刘勰“文心”之所在，所以才使得整部《文心雕龙》“处处充满着人文精神”[④]。正是凭借此种人文精神的有力张扬，刘勰才对理想文章执着铸造、不懈追求。恰如戚良德先生所指出：“《文心》之作，既以‘论文’为己任，又以‘寄心’为旨归。”[⑤] 换言之，刘勰不遗余力地建设“文心”，乃是为了让其“文心有寄”。

---

① 刘永济：《文心雕龙校释》，上海：中华书局，1962 年，“前言”，第 1—2 页。
② 罗宗强：《魏晋南北朝文学思想史》，北京：中华书局，1996 年，第 312 页。
③ 罗宗强：《魏晋南北朝文学思想史》，第 314 页。
④ 罗宗强：《魏晋南北朝文学思想史》，第 312 页。
⑤ 戚良德：《历史的选择——关于〈文心雕龙〉的美学研究》，《山东大学学报》1993 年第 3 期。

四、刘勰寻觅“文心”的根本目的：建构理想人格

可以看出，刘勰建设“文心”是为了寄托怀抱，他怀有建设理想之文的高远理想。如果进一步从根本处对刘勰的创作动机做一番考察的话，我们会发现他寻觅“文心”的根本目的其实是为了建构理想人格。当我们聆听和了解刘勰的心声之后，必然会对他的论文主张开始同情地理解。《序志》篇中刘勰对“为文之用心”和“文果载心”的连续强调，实际上已然表明他对论文主体的高度重视。由此不难看出，《文心雕龙》作为一部“体大而虑周”的皇皇巨著，指导写作和论述文义自然是其题中应有之义，但其更为深刻的主题实则是刘勰对实践主体的建构，即对于理想人格的呼唤。

对于刘勰的理想人格思想，“龙学”家们其实早已有所关注。例如，刘纲纪先生曾明确指出，“具有强烈的人格精神，是刘勰《文心雕龙》一书的一个十分显著的特点”，并指出这种精神是“《周易》‘刚健中正’的精神和中国古代思想中所具有的批判抗争精神的结合”。[①] 刘先生在《刘勰》一书中还专辟一节论述了“刘勰的人格精神”，不仅详细说明了这种精神的来源，还揭示出了刘勰心中的理想人格乃是成为“梓材之士”。可以说，刘先生是最早从人格视角进入《文心雕龙》研究的，并且论述充分，点明了刘勰想要建设理想人格的强烈愿望。李建中先生则首次提出了《文心雕龙》的人格理论，他认为：“刘勰的人格理想是‘学以达政’……由于生存环境与理想人格的反差，酿成刘勰的耿介愤懑之气，并最终形成以‘傲岸泉石’为个性特征，以‘彩云若锦’为美学品格，以生存方式之自由选择为高峰状态的人格境界，刘勰的人格境界，在《文心雕龙》中呈现为‘道’‘术’‘性’三位一体的作家人格论。”[②] 李先生从刘勰现实身处的“三个世界”进入到刘勰的人格世界，进而探知到刘勰极具包容性的人格境界，为我们打开了认识刘勰的新视角，也从作家论的角度揭示了刘勰理想人格理论的一个侧面。此外，美国著名汉学家宇文所安先生在对《文心雕龙》书名进行翻译时，指出“前一部分‘文心’可以理解为‘文之心’，或‘使

---

① 刘纲纪：《刘勰》，台北：东大图书股份有限公司，1989年，第66、65页。

② 李建中：《刘勰的人格境界与〈文心雕龙〉的人格理论》，《学术月刊》1997年第4期。

心变成文学的/有教养的/有文采的心’，或‘从文的角度来思考心’”[①]。从这一翻译中我们能够清楚地看到，“文心”之中所蕴含的完善、塑造之意。对此，戚良德先生亦有类似看法，他指出：“《文心雕龙》不仅是一部文学理论，更是一部儒家人文修养和文章写作的教科书。”[②]《文心雕龙》作为一部文章写作教科书或文学理论的观点，很多研究者已经多次论述过了，但它作为“一部儒家人文修养的教科书”的观点，则鲜有人论及。笔者认为，这才是刘勰的真正“用心”，他不仅希望通过论文指导文人如何作出光彩之文，还力求通过论文教导文人如何成为有修养之人。由此可见，《文心》的属性之中明确包含了一种刘勰想要寻觅理想人格的深沉思考和独特用心。在论文的具体过程中，刘勰深刻地认识到了理想之文的建构离不开“文心”，即理想人格的参与。所以，刘勰所言“言为文之用心”，其理论中心便集中到了如何寻觅理想的“为文用心”者上，即寻绎和建构理想人格的问题上。

在《文心雕龙》中，我们可以明显感知到刘勰建构理想人格的强烈愿望。李建中先生曾作专文讨论了“魏晋六朝作家‘人心’与‘文心’的分裂”的一般情况。他指出，“魏晋六朝作家‘人心’与‘文心’的分裂”，最基本的表现形式是“‘作文’与‘作人’的矛盾”。刘勰同样面对这种情况，他一方面站在政教伦理角度批评“繁采寡情”“言与志反”的作品；另一面他又积极创作骈文，树立“丽辞偶句的典范”，以致造成了“‘自我’的分裂”。[③] 基于这样的宽容心态，刘勰所建构的文学批评理论也呈现出了宽容性特征，他亦对文坛上普遍存在的文人“自我”分裂的现实能够宽容看待。例如，一方面，刘勰对“涓流寸折”者的现实困境深切体会，直言“盖人禀五材，修短殊用；自非上哲，难以求备”。另一方面，他又直接揭露文人并未完全用心，自身存在诸多不足的地方，严格要求他们不断完善自我，努力做到“文武之术，左右惟宜”[④]。然而，无论是宽容看待，还是严格要求，刘勰的终极目标都是希望通过寻觅理想的“为文用心”之人，从而找寻到能将“文心”传承千古的实践主体，达到重塑“文心”的

① ［美］宇文所安：《中国文论：英译与评论》，王柏华、陶庆梅译，上海：上海社会科学院出版社，2002年，第188页。

② 戚良德：《文章千古事——儒学视野中的〈文心雕龙〉》，《文史哲》2014年第2期。

③ 李建中：《论魏晋六朝作家“文心”与“人心”的分裂》，《文学评论》1989年第5期。

④ ［梁］刘勰：《文心雕龙·程器》，戚良德：《文心雕龙校注通译》，第559页。

目的。如果从理论层面审视刘勰建设“文心”的动机，他积极追求“文心”与“人心”的和谐统一，根本目的乃是为了实现文学的和谐理想。恰如傅其林先生所言：“文学千百年来都在追寻和谐之境，渴求在和谐之境中打造完美的人格，以实现人的幸福的存在状态。”① 刘勰亦是如此，他努力建构《文心雕龙》中的理想人格，既是在找寻理想的“文心”传承者，也是在不断完善自我的人格，根本目的乃是为了消弭“文心”与“人心”之间的分裂。

在作文、论文的具体实践过程中，刘勰清楚地认识到，如果想要坚守文章的千古道义，必须找寻勇于开拓和完善文章品格的“为文用心”之人。可以说，刘勰充分意识到了塑造理想人格的必要性，他认为只有如此，文德才能端正、文风才能清明、文章才能尽善尽美、文化生命才能源远流长。面对流弊丛生的文坛，刘勰开出了应对良方，试图通过建构理想人格的方式，以求构建良好的文学秩序。他积极地参与论文，这本是一项伟大而深沉的人生实践，其中隐含了“文学的和谐理想”，即将撕裂的现实和破碎的梦境恢复原貌的想法。然而刘勰遵循的并非文学复古的思想，恰恰相反，他将论文看作是一项极富创造性的伟大事业来完成。因为他塑造理想人格的目的，并不仅仅是为了凸显或确证自我的存在价值，也是为了修补文学世界的残缺不全，以此来实现和完满自己的人生理想。

理查德·冯·圣维克多（Richard von St. Vikctor）曾为“人格”一词做过简明的定义，他认为“人格是具有理性本性的个体性的实存”②。李建中先生也有相似的论断，他指出：“文学家的人格，是指整体性地呈现于作品与生活中的真实的自我，它包括了审美理想、生命意识、行为方式以及人生各阶段各层面的心里趋向与冲突。”③ 两种定义虽然有所不同，但均揭示出了“人格”的个体性特征。众所周知，人格之中凝聚了自我的理性意识，意味着个体性的集中显现。从这一角度来看，刘勰心中的理想人格论自然与他的世界观、文学观、文章观和独特审美等诸多因素息息相关。而这些因素最终必然会包含进《文心雕龙》之中，集中体现在刘勰为之付出毕生心血的文学活动中。通过上文对“为文之用心”的集中考察，以及对研究

---

① 傅其林：《文学中的和谐——美的人格与生存之境》，成都：四川大学出版社，2008 年，第 4—5 页。

② 参见张任之：《质料先天与人格生成》，北京：商务印书馆，2014 年，第 316 页。

③ 李建中：《魏晋文学的人格生成》，《文学评论》1996 年第 2 期。

现状的综述概括，我们不仅能够认识到刘勰是一位富有理论创见的文论家，其着眼点始终未脱离“文”之现实，而且能够明显体会到他建设理想人文世界的强烈诉求，从未放弃寻觅理想文人的步伐。由此可见，塑造理想人格是刘勰实现化成人文这一高远理想的关键一步和重要内容，他将建设理想之文视为自己的毕生追求。如果说，“在一定的文化环境和社会制度中，出于现实的需要，人们的利益、要求、期望集中于某一个楷模身上，即为理想人格”①，那么，具体到《文心雕龙》，所谓刘勰心目中的理想人格，则主要指合乎“文心”指向，能与其建设理想文章的美好要求保持下去，且能将其落到实处的一类实践主体。本文所言之理想人格概念，即以此为界定。

其实，刘勰的心愿非常简单，他只愿文章能够载着“文心”一直向前发展，使文脉能够不断地传承和延续下去。所谓“文果载心，余心有寄”，斯之谓也。这一简短而有力的表白，既蕴含了刘勰为建构理想之文而付出的无悔心声，也体现了他寄希望于后来人的美好期待，希望后学之人可以知晓“文心”，懂得运用“文心”，这样他也就了无遗憾了。在刘勰看来，他已经充分表达了自己的所思所想，《文心雕龙》便是其提交的最终成果。因为他已经通过自身努力为后世文人做出了榜样，只能寄“文心”于后来者，期望他们可以继续前行，一同为追寻理想人格及其精神，为建设理想之文而不懈努力。就此而言，《文心雕龙》之中不仅包含了刘勰的理论表述，也寄托了他追求理想之文的美好愿望，最重要的是体现了他对后世文人（包括创作者和批评者）的万分期待。换言之，刘勰参与论文并非只是为了制定属文立言之轨用以解决现实问题，更多的是为了寻求一种“潜在的现实性”以安顿“文心”。正如王元骧先生所认为的：

> 文学创作与科学研究不同，总带有作家自己的主观态度、作家自己的评价和选择的成分，因而它反映的不只是一种客观事实、一种“实是的人生”，而且包含着作家的主观愿望，作家对于“应是的人生”的企盼、期望、追求和梦想在内。②

---

① 朱义禄：《儒家理想人格与中国文化》，上海：复旦大学出版社，2006 年，第 8 页。

② 王元骧：《当今文学理论研究中的三个问题》，《文学评论》2008 年第 1 期。

笔者认为，刘勰正是凭借这种以“实是的人生”求“应是的人生”的理论气魄和博大胸襟来寻求“潜在的现实性”——理想人格和理想之文。“现实性”是黑格尔提出的一个哲学范畴，它的中心意义“不是绝对不变的实体（如上帝）的属性，而是主体自身的运动过程”①。也就是说，“现实性”这一理论命题中凸显的是主体的能动性和创造性，包含了主体通过自身实践来认识客观实在的整个过程。从这个角度来理解，刘勰孜孜不倦、苦心孤诣追求的不正是“潜在的现实性”吗？

只不过，刘勰创造“实是的人生”的目的并非为了超凡入圣以求成为典范，而是希望通过塑造理想人文实践者的方式追寻“应是的人生”，从而为后来之人提供些许指导和指引。诚如戚良德先生所言：

> 站在中国思想文化经典巨人之肩上的刘勰及其《文心雕龙》，可以说奉献了一部新的思想文化经典，这部经典述往知来、开学养正，为当时以及后来之人提供了一个人生文化修养的指南，也提供了一个可以具体操练的思路和程式。……因此，无论在古代还是现代，《文心雕龙》都应该是一部提升我们文化修养的具有现实意义和指导意义的教科书。②

归根结底，刘勰论文不只是为了匡谬正讹、矫世励俗，也是为了进一步发展人文事业，推进学术传承。相比较而言，后者更符合刘勰一贯主张的“通变”精神，也更契合理论批评的根本旨趣。正因如此，才使得“文心”历千年之久而依旧动人心魄。也恰如罗宗强先生所言：“他的文学思想，并不是他所处时代的文学思想主潮的鲜明代表，但是他的理论的生命力比他同时的任何一位文学思想家的理论的生命力都更为长久。”③ 尽管刘勰的文学思想未能左右一时之风气，也不是“他所处时代的文学思想主潮的鲜明代表”，但是“文心”之中包含最多的是刘勰为追寻和建设理想人文世界所煞费的良苦用心，因而才使其更富理论生命力。

---

① 赵敦华:《黑格尔“现实性”范畴的多种意义和中心意义》,《中国高校社会科学》2015 年第 5 期。

② 戚良德主编:《中华优秀传统文化读本》,石家庄:河北人民出版社,2017 年,第 252 页。

③ 罗宗强:《魏晋南北朝文学思想史》,第 247 页。

五、结语

面对文坛“离本弥甚，将遂讹滥”① 的现状，刘勰有意匡正，希望可以做到“极正归本”②。这既是《文心雕龙》的“新意”所在，也是刘勰的“心意”所归。从“认识文心”开始，继而“体悟文心”，最终走上了“建设文心”的道路，刘勰开启了一个“从理论的自身认识到实践的自身修养(自身人格完善)”③ 的完整过程。换言之，“文心”既是刘勰论文的出发点，也是他论文的归宿，《文心雕龙》正是始于“文心”，终于“文心”的产物，这正是作为文学批评家的刘勰之强烈使命感的最佳体现。

如果对刘勰的理想人格思想的生成过程做一简要概括的话，我们又可以将其称之为“文心”升华论。大体可归纳为：由生存存在本体论升华为“文心”（含创作、批评）本体论，再升华为为现实和未来“为文”立规。如果大而化之地用古代思想家的表述来描述这一过程，似可借用“横渠四句”——“为天地立心，为生民立道，为往圣继绝学，为万世开太平”④。因为，我们无论是将《文心雕龙》看作是一本论文指导教科书，或是一部文艺理论专著，都不会影响或改变刘勰论文的思想价值，反而会使其论文实践具有更为深远的理论意义。如此看来，刘勰追求理想人格的行为，不仅具有辨清文理、廓清文弊的作用，而且亦犹如张载撰写《西铭》一般，具有告知后世学文之人“初学入门之道”以及“开示后学”的性质。

综上所述，我们需要进一步看清、看透刘勰寄寓《文心雕龙》之中的千古“文心”的真面目，理解其深刻涵义所在。与此同时，我们应当更为清楚地认识到，刘勰不仅是一位具有博大胸襟的文艺理论家，更是一位兼具深邃思想的文学思想家，他所寻求的理想人格思想正是其富有理论生命力的文学思想的最佳说明。

（作者单位：山东大学儒学高等研究院）

---

① ［梁］刘勰:《文心雕龙·序志》,戚良德:《文心雕龙校注通译》,第566页。

② ［梁］刘勰:《文心雕龙·宗经》,戚良德:《文心雕龙校注通译》,第28页。

③ 参见倪梁康:《探寻自我:从自身意识到人格生成》,《中国社会科学》2019年第4期。

④ ［宋］张载著,章锡琛点校:《张载集》,北京:中华书局,1978年,第320页。按:“横渠四句”有不同的版本。比如,《近思录集解》中是“为天地立心,为生民立道,为去圣继绝学,为万世开太平”;《张子全书·朱轼序》中则是“为天地立心,为生民立命,为往圣继绝学,为万世开太平”。

论文叙笔

《刘子》与《文心雕龙》[①]

涂光社

摘　要：本文拟通过比较研究弥补目前《刘子》思想理论研究上的欠缺，更全面地了解思想理论大家刘勰的卓越成就；厘清两书思想理论与撰述方式同异之所在及其缘由，也分别进行同类论著——《文心雕龙》与其他文论著述、《刘子》与其他杂家子书的比较，揭示其在各自领域的理论贡献。《文心雕龙》与《刘子》分属集部和子部，论述却有交叉和重合；两书皆成于齐梁，却以论文与论政分属而同中有异；两书思想宗尚有异，而异中有同。它们都是哲学思辨氛围下营造出的思想大家和理论经典，其突出的成就是以范畴创用实现理论突破和境界提升。

关键词：《刘子》；《文心雕龙》；同与异；思想；范畴

魏晋南北朝是先秦以后哲学思辨精神复归、学术长足进步的时代。玄学的相互辩难中不乏相互吸收、借鉴，促进了道、儒引领的学术发展和佛学的中国化，显现出三教合一的趋向。齐梁问世的《文心雕龙》《刘子》中均有兼综儒、释、道的思想印记，论证中有原为玄学专擅的范畴组合创设运用，充分体现了时代的学术精神以及思想理论大家的非凡造诣。

《刘子》的作者为谁有多种说法，长期存在争议。20 世纪三四十年代以来，余嘉锡、杨明照、傅亚庶等人的论著中认为是北齐刘昼所作。八十年代起，林其锬、陈凤金和朱文民、韩湖初等则力主为梁刘勰所撰。林其锬、陈凤金于 2012 年出版《刘子集校合编》，汇集了《刘子》文献整理的

① 基金项目：国家社科基金重大项目“《文心雕龙》汇释及百年‘龙学’学案”（17ZDA253）。

成果。其“前言”中除对书名、篇名、卷帙、版本、研究概况等系统梳理外，还做了作者的考辨，在十多个争议的焦点问题上有令人信服的论证，明确指出《刘子》作者为刘勰，而非刘昼。港台和海外一些学者也多持此看法，且从不同角度补证之。

《刘子》《文心》是否同为刘勰所作的问题笔者不再赘言，拟通过比较研究弥补目前《刘子》思想理论研究上的欠缺，更全面地了解思想理论大家刘勰的卓越成就。厘清两书思想理论与撰述方式同异之所在及其缘由，也分别进行同类论著——《文心雕龙》与其他文论著述、《刘子》与其他杂家子书的比较，揭示其在各自领域的理论贡献。如此也当有助于进一步澄清以往的争议。

《文心雕龙》研究可谓近现代显学，对其文学经典性理论贡献探讨已相当深入；《刘子》的理论探讨则因作者长期不明的缘故而滞后，比较中的考究与阐发不能不对它有所侧重。由于属不同意识形态领域的论著，对理论成就和价值的评说则无疑要侧重在其各自领域进行。

两书产生在同一时代无可置疑，比较就要回答这样的问题：齐梁为何会出现刘勰这样的思想理论大家？有彪炳千古的文论经典和建树独特的杂家子书问世？故须对先秦汉魏六朝学术史进行梳理，探究那个时代学术思辨水平跃升的所以然，略窥古代三教合一学术传统形成的态势。

一、两书分属集部和子部，论述却有交叉和重合

《刘子》为论政的杂家子书，《文心》是古代文章学的经典，现代则属文学理论。古代典籍多按经、史、子、集分类。子书大抵是思想主张自成一家的社会哲学，《刘子》属子部没有问题；集部多是个人或流派文章的结集，《文心雕龙》最早被归入集部。《隋书·经籍志》将其与《文章流别集》《玉台新咏》等皆纳入集部“总集”目中。由于它实非诗、赋和评论的文集，而是一部系统缜密兼综各家思想的文章论经典，以后《菉竹堂书目》《脉望馆书目》等则将其归入子部①。

---

① 古代不少藏书家将《文心雕龙》归入子部。杨明照《文心雕龙校注拾遗·附录》所列“入子类者”有云：“宝文堂书目子《文心雕龙》、徐氏家藏书目 子部 子类《文心雕龙》十卷、杨升菴批点《文心雕龙》十卷、奕庆藏书楼书目 子部 子之一 诸子《文心雕龙》六卷、文瑞楼书目 子类 子书《文心雕龙》十卷、鸣野山房书目 子之一 诸子《文心雕龙》十卷”；“入子杂类者”则包括“菉竹堂书目 子杂《文心雕龙》一册、脉望馆书目 子 杂家《文心雕龙》二本。”见杨明照：《文心雕龙校注拾遗》，上海：上海古籍出版社，1982 年，第 420—421 页。

古今文学观念存在差异。《文心·情采》说："圣贤书辞，总称文章，非采而何?"① 一切美的辞章，包括抒情言志、论道议政、评古说今的文字皆在其所论"文章"（即今所谓"文学"的艺术门类）的范围内，故所论难免逾越子、集区界。

由于子、集分类界限有模糊处，《文心》《刘子》论证对象虽属不同学科领域，也有某些重叠交叉处：如《文心》的文体论在《明诗》《铨赋》《乐府》之外还论及《诸子》《论说》《议对》等；《刘子》撷取秦汉子学中合乎时用者议政建言，《九流》篇有秦汉诸子之学的全面述评，此外也立有《辨乐》的专章。

当然，《文心》重在探讨"书辞"（文章）造艺之功用，《刘子》则为兼综前论、针砭时弊的政论。即便如此，居然在两书中也寻得到近乎雷同的论证：

《文心·乐府》强调："乐本心术，故响浃肌髓。先王慎焉，务塞淫滥"，亦推崇古乐："敷训胄子，必歌九德，故能情感七始，化动八风"，感慨"自雅声浸微，溺音腾沸""中和之响，阒其不还""淫辞在曲，正响焉生?""《韶》响难追，郑声易启"。②《刘子·辨乐》亦云："乐者……人情之所不必免也……容发于音声，形发于动静，而入于至道。……先王恶其乱也，故制雅乐以道之，使其声足乐而不淫，使其音调伦而不诡，使其曲繁而廉均。足以感人之善心，不使放心邪气得接焉，是先王立乐之情也。"肯定"五帝殊时，不相沿乐；三王异世，不相沿礼；各像勋德，应时之变。"恪守儒家乐教，推崇所谓"上能感动天地，下则移风易俗"的"德音之音，雅乐之情，盛德之乐"的古乐；慨叹"明王既没，风俗凌迟，雅乐残废，而溺音竞兴"，"今则声哀而心悲，洒泪而歔欷，是以悲为乐也。若以悲为乐，亦何乐之有哉！今怨思之声，施于管弦，听其音者不淫则悲，淫则乱男女之辨，悲则感怨思之声，岂所谓乐哉!"③ 两篇乐府述评竟然可与《九流》的"儒者……明教化之本，游心于六艺，留情于五常"④"儒以

---

① ［梁］刘勰:《文心雕龙·情采》,范文澜:《文心雕龙注》,北京,人民文学出版社,1958 年,第 537 页。

② ［梁］刘勰:《文心雕龙·乐府》,范文澜:《文心雕龙注》,第 101—103 页。

③ ［梁］刘勰:《刘子·辨乐》,林其锬:《刘子集校合编》,上海:华东师范大学出版社,2012 年,第 868—869 页。

④ ［梁］刘勰:《刘子·九流》,林其锬:《刘子集校合编》,第 1121 页。

六艺济俗”① 相印证。

更值得一说的是对诸子的评论。《刘子·九流》序书，大半篇幅列论秦汉诸子学说；《文心·诸子》全篇述评九家子学，字数超过《九流》这方面的综论。《诸子》篇探究子学类著述的特点和成就，表述上有所不同；随后也未像《九流》那样，宣示以道、儒为核心并兼综各家的杂家思想宗尚。

《诸子》先追溯渊源，再按先后评述春秋战国两汉魏晋子学，对“九流鳞萃”逐一评骘。与《刘子·九流》不同的是仅道其建树与优长，除魏晋“间出”者而外，较少对其“薄者”的贬斥。极赞撰著子学“入道见志之书”的人生价值和社会意义。毕竟是文论的阐发，故各家学说言辞上特点表述格外精切。

其首段说到子学发端：“昔风后、力牧、伊尹，咸其流也。篇述者，盖上古遗语，而战代所记者也。至鬻熊知道，而文王谘询，余文遗事，录为《鬻子》。子目肇始，莫先于兹。及伯阳识礼，而仲尼访问，爰序《道德》，以冠百氏。然则鬻惟文友，李实孔师，圣贤并世，而经、子异流矣。”② 明显可见道、儒思想奠基与统领后世学术的印记。

对战国时期子学有异彩纷呈的生动描述：孟子“膺儒以磬折”，肯定其承传和进一步阐扬儒学的巨大贡献；“庄周述道以翱翔”，暗用《逍遥游》鹍鹏图南的故事为例，赞许《庄子》是独具特色子书，以充满天外奇想的“寓言十九”表述其哲学思考；“申、商刀锯以制理”，凸显法家治理的严苛；“尸佼兼总于杂术”，已有杂家兼综取向；“青史曲缀以街谈”，表明小说家所记中不乏街谈巷语的传闻。此外，“承流而枝附”，总括子学的源流和发展脉络；“飞辩以驰术”③，是谓诸子谋求用世以雄辩争鸣彰显其治术。

子学有幸逃过“暴秦烈火”的劫难，“逮汉成留思，子政雠校，于是《七略》芬菲，九流鳞萃，杀青所编，百有八十余家矣”。可见“九流”之称。其批评“迄至魏晋，作者间出，谰言兼存，琐语必录，类聚而求，亦充箱照轸矣。”④ 颇类《九流》中对“薄者”的摈斥，但非就秦汉子学而言。

又论后起子学承传前说的取、弃之道：“然繁辞虽积，而本体易总，述

① ［梁］刘勰：《刘子·九流》，林其锬：《刘子集校合编》，第1122页。
② ［梁］刘勰：《文心雕龙·诸子》，范文澜：《文心雕龙注》，第308页。
③ ［梁］刘勰：《文心雕龙·诸子》，范文澜：《文心雕龙注》，第308页。
④ ［梁］刘勰：《文心雕龙·诸子》，范文澜：《文心雕龙注》，第308页。

道言治，枝条五经。其纯粹者入矩，踳驳者出规”和“然洽闻之士，宜撮纲要，览华而食实，弃邪而采正，极睇参差，亦学家之壮观也。”① “洽闻之士”在梳理整合中有取有舍，杂家著述中尤为常见。

毕竟是文论经典中的阐发，《诸子》对各家著述辞采特色的表述格外精切：

> 研夫孟、荀所述，理懿而辞雅；管、晏属篇，事核而言练；列御寇之书，气伟而采奇；邹子之说，心奢而辞壮；墨翟、随巢，意显而语质；尸佼、尉缭，术通而文钝；鹖冠绵绵，亟发深言；鬼谷眇眇，每环奥义；情辨以泽，文子擅其能；辞约而精，尹文得其要；慎到析密理之巧，韩非著博喻之富；吕氏鉴远而体周，淮南泛采而文丽：斯则得百氏之华采，而辞气之大略也。②

末段列论汉代子学则见“皆蔓延杂说”的思潮，有“远近之渐变”的论断：

> 若夫陆贾《新语》，贾谊《新书》，扬雄《法言》，刘向《说苑》，王符《潜夫》，崔寔《政论》，仲长《昌言》，杜夷《幽求》，或叙经典，或明政术，虽标“论”名，归乎诸子。何者？博明万事为子，适辨一理为论，彼皆蔓延杂说，故入诸子之流。夫自六国以前，去圣未远，故能越世高谈，自开户牖；两汉以后，体势浸弱，虽明乎坦途，而类多依采：此远近之渐变也。③

《九流》则未如《诸子》般按先后逐个介评子学名家的思想理论建树及其异彩纷呈的表达，而是扼要述评九大流派的思想主张，语言直捷明晰，逻辑性强，较少文学性的形容和声色描绘，合乎政论需要。论证对象（文章造艺和军政大计）的不同也令《文心》和《刘子》语言风格有异。两书略有差别，还与作者人生历练起伏相关：《文心》撰于意气风发的青壮年，

---

① ［梁］刘勰：《文心雕龙·诸子》，范文澜：《文心雕龙注》，第308、309页。

② ［梁］刘勰：《文心雕龙·诸子》，范文澜：《文心雕龙注》，第309页。

③ ［梁］刘勰：《文心雕龙·诸子》，范文澜：《文心雕龙注》，第309—310页。

《刘子》出自历尽仕途坎坷沉于下僚的晚岁，不难看出少壮怀抱远大、暮年多际遇感慨的差异。

《诸子》标举“诸子者，入道见志之书”，盛赞“君子”“英才”“炳曜垂文，腾其姓氏，悬诸日月”① 的作为，知其思想精神和生命价值追求绝不限于儒家理念。篇末有云：“嗟夫！身与时舛，志共道申，标心于万古之上，而送怀于千载之下，金石靡矣，声其销乎！”② 清人纪昀对此有“隐然自寓”③ 之评。

此外，《文心·情采》说：“圣贤书辞，总称文章。”④ 刘勰持传统的美文文学观，故《诸子》《论说》《议对》等说理文体的写作也在《文心》探讨范围；毕竟美的创造是“文章”（类同今所谓文学艺术）的首要特征，故赞许“深文隐蔚，馀味曲包”⑤ 的表达；论政说理的文辞则有剀切、明断的要求，《诸子》有“博明万事为子，适辨一理为论”⑥ 的诠释，《论说》云：“原夫论之为体，所以辨正然否，穷于有数，究于无形，钻坚求通，钩深取极”，“论如析薪，贵能破理”⑦。《议对》：“议惟畴政，名实相课。断理必刚，摛辞无懦”。⑧ 因此总的说来，《文心》语言的文学性或较多陈史事、针砭讽劝的《刘子》稍胜一筹。

探究思想宗尚时还要谈到《论说》对玄学以及道、儒、佛的评价。此处从略。

二、两书皆成于齐梁，却以文政分属而同中有异

《文心》《刘子》皆问世齐梁，表明那个时代具备学术境界跃升的条件。不过，文论和政论在当时处于不同的发展阶段。汇总文学自觉时代理论批评成果的《文心雕龙》体大思精、系统缜密，前无古人、后无来者。面对南北分裂、篡代频仍的乱局与积弊甚多的时政，用古以说当前的《刘

① ［梁］刘勰：《文心雕龙·诸子》，范文澜：《文心雕龙注》，第 307—308 页。

② ［梁］刘勰：《文心雕龙·诸子》，范文澜：《文心雕龙注》，第 310 页。

③ ［梁］刘勰著，［清］黄叔琳注，［清］纪昀评，李详补注，刘咸炘阐说，戚良德辑校：《文心雕龙》，上海：上海古籍出版社，2015 年，第 114 页。

④ ［梁］刘勰：《文心雕龙·情采》，范文澜：《文心雕龙注》，第 537 页。

⑤ ［梁］刘勰：《文心雕龙·隐秀》，范文澜：《文心雕龙注》，第 633 页。

⑥ ［梁］刘勰：《文心雕龙·诸子》，范文澜：《文心雕龙注》，第 310 页。

⑦ ［梁］刘勰：《文心雕龙·论说》，范文澜：《文心雕龙注》，第 328 页。

⑧ ［梁］刘勰：《文心雕龙·议对》，范文澜：《文心雕龙注》，第 440 页。

子》有若干切中时弊的亮点，但结构统序与论证之周严上稍逊《文心》不足奇。如两书篇次同样取法“彰乎大《易》之数”[①]：《文心》四十九篇、《刘子》五十五篇。[②]《文心》结构谨严，仅个别篇章稍有欠缺，像《书记》“衣被事体，笔札杂名”[③] 的一些“文体”归纳已相当烦琐，却未言及《汉志》所谓“出于稗官，街谈巷语，道听途说”[④] 的“小说家”与《庄子·逍遥游》所谓“齐谐者，志怪”[⑤]；此外《练字》也因论证略显薄弱曾受非议。《刘子》不少篇章（如《诚盈》《明谦》本可合而为一，《遇不遇》《命相》《类感》等内容贫乏）则不无凑数之嫌。应强调的是，取法《易》传确定论著篇目数，无论在子学抑或文论述著中均难寻他例，是《刘子》作者仰慕《文心》的篇章结构，还是两书出自一人之手，令著述的营构模式趋同呢？

《文心雕龙》并不讨论复杂具体的时政问题。它集建安时期以来“为艺术而艺术”的“自觉时代”[⑥] 有长足进步的文学理论批评之大成，专精于文学艺术原则规律的探究和理论体系的建构，故得成为“体大思精”的中国古代文论经典。一千五百年后《文心雕龙》仍获学界广泛认可，不少精论妙语历久弥新。既为中国古代文学理论首屈一指的巨著，就可将它与西学东渐以来的现当代文艺理论比较，显示其经典性论证的价值、意义。

与《文心》是首创“体大虑周”的文论经典不同，兼综“九流”、用古以说当前的《刘子》是南北朝杂家子书，其所用之“古”，指战国百家争鸣成就辉煌以及两汉颇有建树的诸子之学；所谓“当前”指其面对的秦汉大一统四百来年后的政治乱局：国家长期分裂、战乱不断、篡代迭出、豪门世族骄奢淫逸把持仕进、政治腐败民不聊生。用古以说当前是指萃集前论之精华，择其中可为时用者阐发应对策略之要义、刷新吏治的主张。

作者身处乱世沉于下僚，所言就与先秦两汉诸子重在向君上进谏献策

---

① ［梁］刘勰：《文心雕龙·序志》，范文澜：《文心雕龙注》，第727页。

② 《易·系辞上》有曰：“大衍之数五十，其用四十有九。……天数二十有五，地数三十，凡天地之数五十有五。此所以成变化而行鬼神也。”见黄寿祺、张善文：《周易译注》，上海：上海古籍出版社，2007年，第513页。

③ ［梁］刘勰：《文心雕龙·书记》，范文澜：《文心雕龙注》，第457页。

④ ［汉］班固：《汉书》，北京：中华书局，1962年，第1745页。

⑤ 《庄子·逍遥游》，陈鼓应：《庄子今注今译》，北京：中华书局，1983年，第3页。

⑥ 鲁迅：《魏晋风度及文章与药及酒之关系》，《鲁迅全集》第三卷，北京：人民文学出版社，2005年，第526页。

有别：将施政主体论十篇列前，告诫从政者须提升自身素质，包括精神品性修为和才学积累，确保廉明施治、根治贪腐，透露出吏治时代（建立中央集权大帝国的秦代“以吏为师”，此后各朝仍准此施政）的特点。随后讨论农本、民本经济思想，以及教化、法制之类；针对人才选拔任用的积弊，讨论如何让品评名副其实，察举贤能，使其任得其所；《文武》有“以文止戈”① 的新诠释，《兵术》的“兵者，凶器，财用之蠹，而民之残也”②，《阅武》的“好战则亡”“忘战必危”③ 和农隙教战等论，得见珍爱和平又加强武备，对战争保持警惕的文化精神与民族智慧，对传统战争理念、国防战略、军事思想和率兵将道进行多方面的总结，皆有跨越时空的世界性意义，堪称华夏文明的闪光点。此外，还有对从政吏员如何在官场处事得宜的告诫：入能乘势而有所作为，出能全身而退，等等。

六朝存在门阀士族奢靡无度、把持仕进，官员贪腐以及人才察举不实等积弊。《世说新语·汰侈》记石崇、王敦、王武子、王恺等东晋权贵的穷奢极侈（能证之古代史籍者莫过于此）。贪腐到如此地步，则不难理解《刘子》首论“清神”“防欲”“去情”的所以然；对研讨来说，若不了解六朝的社会政治，岂能认识其论说的价值意义。

由此也有助于理解其后隋代建立科举制度和唐初黄老理念治国取得成效之所然：其现实针对性突出，廉明施治、选才任才等论可供其后的施政者借鉴、取法。顾廷龙先生《敦煌遗书刘子残卷集录序》云：“《刘子》一书，著于《隋志》，而虞世南《北堂书钞》、释道宣《广弘明集》、唐太宗《帝范》、武后《臣轨》、释道世《法苑珠林》、释湛然《辅行记》多数征引，是必盛行于隋唐。”④ 得开大唐盛世的唐太宗和武后垂青，对于《刘子》适时政所需是很好的证明。

《九流》追溯政论渊源，指出诸子之学“俱会治道”、标举“道者玄化为本，儒者德化为宗，九流之中，二化为最”。⑤ 可以说是一篇六朝杂家著述的宣言。凡此种种，不仅先秦两汉子书中均无先例，后来的子书、政论

---

① ［梁］刘勰：《刘子·文武》，林其锬：《刘子集校合编》，第996页。

② ［梁］刘勰：《刘子·兵术》，林其锬：《刘子集校合编》，1046页。

③ ［梁］刘勰：《刘子·阅武》，林其锬：《刘子集校合编》，第1054页。

④ 林其锬、陈凤金辑校：《敦煌遗书刘子残卷集录》，上海：上海书店，1988年，“顾廷龙序”，第2页。其“《刘子》作者补证”一节说：《北堂书钞》卷十三、二七、一二二、一二六、一二九、一四四等七处征引《刘子》。见林其锬、陈凤金辑校：《敦煌遗书刘子残卷集录》，“前言”，第4页。

⑤ ［梁］刘勰：《刘子·九流》，林其锬：《刘子集校合编》，第1122页。

也难能企及。

三、两书思想宗尚的异中之同

学界有人只言《刘子》“归心道教”，《文心》尊孔宗经；无视《刘子》兼综“九流”，既崇道也重儒，《文心》诸多关键性论证亦皆倚凭老庄学说进行。两书对各自的思想宗尚亦有表述。

《刘子·九流》明示：“道者玄化为本，儒者德化为宗，九流之中，二化为最。”① 值得注意的是，篇中对包括道、儒在内的九家学说之“薄者”（即该学派的末流或持论偏谬者）均予贬斥。《文心雕龙·序志》膜拜孔子、声言“宗经”“征圣”，论文推崇“德化为宗”的儒学不足奇；然而其“剖情析采”以及“摛《神》《性》”等造艺基本问题的论证却倚重老庄。更无须说在《诸子》篇称许道学：“诸子者，入道见志之书。……伯阳识礼，而仲尼访问，爰序道德，以冠百氏。然则鬻惟文友，李实孔师，圣贤并世，而经子异流矣。”② 刘勰论文广采众说，兼用、修正并存，如《原道》标举“自然之道”③；《正纬》篇称纬书“事丰奇伟，辞富膏腴”“无益经典而有助文章”“后来辞人，采摭英华”。④ 对玄学亦未一概而论，《论说》篇有这样的述评：

> 魏之初霸，术兼名法；傅嘏、王粲，校练名理。迄至正始，务欲守文；何晏之徒，始盛玄论。于是聃、周当路，与尼父争途矣。详观兰石之《才性》，仲宣之《去伐》，叔夜之《辨声》，太初之《本玄》，辅嗣之《两例》，平叔之“二论”，并师心独见，锋颖精密，盖论之英也。至如李康《运命》，同《论衡》而过之；陆机《辨亡》，效《过秦》而不及；然亦其美矣。次及宋岱、郭象，锐思于几神之区；夷甫、裴頠，交辨于有无之域：并独步当时，流声后代。然滞有者，全系于形用；贵无者，专守于寂寥。徒锐偏解，莫诣正理；动极神源，其般若之绝境乎？逮江左群谈，惟玄是务；虽有日新，而多抽前绪矣。⑤

---

① ［梁］刘勰：《刘子·九流》，林其锬：《刘子集校合编》，第1122页。
② ［梁］刘勰：《文心雕龙·诸子》，范文澜：《文心雕龙注》，第308页。
③ ［梁］刘勰：《文心雕龙·原道》，范文澜：《文心雕龙注》，第1页。
④ ［梁］刘勰：《文心雕龙·正纬》，范文澜：《文心雕龙注》，第31页。
⑤ ［梁］刘勰：《文心雕龙·论说》，范文澜：《文心雕龙注》，第327页。

所谓“详观兰石之《才性》，仲宣之《去伐》，叔夜之《辨声》，太初之《本无》，辅嗣之《两例》，平叔之‘二论’，并师心独见，锋颖精密，盖论之英也”，“独步当时，流声后代”，无疑是对玄学名家有创获的理论建树的充分肯定，当然也有对其末流（可以说是玄学之“薄者”）以及江左玄谈之风的贬抑。“动极神源，其般若之绝境乎”一语发人深思，不仅意在表明为刘勰心仪的佛学般若境界至高无上，也透露了庄玄与佛学思维方式的切近，否则岂能做如此比较。

《时序》述评六朝文学思潮很有分寸：“正始余风，篇体轻淡；而嵇、阮、应、缪，并驰文路矣。”①“正始余风”指受玄风影响，“篇体轻淡”言其风格，虽非大加褒赏，亦非贬斥；其后的“简文勃兴，渊乎轻峻，微言精理，函满玄席，淡思浓采，时洒文囿”②，则予较多肯定。最后总括说：“自中朝贵玄，江左称盛，因谈余气，流成文体。是以世积迍邅，而辞意夷泰；诗必柱下之旨归，赋乃漆园之义疏。故知文变染乎世情，兴废系乎时序，原始以要终，虽百世可知也。”③ 直言六朝诗赋唯作老庄诠解而已，可知“贵玄”对创作的消极影响，尤其是“江左称盛”的清谈之偏谬对文风的误导。

四、哲学思辨营造出思想大家和理论经典

大思想家和杰出论著的问世都有一定的时代条件。华夏民族文化中有令人自豪的先秦百家争鸣，诸子在学术上有多方面的开拓。到了战国中晚期，论争中有以互鉴互补完善和提升一己学说的倾向，这种趋势《庄子》《孟子》中可见，《荀子》更为明显，《吕氏春秋》则明言集合不同门派学者撰成。从此，有兼综前说，乃至坦言自己为杂家的学派出现。可谓百家争鸣后学术发展进步之必然！

汉魏六朝的学术以兼综百家起步，两汉儒学曾有武帝倡言“独尊”（取代“文景之治”倚重黄老）垄断的地位，经学有“今文”“古文”之分野；两汉之交尚“玄”之风起，东汉渐炽，到魏晋玄学昌盛中有道、儒的互补和互动互促，由此带来先秦学术思辨精神的复归。如此曲折的演进

---

① ［梁］刘勰：《文心雕龙·时序》，范文澜：《文心雕龙注》，第674页。
② ［梁］刘勰：《文心雕龙·时序》，范文澜：《文心雕龙注》，第674—675页。
③ ［梁］刘勰：《文心雕龙·时序》，范文澜：《文心雕龙注》，第675页。

有其原委，更是学术水平再次实现跃升的历程。汉代的尚玄之风在学术史上有重要意义，却未受到学界足够重视。

两书均有佛学浸润印记。除《文心·论说》有“动极神源，其般若之绝境乎”的极尽赞誉外，林其锬先生《〈刘子〉作者综考释疑——兼论〈刘子〉的学术史意义》指出，《刘子》的许多话语出自佛学或与其关联，如《爱民》的“政之于民，犹琴瑟也：大弦急，则小弦绝；小弦绝，大弦阙矣”①；《命相》的“伏羲日角，黄帝龙颜，帝喾戴肩，颛顼骿骭，尧眉八彩，舜目重瞳，禹耳三漏，汤户二肘，文王四乳，武王骈齿，孔子返宇，颜回重瞳，皋陶鸟喙”②；《惜时》的“夫停灯于缸，先焰非后焰，而明者不能见；藏于山泽，今形非昨形，而智者不能知。何者？火则时时灭，山亦时时移”③；《崇学》的“至道无言，非立言无以明其理；大象无形，非立形无以测其奥。道象之妙，非言不津；津言之妙，非学不传”④。再联系《刘子》书中用了“神照”“垢灭”“炼业”“机妙”等佛学习用语，可见《刘子》不仅融合道儒，而且也会通佛家。⑤

因《序志》《九流》中未及佛学，于此再略做补充。正史记录在学术论证材料中占有重要地位。《刘勰传》录存了《文心雕龙·序志》全文，约占整个传文的六成；表明《文心雕龙》是最被《梁书》作者看重的著述，甚至认为是刘勰最大的历史贡献。本传和一些存世佛学资料中可见刘勰生平、思想与佛学的密切关联。在捍卫佛学宗旨的《灭惑论》中还宣示其对道、儒两家思想的理性态度。本传中前有“勰早孤，笃志好学，家贫不婚娶，依沙门僧祐，与之居处，积十余年，遂博通经论，因区别部类，录而存之。今定林寺经藏，勰所定也。”⑥ 后有“然勰为文长于佛理，京师寺塔及名僧碑志，必请勰制文。有敕与慧震沙门于定林寺撰经证，功毕，遂启求出家，先燔鬓发以自誓，敕许之。乃于寺变服，改名慧地。未期而

---

① 林其锬、陈凤金:《刘子集校》,上海:上海古籍出版社,1985年,第69页。

② 林其锬、陈凤金:《刘子集校》,第146页。

③ 林其锬、陈凤金:《刘子集校》,第291页。慧远《沙门不敬王者论》中云:“文子称黄帝之言曰:‘形有靡而神不化,以不化乘化,其变无穷。’庄子亦云:‘持犯人之形,而犹喜之。’若人之形万化,而未始有极。……火木之喻,原自圣典。失其流统,故幽兴莫寻。……请为论者验之以实,火之传于薪,犹神之传于形;火之传于异薪,犹神之传于异形。前薪非后薪,则知指穷之术妙;前形非后形,则悟情数之戌深。”见石峻等编:《中国佛教思想资料选编》第一卷,北京:中华书局,1981年,第86页。

④ 林其锬、陈凤金:《刘子集校》,第21页。

⑤ 见林其锬:《刘子作者综考释疑——兼论〈刘子〉的学术史意义》,《文史哲》2014年第2期。

⑥ ［唐］姚思廉:《梁书》,北京:中华书局,1973年,第710页。

卒。文集行于世。”[①] 足见刘勰一生与佛教因缘延绵不绝，其佛学造诣高深，名重一时。

刘勰传世的另一篇文章是为批驳道士顾欢崇道毁佛的《三破论》所写的《灭惑论》，其中有两段话值得注意：

> 至道宗极，理归乎一；妙法真境，本固无二。佛之至也，则空玄无形，而万象并应；寂灭无心，而玄智弥照。……梵言菩提，汉语曰道。其显迹也，则金容以表圣；应俗，则王宫以现生。……权教无方，不以道俗乖应；妙化无外，岂以华戎阻情？是以一音演法，殊译共解；一乘敷教，异经同归。经典由权，故孔释教殊而道契；解同由妙，故梵汉语隔而化通。但感有精粗，故教分道俗；地有东西，故国限内外。其弥纶神化，陶铸群生，无异也。

> 案道家立法，厥品有三：上标老子，次述神仙，下袭张陵。太上为宗，寻柱史嘉遁，实为大贤，著书论道，贵在无为，理归静一，化本虚柔。然而三世弗纪，慧业靡闻。斯乃导俗之良书，非出世之妙经也。若乃神仙小道，名为五通，福极生天，体尽飞腾，神通而未免有漏，寿远而不能无终，功非饵药，德沿业修，于是愚狡方士，伪托遂滋。张陵米贼，述记升天，葛玄野竖，著传仙公，愚斯惑矣，智可罔欤？[②]

《灭惑论》将道家分为三个品级，赞老子“实为大贤”，称其著述“乃导俗之良书，非出世之妙经”，肯定其学说的政治功用；等而下之的是信奉神仙的道教，以及用方术愚民作乱的五斗米道。痛斥“神仙小道”和“张陵米贼”“教失”“体劣”，述评至为中肯。古代论著中“道家”“道教”常不甚区别，在当今研讨中是不宜混同的。在批驳《三破论》之时能做到区别对待尤其难得。“乃导俗之良书，非出世之妙经”与“著书论道，贵在无为”透露出刘勰确有积极入世以黄老治国理念从政的意向。

---

① ［唐］姚思廉：《梁书》，第712页。

② ［梁］刘勰：《灭惑论》，石峻等编：《中国佛教思想资料选编》第一卷，北京：中华书局，1981年，第326—327页。

《灭惑论》对儒、道都是认可的：谈到汉译中佛教语汇音义上的差别时称“五经世典（其后也提及‘五经典籍’）……得意忘言，庄周所领；以文害志，孟轲所讥”；屡言“殊教合契”有“三皇德化，五帝仁教”，“梵言菩提，汉语曰道。……故孔释教殊而道契；解同由妙，故梵汉语隔而化通。但感有精粗，故教分道俗；地有东西，故国限内外。其弥纶神化，陶铸群生，无异也”[①]，亦可见佛玄儒之融通，三教合一的特点。

就学术倾向的时代因素似可再略做补充：《南史》二十二卷《王昙首（孙俭）传》有云：“宋时国学颓废，未暇修复。宋明帝泰始六年，置总明观以集学士，或谓之东观，置东观祭酒一人，总明访举郎二人；儒、玄、文、史四科，科置学士十人，其余令史以下各有差。”[②] 梁武帝萧衍在魏晋南北朝诸帝中在位时间最长（四十六年），在古代帝王中算是较宽容的一位（丘迟在《与陈伯之书》中说武帝对臣下罪过和不足之处“吞舟是漏”不全是谀词），思想更有兼尚的特点，其《会（述）三教诗》云：“少时学周孔，弱冠穷六经。……中复观道书，有名与无名。……晚年开释卷，犹月映众星。”[③] 与原来世代奉天师道，曾倚重“山中宰相”道士华阳真人陶弘景（大同二年即西元536年卒），有“书问不绝”“每有吉凶征讨大事，无不前以咨询”[④] 的故事。梁武帝也以佞佛著称，大通元年（527）、中大通元年（529）、太清元年（547）三次舍身同泰寺。另外据《颜氏家训·勉学》记，萧衍、萧纲父子都曾在宫中讲论“三玄”。范缜著《神灭论》公然与其“神不灭”的佛学主张唱反调、辩难附和他的一大批群臣，不仅未影响自己的仕途，其后甚至得奉调回京。范氏尚儒，其神形“体用不二”之论显然接受了玄学思想方法的影响。齐梁的统治者和士人思想之儒、道、佛彼此杂糅可见一斑，刘勰生当其时，受益开放包容的学术氛围也很自然。

不容置疑的是：《刘子》《文心》中确实能见到包容开放兼综诸家言说的学术精神，以及“三教合一”学术传统形成的态势。

五、以范畴创用实现理论突破和境界提升

《文心·序志》中有“经”“纬”“纲领”“毛目”的对举，论及思想

---

① ［梁］刘勰：《灭惑论》，石峻等编：《中国佛教思想资料选编》第一卷，第325—327页。
② ［唐］李延寿：《南史》，北京：中华书局，1975年，第595页。
③ ［梁］萧衍：《述三教诗》，《中华大藏经》第六三册，北京：中华书局，1993年，第437页。
④ ［唐］李延寿：《南史》，北京：中华书局，1975年，第1899页。

方法用到“剖析”“折衷”的概念，其他篇中有“神用象通”[①]“文附质、质待文”[②]“参古定法，望今制奇”[③]“拟容取心”[④]等的概念组合，与“体性”“风骨”“通变”“隐秀”等专论；《刘子》以“清神”“防欲”“去情”论施政主体修为，作“民本”“农本”“国本”之论，要求举贤任能“名实”相符，释“武”以更新的“以文止戈”命题，撷取阐扬“好战则亡”“忘战必危”[⑤]的古训，等等。

两书范畴和概念的组合按论证需要创设运用，如“神”在《文心·神思》中指创作的精神活动与思维的神奇创造力，故云“神与物游”和“神用象通”[⑥]。《刘子·清神》的“神”是精神境界，所“清”是令其清纯高洁。玄学中曾有才性的同、异、离、合之辨，《文心·体性》指出风格形成的四个因素是才、气、学、习。才、气更多受先天本真因素影响，学、习则属后天因素。但篇末补充说“习亦凝真，功沿渐靡”[⑦]，后天的“习”之所得也会积附于先天素质之上。全书所言之“情”更多指写作之动力与作品内容的核心。《刘子》前三篇则说：“容身而处，适情而游，一气浩然，纯白于衷。故形不养而性自全，心不劳而道自至也”[⑧]；“人之禀气，必有性情。性之所感者，情也；情之所安者，欲也。情出于性而情违性，欲由于情而欲害情。”“约欲以守贞”乃为“全性之道”。[⑨]“情者，是非之主，而利害之根”，“是以圣人弃智以全真，遣情以接物，不为名尸，不为谋府，混然无际，而俗莫能累也”。[⑩]

《文心》论文学基本理论问题的《神思》《体性》《风骨》《情采》等篇皆以范畴组合的论证为主干，《刘子》的吏治施政主体论、以名责实的人才举拔任用、治国安邦的农本理念、“文武”之道与军事策略的思考、建言等核心论证和关键性话语，亦皆用范畴概念组合表述。

道学早有天、地、人的三维范畴组合，六朝文论中三维范畴组合亦屡

---

① ［梁］刘勰：《文心雕龙·神思》，范文澜：《文心雕龙注》，第 495 页。
② ［梁］刘勰：《文心雕龙·情采》，范文澜：《文心雕龙注》，第 537 页。
③ ［梁］刘勰：《文心雕龙·通变》，范文澜：《文心雕龙注》，第 521 页。
④ ［梁］刘勰：《文心雕龙·比兴》，范文澜：《文心雕龙注》，第 603 页。
⑤ ［梁］刘勰：《刘子·阅武》，林其锬：《刘子集校合编》，第 1054 页。
⑥ ［梁］刘勰：《文心雕龙·神思》，范文澜：《文心雕龙注》，第 493、495 页。
⑦ ［梁］刘勰：《文心雕龙·体性》，范文澜：《文心雕龙注》，第 506 页。
⑧ ［梁］刘勰：《刘子·清神》，林其锬：《刘子集校合编》，第 835 页。
⑨ ［梁］刘勰：《刘子·防欲》，林其锬：《刘子集校合编》，第 839 页。
⑩ ［梁］刘勰：《刘子·去情》，林其锬：《刘子集校合编》，第 843—844 页。

有所见，如《文赋》的“恒患意不称物，物不逮意”[①]《文心》的“情以物迁，辞以情发”[②]；《刘子》的“清神”“防欲”“去情”则是同一维度三个层次心理和精神境界。

仔细考察可以发现，无论《文心》还是《刘子》，所有具开拓性和突破性的理论建树都离不开其范畴和概念组合的创用。魏晋南北朝学术思辨水平提升的关键在于范畴的系列创设运用上，故须辨识古人思维、言说方式的民族特色和传统范畴生成的文化土壤。

从范畴学的角度研讨古代理论是当代学术的一个重要特点和新的突破口。“范畴”指不被包容的大概念，是从西学移植来的。因用“象形为先”的汉字书写，古代的范畴、概念在运用中也常带有“不舍象”的特点。以历史久远的八卦为例，《易》“象”虽也是一种线条符号，但同样显示模糊的感性意涵，作为媒介的“象”经常参与人的思维运作过程。古人倚重“象”有普遍性，“通神明之德，类万物之情”[③]，乃至认为“尽意莫若象”[④]，并以“象”代“言”。尽管这种习惯不能保证达“意”的尽善尽美，但却显出包容万有的智慧，形成对认知客体的模糊把握，以及主体认知的分阶段渐进的特点。古人对范畴概念很少做逻辑的定义，话语常以描述为主，好作“近取诸身，远取诸物”[⑤]的类推比况，指域广阔，给读解提供了充实、拓展的空间。

汉语在世界上有独特性，对范畴的创用影响很大。古人思维倚重“象”，记录语言的方块字也是一种“象形为先”、以表意为第一属性的线条符号。这两者堪称汉语言文字的“双绝”。利用“象”与“文”的互动与互促，结合语音、词序上的特殊处置，汉字最终体现出它特有的表意性、集约性和稳定性。由于有集约语义的功能、字形稳定，话语组合不全依靠语序语法，自身语义网络在词语搭配和组合上也能发挥作用；名词有“意动”“使动”用法，语法可放弃符号标识不显于语言形式，类似压缩助词等语法标识带出的隐性特征，拼接也较灵便自由，这些都对范畴生成、运

---

① ［晋］陆机：《文赋》，郭绍虞：《中国历代文论选》第一册，上海：上海古籍出版社，2001 年，第 170 页。

② ［梁］刘勰：《文心雕龙 · 物色》，范文澜：《文心雕龙注》，第 693 页。

③ 《周易 · 系辞下》，黄寿祺、张善文：《周易译注》，第 533 页。

④ ［魏］王弼：《周易略例》，楼宇烈：《王弼集校释》，北京：中华书局，1980 年，第 609 页。

⑤ 《周易 · 系辞下》，黄寿祺、张善文：《周易译注》，第 533 页。

用和解读有着积极影响。比如，汉代以后衍生出的理论范畴多为两字拼接，用于文艺理论能尽显节奏之美，甚至见出诗的意味和复合的意境。

西方哲学的范畴概念是抽象的。马克思在把握事物现象的哲学思考上推崇“从抽象回到具体”①。这种“回归”是对抽象的验证和必要补充，以及重新启动思考的导向。因为事物现象毕竟是具体的，抽象只限定在一定层面，止步于抽象不可能全面、完整把握事物现象。

古人的哲学思考与表述往往都是“不舍象”的，传统的范畴概念“抽象”程度虽较一般语词为高，但大都未与“具体”绝缘。“大象无形”的“象”，“强字之曰道”的“道”，“玄”的幽深指向，都有比况的意味，均多少有诉诸感官的模糊性。“仁”“气”“势”“体”“德”“本末”“风骨”都有从“象形为先”的字形结构带来意蕴；《易》学的卦象，也可以说是不离具象的“抽象”。“不舍象”的思维有其优势（避免偏颇、绝对），常是对精微处的模糊把握，也为进一步的思考以及从片面到整体，从认知上升到智慧留有余地。

六、汉魏六朝学术史之脉流与核要

老子《道德经》一章称：“玄之又玄，众妙之门。”② 所言之“玄”是“道”的一个重要特点。论“道”说“玄”重在精神和思维层面的探究，所以与佛学有更多的交融、契合，后世多见“庄玄”“庄禅”“道佛”联用。

《刘子·九流》标举“道者玄化为本，儒者德化为宗”③，“玄化”和“德化”凸显了道、儒学说的特点，厘清汉魏六朝学术之内核。点明“玄”是道家学术之精要，表明其理论思考所“本”是对社会现象运化机制、内在规律的把握。

---

① 马克思《政治经济学批判·导言》中说：“从表象中的具体达到越来越稀薄的抽象，直到我达到一些最简单的规定。于是行程又得从那里回过头来，直到我最后又回过头来，直到我最后又回到人口，但是这回人口已不是一个混沌的关于整体的表象，而是一个具有许多规定和关系的丰富的总体了。……具体之所以具体，因为它是许多规定的综合，因而是多样性的统一。因此它在思维中表现为综合的过程，表现为结果，而不是表现的起点。虽然它是现实中的起点，因而也是直观和表象的起点。在第一条道路上，完整的表象蒸发为抽象的规定；在第二条道路上，抽象的规定在思维行程中导致具体的再现。”见《马克思恩格斯选集》第二卷，北京：人民出版社，1972 年，第 103 页。

② 陈鼓应：《老子注译及评介》，北京：中华书局，1984 年，第 53 页。

③ ［梁］刘勰：《刘子·九流》，林其锬：《刘子集校合编》，第 1122 页。

尚“玄”是道家学说的一个特征，在勾勒先秦汉魏六朝学术发展脉络的《九流》中具有凸显道家思想特点和功用的标志性意义：汉初黄老理念成就了文景之治，西汉末和东汉有尚玄之风，魏晋南北朝则玄学昌盛。以往（尤其是两汉）的学术史论对此重视不够，更少关注玄学思想方法（尤其是以范畴概念组合进行论证）之优长对学术思考水平跃升的促进。

《刘子·九流》篇综述诸子学术思想之后说：“观此九家之学……然皆同其妙理，俱会治道，迹虽有殊，归趣无异。……道者玄化为本，儒者德化为宗，九流之中，二化为最。”① 这既是其书学术宗尚的宣示，也是作者对古代学术理论基石和主流脉动的勾勒，“玄化”“德化”点明了道、儒学说的内核和特点。尤其是在南北朝子书中出现的“道者玄化为本”一语，极富启示性。

《老子》一章称：“‘无’，名天地之始；‘有’，名万物之母。故常‘无’，欲以观其妙；常‘有’，欲以观其徼：此两者，同出而异名，同谓之玄。玄之又玄，众妙之门。”② 玄者，幽远、精微，模糊抽象、神妙难测，直指事物运化的内在机制，是“道”的一个特点，也是智者思维深邃机巧的取向。

古代哲学中“道”与“德”可谓“体用不二”，即“德”是“道”本体在某个领域或一定层面的功用和体现。若说“玄化”指向左右事物演化的内在机制，“德化”则指向匡正社会风尚的道德教化。道家重事物演化规律把握，儒家重社会道德理想建构，互补互促的道、儒学说是先秦以降学术演进的基石，居于发展的主流地位。

《老子》中“玄”是对“道”一种整体性特征的表述和形容，精微奥妙、幽深难测。“玄而又玄，众妙之门”表明，“玄”指向左右事物演化、成败的妙道（如“玄机”“妙招”“玄神”“几神”），以及通往这“众妙之门”的途径；“玄而又玄”表明“玄”思的深化是不间断、无止境的（魏晋玄学昌盛之时已出现“重玄”的概念，唐初还有重玄之学③）。玄学思考深入事物运作内在机制，故惯用“抽象”化概念表述，尤擅两两组合的范

① ［梁］刘勰：《刘子·九流》，林其锬：《刘子集校合编》，第1122页。

② 陈鼓应：《老子注译及评介》，北京：中华书局，1984年，第53页。

③ 汤一介《论魏晋玄学到初唐重玄学》云：“‘重玄’这一概念到南北朝时已较为普遍地使用。有东晋孙登‘托重玄以寄宗’，佛教徒支道林和僧肇也都使用过‘重玄’这一概念，至于道教使用这一概念就更为广泛……”见陈鼓应主编：《道家文化研究》第十九辑，北京：三联书店，2002年，第12页。

畴入论，揭示其相互间关系及其作用、意义。

玄学思辨有创设运用范畴组合之优长，且无固定模式，范畴义一般不做逻辑规定，由其出现的语境确定：故有本与末、体与用的考释，“贵无”与“崇有”“自然”与“名教”的论争，也有才性的离、合、同、异之辨。两书中的范畴也不能明确定义，如《文心·神思》之“神”指主体的精神活动和思维创造力之神奇，故有“神与物游”“神用象通”① 之论；《刘子·清神》则指维系精神境界之清纯恬静，有云“恬和养神，则自安于内”“神恬心清，则形无累矣。”②

两书属不同领域的理论，却皆可见同一时代学术的独特风貌，可见玄学思辨推动下的哲学思考和范畴创用及其非凡的理论建树。《文心雕龙》对进入自觉时代的文学评论做了系统总结并实现理论境界的全面跃升。《刘子》用古以说当前，兼综“九流”之“治道”，体现了开放包容的学术精神，“道者玄化为本，儒者德化为宗”“二化为最”则清晰勾勒出先秦汉魏六朝学术发展的脉络和动向，乃至三教合一传统形成的趋势，又可谓典型的六朝杂家宣言。

冯友兰先生20世纪三十年代所著《中国哲学史·南北朝之新道家》中论及“玄学与孔子”，兹略引如下：

> 汉代中叶（西历纪元前1世纪至1世纪）为纬书及谶书最盛行之时代。然随古文学派之兴起，谶纬渐失其势，而孔子之地位，亦自半神重返于“师”。下一步之发展，为道家学说之复兴。此无足怪，盖古代诸家，惟道家最重自然主义，而此种自然主义正古文学派之重要成分也。如王充《论衡》中，即有道家学说，上文已详。故王充以后，至南北朝时，道家学说日益兴盛。
>
> 欲区别此经过修正之道家与原来之道家，今以使用“新道家”一名为宜。然其当时之人谓为“玄学”。……《老子》与《周易》思想渊源虽全不相同，经王弼作著名之注，皆已为同类之书矣。……即此等人虽宗奉道家，而其中一部分，仍推孔子为最大之圣人，而谓道儒二家无本质区别。……当时大多数人以为，“贵名教”“明自然”已概

① ［梁］刘勰：《文心雕龙·神思》，范文澜：《文心雕龙注》，第493、495页。
② ［梁］刘勰：《刘子·清神》，林其锬：《刘子集校合编》，第835页。

括儒道二家之异，而复问“其旨同异”，盖已疑此所谓异不过肤浅之谈。答曰“将无同”盖谓不可谓为全同，亦不可谓全异也。……郭象断言，庄子与真正圣人即孔子，“固有间矣”，“此其所以不经而为百家之冠也”。心知此意，乃能对于孔子与老庄同异问题作“将无同”之答案，有更清楚之理解。其同者，孔子老庄皆重“无”；其异者，孔子已“体”无，而老庄但“知”无耳。然此异乃仅一发展过程中相对之异，非谓孔子与老庄有根本不同也。①

陈寅恪先生对冯友兰《中国哲学史》（上、下）的《审查报告·三》中论及中外文化（儒释道）接触交流，特别是六朝道、佛对新儒学的影响，指出：

李斯受荀卿之学，佐成秦治。秦之法制实儒家一派学说之附系。《中庸》之“车同轨，书同文，行同伦。”（即太史公所谓“至始皇乃能并冠带之伦”之论）为儒家理想之制度，而于秦始皇之身而得以实现之也。汉承秦业，其官制法律亦袭用前朝。遗传至晋以后，法律与礼经并称。儒家《周官》之学说悉采入法典。夫政治社会一切公私行动莫不与法典相关，而法典为儒家学说具体之实现。故二千年来，华夏民族所受儒家学说最深最巨者，实在制度法律公私生活之方面；而关于学说思想之方面，或转有不如佛道二教者。如六朝士大夫号称旷达，而夷考其实，往往笃孝义之行，严家讳之禁，此皆儒家之教训，而无预于佛老之玄风也（按，嵇康即例）。释迦之教义，无君无父，与吾国之传统学说、存在之制度无一不相冲突，输入之后，若不变易则决难保持。是以佛教学说能于吾国思想史上发生重大久长之影响者，皆经国人吸收改造之过程。其忠实输入不改本来面目者，若玄奘唯识之学，虽震荡一时之人心，而卒归于消沉歇绝。近虽有人焉，欲燃其死灰；疑终不复振，其故匪他，以性质与环境互相方圆凿枘，势不得不然也。六朝以后之道教，包罗至广，演变至繁。不似儒教之偏重政治社会制度，故思想上尤易融贯吸收。凡新儒家之学说，似无不有道

① 冯友兰:《中国哲学史》(下),北京:中华书局,2014年,第532—535页。

教或道教有关之佛教为之先导。[1]

儒、道思想从来不是水火不容，儒者原以搜集整理研讨传习古代经典为职事，加上有孔子这样“信而好古”孜孜以求的仁学宗师，在传统学术思想尤其是道德理念中有不可取代的崇高地位；道家倡言“道法自然”，探究万物演化的客观规律（“玄”指向事物内部幽深微妙演化运作机制是老子明示的“道”的重要特点）。

做两书的比较，论证的取材必以两书文本为主。《九流》中的子学综论不仅是一篇六朝杂家论著的宣言，也明示其思想理论的取法，透露两书有不同凡响建树的所以然；其先秦汉魏学术史脉流精切的表述，一个不应忽略的节点是：汉初的政绩仰仗黄老治国理念，西汉末出现补正经学倾向的尚“玄”之风，东汉渐炽，其后才有魏晋南北朝玄学昌盛。《九流》的表述能弥补汉魏学术史研讨的不足，某些尚嫌朦胧的问题或可从中找到明晰的答案，非常难得。

两书之序的比较极有价值。《文心·序志》追溯了文学进入自觉时代以来文论名家评说的得失，而后申言《文心》的思想宗旨、理论体系和立论原则方法。《刘子·九流》更是一篇秦汉诸子之学的综论，承袭《庄子·天下》、司马谈《论六家要旨》、刘歆《七略》中的子学传统，列论九个流派的学术主张（对各家中的“薄者”有所贬斥），然后概言秦汉以降学术发展态势，肯定其中互补互促的道、儒两家学说的主流地位：

> 观此九家之学，虽有深浅，辞有详略，偝僪形反，流分乖隔，然皆同其妙理，俱会治道，迹虽有殊，归趣无异。……道者玄化为本，儒者德化为宗，九流之中，二化为最。夫道以无为化世，儒以六艺济俗；无为以清虚为心，六艺以礼教为训。[2]

称道、儒“二化为最”，暗示了从两汉之交玄风渐起到魏晋玄学昌盛的学术发展脉流。“玄化为本”推动了六朝的理论思考：“玄”有深入事物内在本质运化机制规律的指向，玄学思辨无固定模式尤其长于范畴组合创用。非

---

① 陈寅恪:《审查报告三》,冯友兰:《中国哲学史》(下),第901—902页。

② ［梁］刘勰:《刘子·九流》,林其锬:《刘子集校合编》,第1122页。

齐梁时代的学术史大家不能作此言。

《九流》的学术史论可补以往古代学术史论（尤其两汉学术史论）之不足，是《刘子》的重要闪光点，也为两书比较研究提供了一条思路：先从学术史的角度考究齐梁问世的文论和政论思想宗尚与理论模式异中有同之所由，然后分论玄学思辨推动下两书范畴概念组合的创用在各自领域成就的一系列非凡理论建树。

（作者单位：辽宁大学文学院）

《文心雕龙》与《文选》诔文观之比较[①]

赵亦雅

摘　要：诔是我国古代重要而独特的文体。《文心雕龙》有《诔碑》专篇，《文选》则列有“诔”体。对于诔文的代表作家，《文选》首推潘岳，而刘勰既推重东汉诔文，也赞扬潘岳之文。刘勰认为诔文中的“叙哀”部分是“述功”部分的引申，而《文选》则显示了对诔文“叙哀”的重视。刘勰提倡“工在简要”的诔文，反对繁秽的文风，《文选》中诔文却多为长篇。刘勰与萧统对诔的定义都指出了诔的“美终”功能，但《文选》之诔文更多体现了魏晋以来偏重叙哀的特色，刘勰则显示出规范诔文文体的态度，并以“大夫之才”的角度看待诔文。以上四个方面显示了《文心雕龙》和《文选》在选篇标准和文学观念上的差异，值得我们重视。

关键词：《文心雕龙》；《文选》；诔文

诔是周代“六辞”[②] 之一，是我国古代重要而独特的文体。诔文与周代赐谥制度密切相关，《周礼·大史》载：“大丧，执法以莅劝防，遣之日，读诔。凡丧事，考焉。小丧，赐谥。”[③]《礼记·曾子问》郑玄注曰：“诔，累也。累列生时行迹，读之以作谥。”[④]《檀弓上》孔颖达疏曰：“作谥宜先列其生时行状，谓之为诔。”[⑤] 诔文叙列逝者的德行功绩等情况，在赐谥的仪式上宣读。正因为诔与谥的关系，许慎直接将二者画上了等号，

---

① 基金项目：国家社科基金重大项目“《文心雕龙》汇释及百年‘龙学’学案”（17ZDA253）。

② 《周礼·春官·大祝》：“作六辞，以通上下亲疏远近，一曰祠，二曰命，三曰诰，四曰会，五曰祷，六曰诔。”郑玄注曰：“诔，谓积累生时德行，以锡之命，主为其辞也。”见［汉］郑玄注、［唐］贾公彦疏：《周礼注疏》，北京：北京大学出版社，2000 年，第 777 页。

③ ［汉］郑玄注、［唐］贾公彦疏：《周礼注疏》，第 819—820 页。

④ ［汉］郑玄注、［唐］孔颖达疏：《礼记正义》，北京：北京大学出版社，2000 年，第 701 页。

⑤ ［汉］郑玄注、［唐］孔颖达疏：《礼记正义》，第 292 页。

《说文》称："诔，谥也。"段玉裁对许慎的说法进行了纠正："当云所以为谥也。"①《礼记》中"贱不诔贵，幼不诔长"以及"天子称天以诔之"的记载②，反映了早期诔文严格的写作制度。随着发展，汉代有专门的谥策以定谥，诔逐渐脱离了谥，诔文写作打破了"贱不诔贵，幼不诔长"的禁锢，至东汉形成了一种述德叙哀、四言有韵的稳定的文体形式。魏晋以来，诔文的抒情色彩越发浓烈。江藩在《炳烛室杂文》对诔文的发展状况有一个简单说明："盖三代时诔而谥，于遣之日读之。后世诔文，伤寒暑之退袭，悲霜露之飘零。巧于序悲，易入新切而已。交游之诔。实同哀辞，后妃之诔，无异哀策。诔之本意尽失，而读诔赐谥之典亦废矣。"③ 指出后世诔文重在抒发"伤、悲"，并与哀辞、哀策等文体混淆。

刘勰的《文心雕龙》有《诔碑》专篇，萧统的《文选》则列有"诔"体。本文拟通过《文心雕龙·诔碑》篇与《文选》所收诔文之比较，进一步阐述、辨析刘勰和萧统在评选代表作家作品及文体认识上的特点和异同，并指出二者在文学观念上的差异。

一、对代表作家的认识

《文选》共收录八篇诔文，包括曹植一篇、潘岳四篇、颜延年两篇、谢庄一篇。潘岳的四篇诔文分别是《杨荆州诔》《杨仲武诔》《夏侯常侍诔》《马汧督诔》，在《文选》所收的诔文中占了一半，可谓独领风骚。此外，潘岳还有一篇哀文收入《文选》。潘岳的哀诔文不仅受到《文选》的青睐，并且得到了时人的公认，《晋书》本传云："岳美姿仪，辞藻绝丽，尤善为哀诔之文。"④ 王隐《晋书》亦云："潘岳善属文，哀诔之妙，古今莫比，一时所推。"⑤

《文选》中这四篇诔文前三篇是潘岳为亲友而作，情感细腻、文辞典丽。刘勰赞潘岳作诔"巧于叙悲，易入新切"⑥，刘师培对此阐释道："夫诔主述哀，贵乎情文相生。而情文相生之作法，或以缠绵传神，轻描淡写，

① ［汉］许慎撰、［清］段玉裁注：《说文解字注》，郑州：中州古籍出版社，2006 年，第 101 页。

② ［汉］郑玄注、［唐］孔颖达疏：《礼记正义》，第 701 页。

③ ［清］江藩：《炳烛室杂文》，北京：中华书局，1985 年，第 5—6 页。

④ ［唐］房玄龄等：《晋书·潘岳传》，北京：中华书局，1974 年，第 1507 页。

⑤ ［隋］虞世南：《北堂书钞》，北京：中国书店，1989 年，第 391 页。

⑥ ［梁］刘勰：《文心雕龙·诔碑》，戚良德：《文心雕龙校注通译》，上海：上海古籍出版社，2008 年，第 137 页。

哀思自寓其中；或以侧艳丧哀，情愈哀则词愈艳，词愈艳音节亦愈悲。古乐府之悲调，齐梁间之哀文，率皆类此。安仁诔文以后者胜，故彦和谓其‘巧于序悲，易入新切’也。”并总结出“盖安仁各篇情文相生，变化甚多，笔姿疏朗，毫不板滞，实为诔之正宗”的结论。①

潘岳常在诔文中使用富丽的辞藻，如：

> 春兰擢茎，方茂其华。荆宝挺璞，将剖于和。含芳委耀，毁璧摧柯。呜呼仲武，痛哉奈何！②

> 英英夫子，灼灼其俊。飞辩摛藻，华繁玉振。如彼随和，发彩流润。如彼锦缋，列素点绚。③

又于诔文中多用典故，且能够化用经典如同己出，如：

> 鸟则择木，臣亦简君。投心外朝，策名委身。
> 子囊佐楚，遗言城郢。史鱼谏卫，以尸显政。④

> 安平出奇，破齐克完。张孟运筹，危赵获安。汧人赖子，犹彼谈单。⑤

他还善于使用环境烘托来渲染哀情，达到融情于景的效果：

> 朝济洛川，夕次山隈。归鸟颉颃，行云徘徊。临穴永诀，抚榇尽哀。⑥

> 日往月来，暑退寒袭。零露沾凝，劲风凄急。惨尔其伤，念我良

---

① 刘师培：《中国中古文学史讲义》，南京：凤凰出版社，2011 年，第 231、238 页。
② ［晋］潘岳：《杨仲武诔》，［梁］萧统编、［唐］李善注：《文选》，上海：上海古籍出版社，1986 年，第 2447 页。
③ ［晋］潘岳：《夏侯常侍诔》，［梁］萧统编、［唐］李善注：《文选》，第 2450 页。
④ ［晋］潘岳：《杨荆州诔》，［梁］萧统编、［唐］李善注：《文选》，第 2440—2443 页。
⑤ ［晋］潘岳：《马汧督诔》，［梁］萧统编、［唐］李善注：《文选》，第 2461 页。
⑥ ［晋］潘岳：《杨仲武诔》，［梁］萧统编、［唐］李善注：《文选》，第 2447 页。

执。适子素馆，抚孤相泣。前思未弭，后感仍集。积悲满怀，逝矣安及！①

此外，他还常用睹物思人的手法来叙述哀情，如：

披帙散书，屡睹遗文。有造有写，或草或真。执玩周复，想见其人。纸劳于手，涕沾于巾。②

望子旧车，览尔遗衣。愊抑失声，迸涕交挥。非子为恸，吾恸为谁？③

通过以上诸例可以看出，潘岳的诔文具有多样的艺术表现手法，且对仗工整、声律和谐，文采出众而又富于深情，确实称得上是“情文相生，变化甚多”。

刘勰也在《文心雕龙》中对潘岳的才思和哀诔的写作给予了很高评价，“潘岳为才，善于哀文”④，“义直而文婉，体旧而趣新”⑤，同时还进一步指出了潘岳擅长哀诔之文来自本身的性格特点：“安仁轻敏，故锋发而韵流”⑥“潘岳敏给，辞自和畅；钟美于《西征》，贾余于哀诔，非自外也”⑦“虑赡辞变，情洞哀苦”⑧。这里刘勰强调了潘岳性格敏感以及由此带来的丰富的内心感受（“非自外也”）和细腻的情感洞察力（“情洞哀苦”）。《晋书》亦称“潘著哀词，贯人灵之情性”⑨，林纾认为潘岳“以深情为人述哀，自能动听”⑩，均指出了敏锐的情感感受能力和以情为文是潘岳哀作取得成功的重要原因。

---

① ［晋］潘岳：《夏侯常侍诔》，［梁］萧统编、［唐］李善注：《文选》，第2453页。
② ［晋］潘岳：《杨仲武诔》，［梁］萧统编、［唐］李善注：《文选》，第2447页。
③ ［晋］潘岳：《夏侯常侍诔》，［梁］萧统编、［唐］李善注：《文选》，第2453页。
④ ［梁］刘勰：《文心雕龙·指瑕》，戚良德：《文心雕龙校注通译》，第457页。
⑤ ［梁］刘勰：《文心雕龙·哀吊》，戚良德：《文心雕龙校注通译》，第148页。
⑥ ［梁］刘勰：《文心雕龙·体性》，戚良德：《文心雕龙校注通译》，第333页。
⑦ ［梁］刘勰：《文心雕龙·才略》，戚良德：《文心雕龙校注通译》，第533页。
⑧ ［梁］刘勰：《文心雕龙·哀吊》，戚良德：《文心雕龙校注通译》，第148页。
⑨ ［唐］房玄龄等：《晋书·列传第二十五》，第1525页。
⑩ 林纾：《春觉斋论文·流别论》，林纾：《春觉斋论画（外一种）》，杭州：浙江人民美术出版社，2016年，第112页。

不过与《文选》对潘岳的突出强调不同，刘勰更多地称赞了东汉的一系列作家。刘勰认为傅毅的诔文“文体伦序”，即文辞体制颇有条理，而苏顺、崔瑗之作“辨洁相参”，刘勰认为他们的诔文叙事堪比传记，文辞精美而音律和谐，堪称“诔之才”。[①] 此外，刘勰指出崔骃《诔赵》之文和刘陶《诔黄》之文都称得上符合诔文的法度，写得简明扼要。结合时代背景，西汉崇儒重丧，诔文是非常重要的文体[②]，东汉诔文大兴[③]，创作可谓繁荣。“会大司马吴汉薨，光武召诸儒诔之，笃于狱中为诔，辞最高，帝美之，赐帛免刑”[④]，《后汉书》中的这条记载即可表明统治者对诔文的看重。刘勰对东汉作家的推重正是建立在当时丰富的创作基础之上的。

对于诔文的代表作家，刘勰推重东汉诔文，也赞扬潘岳之文，专门强调潘岳与东汉苏顺“隔代相望，能徽厥声”[⑤]，说明在刘勰心目中，潘岳能与苏顺为代表的东汉作家相提并论。而萧统显然不怎么欣赏汉代诔文，一篇未选。

二、对诔文“序述哀情”的认识

刘师培云：“东汉之诔，大抵前半叙亡者之功德，后半叙生者之哀思。”[⑥] 然而需要注意的是，“叙亡者之功德”和“叙生者之哀思”这两个部分的比重是不等的，汉代诔文正是以叙德为主，兼有述哀。刘勰认为诔文叙述死者的功勋源自《诗经》的写作手法，像是商代大臣歌咏商汤而作《玄鸟》之诗，周代史官为歌颂文王而作《生民》，所以他说：“诔述祖宗，盖诗人之则也。”接着刘勰又说：“至于序述哀情，则触类而长。”[⑦] “触类而长”语出《周易·系辞》：“引而伸之，触类而长之，天下之能事毕

---

① [梁]刘勰：《文心雕龙·诔碑》，戚良德：《文心雕龙校注通译》，第136页。

② 《汉书·景帝纪》载：“（中元）二年春二月，令诸侯王薨、列侯初封及之国，大鸿胪奏谥、诔、策。列侯薨及诸侯太傅初除之官，大行奏谥、诔、策。”见[汉]班固：《汉书》，北京：中华书局，1964年，第145页。

③ 赵厚均指出：“据《后汉书》，著录曾作诔者有：桓谭、冯衍、贾逵、桓麟、班固、马融、蔡邕、卢植、服虔、杜笃、王隆、傅毅、李胜、李尤、苏顺、曹众、刘珍、葛恭、王逸、崔琦、张升、赵壹、班昭、卫宏、岑子孝、子牙等26人。”见赵厚均：《汉魏两晋诔文述论》，《上海大学学报（社会科学版）》2011年第3期。

④ [南朝宋]范晔：《后汉书》，北京：中华书局，1965年，第2595页。

⑤ [梁]刘勰：《文心雕龙·诔碑》，戚良德：《文心雕龙校注通译》，第137页。

⑥ 刘师培：《中国中古文学史讲义》，第230页。

⑦ [梁]刘勰：《文心雕龙·诔碑》，戚良德：《文心雕龙校注通译》，第137页。

矣。”① 紧接上文谈“诔述祖宗”，刘勰这里认为诔文中的叙述哀情是在叙德歌颂基础上的引申发展。他提出：“傅毅之诔北海，云：‘白日幽光，雰雾杳冥。’始序致感，遂为后式；影而效者，弥取于切矣。”② 认为从傅毅的《北海王诔》开始细致地描写哀情，从而成为后世效法的对象。那些学习他的人，感情表达得更为贴切。傅毅此文全貌已不可见，从这两句来看似乎是通过景物描写来达到侧面烘托哀恻之情的效果。诔之序云北海静王死后，“境内市不交易，涂无征旅。农不修亩，室无女工。感相惨怛，若丧厥亲。俯哭后土，仰诉皇旻”③。这里的前四句也是用侧面烘托来表达哀情。我们比较一下西汉扬雄的《元后诔》中叙哀的部分：

> 呜呼哀哉，以昭鸿名。享国六十，殂落而崩。四海伤怀，擗踊拊心。若丧考妣，遏密八音。呜呼哀哉，万方不胜。德被海表，弥流魂精。去此昭昭，就彼冥冥。忽兮不见，超兮西征。既作下宫，不复故庭。爰缄伊铭，呜呼哀哉！④

真正诉说哀情的也就是“四海伤怀”到“万方不胜”这六句，描述方式也是平铺直叙的。相较而言，刘勰指出的《北海王诔》“白日幽光”二句确实是在叙述哀情的层次上细腻一些。但是同时我们也应该明白，这种“致感”实际上是很有限的。

黄金明教授指出汉代诔碑文“对亡者的赞颂是礼仪性的，不是个体对生命的强烈感发。诔碑文也以少量的文字写生命死亡带来的悲哀，但只是礼仪性表达他人之悲悼，同样与个体的体验无关。”⑤ 这个结论是十分到位的，因为这个时候的哀情表达是为叙述功德服务的。前文谈到《北海王诔》和《元后诔》中的“感相惨怛，若丧厥亲。俯哭后土，仰诉皇旻”“四海伤怀，擗踊拊心。若丧考妣，遏密八音”，这些叙哀并非个体性的抒情，而是较为空泛的和程式性的描写。直到魏晋时期，叙述个体的哀情才开始逐

① 《周易·系辞上》，黄寿祺、张善文：《周易译注》，上海：上海古籍出版社，2004 年，第 513 页。

② ［梁］刘勰：《文心雕龙·诔碑》，戚良德：《文心雕龙校注通译》，第 137 页。

③ ［汉］傅毅：《北海王诔》，［清］严可均辑、陈延嘉等校点主编：《全上古三代秦汉三国六朝文》（二），石家庄：河北教育出版社，1997 年，第 409 页。

④ ［魏］曹植：《文王诔》，［清］严可均辑、陈延嘉等校点主编：《全上古三代秦汉三国六朝文》（三），第 198 页。

⑤ 黄金明：《汉魏晋南北朝诔碑文研究》，北京：人民文学出版社，2005 年，第 109 页。

渐成为诔文的重要部分。而这个转变，与曹植的诔文创作密切相关。

《文选》诔文以曹植《王仲宣诔》为首。从曹植开始，诔文的写作风格有明显变化，主要表现在叙哀的部分抒情性的增加。刘勰曾批评曹植《文帝诔》的末尾“百言自陈，其乖甚矣”①。在此文末尾一段，曹植使用了骚体句式，与汉代四言有韵的形式大不相同，最后几句是：

> 嗟微躯之是效兮，甘九死而忘生，几司命之役籍兮，先黄发而陨零，天盖高而察卑兮，冀神明之我听。独郁伊而莫诉兮，追顾景而怜形，奏斯文以写思兮，结翰墨以敷诚。②

曹植一直胸怀壮志，“捐躯赴国难，视死忽如归”③ 是他一生心志的写照，但深受文帝、明帝忌惮，一生郁郁寡欢。在《文帝诔》中他仍然在抒发自己的抱负，“嗟微躯之是效兮，甘九死而忘生” 和他少时所作《白马篇》中的志向丝毫未改。他对曹丕的感情是非常复杂的，所以他在篇尾陈词明帝表达自己的心迹（“结翰墨以敷诚”）。刘勰说这是“自陈”，是十分准确的，而“其乖甚矣”指的则是这洋洋洒洒的陈述不符合诔文的写作规范，因为刘勰给诔的定义是“累其德行，旌之不朽”④。对于刘勰“其乖甚矣”的评论，林纾说：“凡诔体，入己之事实，当缘情而抒哀。陈思王之诔文帝，数语以外，即自陈己事，斯失体矣。”⑤ 刘师培说：“惟碑铭以表扬死者之功德为主，若涉及作者自身未免乖体耳。”⑥ 对于刘勰指出“乖体”的问题，林、刘二位学者表示了认可。

如果说《文帝诔》主要在颂扬曹丕的文治武功，抒情的篇幅较少，那么《文选》所收《王仲宣诔》吐露的两心相契的真挚友情则是该文的主题。王粲是曹植的好友，曹植于诔文中除了赞颂王粲的才德功业之外，还表露了自己的浓浓哀思。“吾与夫子，义贯丹青。好和琴瑟，分过友生。庶

① ［梁］刘勰：《文心雕龙·诔碑》，戚良德：《文心雕龙校注通译》，第 137 页。

② ［汉］班固：《元后诔》，［清］严可均辑、陈延嘉等校点主编：《全上古三代秦汉三国六朝文》（一），第 750 页。

③ ［魏］曹植：《白马篇》，赵幼文校注：《曹植集校注》，北京：人民文学出版社，1984 年，第 412 页。

④ ［梁］刘勰：《文心雕龙·诔碑》，戚良德：《文心雕龙校注通译》，第 134 页。

⑤ 林纾：《春觉斋论文·流别论》，林纾：《春觉斋论画（外一种）》，第 112 页。

⑥ 刘师培：《中国中古文学史讲义》，第 231 页。

几遐年，携手同征。如何奄忽，弃我夙零！”① 该篇超越了一般歌颂功德的诔文，而是抒发了作者本人的强烈感情。曹植《上下太后诔表》云：“铭以述德，诔尚及哀。是以冒越谅闇之礼，作诔一篇，知不足赞扬明明，贵以展臣《蓼莪》之思。忧荒情散，不足观采。”② 说明其写作诔文着意（“贵以”）在宣泄哀情（“忧荒情散”）。有学者指出，“虽然曹植仍然遵循述德写哀的规范体式，但与述德相比，写哀明显突出，个人主观色彩浓厚，显示诔文在魏晋时期抒情性与文学性大大加强”③。诔文创作中，曹植确实是强烈抒发自我感情的第一人，《文选》以曹植《王仲宣诔》为首，体现的显然是对个体抒情成分的肯定。

刘勰认为叙述哀情是在颂德之后的引申，但是《文选》所收诔文以叙哀浓厚的曹植诔文为首，入选诔文最多的潘岳之作也为情感真挚之作。潘岳四篇诔文中《马汧督诔》尤其突出，此文是为屈死狱中的马敦而作，一反其缠绵凄怆的文风，而是情感激烈、语言恣肆，今日读毕仍令人感慨不已，所以这篇诔文也得到了最多的激赞。孙执升说：“一气呵成，腾骧磊落，其筋骨自不同。”④ 高步瀛云：“词旨沉郁，声情激越，部司之嫉才，烈士之冤愤，俱能曲曲传出。宜曾文正笃好斯篇，并深许其子惠敏称为沉郁似《史记》之言也。”⑤ 张溥云：“予读安仁《马汧督诔》，恻然思古义士，犹班孟坚之传苏子卿也。”⑥ 前文也提及刘勰认为潘岳“情洞悲苦”，承认其诔文创作中情感的丰富和真挚。《文选》所收诔文实际上反映了魏晋以来抒发哀情在诔文中占有越来越大的比重，正如黄金明教授所指出的，“诔文由对生命的礼赞演变为对生命的伤悼”⑦。《晋书·江统传》载：“及太子薨，改葬，统作诔叙哀，为世所重。”⑧ 这里所说的“作诔叙哀”和东汉光武帝招诸儒为大司马吴汉作诔表彰其功勋的意图是大大不同了。

---

① ［魏］曹植：《王仲宣诔》，［梁］萧统编、［唐］李善注：《文选》，第 2437 页。

② ［魏］曹植：《上下太后诔》，［清］严可均辑、陈延嘉等校点主编：《全上古三代秦汉三国六朝文》（三），第 163 页。

③ 张铁慧：《论魏晋时期诔文由重述德向重哀情的转化——以〈文选·王仲宣诔〉为视角》，《长春师范大学学报》2016 年第 9 期。

④ ［清］于光华辑：《重订文选集评》卷十四，清乾隆四十三年启秀堂刻本，第 35 页。

⑤ ［清］高步瀛选注、陈新点校：《魏晋文举要》，北京：中华书局，1989 年，第 125 页。

⑥ ［明］张溥：《汉魏六朝百三家集题辞注》，北京：人民文学出版社，1960 年，第 124 页。

⑦ 黄金明：《汉魏晋南北朝诔碑文研究》，第 145 页。

⑧ ［唐］房玄龄等：《晋书》，第 1538 页。

三、对文章风格的认识

对于诔文的写作，刘勰在《诔碑》篇中两次批评繁秽的文风，他指出“扬雄之诔元后，文实繁秽”[①]。明代张溥在给《杨侍郎集》作题辞时说：“元后诔哀思文母，盛誉宰衡，犹然美新。”[②] 扬雄《元后诔》中有对王莽新朝的歌颂，所以刘勰称其为“烦秽”。刘勰对曹植的诔文也不太满意，批评“陈思叨名，体实繁缓”，认为其诔文繁杂冗长。前文已经谈到曹植的诔文抒情成分大大增加，常在文中“自陈”，所以比汉代诔文篇幅增加不少。同时，刘勰在《诔碑》篇大力提倡“辨洁相参”“工在简要”[③] 的诔文。他赞赏的杜笃为吴汉所作之诔，也是短小的文章。

相较魏晋之后的诔文，汉代诔文篇幅短小。对此，刘师培指出“魏晋以上之诔，序甚简当，无一句与诔文重复”[④]。而《文选》中所收的八篇诔文，皆为长篇。不仅诔文的正文部分较汉代诔文长了许多，而且诔序也增加了篇幅。高胜利指出潘岳“开启了诔文的大序时代”：

> 潘岳诔文之序既承誉前代又开启后世作家无数法门。其不仅继承了汉魏时期诔文之序的一般特点，即以简短的文字交代诔主的家世、死亡的时间以及作诔者对诔主的哀痛之情，而且又开启了诔文的大序时代，即运用史传的形式与笔法叙述诔主的生平、事迹、德行、勋业等方面的内容。后世作家所作诔文之序多为大序，当是来源于潘岳的开创之功，尤其是他的《马汧督诔》序更具有典范意义。后世作家诸如颜延之的《陶征士诔序》、江总的《梁故度支尚书陆君诔序》、韩愈的《欧阳哲生哀辞》等长篇序文都是模仿潘岳的……
>
> 汉魏以前，诔文之序是作为诔文的附属物而出现的，并没有独立存在的文学价值，而潘岳及其之后的诔文之序，尤其是以《马汧督诔序》为代表的大序，已经不再是诔文的附属，而是作为一篇人物传记的形式出现，具有了独立存在的文学价值。从汉魏时期的诔文小序发展到南朝及以后的哀诔文之大序，潘岳的哀诔文之序则正是这种过渡

---

① [梁]刘勰:《文心雕龙·诔碑》,戚良德:《文心雕龙校注通译》,第 135 页。
② [明]张溥:《汉魏六朝百三家集题辞注》,北京:中华书局,2007 年,第 23 页。
③ [梁]刘勰:《文心雕龙·诔碑》,戚良德:《文心雕龙校注通译》,第 136 页。
④ 刘师培:《中国中古文学史讲义》,第 232 页。

趋势中的桥梁，其具有不可或缺的重要地位。[①]

应该说，诔序篇幅增加固然能丰富诔文内容，但同时不免与诔文的正文内容重复，造成文章烦冗。面对魏晋之后诔文增长的情况，刘勰赞赏东汉诔文作家，提倡“辨洁”“简要”的诔文风格，是有着积极的现实意义的。

同时，文辞简要也是刘勰一贯的写作风格。在《物色》篇中，刘勰指出了《诗经》“以少总多，情貌无遗”的特点，《物色》篇末说“物色虽繁，而析辞尚简：使味飘飘而轻举，情晔晔而更新”。面对外界事物的繁杂，作家应当使用简要的文笔，从而达到“物色尽而情有余”的境界。[②]“析辞尚简”不但是刘勰从《诗经》总结出来的特征，而且也是全书中一以贯之的美学观点。《铭箴》篇论铭箴的写作时说：“其取事也必核以辨，其摛文也必简而深：此其大要也。”[③]《论说》认为写作论文时就必须做到“义贵圆通，辞忌枝碎”[④]。《章表》篇谈到“章”体时说：“章式炳贲，志在‘典’‘谟’；使要而非略，明而不浅。”[⑤]《议对》称：“文以辨洁为能，不以繁缛为巧；事以明核为美，不以环隐为奇。”[⑥]《奏启》篇刘勰谈到“启”体篇幅较简短，所以写作时应做到“辨要轻清，文而不侈”[⑦]。以上这些观点都体现了刘勰提倡文辞的简约之美。

四、对诔文文体的认识

《文心雕龙·诔碑》对诔的解释是：“诔者，累也；累其德行，旌之不朽也。”[⑧]认为诔文意在累述死者德行，表彰使之不朽。《文选序》称“美终则诔发”[⑨]，“美终”一词突出了诔文记录亡者功德、荣勋的文体功能。二书对诔的定义都从诔文的原始面貌出发，指出了诔的颂美功能。但是通过前文的比较可以很明显地看出，《文选》所选诔文更多地体现了魏晋以来

---

① 高胜利：《潘岳研究》，北京：中国文史出版社，2015年，第174—175页。
② ［梁］刘勰：《文心雕龙·物色》，戚良德：《文心雕龙校注通译》，第515—519页。
③ ［梁］刘勰：《文心雕龙·铭箴》，戚良德：《文心雕龙校注通译》，第129页。
④ ［梁］刘勰：《文心雕龙·论说》，戚良德：《文心雕龙校注通译》，第215页。
⑤ ［梁］刘勰：《文心雕龙·章表》，戚良德：《文心雕龙校注通译》，第268页。
⑥ ［梁］刘勰：《文心雕龙·议对》，戚良德：《文心雕龙校注通译》，第290页。
⑦ ［梁］刘勰：《文心雕龙·奏启》，戚良德：《文心雕龙校注通译》，第280页。
⑧ ［梁］刘勰：《文心雕龙·诔碑》，戚良德：《文心雕龙校注通译》，第134页。
⑨ ［梁］萧统：《文选序》，［梁］萧统编、［唐］李善注：《文选》，第2页。

偏重于叙述哀情的特色，这与其定义的诔文“美终”性质以及刘勰对诔文的态度都是不相同的。

诔最早是定谥之用，故而记颂亡者功勋，兼有述哀。刘勰遵循诔文产生初期的文体特征，推崇东汉的诔文作家，认为叙述哀情只是在歌颂德行之上的引申，提倡诔文的简朴风貌。这与他在《文心雕龙》全书反映出来的规范文体的观念一脉相承。刘勰多次在《文心雕龙》中提起文体的讹变问题，《通变》篇评论历代诗歌发展变化时认为“宋初讹而新”①，《定势》篇称：“近代辞人，率好诡巧。原其为体，讹势所变；厌黩旧式，故穿凿取新。”② 刘勰认为近代的作家追求奇巧，常常违背文体规范。在《序志》篇刘勰对当时的文风状况有一个概括性的描述，“去圣久远，文体解散。辞人爱奇，言贵浮诡；饰羽尚画，文绣鞶帨：离本弥甚，将遂讹滥”③，这涉及三方面：文体解散，言辞浮诡，与经典作品的差距越来越大。面对当时文士在文章写作时“多略汉篇，师范宋集：虽古今备阅，然近附而远疏”④的情况，刘勰具有匡乱反正的主动意识，在对历代作品“选文以定篇”的时候，常常从是否符合文体规范着眼。

比如对于箴文的写作，刘勰认为王朗《杂箴》“志有偏也”⑤，所谓“偏”指的就是这些箴并不是像周代《虞箴》那样的“箴王阙”之作，没有发挥“攻疾防患”和“御过”的作用。王朗的杂箴反映了汉末以来箴文以咏物为题材的变化趋势，但显然刘勰是不认可这一倾向的。面对魏晋诔文述哀日益浓重、抒情性内容大幅增加的现象，刘勰显然也并不认可这种趋势，他批评曹植《文帝诔》中的“自陈”就是非常明显的例子。

除了规范文体的意图，刘勰对诔文的一系列认识还与其人生价值观有关。《文心雕龙》中体现出来刘勰立身行事是以儒家思想为主导的。刘勰的人生观里有着强烈的立功意图和阳刚进取精神，“摛文必在纬军国，负重必在任栋梁；穷则独善以垂文，达则奉时以骋绩”⑥，这是刘勰的人生价值观。他孜孜以求的是经邦纬国的政治抱负，而他认为经邦纬国之事是离不

---

① ［梁］刘勰：《文心雕龙·通变》，戚良德：《文心雕龙校注通译》，第348页。
② ［梁］刘勰：《文心雕龙·定势》，戚良德：《文心雕龙校注通译》，第360页。
③ ［梁］刘勰：《文心雕龙·序志》，戚良德：《文心雕龙校注通译》，第566页。
④ ［梁］刘勰：《文心雕龙·通变》，戚良德：《文心雕龙校注通译》，第349页。
⑤ ［梁］刘勰：《文心雕龙·铭箴》，戚良德：《文心雕龙校注通译》，第128页。
⑥ ［梁］刘勰：《文心雕龙·程器》，戚良德：《文心雕龙校注通译》，第560页。

开“文”的，他说：“‘五礼’资之以成，‘六典’因之致用；君臣所以炳焕，军国所以昭明。”[①] 文章关乎国家的礼制、法典、朝廷上下的沟通、国家大事的阐明，可以说每一个“纬军国”“任栋梁”的人都要面对写文章的问题，所以文章能力与刘勰所追求的建功立业息息相关。刘勰在《文心雕龙》中还极力强调士人应具有处理政事的能力，他说：“盖士之登庸，以成务为用。”[②] “成务”是其着力所在。与此相关，刘勰对政务相关的公文也很重视，《文心雕龙》中《诏策》《檄移》等篇就可以视为公文写作论。诔文不是严格意义上的公文，也并非刘勰所说的“经国之枢机”[③]，但“读诔定谥，其节文大矣”[④]，毕竟也在国家政治生活中发挥着作用。虽然从西汉开始诔文不再用于评定谥号，但其用于褒赞王公重臣的作用依然延续了下来。《北海王诔》中“惟王勋德，是昭是明；存隆其实，光曜其声。终始之际，于斯为荣”[⑤]，很清晰地表明了诔文的这一功能。

诔文赞颂亡者的德行功勋，常常是符合国家统治者的需要的。桓范《世要论·铭诔》说：“且夫赏生以爵禄，荣死以诔谥，是人主权柄。”[⑥] 既然诔文由“人主”掌控，其政治属性则毋庸置疑。蔡邕在《陈寔碑》中说：“褒功述德，政之大经。”[⑦] 王充在《论衡》里指出“表德颂功，宣褒主上，诗之颂言，右臣之典也”，“古之通经之臣，纪主令功，记于竹帛；颂上令德，刻于鼎铭。文人涉世，以此自勉”，“不颂主上，无益于国，无补于化”[⑧]，都认为“褒功述德”是对国家重要且有益的一种政治需要，而早期的诔文也正是满足于这种政治需求的文体。《诗经·定之方中》毛传曰：“丧纪能诔……可以为大夫。”[⑨] 刘勰也称“大夫之才，临丧能诔”[⑩]，

---

① ［梁］刘勰：《文心雕龙·序志》，戚良德：《文心雕龙校注通译》，第566页。

② ［梁］刘勰：《文心雕龙·程器》，戚良德：《文心雕龙校注通译》，第559页。

③ ［梁］刘勰：《文心雕龙·章表》，戚良德：《文心雕龙校注通译》，第263—264页。

④ ［梁］刘勰：《文心雕龙·诔碑》，戚良德：《文心雕龙校注通译》，第137页。

⑤ ［汉］傅毅：《北海王诔》，［清］严可均辑、陈延嘉等校点主编：《全上古三代秦汉三国六朝文》（二），第409页。

⑥ ［晋］桓范：《世要论·铭诔》，穆克宏、郭丹：《魏晋南北朝文论全编》，南京：江苏教育出版社，2004年，第31页。

⑦ ［汉］蔡邕：《陈寔碑》，［清］严可均辑、陈延嘉等校点主编：《全上古三代秦汉三国六朝文》（二），第725页。

⑧ ［汉］王充著、张宗祥校注：《论衡》，上海：上海古籍出版社，2010年，第404、405、412页。

⑨ ［汉］毛亨传、［汉］郑玄笺、［唐］孔颖达疏：《毛诗正义》，北京：北京大学出版社，2000年，第236页。

⑩ ［梁］刘勰：《文心雕龙·诔碑》，戚良德：《文心雕龙校注通译》，第134页。

认为大夫需要具备写作诔文的才能。刘勰正是从“大夫之才”的角度出发去看待诔文的，所以他推崇写作内容以述德褒功为主的东汉诔文作家，认为叙哀只是述功的引申并提倡简洁的文章风貌，这都是因为他视诔文作为一种政治文体，他不止是以一个文学欣赏家的眼光看待诔文的。他所赞许的《大司马吴汉诔》，其文为：

> 笃以为尧隆稷契，舜嘉皋陶，伊尹佐殷，吕尚翼周，若此五臣，功无与畴。今汉吴公，追而六之。乃作《诔》曰：
>
> 朝失鲠臣，国丧牙爪。天子愍悼，中宫咨嗟。四方残暴，公不征兹。征兹海内，公其攸平。泯泯群黎，赖公以宁。勋业既崇，持盈守虚。功成即退，挹而损诸。死而不朽，名勒丹书。功著金石，与日月俱。①

刘师培称此文“句皆直写，不甚锤炼”②，但是从整体文章风貌来看大气磅礴、端重典正，以直朴的文字赞颂了吴汉的功勋，凸显了汉代泱泱气象。这就是刘勰心目中典型的诔文。

《文选》对历代作品“略其芜秽，集其清英”，不失雅正的大基调，但对“入耳之娱”“悦目之玩”③ 的强调，体现出对审美目的重视。他选择的曹植、潘岳、颜延年、谢庄等四位作家的诔文均是文采斐然、情感细腻的作品，文学色彩较为浓厚。《文赋》称“诔缠绵而悽怆”④，认为诔文应当表达深厚而悲伤的感情，陆机的这个论述更接近于晋代以来诔文的实际发展，《文选》中所选的诔文则更切近于此。

通过上述比较可见，对于“诔”这一文体，《文心雕龙》和《文选》都表现了对潘岳诔文的认可，此外刘勰还推重东汉的诔文作家。刘勰认为诔文中的叙述哀情是在记颂功德之上的引申，但是《文选》所收以叙哀浓厚的曹植诔文为首，入选最多的潘岳诔文也为情感充沛之作，体现了对诔文叙哀的重视。刘勰提倡简洁的诔文，反对繁秽的文风，《文选》中诔文却

---

① ［汉］杜笃：《大司马吴汉诔》，［清］严可均辑、陈延嘉等校点主编：《全上古三代秦汉三国六朝文》（二），第282页。

② 刘师培：《中国中古文学史讲义》，第230页。

③ ［梁］萧统：《文选序》，［梁］萧统编、［唐］李善注：《文选》，第2—3页。

④ ［晋］陆机：《文赋》，穆克宏、郭丹：《魏晋南北朝文论全编》，第58页。

多为长篇。二书对诔的定义均指出了诔的颂美功能，但《文选》所收诔文实际上反映了魏晋以来诔文偏重于抒发悲情的趋势，而刘勰意图规范诔文文体，更以“大夫之才”的眼光看待诔文的写作。二书对诔文代表作家、诔文中“序述哀情”的态度以及诔文的文章风格和文体认识上表现出的差异，反映了它们在选文标准和文学思想上的不同，值得我们重视。

（作者单位：山东大学儒学高等研究院）

《刘子·防欲》细读

——《刘子》五十五篇细读之一

游志诚

摘　要：《刘子·防欲》讲述如何防微杜渐五官之情欲，但绝不是说要禁欲、止欲。“防欲”之“欲”字作情欲解，与心性、情性之“情”字不同义。刘子将先秦儒家性情、情性诸义转化为“情欲”，在子学史上可说是一大进展。本篇非从佛教、道家、道教之学，而是衍义易学易理，转化在人生德行修养的实际作为，树立“塞兑于未形，禁欲于脆微”之原则，其情欲之说乃折中《周易》《中庸》，以及古代气论，融合而为自家“禀气”论，有承先启后之新义。《防欲》不但在气性、性情、情欲三项范畴歧出“心”之攻防，更由“心”与情性之关联，推溯到“心神”合一论的思想架构，从而再次表述了“心统志气”以及“心神合一”这两项学说要义。

关键词：《刘子》；防欲；细读；《文心雕龙》

一、《防欲》解题大义

《防欲》讲述如何防微杜渐五官之情欲，但绝不是说要禁欲、止欲。防欲，谓预防情欲泛滥、不知节制。用“情欲”一词，与《去情》用“情”字稍有不同。去情之情是指“接物之情”，意谓君子对应“接物”必然会受到外在事物之影响，因而产生“是非、利害、名声、谋府”之“心”，君子必须袪除掉这种“私心”之情，时刻保持“公正公平”之心境，做到“混然无际”，不受世俗之物所牵累。① 为此，刘子特别分出“情欲”与

---

① 《刘子·去情》，王叔岷：《刘子集证》，北京：中华书局，2007 年，第 9—12 页。

“私心之情”两项“情”之范畴，而防欲主题在情欲，去情主题则述私心。

《防欲》全篇首先定义情出于性，性自天命之性情论，侧重在“性”字的血气之性分析，次由草木虫鱼之“物性”说起，模拟人的身体五官之“性”皆有“欲望”之情，次提出“约欲守贞”工夫论，指导不要“滑性乱神”之方法，最终要做到“全性之道”，谓保全情欲之“贞正”与“清明”。①

全篇四项写作体例齐全，比喻鲜明，事例丰赡，凡《刘子》思想系统中心的心、神、性、道等重要概念，皆已论及。最终树立禁塞情欲于“未形”与“脆微”之说，力戒君子防范“悔吝”之省悟。

《防欲》之“欲”字作情欲解，与心性、情性之“情”字不同义。刘子将先秦儒家性情、情性诸义转化为“情欲”，在子学史上可说是一大进展。盖刘子于情欲之论后，又次以《去情》述“有心之情”，此情字，仍非心性、情性之情，而转义为有私心之情，与“情伪”之情。此《去情》之情也不是《防欲》所述之情欲之情。可见刘子分出情字为情欲、心情二解，与先秦子家谈心性，两汉儒者言性情不同义。因为，先秦两汉以“心性”为本之“性情论”，《刘子》此书已另外设有《和性》与《殊好》两篇专门补述，谓人之性有刚柔缓急之别，但求“淳和”为上。又谓人之情有善恶殊好之分，非可以类推，弗得以情测，但问“随性适分”而可。此二篇《和性》《殊好》所述之性，即属先秦两汉子家所畅谈的心性与性情诸含义，固与《防欲》《去情》分析的情欲，以及私心之情归属不同义理范畴。与《刘子》折中前人心性说法之后，加以汇通折中为一家新见解，不可一概而论。

考刘子此种“情欲”一词做“情”之说法，西汉成帝匡衡《戒妃匹劝经学威仪之则疏》此文已首揭“情欲”一词，并且已采用《诗经·周南·关雎》此诗之本旨，谓淑女君子当有贞正不贰之德操，不可放纵情欲，此篇匡衡已用“情欲”释情字，其云：

> 臣又闻之师曰：妃匹之际，生民之始，万福之原，婚姻之礼正，然后品物遂而天命全。孔子论诗以关雎为始，言太上者民之父母，后夫人之行，不侔乎天地，则无以奉神灵之统而理万物之宜，故诗曰窈

① 《刘子·防欲》，王叔岷：《刘子集证》，第7页。

窕淑女，君子好逑，言能致其贞淑，不贰其操，情欲之感无介乎容仪，宴私之意不形乎动静，夫然后可以配至尊而为宗庙主。①

细看此节所述，先引“夫妇”为人伦之首要义，力戒后妃当明晓婚姻之正礼，君主当力戒声色之欢娱，即本节所谓“情欲之感”无使泛滥之意。此处用“情欲”之词，训解《关雎》诗旨，非谓“性情”之戒也。此“情欲”之情亦即《刘子·防欲》所界定“情出于性而情违性，欲由于情而欲害情”② 此句之“情欲”内涵。然则，据欲字解性情之情，故又有“性明而情欲不能染”之说法，乃极顺理成章之防欲功夫，所以说此一定义之下的情做情欲解，恰恰正是《刘子》此篇《防欲》的主题思想。

二、《防欲》易学渊源

《防欲》讲述君子防止情欲泛滥不收、五官纵逸不敛所带来的养性怡情之伤害，注重一个“节制”之工夫，符合《周易·节卦·象》曰：“君子以制数度，议德行。”③ 此句讲的君子“德行”修养之说，要知所节制。

《防欲》全篇主旨在“节”欲，而不是禁欲、止欲，当然也没有“无欲”的意思。则本篇非从佛教、道家、道教之学，而是衍义易学易理，转化在人生德行修养的实际作为，树立“塞兑于未形，禁欲于脆微”④ 之原则，此本篇用一卦易理进行全篇主题发挥之例。

本篇其他直引《周易》易辞尚见多处：例如“性贞则情销”⑤ 一语用“贞”字，取《周易》贞字义理，贞，正也，不做贞卜之义解。性贞谓性

---

① 匡衡此文载录于《汉书》本传，姚鼐《古文辞类纂》录此篇置“对策”类。今见曾国藩《鸣原堂论文》此书同选载此文，曾氏有批语谓姚纂漏威仪则一事，乃知今本姚纂此文有阙，当补正。曾氏评此文为三代以下奏对之冠，参见曾国藩辑：《鸣原堂论文》（四部备要本），台北：台湾中华书局，1971 年，第 2 页。

② 《刘子·防欲》，王叔岷：《刘子集证》，第 5 页。

③ 《周易·节卦》，黄寿祺、张善文：《周易译注》，上海：上海古籍出版社，2004 年，第 459 页。

④ “如能塞兑于未形”，宝历本如此，文渊本作“情”，非。傅亚庶《刘子校释》据之谓兑当改情，又加一“不”字，作“如不能塞情于未形，禁欲于脆微”句（见傅亚庶：《刘子校释》，北京：中华书局，1998 年，第 11 页）。案：诸家惟傅校作此解，实大谬。当无不字，作“如能塞兑于未形”，谓闭目养神于事物未见之时，兑象目，塞兑即闭目。《老子》：“塞其兑，闭其门，不见色欲。”王弼注：“兑，事欲之所由生。”据此知“兑”即“目”，今闭之，即不见事物之形，故曰“未形”。全句意畅，且“如能塞兑于未形”与下句“禁欲于脆微”乃流水对，词似不偶，然上下文意接续之，故当从宝历本作“兑”为确。

⑤ 《刘子·防欲》，王叔岷：《刘子集证》，第 5 页。

情贞正，故下文有“正性”一词，仍从《周易》卦爻辞“贞正”之解。凡违反于正，则谓之“巅倒”，故又有“正性巅倒，嗜欲大害”[①]之语，皆援引《周易》贞正之词，描述性情持正之道。

由“贞”字之连言，《周易》又有贞明、贞一之概念。本篇“故明者刳情以遣累，约欲以守贞”[②]，此语约举“贞明”一词，分在上下二句，谓明晓性情贞正之理，必能约制情欲之放逸不敛，长保贞正持明之性。故而此句有“明者”之词，又有“守贞”之语，合而言之，即贞明守贞之易理。《系辞传下》云：“天地之道，贞观者也。日月之道，贞明者也。天下之动，贞夫一者也。”[③]此谓天地日月之象，皆同有贞明贞一之理。性情之动，情欲之起仿同此理，必然要以贞明贞一为主宰。

另外，《防欲》述防范情欲之动的渐进层次是由“内”往“外”之进程，且注重内在攻心之防备，与《周易》内外易卦之体例相合，易卦由内而外，由下而上，易卦主内而轻外之易理，当即《防欲》所述“外疾之害”与“内疾之害”用内外之分，内重而外轻这种说法的本源与出处，可视作《防欲》转化易理之思考。

《防欲》专述收敛五官、防止情欲泛滥、不知节制之道，如此即君子修身养性之理。提出以“气”为主，引领性、情、欲三者，构成气性情欲这一组子学义理概念。气与欲来自自然天生本有，而性情出自“气”，性情之培养工夫即在养气，而养气以致中和之性情，目的在防欲，不使欲之纵放不归。

今之要义，即气性、情欲皆在“性情”调和之后，旋可得解。因而《防欲》论述重点都在讲“性”与“情”之关系，本篇最关键的两句话是：

> 情之伤性，性之妨情，犹烟冰之与水火也[④]。

---

① 《刘子·防欲》，王叔岷：《刘子集证》，第7页。

② 《刘子·防欲》，王叔岷：《刘子集证》，第7页。

③ 《周易·系辞下》，黄寿祺、张善文：《周易译注》，第530页。

④ 此句诸家皆出校“性之妨情”，“性”字当作“欲”字。案：此句与“情之伤性”上下对举，乃修辞顶真，刘勰《文心》与《刘子》二书惯用此类句法。宝历本正作“性之妨情”，与旧合字本同。傅亚庶《刘子校释》云：“‘欲’字原本作‘性’，陈昌济《新论正误》曰：‘性之防情’当作‘欲之防情’。王叔岷说同。庶按：陈、王说并是。性乃先天之禀赋，故性不可防情。上文言‘情之所安者，欲也’，正谓欲可防情，据改。”（见傅亚庶：《刘子校释》，第12页），案：傅校误，性与情在此处乃“相生相妨”之义理。《防欲》已说“欲由于情”，且下文又说“性贞则情销，情炽则性灭”，据此知“性情”为一组概念，“情欲”又是另一组概念。若作“欲之妨情”，则不与上句“情之伤性”为同一组矣！

性贞则情销，情炽则性灭。①

细读此二句，知刘子诠释性与情乃是处于“相生相妨”之关系，并不是只有“情出于性”而已。所以，《防欲》云：“情出于性。”之后即接以“情违性”。② 这一句是说从“来处”必返而影响“来”者，近似《周易》“往来”易例，凡往上而尽即返下而来，上下与往来是反复关系。当然，就不是只有上只有下，或者只是往，不变成来的单向路径，而是“二元双向”路径。明白此理，则《防欲》的情与性，正符合《周易》往来规律，此句“情违性”之句意，最正确之解就是情若放滥不收必妨害性的贞正。由此推理，“情之伤性”乃是必然会有之事。而“性之妨情”这一句是说保持坚定的贞正本性，当然也就必能大大有助于对“情欲”放收之防蔽。反之，如果不能这样，则这种性，也就会“妨情”之意，故此句作“性之妨情”始得正确。若性改作“欲”，误解成“性乃先天之禀赋，故性不可防情”此说，即表示不能真知刘子讲的“性情”是化用易理易学之作法，释性与情为相生相成之二元思考辨正。由是可知，校订《刘子》单凭对校正误，不参取《周易》之学，不做“理论系统”之分析，则极容易望文生义，迷信校勘太过也。

《防欲》述五官之欲必防必收，勿使放逸不归而不能禁。所谓五官，刘子谓：目、口、鼻、耳、身。易舌为身，与《五行大义》已揭目、舌、口、鼻、耳五官不同，亦非《白虎通德义》与《神农本草经》之五官。

于此知《刘子》已变创中土五行配五官之学，折中佛教六蕴六识之说，谓眼、耳、鼻、舌、身、意六根，即有色、声、香、味、触、法六识，此佛教教义作六官，非中土五行五官。刘子谓五官云：“此五者，所以养生，亦以伤生。”意指“身”亦须养。故又云：“身安舆驷，命曰召蹶之机。”又云：“肌体之于安适，其情一也。”③ 此二语皆述“养身”之必要，而以去除安适，习于锻炼，勤于保养为“养身”妙法。

今当辨正《防欲》所谓“养身”之身，所指何义？盖《防欲》所述防

---

① 《刘子·防欲》，王叔岷：《刘子集证》，第5页。“性贞则情销”，宝历本如此，旧合字本误作“性贞则精销”，诸家均阙校。当据宝历本，各本皆同宝历本。

② 《刘子·防欲》，王叔岷：《刘子集证》，第5页。

③ 《刘子·防欲》，王叔岷：《刘子集证》，第6页。

欲即养身，养身之法据本篇示例如下：

1. 刳情以遣累，约欲以守贞。
2. 靡丽之华，不以滑性。哀乐之感，不以乱神。
3. 嗜欲攻心，正性颠倒。
4. 塞兑于未形，禁欲于脆微。[①]

细味上列养身四法，涉及与“身”有关联之情性、情欲、情感、心神、心性等诸语词概念，皆实有其义，实有其物，其防范养护之道，在禁于未形，收于未放，勿使泛滥势盛，颠倒不禁，最终有违“正性”之身。

如此说来，刘子虽用“身”字，乃一总摄统括之词，身字包举身、心、神诸含义，身即形，恰恰正与《清神》用“形、心、神”三位一体的“形”字含义相符。于是，清神即清身，身心皆须修养清静，内外之身的心、形、神合治之工夫，皆为刘子的“身”字含义。防欲即常保心身之清静恬淡，此“身”字非指涉佛教六根六识之教义。

再看《防欲》性情一组概念，明显可见是以“性”领情，所以，在刘子系统里，“性”必善，无分上下或中人之质。从“欲由于情而欲害情”，以及“情之所安者，欲也”[②] 此二句得知刘子所讲的“欲”必自“情”而来，绝非自“性”而出，故而本篇用“情欲”一词，故曰《防欲》而不防性，更不会有“性欲”之词。盖刘子思想系统里是“性情”一组，“情欲”一组，而“性”为唯一主导，性引生情，情引生欲。

刘子这种“性情”概念，性似有至善、善性之说，而无“性恶”之意，此刘子宗尚孟子“性善”说之一面。可是，情自性出，若防范不及，必由情而生欲。所以，情就不是至善唯善，乃涉及防不防之工夫，此时的“情”字虽与“性”同言，但可视作“性”的“阴”之一面。这一理解，刘子的性情之分，即颇类董仲舒性阳情阴之论。唯一不同处，即董仲舒的“性”指中人之性，此性有善有恶，其恶者即落为“情”，故而非“性”之

① 《刘子·防欲》，王叔岷：《刘子集证》，第7—8页。
② 《刘子·防欲》，王叔岷：《刘子集证》，第5页。

纯正，董仲舒遂有以“性禁情”之工夫[①]。就此“性”之含义则与刘子正性之旨小异，盖刘子主性必正，导致其恶者乃情乃欲，故本篇“性败”之语，刘子提出“成性”以救治之。就此角度而言，刘子亦并非全袭孟子性唯善论，而是旁参易理往来上下之说，化用到性与情的相生相成之论。

《防欲》明用《艮》卦有“艮止”之易理，据此理说预防情欲泛滥失控的情况，就要懂得“情欲之萌”即知收之，并加以禁止。《防欲》云：“处于止足之泉，立于无害之岸，此全性之道也。”[②] 此句的“止足”即衍义“艮止”之理[③]。《艮》彖曰：“艮其止，止其所也。”[④] 此直言止足之止意，是要停止而知足，勿再放逸而不收。《防欲》的“防”正是指情欲萌芽之时即加以防范，《防欲》云：“靡丽之华，不以滑性。哀乐之感，不以乱神。”[⑤] 此句即表明欲不可放荡纵逸，必须以不扰乱“心神”、不干扰“情性”为防欲首务，正与《艮·象》曰：“兼山艮，君子以思不出其位。”[⑥] 此句的“出位”之“位”有相应之理。谓心神情性之本位，即君子艮止之界域。《防欲》直用《周易·艮》卦易理，即取其防止情欲以“止足”为分际之衍义；《防欲》止放之子学义理，此处可与《艮》卦相通。

另外，《防欲》在说明五官之用，既是“养生”必满足之官能，但若五官求逸求奢大过，则五官之欲，恰恰又变成“伤生”之本源。如此将五官的“养生”与“伤生”并参，赋予循环往复的因果结构。则知防欲之准则就是“止足”，越过此线，则由养生自足转变为伤生害性。《防欲》云：“此五者，所以养生，亦以伤生。”又说：“肌体之于安适，其情一也。然亦以之死，亦以之生。或为贤智，或为庸愚，由于处之异也。”[⑦] 上引此二

---

① 董仲舒“性情”之分，乃“性禁情”之论，参见《春秋繁露·深察名号》。关于董仲舒“性情”要义之解，此处参考冯友兰1947年版《中国哲学史》第二编第二章董仲舒与今文经学，冯云：“董仲舒之论性盖就孟、荀之说而融合之。”（见冯友兰：《中国哲学史》，北京：中华书局，1947年，第518页。）后来冯友兰《中国哲学史新编试稿》加以修订，第二十一章“董仲舒——汉朝唯心主义、神秘主义的官方哲学的奠基者”则删掉原有“性情”此节，改为“董仲舒的人性论”（冯友兰：《中国哲学史新编试稿》，北京：中华书局，2017年，第792页）。

② 《刘子·防欲》，王叔岷：《刘子集证》，第7页。

③ “处于止足之泉”止足二字，宝历本如此，王叔岷《刘子集证》云类纂本作“至足”，傅亚庶《刘子校释》已驳其说非，谓止足乃六朝时常语，（见傅亚庶：《刘子校释》，第16页），甚是。今据宝历本作“止足”可补证。

④ 《周易·艮卦》，黄寿祺、张善文：《周易译注》，第402页。

⑤ 《刘子·防欲》，王叔岷：《刘子集证》，第7页。

⑥ 《周易·艮卦》，黄寿祺、张善文：《周易译注》，第403页。

⑦ 《刘子·防欲》，王叔岷：《刘子集证》，第6页。

句皆用“是”与“非”即相错之易理。盖《周易》六十四卦两两相综，非复即变。上下两卦之易义是“正”与“反”的相对结构。例如师卦（䷆）与比卦（䷇）相综，但《师》卦写出师征伐之事，到了《比》卦则述内外友朋同类来相比附之事，二卦前后有“相错”之理。正是《防欲》养生与伤生对比之组合，养生伤生构成正反相对称的防欲之方法，可互通《周易》相综二卦正反卦义的易理，带给刘子分析防欲之因果说明，正是《周易》卦义结构的引申应用。

根据此种相对易理而有类似之化用即《防欲》将防欲工夫分作“内心”与“外体”之区别，但防欲之重点首在“防心”，此有“重内”超过“外体”之意，互通《周易》“尚内”之易例。《周易·系辞传》云：“凡《易》之情，近而不相得则凶。”① 此句即指易理注重“内卦”之意。按《周易》每卦六爻，下三爻谓之内卦，上三爻谓之外卦，上下构成六爻，各爻因时位不同产生“吉凶”的判别，则有“近而不相得则凶”此易例，是说凡每卦之内卦三爻不能与外卦阴阳正应者，多半是凶。这就是易卦重“内”之体例。惠栋《易例》云：“自内曰往，自外曰来。内卦为主，外卦为宾为客。”② 此即《周易》卦爻有内外之分，下卦三爻谓之内，上卦三爻谓之外，而卦爻辞有“尚内”之易辞体例，表明重视“内在”之意。今刘子用内心与外欲对比论述，而着力在“内心”之防禁工夫，即仿易卦“尚内”之易理。《易例》又云：“下为先，上为后。下为内，上为外。”③ 此句明确定位下卦是内，上卦是外，又有内为先外为后之轻重论，更可助解刘子用“内心”防避“外物之欲”的说法，乃衍义自易理。

三、《防欲》子学义理

《防欲》阐述君子修身养性首在戒防情欲之侈滥，单用“欲”字，谓性情情欲。继此篇而又有《去情》，分析常人每因偏私于个人利害得失之情而未能平心权衡、公正实在，导致被俗物牵绊，为了名利，用尽心术去谋求。此处单用一“情”字，非谓性情、情欲，而是指“物情”，谓事物之

---

① 《周易·系辞下》，黄寿祺、张善文：《周易译注》，第563页。

② ［清］惠栋：《周易述》，北京：中华书局，2007年，第719页。

③ ［清］惠栋：《周易述》，第720页。

情状。

合《防欲》与《去情》两章而言之，即《吕览·仲春纪·情欲》所用之情字欲字，但是刘子已另外转出新意，对《情欲》义理内容进行“折中”吸收，加以衍义。今试比较之，可得数端异同如下：

一，《吕览·情欲》的欲，谓人皆有耳目鼻口贪求之欲，一旦失其节制，谓之情欲泛滥，所以说欲生而有情。《刘子·防欲》则谓情出于性，欲又出于情，而有性→情→欲三者之因果。《吕览》与《刘子》分述“欲”之所出，一作欲出于情，一作情生欲。

二，《吕览》讲耳目鼻口五官之贪欲，谓之情欲。《刘子》分情与欲为二类，情专谓名利谋术之私情，欲则指血气肌体之贪欲，刘子的“欲”近似《吕览》的“情欲”，而另外别出“情”字。此《刘子》与《吕览》两家“情欲”定义之分歧处。

试看《防欲》在“释名章义”所定义的性情先后，即“性之所感者，情也。情之所安者，欲也。情出于性而情违性，欲由于情而欲害情”①，此语所界定的先性后情，欲自情出这样的性情论，悉自儒家“心性”论而来。所以，蒋以化刊本《刘子》的眉批就说：“凡言性处，皆与圣语合。”② 此语甚是，所谓圣语，是指孔孟一派对“心性”之学的说法，皆衍义自《周易·系辞传》继善成性之性，与《中庸》天命谓性之性，还有《孟子·尽心篇》也说过：“尽其心者，知其性也。知其性，则知天矣。”③ 此句的尽心知性，以上这些心性论都是《防欲》所建立的（心）性与情欲先后主从之性情结构的论述本源。

根据以上的说法，《防欲》讲情欲的防范未萌，绝非禁欲止欲之说。而是儒家心性论的衍义，将尽心知性与性情论折中融合为一，此亦与近年出土文献郭店楚简“性自命出”之性先情后之说法暗合一致。郭店楚简《性自命出》云：

> 喜怒哀悲之气，性也。及其见于外，则物取之也。性自命出，命

---

① 《刘子·防欲》，王叔岷：《刘子集证》，第5页。

② 参见蒋以化刊本《刘子》卷一，台北中央图书馆藏本，第3页。此本于眉间多有批语，或校字或文评，或补注等皆有，白文下双行小字并录袁孝政注。

③ 《孟子·尽心上》，杨伯峻：《孟子译注》，北京：中华书局，2010年，第278页。

自天降。道始于情，情生于性也。①

这里将天命谓性之“性”立为第一源头，然此天性伴同“禀气”而来，即有气性之性，对应接物，即生喜怒好恶之情，亦即《刘子》所说情出于性之性情论。但是刘子着重在“情”接“物”之种种结果，于是衍义“欲出于情”之讨论。虽然“性自命出”不用“欲”字解情，改从“气性”之说顺事而生，可想而知，必有“情欲”之伴随而萌生，即所谓的气性一词之意。所以说，郭店楚简的性自命出说，可视作《刘子》“将收情欲”论的前导。

《防欲》首述“气禀说”，谓人禀气性，而性生情生欲，构成性情情欲之“身”，而以“气”为统引。《防欲》云：“人之禀气，必有性情。”② 此语“禀气”为人，即刘子气禀说之大纲。

此禀气说，相较于此前的各种气论，殊有不同。今案刘子之前的“气论”主要有以下几类：一是阴阳气论，以《周易》八卦之气，一阴一阳之气为主。二是气聚气化论，以《庄子》所谓人之生、气聚而生、气散而亡之说为代表。三是浩然之气，由孟子提出之“集义”而来，由道与义组成，谓之道气、义气。③

以上三说之气论，皆不用“禀气”一词，由此得知气禀论，当属刘子刻意用心之论述，且经此一解，宋明理学喜谈“理气”。例如张载《正蒙·诚明篇》揭示“形而后有气质之性”④，此性简言之即“气质之性”，经由程颢之解，谓即“人生禀气，理有善恶”，此语之“禀气”，与刘子用

---

① 李零:《上博楚简三篇校读记》,北京:中国人民大学出版社,2007 年,第 163 页。另参李零:《郭店楚简校读记》(增订本),北京:北京大学出版社,2002 年,第 105 页。顾史考:《郭店楚简先秦儒书宏微观》,上海:上海古籍出版社,2012 年。

② 《刘子·防欲》,王叔岷:《刘子集证》,第 5 页。

③ 古代哲学史说到气论,必追述王充《论衡》此书相关篇目的说法,例如《无形篇》的“人禀气于天”,谓气自天而出,又《言毒篇》说:“皆禀元气。”据此王充是“元气论”,所以《幸偶篇》又云:“俱禀元气,或独为人。”此即人禀元气之论。王充气论注重在生物之构成,不似刘子从气性、性情、情欲三者的组合界定,提出“禀气论”与“元气说”之不同。有关王充元气说,冯友兰《中国哲学史新编试稿》第廿五章第二节王充关于天和气的理论,明白点出:“王充只讲元气和天和天地。”(冯友兰:《中国哲学史新编试稿》,第 948 页),可见王充的天气说是元地形成的助解,不是性情与气性的内在质素。王充说气用“元”字,即有元始,近似“太极”之存在。又案:元气说另见三个,吴国姚信《士纬》云:“圣人高不可极……所禀于天也,所禀于四时,所禀于元气也。”引自姚信:《士纬》,台北:世界书局,2000 年,第 73 页。

④ [宋]张载:《正蒙·诚明》,章锡琛点校:《张载集》,北京:中华书局,1978 年,第 23 页。

词同，但刘子“人之禀气”并无再分善恶之理，而只说由禀气乃自然而生性情，及至情生欲以后，五官之欲泛滥不收，就变成欲炽而情不消之恶。若单就禀气而言，实无善恶，且禀气所生，乃性情之分，即《刘子·和气》所云“阴阳刚柔”之气性。

经由以上分析，乃知禀气说由刘子深入阐明后，中经宋儒理学家之袭用参取，但只是借用其语词，内涵“气”之质素则又不同。①

因为，在刘子气论系统中而言，禀气，作为整个气论之“始生”，具有“主轴总纲”之地位，及至由气而性而情，始有动感物染之因，于是性因情而有善恶有成败有邪正之分。若在“禀气”阶段，是无别善恶之气。《防欲》继《清神》之后所谈论的性情，即指此性此情，而又着力在“欲”之防范工夫，故用情欲一词，并与“性情”对比而观，引烟冰与水火二组比喻助解说明，至此气禀与性情、情欲的概念，已极为清晰明白矣！

唯须知《刘子》全书不设“气论”专篇，刘子凡言“性”，皆已下贯而入“情”或“欲”之层次，交融合言。论性必主“正性”，力反败性、搴性之伪，刘子这一层次的“性”，已不止于禀气之性，而是性情之性。故而《防欲》首言“性静”与“性动”，即性清与性浊之分，另有“性贞”与“性邪”之正反，以及性滑、性乱之戒。最后，《防欲》提出“全性之道”作为全篇结论，谓完全之“性”即禀气本有之“性”，回归到天禀说源头，正所谓《中庸》所云：“天命之谓性，率性之谓道，修道之谓教。”②此语所揭之命性、天性，与道性之合一论，代表这是儒家心性论系统的脉络。

总上所释，《刘子·防欲》情欲之说乃折中《周易》《中庸》，以及古代气论，融合而为自家“禀气”论，有承先启后之新义。

---

① 禀气说，朱子《朱子语类》尝云：“前此未曾有人说到此。”（见［宋］黎靖德编、王星贤点校：《朱子语类》卷四，北京：中华书局，1986年，第70页。）韦政通《中国哲学辞典大全》列有“气质之性”条目，韦氏补释云：“朱子非谓张（载）、程（灏）以前无气禀之说，特谓二子直言之而力言之耳。”（见韦政通主编：《中国哲学辞典大全》，台北：水牛出版社，1983年，第433页。）此解甚确，但是韦氏仍未指出何家已先言禀气说，而将重点放在宋明清理学之气论，特别引述戴震“性善亦即气禀之善”的说法解释气禀。其实宋明之前，《刘子》已言气禀论，哲学史思想史一直都未注意。再有孔子“性相近，习相远”之说，程朱就认为是气质之性。王充和韩愈的性三品说，自然说的也是气质之性。尤其是魏代刘劭的《人物志》，纯是就气质评论当代人物，而自成一家之言。

② ［宋］朱熹：《四书章句集注》，北京：中华书局，1983年，第17页。

四、《防欲》《文心》互证

《防欲》四例较不明显，全文分作四段，除首段释名章义，连述性情、情欲之前因后果，界定性、情、欲之范畴，非训诂直解之法，但仍属定义情欲之说。

此下三段，则夹叙夹议，叙议之间，随说随引例，引例则又多用“比喻”，乃将“选例”与“原始表末”糅合而陈述。例如：

> 身之有欲，如树之有蝎。
> 譬由愚者之养鱼鸟也。
> 内疾之害，重于太山。
> 情之伤性，欲之妨情，犹烟冰之与水火也。①

上列四例，皆属“比喻”之选，以助解防欲之“理”，以象喻理，其作用即同“选文以定篇”。

但是《防欲》独有一例，引述楚灵王筑章华台，故意放火，令士卒争先救火以示勇猛之典故，即修辞用典之“事典”写法②。刘子借此事例，比喻情欲一旦放纵，即不可收拾，正犹如章华台筑得再高，失火不救，必然倒塌之结果。此例乃用“事典”比喻情欲之须防，表面语词“章华”其实已内涵史事启示，已近似由“选文以定篇”衍生而出之“选例以定论”矣！此《防欲》最为明显四例之一。

到了“敷理举统”部分，结语于末段用设问句法云：“如能塞兑于未形，禁欲于脆微，虽求悔悋，其可得乎？”③ 此句已总结防欲之正确方法，在“未形”即防，在“脆微”即防，防欲之最终目的则是“无咎”之境界，即“悔悋”之消失，已化用《周易》吉凶悔吝厉无咎之占断辞，归结为“无咎”之易理，作为防欲最高修养指导。

---

① 《刘子·防欲》，王叔岷：《刘子集证》，第5—7页。

② 楚灵王章华台典故，分见于《国语·楚语》《国语·吴语》《水经·沔水》注等各书。宝历本有袁孝政注《刘子》云：“煽者，火焰飞也，熛者，火然也。楚有章华之台，甚高大。楚王好勇，放火烧此台，令士卒救之，有功者一准阵头赏劳。于是士卒仍以泥涂其身，争入火救之，故曰煽熛章华之台者也。”此袁注未注出处，然与上引古籍所载事实同。

③ 《刘子·防欲》，王叔岷：《刘子集证》，第8页。

《防欲》自“故林之性静，所以动者，风摇之也……”[①]此句开始即属“原始表末”节段，然不易察觉。盖刘子用比喻助解防欲主题，始自“山风土水”之喻义，谓自然现象皆有“防”动于静之理。例如林静风动，水清土浊即是，藉之比喻人性之“欲”皆始于动念。故用自然现象与人性防欲并置模拟，则自然现象有“动静始末”，若引申至人性防欲也有静因动果之防范。如此原始表末之章法，文意已明，义理亦甚清晰。

以上写作方法，已将比喻纳入“原始表末”节段，由此得知《刘子》“选例以定论”有时候会用“比喻”替代“选例”，如此篇。

今观《防欲》真正符合“选例”之语，仅得“及其炽也，结条凌云，煽熛章华，虽穷力运斤，竭池灌火，而不能禁”[②]，此节一例，事载《国语·楚语》。刘子藉此事要说明防欲一旦不预防于“脆微”，待其泛滥即不可收拾之喻义。此用历史事例典故，属《防欲》“选例定论”的“事例”写法，其与“比喻”之法皆当同属《刘子》四例之一的“选例”。凡《刘子》全书之四例，大抵如此，或者“比喻”与“典故”并用，或者比喻多典故少，当然，亦有全篇用比喻，或全篇用典故之写作法，只是较少见而已。

《防欲》讲述如何防止情欲放荡，不加节制，遂导致“正性巅倒，嗜欲攻心”之病，刘子谓之“内疾”，即心性之疾病，与外面的皮肤之伤谓之“外疾”不同。从《防欲》定义内疾是由“血气”而来，则知这个欲字是指情欲，乃由血气之性产生，是“血气”的形成，此与《清神》讲“志气”与心神的结构，殊有不同。

简言之，《刘子》讲的“性情”有两大范畴，一个是指血气之性，另一个是指心性之性。《防欲章》云：“人之禀气，必有性情。”[③]此句的气即指血气，而此句的“性气”当指气性之性，其必与“欲”有关，《防欲》云：“性之所感者，情也。情之所安者，欲也。”[④]此句的情欲即是指由血气而引生之情欲，决然不同于《清神》章讲的心神志气之气。

以上所述血气情性之欲，是《防欲》要加以阻止禁防的情欲。比较《文心雕龙》同有“血气”与“志气”不同之说法，如出一辙，表明《文

① 《刘子·防欲》，王叔岷：《刘子集证》，第5页。
② 《刘子·防欲》，王叔岷：《刘子集证》，第8页。
③ 《刘子·防欲》，王叔岷：《刘子集证》，第5页。
④ 《刘子·防欲》，王叔岷：《刘子集证》，第5页。

心雕龙》与《刘子》二书共通“血气”含义，只差别在一个是谈作家如何由“学习”进而改善血气之性，另一个则是讲究如何全性不乱神，教导君子“防欲”之工夫。易言之，同样的“血气”概念，虽然各自在《文心》文论与《刘子》子论中有不同的分析侧重，不同的论述对象，但是“血气”一词与志气之分别，则是《文心》《刘子》二书所共通的含义。

试看《文心雕龙·事类》与《序志》两篇共有三则原文，即谈到人天生本有的血气之性，必须透过“学习”始克完成才性的完美。也就是说才气与学习必须相互配合，相辅相成，才学辅佐，必然会是文采雄霸。兹录《事类》与《序志》述才气的三则原文如下：

《事类》云：“夫姜桂因地，辛在本性。文章由学，能在天资。才自内发，学以外成，有学饱而才馁，有才富而学贫。”又云：“夫以子云之才，而自奏不学，及观书石室，乃成鸿采。”[①]《序志》云：“夫肖貌天地，禀性五才，拟耳目于日月，方声气乎风雷，其超出万物，亦已灵矣。”[②]

上引三则原文，不论是本性、才性以及禀性的“性”，都是属于“血气”之性。尤其“禀性五才”此句的禀性即指天生本有之气性，其句法与《刘子·防欲》云“人之禀气，必有性情”[③]大致类似，皆用“禀性”“禀气”领起全文，合观之，即指天生本有的气性。这种天生气性，与良知良能之心性不同，亦非指孟子所说的人有四端之心这种心性之性。可见，刘勰思想系统中除了注重心神志气这一条心性之道统外，刘勰也说到了气禀之性。这种气性即与“才性”同出，在文论，刘勰提出“学习”可以辅助才气之创作，树立才学并重论。而在子学，则提出“防欲”工夫，作为君子全性之道的根本。“防禁”与“学辅”都是用来对治“气性”之修养，虽有工夫施用对象之异，但是对“气性”的含义与气性的防范则《文心》与《刘子》两书都是一致的，足可再证二书的气性理论必定出自同一人之手。

《防欲》讲述君子如何防范情欲放纵不收，泛滥不节之祸害，教人以“正性”为本，以“全性”为工夫之道理。全篇定义“欲”字出于“情”，故谓之情欲，又推源情出自性，故谓之性情，又将情欲、性情，追溯其根

---

① ［梁］刘勰：《文心雕龙·事类》，范文澜：《文心雕龙注》，北京：人民文学出版社，1958年，第615页。

② ［梁］刘勰：《文心雕龙·序志》，范文澜：《文心雕龙注》，第725页。

③ 《刘子·防欲》，王叔岷：《刘子集证》，第5页。

本即“气”，故有“禀气”说，而性情未受“外力”干扰之前的“性”则是“气性”之本质。

由此看来，本篇虽然谈的主题是“欲”，但此欲字必须合参气性、性情之概念，组合而成刘子的防欲论。故而本篇所述义理主题当有三项曰：气性、性情、情欲。

另外，于此三项主题之上，本篇又加入“心”的主宰地位。所以就有攻心之鼓、嗜欲攻心、攻心内疾、心意可钥等这几句叙述，拉近“心”与“欲”的关系，定位“心”在内而“欲”自外的根本理论，表明刘子是从“内外”往来的思路进行二元思考的特色。由此而推衍本篇讲的防欲最终目标则在“心”的澄静清明，因而，防欲工夫也是为了“心学”之完成。防欲是由外而内和由内而外的双向修养工夫，也即是防止“情欲”之泛滥，最终要使“心”能清明。这是刘勰文论主“心”，子论也一并主“心”，以“心学”为主导的思想主轴。所谓防欲，恰恰也正是如孟子所指出的“学问之道无他，求其放心而已矣”[①] 这种“心性”之学在儒家孔孟学说主脉中的一条支流。如此说来《刘子·防欲》仍然较近于儒，而不是道，也不是佛。

但是，儒家孔孟阐述的“心”，主要从“心性”理路的推衍与增饰演说，较少由心导向“神”这一路的建构。心是心性之课题，但在本篇以及刘勰的思想系统中，心与神是一体之两用，所以，有《清神》首篇开宗明义定位“神者，心之宝”之说，而“神恬心清”则是清神的最终目标。[②] 可见刘勰心神合一论，重要性超过心性因源论。

顺此理解，再细读《防欲》讲防欲的最高指导是在防“心”，即防范心意不贞，而放纵于情欲。因之，防心与防欲几乎是密不可分，心的关键为什么在《防欲》至为重要？完全是来自刘勰“心神合一论”的一贯思路。

其实《防欲》不是只有“心”字，更出现一句“靡丽之华，不以滑性。哀乐之感，不以乱神”[③]，此语将“神”与“性”对言并置，意指君子当常保神性之清明静定，防止奢靡华侈的侵蚀，节制哀乐太过的干扰，才

---

① 《孟子·告子上》，杨伯峻：《孟子译注》，第247页。

② 《刘子·清神》，王叔岷：《刘子集证》，第1页。

③ 《刘子·防欲》，王叔岷：《刘子集证》，第7页。

能“性神”都全，性神皆正。

须注意，此句乃全篇唯一一见“神”字，有“不以乱神”之语，则此神字即作“心神”解，也正是《清神》所界定“神恬心清”之含义。神字不作“知几之谓神”解，也决然不是“神道之谓教”的神。易言之，此神字不从《周易》之神来，也不自道家神人至人以及道教天神天帝之地位而出，神字在此只有“心神”之内涵，始能供作防轧禁邪之对象物。

如此一来，《防欲》不但在气性、性情、情欲三项范畴歧出“心”之攻防，更由“心”与情性之关联，推溯到“心神”合一论的思想架构，从而可知，《防欲》再次表述了刘勰“心统志气”以及“心神合一”这两项学说要义。前者已初构于《文心·神思》与《养气》，后者则分见于《刘子·清神》与此篇。

由上可知，《刘子》全书首三篇《清神》《防欲》《去情》三章联成一气，代表刘子在心性心神之学的基本思想。

（作者单位：台湾彰化师范大学国文系所）

论隐与中国古典诗歌的创作、批评和审美

王慧娟

摘　要：中国古典诗歌创作向来讲究立象以尽意、摹景以传情，从艺术构思到锤字炼句的每个创作环节，隐之思维参与其中、贯穿始终，此亦造就了中国古典诗歌审美风格的含蓄蕴藉、寓意婆娑，孕育了“趣”“味”“境”“象”等独具中国文化特色的审美范畴。不仅如此，在中国历代诗话中亦不乏古典诗歌批评妙用隐喻化思维的典型例证。可以说，隐之思维，贯穿于中国古典诗歌创作、批评和审美的方方面面。

关键词：隐；隐喻化；意象；趣味

一、隐与中国古典诗歌的创作

隐喻化思维决定隐喻语言表达，其结果便是隐语的大量生成，隐语的生成过程亦即隐喻化思维发挥作用的过程。隐喻化思维可以说体现在古典诗歌创作与批评的方方面面。古人作诗，有“赋、比、兴”三种表现手法，其中比兴二义尤其兴义，实为隐喻化思维的典型应用。《诗经》《楚辞》中诸多篇什，假自然物象或是隐喻男女爱情，或是隐射统治阶级的不劳而获，或是隐寓创作者的政治理想，或是暗示男女求偶、婚配、生育等不便明言的隐秘之事，比兴之发用俯拾即是，或假象寓意，或托物比事，隐喻化思维贯穿终始。在中国历代诗话库存中也蕴藏着古典诗歌批评妙用隐喻化思维的典型例证。如《沧浪诗话》评盛唐诗之风格如“羚羊挂角”①，又如“空中之音，相中之色，水中之月，镜中之象”②，将盛唐诗之妙处、盛唐

---

① ［宋］严羽:《沧浪诗话》,北京:中华书局,1985 年,第 6 页。

② ［宋］严羽:《沧浪诗话》,第 7 页。

诗人诗作的风格特点与上述种种意象做巧妙类比，生动形象，充满想象力。《二十四诗品》亦是处处设譬，假象传意，如论“清奇”风格有：“娟娟群松，下有漪流。晴雪满汀，隔溪渔舟。可人如玉，步屧寻幽。载行载止；空碧悠悠。神出古异，淡不可收。如月之曙，如气之秋”[①]，寥寥数语，“群松”“漪流”“晴雪”“溪水”“渔舟”“可人寻幽”“载行载止”等意象频出、情态活现，种种意象与情态糅合成一种“清奇”的意境而全不说破，让读者自己去咀嚼、体悟、揣摩，正所谓“不着一字，尽得风流”[②]，其中隐喻化思维的妙用更是自不待言。可以说，中国古典诗歌就是隐喻化的，也正因此，才会读来含蓄蕴藉，余味袅袅，宛如读一首首诗化的隐语。

诗歌的创作过程是充满隐喻化思维的，隐喻就是诗歌的生命原则，是诗歌的实质，此论早已成为学界共识。隐喻有广义与狭义之分，狭义的隐喻是众多辞格中的一种，与比拟、象征、双关等辞格有类似之处；广义的隐喻则是指创造语言“偏离现象”的方式是隐喻性的，即大多数修辞手法都是隐喻性的，都是“隐喻的某种特殊形式”[③]。考察中国古典诗歌创作的过程，有人把隐喻看作是“诗歌语言中创造性的核心”[④]。在这里，隐喻是作为一种广义的各种修辞手法的集合而普遍存在的，它不再仅仅是一种简单的创作技巧手法，而是已经内化为一种形象思维，而诗歌正是这种隐喻化思维的产物。

（一）隐与“神思”：艺术构思过程中的隐喻化思维

南朝萧子显看重“神思”，将其视为“属文之道”，认为神思之用，可以“感召无象，变化不穷。俱五声之音响，而出言异句；等万物之情状，而下笔殊形。”[⑤]《文心雕龙》单列《神思》篇，且被置于创作论之首，刘勰将它看作“驭文之首术，谋篇之大端”，足见其对“神思”的重视。该篇首段即开宗明义：

> 古人云，形在江海之上，心存魏阙之下：神思之谓也。……故思理为妙，神与物游。神居胸臆，而志气统其关键；物沿耳目，而辞令

---

① 祖保泉：《司空图诗品解说》（修订本），合肥：安徽人民出版社，1980 年，第 72 页。

② 祖保泉：《司空图诗品解说》（修订本），第 57 页。

③ 刘芳：《诗歌意象语言研究》，上海：上海译文出版社，2012 年，第 122 页。

④ 林秀君：《从语言文化看中国古典诗歌的隐喻特征》，《韩山师范学院学报》2006 年第 4 期。

⑤ ［梁］萧子显：《南齐书》，北京：中华书局，1972 年，第 907 页。

管其枢机。枢机方通，则物无隐貌。关键将塞，则神有遁心。[①]

在这里，《神思》篇其实是带有创作总纲性质的。刘永济《文心雕龙校释》认为“此篇最要者二义：一论内心与外境交融而后文生之理，次论修养心神乃为文要术之故。”[②] 所谓“内心与外物交融而后文生之理”，是将神思作为一种创作思维，其中主要涉及诗文创作过程中的“心与物”“言与意”之关系。刘永济认为“神与物交通之关键”在于志气，而“神与物融会之枢机”则在于辞令。[③] 物沿耳目，与神会而后成“兴象”，而辞令则是兴象之府，故曰“管其枢机”。志气与辞令，亦即心与物、言与意，刘永济将二者之于文事的重要性释之曰“若两轮之于车焉”[④]。心由物感，兴象生焉，以言表之，此乃神思运发之理。隐喻化思维之发用亦即由己及物、由内而外、由已知表达未知的过程，其与古典诗歌创作之构思过程实在无异。

牟世金先生在《文心雕龙研究》中将《神思》篇看作“艺术构思的专论”[⑤]。也有研究者把“神思”解释为艺术想象活动和形象思维等等。从刘勰定义“神思”“形在江海之上，心存魏阙之下，神思之谓也”以及全篇的内容来看，把“神思”理解为创作中的精神思维活动和艺术构思活动，比较符合刘勰的原意。那么，诗歌创作中的艺术构思和想象的规则又是什么呢？刘勰提到一个观点叫“神与物游”，此可谓其“神思”论的一个核心观念。“神与物游”也就是讲情和物相结合的问题，是一种心物交感活动，在这个构思活动中，客观物象和主观情志相结合而形成审美意象，继而把审美意象表达出来。而将物象与情感嫁接起来得以形成审美意象的那座桥梁就是想象。想象对于诗歌创作的重要性自然不言而喻。对此刘勰说：

文之思也，其神远矣。故寂然凝虑，思接千载；悄焉动容，视通万里。吟咏之间，吐纳珠玉之声；眉睫之前，卷舒风云之色：其思理之致乎！[⑥]

---

① ［梁］刘勰著，范文澜注：《文心雕龙注》，北京：人民文学出版社，1962年，第493页。
② ［梁］刘勰著，刘永济校释：《文心雕龙校释》，北京：中华书局，1962年，第100页。
③ ［梁］刘勰著，刘永济校释：《文心雕龙校释》，第100页。
④ ［梁］刘勰著，刘永济校释：《文心雕龙校释》，第101页。
⑤ 牟世金：《文心雕龙研究》，北京：人民文学出版社，1995年，第316页。
⑥ ［梁］刘勰著，范文澜注：《文心雕龙注》，第493页。

艺术想象既可以“思接千载”，也可以“视通万里”；既可以“吐纳珠玉之声”，也可以“卷舒风云之色”，这就是艺术想象的魅力之所在——融汇古今、交融物我、纵横驰骋，打破时空界限，艺术创作思维的自由性展露无遗。这一方面与隐语创作过程中的隐喻化思维无异，另一方面，隐语在诗歌创作中的大量运用、隐喻化思维潜移默化的影响，也成为中国古典诗歌极富想象力的催化剂，故此闻一多才把隐语看作“易与诗的魔力的泉源”①，朱光潜也将隐语的好处阐发为能够“见出事物不寻常的关系”②，因而可以显现“诗的想象力”③，可谓异曲同工，彼此合观，从中不难见出，隐语正是古典诗歌创作中“比喻”格的基础。

古诗中这样的示例不胜枚举，如骆宾王的身陷囹圄之作“露重飞难进，风多响易沉”（《在狱咏蝉》），即是以蝉比己，隐喻生存环境之险恶难测；王安石的“遥知不是雪，为有暗香来”（《梅花》）说的是梅；岑参的“忽如一夜春风来，千树万树梨花开”（《白雪歌送武判官归京》）指的却是雪；苏轼的“欲把西湖比西子，淡妆浓抹总相宜”（《饮湖上初晴后雨》），巧用大家所熟知的千古美人西子来作比，写西湖风景之美；李白的“桃花潭水深千尺，不及汪伦送我情”（《赠汪伦》），贺铸的“试问闲愁都几许？一川烟草，满城风絮，梅子黄时雨”（《青玉案》），李煜的“问君能有几多愁，恰似一江春水向东流”（《虞美人》），等等，都是作者通过艺术想象，见出了两事物间，或客观事物与主体情志间，在某种外在貌相或内在特质的奇妙相似处，再以隐喻出之，让读诗之人好似猜谜语，好奇心被激发，意欲揭开暗藏的“谜底”，但又不得不经过一番耐人寻味的悬揣，最终破解作诗中的艺术想象，伴随着审美的持续延宕，故而形成了中国诗歌含蓄蕴藉、意味悠长的审美气质。

（二）隐与“用典”：历史化隐喻在诗文创作中的显现

用典，是古人作诗时一种常用的修辞方式，陈望道在《修辞学发凡》中把这种方式称作“引用”，“文中夹插先前的成语或故事，谓之引用。引用故事成语，约有两种方式：第一，说出它是何处成语故事的，是明引法；第二，并不说明，单将成语故事编入自己文中的，是暗用法。”④ 至于用典

---

① 闻一多：《闻一多全集》，北京：三联书店，1982 年，第 118 页。

② 朱光潜：《诗论》，北京：三联书店，1984 年，第 34 页。

③ 朱光潜：《诗论》，第 34 页。

④ 陈望道：《修辞学发凡》，上海：复旦大学出版社，2008 年，第 85 页。

的方式，明代高琦在《文章一贯》中将其细分为正用、历用、反用、藏用等14类，用典方式之多令人眼界顿开。[①] 中国古代文人如此乐于使事用典，盖源于中国古典文学一贯讲究文字精练、言简意赅，善用比喻、隐射等手法的风格传统。尤其对于诗词歌赋而言，用典甚至被看作是“拐杖”[②]，一旦丢了这根“拐杖”，便步履维艰。古代如“江西诗派”便极力标榜用典的好处，强调“无一字无来处”和“点铁成金”[③]，因为典故最适于抽象、概括，表达千言万语所不易表达的情感寄托和故事来历。但也不能用典过滥，典故用得太多或过于生僻，就会泥古不化、晦涩难懂，让人读了云里雾里不知所云，那反倒失了作诗的真意，变成毫无性情的“掉书袋”了。

古人用典的好处，与诗经“六艺”的“兴”多有类同之处，都是借物事起情言志，言在此而意在彼，别有深意和寄托，其思维方式也是隐喻化的。钱钟书说：“隶事运典，实即‘婉曲语’（periphrasis）之一种。吾国作者于兹擅胜，规模宏远，花样繁多。骈文之外，诗词亦尚。用意无他，曰不‘直说破’（nommer un objet），俾耐寻味而已。”[④] 不直说破，以曲笔言之，用些典故成语，“仿佛屋子里安放些曲屏小儿，陈设些古玩书画”[⑤]，都是强调诗文用典所带来的含蓄、暗示和耐人寻味的效果，以达到“不着一字，尽得风流”的诗学境界。如辛弃疾的《八声甘州》：

> 故将军饮罢夜归来，长亭解雕鞍。恨灞陵醉尉，匆匆未识，桃李无言。射虎山横一骑，裂石响惊弦。落魄封侯事，岁晚田间。
>
> 谁向桑麻杜曲？要短衣匹马，移住南山。看风流慷慨，谈笑过残年。汉开边，功名万里，甚当时健者也曾闲？纱窗外，斜风细雨，一阵轻寒。[⑥]

诗人以汉朝李广抗击匈奴却劳而无功自况，暗喻对朝廷之不满。晚唐李商隐也是个隶事运典的高手，他的诗歌常常大量运用与当时政治现象有某些

---

① 王水照编：《历代文话》，上海：复旦大学出版社，2007年，第2177—2178页。

② 周采泉：《文史博议》，广州：广东人民出版社，1986年，第80页。

③ ［宋］黄庭坚：《答洪驹父书》，郭绍虞主编：《中国历代文论选》第二册，上海：上海古籍出版社，2001年，第316页。

④ 钱钟书：《管锥编》，北京：中华书局，1979年，第1474页。

⑤ 钱钟书：《宋诗选注》，北京：三联书店，2002年，第67页。

⑥ ［宋］辛弃疾著，徐汉明编校：《稼轩集》，武汉：长江文艺出版社，1990年，第77页。

相似之处的历史典故，来隐喻指摘现实政治之弊。如其诗作《富平少侯》：

> 七国三边未到忧，十三身袭富平侯。不收金弹抛林外，却惜银床在井头。
>
> 彩树转灯珠错落，绣檀回枕玉雕锼。当关不报侵晨客，新得佳人字莫愁。①

整首诗看似写的是汉代富平少侯张放少年袭位当忧不忧，荒淫奢靡，实际上却讽喻当朝统治者不思国事。首联中的“七国”也并非汉景帝时发动叛乱的“七国”，“三边”也并非战国时与匈奴统治区域相邻接的燕、赵、秦三国，而是隐喻唐代的藩镇割据和吐蕃、回鹘、党项等边患。此类诗文借古讽今，不便直言，多隐言曲笔，半吞半吐，欲说还休。对此葛兆光先生说：“作为艺术符号的典故，乃是一个具有哲理或美感内涵的故事凝聚形态，它被人们反复使用、加工、转述，而在这种使用、加工、转述过程中，它又融摄与积淀了新的意蕴，因此它是一些很有艺术感染力的符号。它用在诗歌里，能使诗歌在简练的形式中包含丰富的、多层次的内涵，而且使诗歌显得精致、富赡而含蓄。”② 季广茂在论及用典时，指出其与隐喻之间的内在关联在于它是一种“历史化的隐喻”，认为“隐喻是在彼类事物的暗示之下把握此类事物的文化行为；典故是在神话或历史的暗示之下，把握当下情境的文化行为。”③

古人作诗热衷隶事用典，其隐喻化思维的典型表现还在于，它可以调动主体对于过往历史或个体的记忆，联类无穷，触发无限遐思。如《红楼梦》就有大量描述小说中人物吟诗赋词的场景，其中第二十三回《〈西厢记〉妙词通戏语，〈牡丹亭〉艳曲警芳心》，写林黛玉回潇湘馆的路上，路经梨香院墙角处，听闻那十二个女子演习戏文，偶有两句传入耳内，“如花美眷，似水流年”八字戏词的缠绵悱恻激发了林黛玉对于过往诗词阅读的记忆和对自身身世的哀怜，各种复杂情绪和记忆凑聚一处，让她不禁心痛神痴，潸然泪下。这正印证了《围城》中“小胖子大诗人曹元郎”和方鸿

① ［清］彭定求等编：《全唐诗》，郑州：中州古籍出版社，2008 年，第 2792 页。
② 葛兆光：《论典故》，《文学评论》1989 年第 5 期。
③ 季广茂：《隐喻理论与文学传统》，北京：北京师范大学出版社，2002 年，第 91 页。

渐论诗时说的那番话："诗有出典，给识货人看了，愈觉得滋味浓厚，读着一首诗就联想到无数诗来烘云托月。"①

在中国古典诗歌创作比兴传统的影响下，无论是想象力的勃发还是情感寄托的耐人寻味，都是植根于抒情肥沃土壤上的中国古典诗歌对隐喻性的不懈追求，从而形成了一种独具中国特色的诗歌话语体系——隐喻系统，影响所及，不仅中国古典诗歌的创作，包括诗学批评都呈现出强烈的隐喻化特征。

二、隐与古典诗歌批评：隐喻化的解诗传统

隐喻化思维对中国古典诗歌的影响是深刻而全面的，它不仅表现在古典诗歌的创作上，也体现在古典诗歌的阐释、接受过程中，与"比兴"的作诗传统相对应，中国古代同样形成了隐喻化的解诗传统。

（一）中国古典诗词曲话的隐喻化批评

一般而言，文学批评与创作是泾渭分明的两种思维创造活动，一重感性一偏理性；一付诸形象思维，一强调抽象概括。文学创作更擅长以情动人，而文学批评则更爱以理服人。但中国古代文学批评的整体风格却不尽然，它的创作与批评并非泾渭分明，而且批评也往往以诗化的面目示人，形成中国古代独具一格的诗化批评文体。

季广茂在《隐喻视野中的诗性传统》中针对中国诗学对隐喻的直接体认时说过这样一段话：

> 纵观中国诗学史，我们会发现，以一当十、以少总多、以小见大、以简写繁、以用知体、以局部代整体，是中国古代文学宪法中的总纲，也是对隐喻和转喻的间接诉求，因为要达到以一当十的艺术效果，无论从理论还是从现实上讲，都离不开转喻和隐喻，而转喻和隐喻在古诗中常常珠联璧合融为一体，相互渗透相互转化。②

季先生实在所言非虚，中国古典诗歌的隐喻化特征的确不仅表现在诗歌创作的言简意赅、含蓄蕴藉上，以只言片语抒难状复杂之情；同样也表

① 钱钟书：《围城》，北京：三联书店，2002年，第81页。

② 季广茂：《隐喻视野中的诗性传统》，北京：高等教育出版社，1998年，第106页。

现在中国古代大量诗词曲话的隐喻化批评上，寥寥数语，就总结出了中国古典诗歌创作的各种流派、思潮和作家作品风格的迥异和变化。古人解诗论艺一步也离不开隐喻，在浩如烟海的古代诗词曲话中，以隐喻说明、阐释复杂文学现象的例子可谓不胜枚举，试举几例如下：

孙兴公云："潘文烂若披锦，无处不善。陆文若排沙简金，往往见宝。"①

嗟乎！陈思之于文章也，譬人伦之有周、孔，鳞羽之有龙凤，音乐之有琴笙，女工之有黼黻。②

文章当以理致为心肾，气调为筋骨，事义为皮肤，华丽为冠冕。③

玉壶买春，赏雨茅屋。坐中佳士，左右修竹。白云初晴，幽鸟相逐。眠琴绿阴，上有飞瀑。落花无言，人淡如菊。书之岁华，其曰可读。④

柳子厚诗，在陶渊明下，韦苏州上。退之豪放奇险则过之，而温丽靖深不及也。所贵乎枯淡者，谓其外枯而中膏，似淡而实美，渊明、子厚之流是也。若中边皆枯淡，亦何足道。佛云："如人食蜜，中边皆甜。"人食五味，知其甘枯者皆是；能分别其中边者，百无一二也。⑤

盛唐诸人惟在兴趣，羚羊挂角，无迹可求。故其妙处透彻玲珑，不可凑泊，如空中之音，相中之色，水中之月，镜中之象，言有尽而意无穷。⑥

---

① ［南朝宋］刘义庆著，徐震堮校笺：《世说新语校笺》，北京：中华书局，1984 年，第 143 页。
② ［梁］钟嵘：《诗品》，［清］何文焕辑：《历代诗话》，北京：中华书局，1981 年，第 7 页。
③ ［北齐］颜之推著，［清］赵曦明注，卢文弨补注：《颜氏家训》，北京：中华书局，1985 年，第 91 页。
④ 祖保泉：《司空图诗品解说》（修订本），第 42 页。
⑤ ［宋］苏轼：《评韩柳诗》，郭绍虞主编：《中国历代文论选》第二册，第 304 页。
⑥ ［宋］严羽：《沧浪诗话》，第 6—7 页。

上述诸例或以人之“骨”“体”“精、气、神”论诗，或以自然物象类比诗之范畴，又或者以禅喻诗、以味喻诗，其诗化般的语言，皆巧言设譬，不直说出，更多的是运用形形色色的隐喻形象表达创作者自身的强烈感受，读者必得费一番揣摩与思量才能体味其中的真味和意境，这显然与西方文学批评重视概念判断、推理、分析、综合、抽象演绎等科学性的思维大异其趣，让中国古代诗文批评蒙上了一层强烈的隐喻化色彩。这种情形在宋代敖陶孙的《敖器之诗话》中发展到了极致：“魏武帝如幽燕老将，气韵沉雄。曹子建如三河少年，风流自赏。鲍明远如饥鹰独出，奇矫无前。谢康乐如东海扬帆，风日流丽。陶彭泽如绛云在霄，舒卷自如……韩子仓如梨园按乐，排比得伦。吕居仁如散圣安禅，自能奇逸。其他作者，未易殚陈。独唐杜工部如周公制作，后世莫能拟议。”① 文章通篇使用隐喻，逐一评论了自魏晋以来的诸位名人诗，季广茂把这种批评的隐喻化看成是“中国古代文论的宿命”②。在这里，隐喻已经不仅仅是阐明复杂文学现象的工具，它已经成为文学理论的重要组成部分。

（二）隐与诗谶：以谶解诗

谶就是一种预决未来吉凶的隐语。《说文解字》云：“谶，验也。”③《四库全书总目》又曰：“谶者，诡为隐语，预决吉凶。”④ 近人顾颉刚的解读则更为简洁明了：“有一种预言，说是上帝传给人们的，叫做谶。”⑤ 由此可见，谶是一种预言、寓言，是“上天告人”，言说中充满主观、象征和暗示色彩，其隐语化表达的意味浓厚。而隐与诗评的结合，则产生了中国古代一种十分特殊的文学现象即诗谶，以谶解诗，它将谶这一神秘的带有预言和寓言性质的隐语，附会运用于文人的诗作中，既增加了诗歌的朦胧、不可捉摸性，亦应验了谶言的神秘性、预言性和寓言性。孙蓉蓉教授认为：“诗谶以句式整齐的诗歌形式，昭示或暗合了诗人的生死年寿和仕途穷达，成为中国古代诗歌的一种类型，在宋代的诗话和笔记中被归为专门的一类。诗谶的出现，同古代诗歌的解读、阐释密切相关，而诗谶现象的背后，又

① ［宋］敖陶孙：《敖陶孙诗话·诗评》，吴文治主编：《宋诗话全编》，南京：江苏古籍出版社，1988年，第7541—7542页。

② 季广茂：《隐喻理论与文学传统》，第108页。

③ ［汉］许慎：《说文解字》，北京：中华书局，1963年，第51页。

④ ［清］永瑢等：《四库全书总目》，北京：中华书局，1965年，第184页。

⑤ 顾颉刚：《秦汉的方士与儒生》，上海：上海古籍出版社，2005年，第88页。

有着中国古代思想意识、文化心态的深层积淀。”① 可谓言之不虚。

诗谶，是诗与谶的结合，其中既有诗的意味，又有谶的神秘性，其主要特征是“立言于前，有征于后”②，与把诗歌作为时代政治兴衰的谣谶相比，诗谶则呈现出更多个人化的色彩。在吴承学先生看来，“谣谶所反映的是社会普遍的情绪与心态，与时代的现实政治关系极其密切，从谣谶可以考察出时代社会尤其是下层社会的集体意识；而诗谶则只反映出文人阶层的某种心态，所关切的是某一个体的命运，基本上没有什么政治色彩。”③可见诗谶只是接受者在解诗的过程中人为创造的一种隐语，是说诗者于诗歌的本义之外，人为地以某些诗句来暗合、附会创作者本人命运的天命学别解。即如《王直方诗话》所云：“人谓富贵不得言贫贱事，少壮不得言衰老，康强不得言疾病死亡，或犯之，谓之诗谶。”④《世说新语·仇隙》中记载潘岳的“投分寄石友，白手同所归”为诗谶比较早期的例证：

> 孙秀既恨石崇不与绿珠，又憾潘岳昔遇之不以礼。后秀为中书令，岳省内见之，因唤曰：“孙令，忆畴昔周旋不?”秀曰：“中心藏之，何日忘之!”岳于是始知必不免。后收石崇、欧阳坚石，同日收岳。石先送市，亦不相知。潘后至，石谓潘曰：“安仁，卿亦复尔邪?”潘曰：“可谓‘白首同所归’!”潘《金谷诗集》云：“投分寄石友，白首同所归。”⑤

《世说新语》认为“乃成其谶”，即把此语作为潘岳与石崇最终共同走向刑场的诗谶。诗谶其实就是一种隐语，其最大的特点便是具有神秘性、预言性和寓言性，背后体现出的是中国传统的天命论思想、语言禁忌观念和“微言大义”的解诗传统的深层影响，这种情况普遍存在于漫长的中国古代文学批评史上。

诗谶是运用特殊的语言文字符号来制作的，需要用尽可能模糊、含蓄、隐蔽的手法，对事物的发展趋势做出预测。因此，诗谶大多根据语言文字

---

① 孙蓉蓉：《诗歌写作与诗人的命运——论古代诗谶》，《学术月刊》2010年第5期。

② ［南朝宋］范晔撰，［唐］李贤等注：《后汉书》，北京：中华书局，1965年，第1912页。

③ 吴承学：《论谣谶与诗谶》，《文学评论》1996年第2期。

④ ［宋］王直方：《王直方诗话》，吴文治主编：《宋诗话全编》，第1198页。

⑤ ［南朝宋］刘义庆著，徐震堮校笺：《世说新语校笺》，第493—494页。

的特点，挖空心思地把预测的结果镶嵌在谣谚、诗词韵语之中，似乎在冥冥之中已是命定，以造成一种神秘感。如在《红楼梦》中，运用诗谶把天命、神灵、先知的预言文学化，更给整个作品涂上了一层神秘的传奇色彩。《红楼梦》第五回中《金陵十二钗》正册、副册的判词都是对于小说中人物命运概括暗示的预言性诗谶；《红楼梦》中一些人物所写的诗或自制的谜语，如林黛玉所写的《葬花吟》《秋窗风雨夕》等都似乎在隐射着人物自身的悲剧命运。总之，诗谶站在“天道”或“神道”角度，用谶学方法阐释诗歌及其相关人物命运，掺杂进了超越诗歌本意而成为说诗者穿凿附会后所津津乐道的“言外之意”，大大增强了诗论本身的内在蕴涵和余味，因此我们说其在品诗论艺方面的隐喻性特质是不言而喻的。

三、隐语与趣、味、境、象的诗学审美追求

中国古典诗歌之所以呈现出含蓄蕴藉、寓意婆娑的审美特质，实与古代诗人对趣、味、境、象等诗风的执着追求密切相关，亦造就了“趣”“味”“境”“象”“韵”等独具中国文化特色的审美范畴，各种范畴相互补充，相互影响，共同构筑起了中国古典诗歌历史发展的内在演进轨迹。历数这些诗歌范畴的前后演进及其相互生发与影响，我们不难发现：古代隐语对其影响是一以贯之的，作为一种内在作用力，亦造就了中国古典诗风追求强烈的隐语化特色。

（一）隐语与诗之“意象”

自古至今，不乏研究者把意象和声律看作是中国古典诗歌最基本的审美单元，认为中国古典诗歌是由意象与声律组成的有意味的、充满韵律感的一种艺术形式。《文心雕龙·神思》篇云：“使玄解之宰，寻声律而定墨；独照之匠，窥意象而运斤：此盖驭文之首术，谋篇之大端。”[①] 刘勰把“寻声律而定墨”和“窥意象而运斤”作为驭文谋篇的首要准则，意象与声律在诗歌创作中的重要意义不言而喻。明代王世懋《艺圃撷余》在论盛唐诗时也说：

> 予谓学于鳞不如学老杜，学老杜尚不如学盛唐。何者？老杜结构

① ［梁］刘勰著，范文澜注：《文心雕龙注》，第493页。

> 自为一家言，盛唐散漫无宗，人各自以意象、声响得之。①

诗歌讲求意象、声响与刘勰主张诗歌创作要“寻声律而定墨”和“窥意象而运斤”不谋而合。而对于诗歌意象与声律两者关系研究最多的莫过于明代的胡应麟。他在《诗薮》中反复论及“兴象风神”与“格律声调”之要义，“兴象”实即“意象”之谓。如：

> 古诗之妙，专求意象。②

> 作诗大要不过二端，体格声调、兴象风神而已。体格声调有则可循，兴象风神无方可执。……譬则镜花水月，体格声调，水与镜也；兴象风神，月与花也。必水澄镜朗，然后花月宛然。讵容昏鉴浊流，求睹二者?③

> 盖作诗大法，不过兴象风神、格律音调。格律卑陬，音调乖舛，风神兴象，无一可观，乃诗家大病。④

> 诗流借景立言，惟在声律之调、兴象之合，区区事实，彼岂暇计?⑤

胡应麟将“兴象”与“声律”作为古人作诗大要之二端，颇有识见，纵观中国古典诗歌在审美上的主要特色，不外有二，一是追求以象写意，作用于视觉，于有限的象传递无限的蕴意；二是注重押韵合辙，着力于听觉，读中国诗宛如听一曲曲流动的音乐。

中国古代最早关注意、象关系的有“言象意之辨”。《周易·系辞上》：“子曰：‘书不尽言，言不尽意。然则圣人之意，其不可见乎?’子曰：‘圣

---

① ［明］王世懋:《艺圃撷余》,［清］何文焕辑:《历代诗话》,第 778 页。

② ［明］胡应麟:《诗薮》,北京:中华书局,1958 年,第 1 页。

③ ［明］胡应麟:《诗薮》,第 97 页。

④ ［明］胡应麟:《诗薮》,第 121 页。

⑤ ［明］胡应麟:《诗薮》,第 188 页。

人立象以尽意，设卦以尽情伪，系辞焉以尽其言。'"[①] 关于诗歌创作中"言象意"的关系，清代袁枚《遣兴》一诗说得更加透彻明了：

> 但肯寻诗便有诗，灵犀一点是吾师。夕阳芳草寻常物，解用都为绝妙词。[②]

此处"灵犀一点"代指诗人之"心"，也就是"意"，"夕阳芳草"则概指具体的"象"，"意""象"到了诗歌作品里面也就有了"绝妙词"。以意象论诗在中国古代诗学的长河中可谓代不乏人，传衍赓续，成为一种极有影响力的论诗传统。如宋代刘克庄的《后村诗话》以"音节聱牙，意象迫切"[③] 批评当时江西诗派的拗戾诗风；金人元好问赞扬苏轼的词"性情之外，不知有文字，真有'一洗万古凡马空'意象"[④]；明代李东阳赞晚唐诗人温庭筠的《早行》诗中的名句"鸡声茅店月，人迹板桥霜""意象具足"[⑤]；明末清初陆时雍《诗镜总论》以"意象"论唐诗，认为王昌龄"意象深矣"[⑥]；清代沈德潜《说诗晬语》则以"意象孤峻"[⑦] 褒扬孟郊的诗，等等。在某种程度上，即便严羽的境界说、王国维的意境说，都可看成意象论诗的化衍。以意象作诗与解诗，诗歌意象的主观性、朦胧性、多义性、不确定性，意象叠加、组合方式的复杂性，不禁让中国古典诗歌变成了一个个充满语义层深结构的谜语，变成了一则则假借客观外在物象传达主观情志的隐语。每首诗的背后都潜藏着一个需要让人费一番揣摩和思量才能揭开的谜底，确如朱光潜所说，"读许多中国诗都好像猜谜语"[⑧]。

之所以说"意象"是一种隐语，是因为以意象作诗本身就是在创造一个深层的语义"金字塔"，而要进入这语义的金字塔尖，必须经过层层闯关，亦即经过逐层释义，对深层语义逐一进行破解，最终才能体味到诗歌

---

① [清]阮元校刻：《十三经注疏》，北京：中华书局，1980 年，第 82 页。

② [清]袁枚：《小仓山房诗集》，王英志主编：《袁枚全集》（第一册），南京：江苏古籍出版社，1993 年，第 807 页。

③ [宋]刘克庄：《后村诗话》，北京：中华书局，1983 年，第 70 页。

④ [金]元好问：《新轩乐府引》，《遗山先生文集》卷三十六，四部丛刊本。

⑤ [明]李东阳：《麓堂诗话》，丁福保辑：《历代诗话续编》，北京：中华书局，1983 年，第 1372 页。

⑥ [明]陆时雍：《诗镜总论》，丁福保辑：《历代诗话续编》，第 1420 页。

⑦ [清]沈德潜：《说诗晬语》，丁福保编：《清诗话》，上海：上海古籍出版社，1978 年，第 535 页。

⑧ 朱光潜：《诗论》，第 38 页。

背后那个由各种外在之“象”所表征的内在“意蕴”。而这个过程就是一个隐语创造和赋予意义的过程。我们或许可以从以下几个角度逐次递进地来理解这种制造隐语的过程：首先，“象”本身就是一个个指称世界的隐语，是高度抽象化的形而上的概念的统称，这在古代早期占卜的卦象中就已经有十分普遍的体现。《易传》有云：“易有太极，是生两仪，两仪生四象，四象生八卦，八卦定吉凶，吉凶生大业。”① 这就是古人以少总多，以“象”化称万物的思维体现。钱穆对此深有体会：“《易经》的卦象，却用几个极简单极空灵的符号，来代表着天地间自然界乃至人事界种种的复杂情形，而且就在这几个极简单极空灵的符号上面，中国的古人想要即此把握到宇宙人生之内秘的中心，用来指示人类种种方面避凶趋吉的条理。”②《易经》这种用简约之“象”把握繁复意蕴的思维、表达方式，不仅对中国古典诗歌的意象创造具有十分重要的启示作用，甚至成为中国古典诗歌创作的一个基本准则。这是“意象”的第一层隐义——“象”的高度统括性。

其次，从“象”到“心象”，“意象”的生成机制也是一个隐语化的过程。“意象”不同于客观外在的“物象”，它是自然界的物象经过诗人的主观化认知之后生成的，浸润着复杂主体情志的新的形象，这又是在“象”的高度统括性基础之上的更深一层的隐语化过程。马致远的那首著名的《天净沙·秋思》：“枯藤老树昏鸦，小桥流水人家，古道西风瘦马，夕阳西下，断肠人在天涯。”作者在这首诗中一连使用了枯藤、老树、昏鸦、小桥、流水、人家、古道、西风、瘦马、夕阳、断肠人等十多个客观物象，如果把这些物象加以连缀成篇，一幅充满深秋肃杀之气、人在羁旅的凄凉图景立马便映现在读者的脑海里。但这种表层之象的叠加、连缀、组合而成的客观外在景象，尽管能让我们产生一种深秋时分自然界惨淡变化的即视感，但这种强烈的视觉感受并非这首诗的全部，对于诗人来说，直接的视觉冲击也不过是一种触发内心涟漪的艺术手段，正所谓“气之动物，物之感人，故摇荡性情，形诸舞咏”③。“物之感人”只是为了“摇荡性情”而已，这才是诗人最在意和看重的。

---

① ［清］阮元校刻：《十三经注疏》，第 82 页。

② 钱穆：《中国文化史导论》（修订本），北京：商务印书馆，1994 年，第 68 页。

③ ［梁］钟嵘：《诗品》，［清］何文焕辑：《历代诗话》，第 2 页。

纵观中国古典诗歌，外在物象的背后总是渗透着作者的深层寓意，看似简洁明了的谜面其实暗藏有更深的“谜底”；因为这些客观世界的“象”灌注进了诗人的主观情志，让外在的“物象”变成了充满主体情感色彩的“意象”，只有经过这一重隐语化的过程，才能让诗歌变得更加诗意盎然、别有寄托和耐人寻味。了解了“意象”的生成机制，再来回味《天净沙·秋思》，自然就会产生更为婆娑、凄迷、复杂的审美感受，于平淡无奇的客观景物中读出一位漂泊天涯的游子的无限愁思，更读出了诗人怀才不遇的悲凉情怀。慨叹自身身世命运的多舛才是这首诗的真正主题，而它却是隐在文字和语境之后的，只有破解了这层隐语，才能把握诗歌缤纷多彩的意象身后所传达的真实而丰富的内在意蕴。诸如此类的例子还有很多，像柳宗元的《江雪》、温庭筠的《商山早行》等，也都是用丰富的意象来言志抒情的，有表层之义，有深层内涵，这就是一个隐语化的过程。

再次，中国古典诗歌的一个十分重要的特征便是对“象外之象”“韵外之旨”的过度偏爱。从“意象”到“象外之象”，又是更深一层的隐语化。古典诗学认为意象要意味深长，邈哉远矣。诗歌要追求以象传意，更要追求以象传不尽之意，也就是“象外之象”“景外之景”“不尽之意”。唐人司空图在《与极浦书》中有一段话，对此深有感触：

> 戴容州云：“诗家之景，如蓝田日暖，良玉生烟，可望而不可置于眉睫之前也。”象外之象，景外之景，岂容易可谭哉?①

蓝田日暖玉生烟，一语道出了诗歌意象世界的婉约、朦胧之美——虽真实可感却并非生活本身，以至于可望而不可置于眉睫之前。只有借助艺术想象，才能寻得它的蛛丝马迹，这段话切中肯綮地指出了诗歌充满艺术美特点的由来。从客观物象转化为主体的审美意象，离不开艺术想象的参与。《易传》有观物取象一说，诗歌创作虽始于主体的观物，所谓“拟诸其形容，象其物宜”②，但是真正的审美创造的完成，却必须广用神思，超越实存之事物，在艺术思维中创造成为审美意象。早在西晋陆机《文赋》中描绘这个过程状态是：“精骛八极，心游万仞”，“观古今于须臾，抚四海于

---

① ［唐］司空图:《与极浦书》,郭绍虞主编:《中国历代文论选》第二册,第 201 页。

② ［清］阮元校刻:《十三经注疏》,第 79 页。

一瞬”，“课虚无以责有，叩寂寞而求音，函绵邈于尺素，吐滂沛乎寸心”①。这就是要在艺术思维过程里，把客观实存转化为主体意象，本质性的变化越是彻底，则越是艺术的创造，艺术本质的实现程度取决于审美意象化的实现程度。

诗人对于“象外之象”的追求，可以说是审美意象化的极致反映，是艺术想象力的极致喷发，像决口的江堤，滔滔汩汩，不可遏止。而这里所说的第一个“象”，是指诗人用语言描绘出来的、为欣赏者的艺术思维所还原的象；第二个“象”，是指欣赏者在第一个象的激活、启发下，联想到的更丰富的象。这个象，在诗歌文本的语言符号系统中是没有直接写到的，所以说是“象外之象”，但它与第一个象又密切地关联着。“我们可以把第一个象称为显意象，把象外之象称为隐意象或潜意象。显意象与潜意象，相辅相成，构成了意象世界的又一个二重机制。”② 这个道理，清代文艺理论家叶燮在《原诗》中以指点迷津的口吻说：“然子但知有是事之为事，而抑知无是事之为凡事之所出乎？可言之理，人人能言之，又安在诗人之言之？可征之事，人人能述之，又安在诗人之述之？必有不可言之理，不可述之事，遇之于默会意象之表，而理与事无不灿然于前者也。”③ 叶燮继以杜甫《玄元皇帝庙作》“碧瓦初寒外”句为例逐字论之，说明真正的意象创造当是“呈于象，感于目，会于心。意中之言，而口不能言；口能言之，而意又不可解。划然示我以默会相象之表，竟若有内有外，有寒有初寒，特借碧瓦一实相发之。有中间，有边际，虚实相成，有无互立，取之当前而自得，其理昭然，其事的然也。”④ 叶燮的“虚实相成，有无互立”的主体意象创造理论，深得刘勰以来意象思想的真谛。

除了意象有显隐之分，中国古典诗歌中的很多意象还是多义性的，这一重隐又大大增加了诗歌的深层蕴涵和审美品格。刘勰《文心雕龙·隐秀》篇有云：“隐也者，文外之重旨者也。……隐以复意为工。……夫隐之为体，义主文外，秘响傍通，伏采潜发，譬爻象之变互体，川渎之韫珠玉

---

① ［晋］陆机：《文赋》，郭绍虞主编：《中国历代文论选》第一册，上海：上海古籍出版社，2001 年版，第 170—171 页。

② 严云受：《诗词意象的魅力》，合肥：安徽教育出版社，2003 年，第 34 页。

③ ［清］叶燮：《原诗》，郭绍虞主编：《中国历代文论选》第三册，上海：上海古籍出版社，2001 年版，第 352 页。

④ ［清］叶燮：《原诗》，郭绍虞主编：《中国历代文论选》第三册，第 352 页。

也。”① “重旨”“复意”，就是指多重含义。中国古典诗歌形成“复意”的主要原因之一，就在于意象的多义性特征。古典诗歌十分重视诗句的复意之美，苏轼曾言：“论画以形似，见与儿童邻。赋诗必此诗，定非知诗人。”② 所谓“赋诗必此诗”，也就是说作诗缺少多重蕴涵，苏轼认为这样的诗人是不懂得诗的审美特征与创作规律的。

综上所述，从外在之“象”到心中之“象”的“意象”，从“意象”再到“象外之象”，这是中国古典诗歌创作的一条大道通途，甚至可以扩展上升为中国古代艺术创作的不二法门。清人郑板桥的《题画》中寥寥数语或可与此对照参看：

> 凡吾画竹，无所师承，多得于纸窗粉壁日光月影中耳。……其实胸中之竹，并不是眼中之竹也。因而磨墨展纸，落笔倏作变相，手中之竹又不是胸中之竹也。总之，意在笔先者，定则也；趣在法外者，化机也。独画云乎哉！③

郑板桥自认为其画竹无所师承，多从纸窗、粉壁上竹子被日光月色照出的婆娑疏影中悟得画竹的师承自然之道，他强调“意在笔先”“趣在法外”，其所谓“眼中之竹”“胸中之竹”和“手中之竹”艺术创作三阶段之间辩证关系的论述，与诗中的“言象意”之辨，与作诗务求意象和象外之象的艺术追求，正有异曲同工之妙。

（二）隐语与诗之“趣”“味”

“趣”与“味”也是中国古典诗论的重要审美范畴，二者在古代实可互发其义、相互参酌，与“韵”“象”“境”等范畴一起，多被人们用来标识中国古典诗歌独特的审美特质。

古人以“趣”言诗，兴于唐。旧题王昌龄《诗中密旨》谓“诗有三得，一曰得趣”④，首次将“趣”与“理”“势”一起，作为诗歌审美的三

---

① ［梁］刘勰著，范文澜注：《文心雕龙注》，第632页。

② ［宋］苏轼：《书鄢陵王主簿所画折枝二首》，［清］王文诰辑注，孔凡礼点校：《苏轼诗集》，北京：中华书局，1982年，第1525页。

③ ［清］郑燮：《题画六十五则》，《郑板桥全集》，北京：中国书店，1985年，第282—284页。

④ ［唐］王昌龄：《诗中密旨》，张伯伟编著：《全唐五代诗格汇考》，南京：江苏古籍出版社，2002年，第198页。

种质性要求。进入宋代，“趣”逐渐成了重要的审美标尺而被人们大力提倡。苏轼有“诗以奇趣为宗，反常合道为趣”① 说，惠洪《天厨禁脔》提出诗分“奇趣、天趣、胜趣”② 等三种类型的趣一说，严羽提出“兴趣”说，将“趣”与“兴”连用并置，畅言“趣”与诗之“兴”的生发互动关系，清代贺贻孙承继严羽之“兴趣”说并推而广之，其《诗筏》言：“诗以兴趣为主，兴到故能豪，趣到故能宕。”③ 因“兴”与“隐”密不可分，故“趣”与“隐”亦必当存在某种密切相关性，这种相关性最鲜明地体现在“趣”这一审美范畴的审美特质中。

以下诸论从不同层面对“趣”之审美特征多有揭示：

> 古诗多在兴趣，微辞隐义，有足感人。宋人多好以诗议论，夫以诗议论，即奚不为文而诗哉?④

> 贯休曰：“庭花蒙蒙水冷冷，小儿啼索树上莺。”景实而无趣。太白曰：“燕山雪花大如席，片片吹落轩辕台。”景虚而有味。⑤

> 世人所难得者惟趣。趣如山上之色，水中之味，花中之光，女中之态，虽善说者不能下一语，惟会心者知之。……夫趣得之自然者深，得之学问者浅。当其为童子也，不知有趣，然无往而非趣也。……入理愈深，然其去趣愈远矣。⑥

> 亦理亦情亦趣，逶迤而下，多取象外，不失圜中。(评谢灵运《田南树园激流植援》)⑦

---

① [宋]魏庆之:《诗人玉屑》卷十引，上海：古典文学出版社，1958年，第195页。

② [宋]释惠洪:《天厨禁脔》，张伯伟编校:《稀见本宋人诗话四种》，南京：江苏古籍出版社，2002年，第126页。

③ [清]贺贻孙:《诗筏》，郭绍虞辑:《清诗话续编》，上海：上海古籍出版社，1983年，第192页。

④ [明]屠隆:《文论》，郭绍虞主编:《中国历代文论选》第三册，第139页。

⑤ [明]谢榛:《四溟诗话》，丁福保辑:《历代诗话续编》，第1149页。

⑥ [明]袁宏道:《叙陈正甫会心集》，赵伯陶编选:《袁宏道集》，南京：凤凰出版社，2009年，第152—153页。

⑦ [明]王夫之:《古诗评选》，上海：上海古籍出版社，2011年，第64页。

熊掌豹胎，食之至珍贵者也，生吞活剥，不如一蔬一笋矣；牡丹芍药，花之至富丽者也，剪采为之，不如野蓼山葵矣。味欲其鲜，趣欲其真，人必知此，而后可与论诗。①

如上所举，屠隆亦将“兴趣”连用，并释“趣”之特质为“微辞隐义”。谢榛则通过“景实无趣”与“景虚有味”相互对比参照，认为“趣”与“味”皆从虚景而来，实则无趣亦无味，强调化实入虚才是生“趣”的有效途径。袁宏道以“山上之色”“水中之味”“花中之光”“女中之态”等譬喻出之，将“趣”与“不能下一语”“会心知之”联系在一起，在“趣”这一审美范畴引入作者主观之“心”这一维度，景与心遇，象与意会，会心思之，方得其趣。王夫之则释“趣”为“多取象外，不失圜中”，袁枚鲜明地提出了“味鲜”“趣真”的命题，且其所论“趣”与“味”是互文见义的。合观以上诸论可推见，“趣”作为一种审美范畴，其审美特质或是“微辞隐义”，或是“景虚则有味”，又或是“景与心遇，象与意会”“多取象外”等，凡此种种，强调的无非都是一个“隐”字，不可实言，不能直言，委婉出之，遁词隐义，这不正是古代隐语的生成机制与风格特质吗？

诗“味”说则以钟嵘的“滋味”说与司空图的“韵味说”为代表，两者之间前后承传且同中有异。钟嵘明确提出了“滋味”说，其《诗品》云：“五言居文词之要，是众作之有滋味者也，故云会于流俗。岂不以指事造形，穷情写物，最为详切者邪！故诗有六义焉：一曰兴，二曰比，三曰赋。文已尽而意有余，兴也；因物喻志，比也；直书其事，寓言写物，赋也；宏斯三义，酌而用之，干之以风力，润之以丹采，使味之者无极，闻之者动心，是诗之至也。”② 钟嵘从诗歌艺术构成的角度论及诗味，强调诗之至在于“文已尽而意有余”即有余味，在于“因物喻志”，推重不直言而出的譬喻且深有所寄，即要有余意；在于“寓言写物”，即咏物而以“寓言”出之，或可称之为事物“隐”。无论“有余味”“有余意”，抑或事物“隐”，都与古代隐语之特质紧密相关，从内在意蕴以及外在形式层面将“味”丰富的理论内涵与“隐”联系在了一起。

---

① ［清］袁枚：《随园诗话》，郭绍虞主编：《中国历代文论选》第三册，第480页。
② ［清］何文焕辑：《历代诗话》，第3页。

司空图《与李生论诗书》有云："文之难，而诗之难尤难。古今之喻多矣，而愚以为辨于味，而后可以言诗也。"① 明确提出辨诗要从辨"味"入手，进一步将"味"标举为诗歌审美的本质所在。司空图着意强调诗歌要有"韵外之致""味外之旨"②，即在诗歌表层结构中要蕴含深层的艺术意味，追求多向、复义、涵咏特征的诗之余味，这都与中国古代隐语注重多重复义的特点别无二致。这一点与西方现代阐释学家赫斯的理论颇为近似，他认为作品有两种意义，一种是作品所表现的"客观意义"（meaning），相当于司空图所指的咸酸之"味"，一种是经由欣赏者对作品的审美判断和评价而得来的"意味"（significance），相当于司空图所言的"味外之旨"和"韵外之致"。

古人论诗常常强调味厚、有余味、味长诸说，这在历朝历代不乏拥趸。《文心雕龙·宗经》云："至于根柢盘深，枝叶峻茂，辞约而旨丰，事近而喻远。是以往者虽旧，余味日新。"③《隐秀》篇又云："深文隐蔚，余味曲包。"④ 宋代魏泰《临汉隐居诗话》认为好的诗歌要"咀之而味愈长"⑤，提出"更无余味，则感人也浅"⑥。欧阳修强调诗歌要有"真味"和"言外之意"⑦，苏东坡推崇"至味"⑧，即诗歌要淡泊含蓄蕴藉。严羽《沧浪诗话》云："语忌直，意忌浅，脉忌露，味忌短，音韵忌散缓，亦忌迫促。"⑨ 在继承前人以"味"论诗的基础上，将"味"视为诗歌审美的一个有机要素，他也提出了要有永长之味的要求。元人范德机、郝经、揭傒斯等人亦皆强调诗歌要有"言外之味"的主张，尤其注重诗人在托物寓怀中要有不尽的意味。明代陆时雍《诗镜总论》则云："古人善于言情，转意象于虚圆之中，故觉其味之长而言之美也。"⑩ 又说："少陵七言律，蕴藉最深。有余地，有余情。情中有景，景外含情。一咏三讽，味之不尽。"⑪ 他特别

---

① ［唐］司空图：《与李生论诗书》，郭绍虞主编：《中国历代文论选》第二册，第 196 页。
② ［唐］司空图：《与李生论诗书》，郭绍虞主编：《中国历代文论选》第二册，第 196、197 页。
③ ［梁］刘勰著，范文澜注：《文心雕龙注》，第 22 页。
④ ［梁］刘勰著，范文澜注：《文心雕龙注》，第 633 页。
⑤ ［宋］魏泰：《临汉隐居诗话》，［清］何文焕辑：《历代诗话》，第 323 页。
⑥ ［宋］魏泰：《临汉隐居诗话》，［清］何文焕辑：《历代诗话》，第 322 页。
⑦ ［宋］欧阳修：《六一诗话》，［清］何文焕辑：《历代诗话》，第 268 页。
⑧ ［宋］苏轼：《书黄子思集后》，郭绍虞主编：《中国历代文论选》第二册，第 300 页。
⑨ ［宋］严羽：《沧浪诗话》，第 30 页。
⑩ ［明］陆时雍：《诗镜总论》，丁福保辑：《历代诗话续编》，第 1403 页。
⑪ ［明］陆时雍：《诗镜总论》，丁福保辑：《历代诗话续编》，第 1416 页。

强调诗歌运用要务虚去实，言在此而意在彼，如此，诗歌才可能具有永长的意味。清人沈德潜《说诗晬语》云：“七言绝句，以语近情遥，含吐不露为主。只眼前景、口头语，而有弦外音、味外味，使人神远。”①

以上诸论，皆强调言外之意、弦外之音、味外之味，其在表达方式上必然重视婉言曲语，在语义风格上必然追求“言有尽而意无穷”。因此，其隐语化的特征自然是显而易见的。

（三）隐语与诗之“境”

“诗境”说正式发端于王昌龄的《诗格》，在皎然《诗式》中有进一步的变化与拓展，并为中晚唐众多诗家所继承和发挥，它可以说是纵贯唐代诗歌美学的一大观念。《诗格》提出“诗有三境”之论：

> 诗有三境：一曰物境。欲为山水诗，则张泉石云峰之境，极丽绝秀者，神之于心。处身于境，视境于心、莹然掌中，然后用思，了然境象，故得形似。二曰情境。娱乐愁怨，皆张于意而处于身，然后驰思，深得其情。三曰意境。亦张之于意，而思之于心，则得其真矣。②

王昌龄论诗不仅将“境”分为物、情、意三种，而且尤为重视情景交融，开启中唐“以境论诗”之风，也为此后发展起来的诗歌创作的“意境说”奠定了良好的基础。刘禹锡则提出“义得而言丧”“境生于象外”③ 的观点，强调诗贵含蓄，注重体现作品中的言外之意。他认为，好的诗歌往往含蕴深远，精微要妙，意境出于形象之外。权德舆《左武卫胄曹许君集序》有云：“凡所赋诗，皆意与境会，疏导情性，含写飞动，得之于静，故所趣皆远”④，提出赋诗要“意与境会”。皎然《诗式》推重为诗要“情在言外”“旨冥句中”，肯定“一篇之中，虽词归一旨，而兴乃多端”⑤。他们均以“情余言外，含蓄不尽”⑥ 作为诗词之美的表征，可见对言辞本来之意的超越早已成为诗学共识。

---

① ［清］沈德潜：《说诗晬语》，丁福保编：《清诗话》，第 542 页。
② ［唐］王昌龄：《诗格》，郭绍虞主编：《中国历代文论选》第二册，第 88—89 页。
③ ［唐］刘禹锡：《董氏武陵集记》，郭绍虞主编：《中国历代文论选》第二册，第 90 页。
④ ［唐］权德舆：《左武卫胄曹许君集序》，《权载之文集》，四部丛刊本。
⑤ ［唐］释皎然著，李壮鹰校注：《诗式》，济南：齐鲁书社，1986 年，第 153 页。
⑥ ［清］陈廷焯著，屈兴国校注：《白雨斋词话足本校注》，济南：齐鲁书社，1983 年，第 72 页。

综上所述，与古人论画一样，中国古典诗歌就在这样一重又一重隐语化的过程中，在隐与显所构成的矛盾张力中，诗之大旨、诗之趣味、诗之境界就隐含在这个由隐语化所构成的层深结构中，昭示着古人对诗歌趣、味、境、象、意的特殊偏爱与追求。古人论诗所推重的诸多观念如兴趣说、滋味说、神韵说、气韵说、韵味说、兴象说、意境说等等，都主张诗歌要有“言有尽而意无穷”的诗性追求，正是由于这种崇尚隐语化表达的诗歌理念的影响，才最终孕育出中国古典诗歌空灵含蓄、言近旨远、令人回味无穷的审美特色和艺术本质。

（作者单位：南京大学中文系）

钱钟书论《文心雕龙》①

魏伯河

摘　要：《文心雕龙》是我国古代文论的经典之作。作为学术大师的钱钟书先生对刘勰和《文心雕龙》虽无专文进行研讨，但在其《管锥编》《谈艺录》等谈文论艺类著作中却随机发表过很多重要的见解和精彩的点评，表现出深刻的理解和独特的眼光。这些点评，从鉴赏品味语言艺术的角度出发，深入体察前人为文之用心，抉隐钩沉，细大不捐，从艺术观点，到文句字词，勿论褒贬，多能见人之所未见，发人之所未发，戛戛独造，别树一帜，为我们留下了极有价值的研究资料。研究《文心雕龙》和中国文论，不应忽视钱先生的意见。认真阅读他的这些精到评骘，不仅可以释疑解惑，加深对《文心雕龙》原著的理解，还可受到治学方法的重要启示，有利于将学术研究引向深入。

关键词：钱钟书；《文心雕龙》；艺术评点；治学方法

钱钟书先生是学贯中西的学术大师，他对中国的文化遗产尤其古代文论有着广泛的涉猎和深入的研究。但是，他的研究路径明显与众不同。他认为："在考究中国古代美学的过程里，我们的注意力常给名牌的理论著作垄断去了。不用说，《乐记》《诗品》《文心雕龙》、诗文话、画说、曲论以及无数挂出牌子来讨论文艺的书信、序跋等等是研究的对象。同时，一个老实人得坦白承认，大量这类文献的探讨并无相应的大量收获。好多是陈言加空话，只能算作者礼节性地表了个态。……一般'名为'文艺评论史

① 基金项目：国家社科基金重大项目"《文心雕龙》汇释及百年'龙学'学案"（17ZDA253）。

也，‘实则’是《历代文艺界名人发言纪要》，人物个个有名气，言论常常无实质。”① 他还指出：“以文论为专门之学者，往往仅究诏号之空言，不征词翰之实事，亦犹仅据竞选演说、就职宣言，以论定事功操守矣。”② 基于这样的理念，他的文学研究和评论，保持了中国传统诗文评类著作的特色而又有重大拓展。对古代文论中的名家之作，先生鲜有专门针对专人专著的专题研究，而更多地把目光投向了研究热点之外的作家作品；他从不轻易对作家作品做肯定或否定的总体评价，更不随意将其上升到哲学高度加以评判，而更多的是对文学作品艺术性之某一方面甚至某一文句、字眼的深究细品。在他看来，“东海西海，心理攸同；南学北学，道术未裂。”③ 古今中外的文化学术有着基本的相同和相通之处。他的学术视野是如此广阔，对人类文明成果如数家珍，许多相对冷僻的著作、材料也被他发掘出来；对每一或大或小的论题，他都广泛征引古今中外相关论述，通过“弥纶群言”（《文心雕龙·论说》），借以考镜源流，明其演变，论其得失，见人之所未见，发人之所未发，形成了抉隐钩沉、洞幽烛微、戛戛独造、别树一帜的学术风格。

这样说，当然不是说他对中外文论中的名家名作不予重视，而是他对这些名家名作早已烂熟于心，成了他知识殿堂的雄厚基础。众所周知，对名家名作的研究早已成为历来的学术热点，论著连篇累牍，内容陈陈相因；在此情况下再去撰写系统性的专著，纵有若干新意，也难免大量重复，此则非钱先生所愿为也。为不落窠臼，他宁愿避熟就生。我们看到，在钱先生的论著中，名家名作往往只是作为任意驱遣的材料和加以比对的参照。对刘勰和《文心雕龙》也是如此。他虽然对其人其书颇为推许，但也没有设立专文进行过研究和评论，许多精辟的见解仅散见于对其他文学作品或文论观点的研讨之中，或在随时征引中显示褒贬。他的这些评点或征引，涉及《文心雕龙》的大多数篇章，极富参考价值。但值得玩味的是，对钱先生的研究成果，不仅少有专篇论著进行探讨，而且在各种龙学论著中见于引述者亦颇有限。这不能不说是一种遗憾。究其原因，一方面由于其著作大多由文言写成，以繁体印行，且卷帙浩繁，除部分专家之外，当今中

---

① 钱钟书:《读〈拉奥孔〉》,《七缀集》,北京:三联书店,2002 年,第 33 页。

② 钱钟书:《谈艺录》,北京:三联书店,2007 年,第 614 页。

③ 钱钟书:《谈艺录》,“序”,第 1 页。

青年读者能通读者不多，以致阳春白雪，和者盖寡；另一方面，也是最重要的，则是当今学风浮躁，不少人如钱先生所说“眼里只有长篇大论，瞧不起片言只语，甚至陶醉于数量，重视废话一吨，轻视微言一克”[①]，以致认为这些看似信手拈来的意见可以忽略不计了。

为弥补这一缺憾，本文试根据钱先生《管锥编》《谈艺录》《宋诗选注》《七缀集》诸书中有关《文心雕龙》的评论、征引，酌予归类，略举数端，做一简要介绍，以方便学界了解钱先生心目中的《文心雕龙》和其对该书部分论旨、文句的见解。钱先生另有大量英文论著及读书笔记，其中也应该不乏这方面的资料，而因笔者力有未逮，故不再涉及。本文题目之所谓“论”，乃合评点与征引而言之，与一般专论有别，特此说明。行文之中，随时穿插笔者个人的阅读理解，容有未当，仅供读者参考。

一、对刘勰及《文心雕龙》的整体评价

钱钟书先生从不轻易对作家作品做肯定或否定的总体评价，当然这并非意味着他对鉴赏对象无所评价。对《文心雕龙》的评价，即可以从其论著的字里行间得之。例如在对钟嵘《诗品》的评论中，钱先生就连带对刘勰评价说：

> 刘勰与钟嵘为并世谈艺两大，亦复辞翰无称。李日华《紫桃轩杂缀》卷二论严羽精于议论而乏“实诣”，因曰：“语云：‘识法者惧’，每多拘缩”，理或然欤。[②]

这里，钱先生把刘勰与钟嵘称为“并世谈艺两大”，可以视为很高的评价。但也同时指出其“辞翰无称”，即在辞翰（文学作品）的创作上缺乏实绩，因而这方面不为人所称道。这应该是客观的评价。至于所以如此的原因，则以为很可能是像常语所说的“识法者惧”，即作者愈是洞悉写作的技法，愈是受技法拘缩，不敢下笔。这好像是在说刘勰的弱点，其实就称之为“识法者”而言，则是对其理论成就的肯定。至于这是否是刘勰以及钟嵘没有留下辞翰名篇的唯一的、真正的原因，钱先生的语气并非完全断定，但

---

① 钱钟书:《读〈拉奥孔〉》,《七缀集》,第 34 页。
② 钱钟书:《管锥编》(第四册),北京:三联书店,2007 年,第 2252 页。

认为明代李日华之说不无道理，因之将其视为一种较大的可能。此种现象诚然有之，不过在笔者看来，如果换一个视角，把《文心雕龙》和《诗品》本身作为骈文作品看待，结论就会不同。如《文心雕龙》之《神思》《情采》《物色》《知音》等篇，固然是精彩的文论，又何尝不是优美的骈文呢！

钱先生认为，刘勰"老于文学"①，谈艺颇有"圣解"②，例如关于文学鉴赏和对文学发展变化规律的研究等方面都是超越前人的。我们知道，陆机是刘勰之前重要的文论家，钱先生曾将他们做过对比。他在评价陆机《文赋》时说："《文赋》非赋文也，乃赋作文也。机于文之'妍蚩好恶'以及源流正变，言甚疏略，不足方刘勰、钟嵘；而于'作'之'用心'、'属文'之'情'，其惨淡经营、心手乖合之况，言之亲切微至，不愧先觉，后来亦无以远过。"③ 就是说，陆机对文学作品优劣的评价和对文学源流正变的研究，不如刘勰和钟嵘；换言之，即他们都超越了陆机。而在关于文学创作甘苦方面的论述，"后来"包括刘勰、钟嵘在内的文论家虽"无以远过"，亦略胜一筹。

综上而言，钱先生对《文心雕龙》的评价，是与《诗品》并列的，认为二者均超越前人，达到了当时的最高水平，予后世以深远影响。这在当今部分龙学中人看来，或觉未尽惬意，但其说何尝不是平允之论？这些年来，刘勰头上被人带上了许多现代制作的高帽子，层层叠叠，令其不堪重负；殊不知有些帽子并不合适，更无实际意义。彦和倘若地下有知，恐怕未必会欣然接受，反而很可能会叫苦不迭呢！

二、论《文心雕龙》之《原道》

《文心雕龙》首篇《原道》，为"文之枢纽"的组成部分，涉及刘勰关于"文"与"道"的基本观念，而其说难称深切著明，亦不无牵强之处，导致后人理解歧异，众说纷纭。钱先生是怎样看待这类概念的呢？

关于《原道》之"文"，钱先生认为：

---

① 钱钟书:《管锥编》(第三册),第1895页。
② 钱钟书:《管锥编》(第四册),第2163页。
③ 钱钟书:《管锥编》(第三册),第1901页。

> 简文帝《答张缵谢示集书》:“日月参辰,火龙黼黻,尚且著于玄象,章乎人事,而况文词可止、咏歌可辍乎?”按卷一二简文帝《昭明太子集序》:“窃以文之为义,大矣远哉!”一节亦此意,均与《文心雕龙·原道》敷陈“文之为德也大矣”,词旨相同,《北齐书·文苑传》《隋书·文学传》等亦以之发策。盖出于《易·贲》之“天文”“人文”,望“文”生义,截搭诗文之“文”,门面语、窠臼语也。刘勰谈艺圣解,正不在斯,或者认作微言妙语,大是渠侬被眼谩耳。[①]

钱先生指出,刘勰所谓“文”的出处为《易经·贲卦》。所谓“天文”“人文”,与诗文之“文”虽不无联系,但实非同一概念。《原道》篇开篇所述“天之文”“地之文”“动植万物之文”只是为了引出人文之“文”,终归要落实到人文尤其是诗文创作上。而这样的论述方式属于当时习见的“门面语、窠臼语”,算不得“微言妙语”,既非独创,也没有多少深刻的哲理,读者不必对此做过度解读,无限发挥。天地万物之“文”与人文之“文”并没有必然联系,换言之,人文并非从天地万物之文中产生,刘勰等人将其牵合在一起,这种建立类比联系的方式属于“截搭”,也难称高明。“截搭”本是明清科举中的一种出题方式,为考官将经书语句截断牵搭作为题目之意。其弊端适如明人丘濬所说:“强截句读,破碎经义,于所不当连而连,不当断而断。”[②] 此一疑点经钱先生抉发,令人有豁然开朗之感。

应该注意的是,《原道》的“人文”还不是现代之所谓“文学”。关于传统的“文学”,钱先生指出:中国传统文化中“‘文学’所指甚广,乃今语之‘文教’”[③],与现代由小说、诗歌、散文、戏剧等组成的“文学”概念,相差不可以道里计。而中国传统文化中“文”的概念,所涵盖的范围则比“文学”更为宽泛。古今“文学”和“文”所指既然广狭迥异,今人应特别注意不可以今例古,千万不可看到“文学”乃至“文”的字样,就拿现代的“文学”概念去机械对应,以致方枘圆凿,扞格不通。

至于刘勰所说的“文之为德”,钱先生认为,此处之“德”“如马融赋‘琴德’、刘伶颂‘酒德’、《韩诗外传》举‘鸡有五德’之‘德’,指成章

---

① 钱钟书:《管锥编》(第四册),第2163页。
② [明]丘濬:《大学衍义补》卷九,四库全书荟要本。
③ 钱钟书:《管锥编》(第三册),第1870页。

后之性能功用，非指作文时之正心诚意。”[①] 就是说，刘勰所谓“文之为德”，与一般所说的作家的“文德”或“文品”不同，不是就作者的创作态度或道德品质而言，而是就“文”（包括但不限于文章即文学作品）的性能、功用而论。要之，此“文德”非彼“文德”也。这种区别自然是必要的。钱先生的意见在关于“文之为德”的解读中属于一种重要的意见，研究者从其说者实繁有徒。但也有学者撰文指出，“文之为德”不同于“文之德”，直接将其理解为“成章后之性能功用”有失准确，如刘凌先生就指出：“文之为德”之“德”，应如《管子·心术》所释“德者，道之舍”，即是“道”的具体表现；“道”如施于物即成为“德”，就可称其为“大”；“文之为德也大矣”，是说“文作为道的表现意义重大”。[②] 言之成理，可供参考。

关于“道”，钱先生指出“道”的本义就是“路”，本无神秘之处，而且是儒、释、道各家的通用词汇，并非专属“道家”，各家均可“以‘学道’自命”，不过各道其“道”而已，而且据《灭惑论》，刘勰本人也是这样认为的：

> 释子亦自称其学为“道”，《全梁文》卷六〇刘勰《灭惑论》：“梵言‘菩提’，汉语曰‘道’”……夫“道”，路也。《东观汉记》卷一六第五伦“每所至客舍，辄为粪除道上，号曰‘道士’”；则“道士”亦即今俗所谓“清道夫”尔。“道学”之“道”，理而喻之路也，各走各路，各说各有理，儒、释、道莫不可以学“道”自命也。[③]

这样就对“道”的本义进行了还原。而《原道》中所谓“自然”，或称“天地”，以及所谓“法天地自然”，不过是借以立喻，并非真的以之为“教父”，视为“文”之本源，钱先生说：

> 所谓法天地自然者，不过假天地自然立喻耳，岂果师承为“教父”哉。观水而得水之性，推而可以通焉塞焉，观谷而得谷之势，推而可

① 钱钟书:《管锥编》(第四册),第2343页。

② 刘凌:《古代文学视野中的文心雕龙》,长春:吉林大学出版社,2010年,第55页。

③ 钱钟书:《管锥编》(第四册),第1978页。

以酌焉注焉；格物则知物理之宜，素位本分也。若夫因水而悟人之宜弱其志，因谷而悟人之宜虚其心，因物态而悟人事，此出位之异想、旁通之歧径，于词章为“寓言”，于名学为比论，可以晓谕，不能证实，勿足供思辨之依据也。凡昌言师法自然者，每以借譬为即真，初非止老子；其得失利钝，亦初不由于果否师法自然。故自然一也，人推为“教父”而法之，同也，而立说则纷然为天下裂矣。《中庸》称“君子之道，察乎天地”，称圣人“赞天地之化育”，然而儒家之君子、圣人与道家之大人、圣人区以别焉，盖各有其“天地”，“道”其所“道”而已。①

这样就把“道”和“自然”等流行概念从道家专属的窠臼与偏见中解脱了出来，告诉人们，所谓“道法自然”并非道家的专利，儒家亦持此说。刘勰所“原”之“道”究竟是何家之“道”，不应因文中有“自然”之类字眼便简单地推定到道家那里去。在《谈艺录》一书里，钱先生还有更明确的表述，他说：

今人论西方浪漫主义之爱好自然，只引道家为比拟，盖不知儒家自孔子、曾皙以还，皆以怡情山水花柳为得道。亦未嗜胾而谬言知味矣。譬之陶公为自然诗人之宗，而未必得力于老庄。②

那么，《文心雕龙·原道》之“道”究竟为何物？钱先生没有明确指认，但他认为：

陆机盖已发《文心雕龙·宗经》之绪。……机《赋》始专为文词而求诸《经》，刘勰《雕龙》之《原道》《征圣》《宗经》三篇大畅厥旨。《征圣》曰：“征之周、孔，则文有师矣”；《宗经》曰：“励德树声，莫不征圣，而建言修辞，鲜克宗经。……文章奥府，群言之祖”。③

---

① 钱钟书:《管锥编》(第二册),第673—674页。
② 钱钟书:《谈艺录》,第580—581页。
③ 钱钟书:《管锥编》(第三册),第1870页。

显然，钱先生在这里是以“经”证“道”，即通过“征圣”“宗经”来确定《原道》之“道”的性质。他认为，为“文”而宗“经”，是陆机、刘勰的共同宗旨。陆机仅发其绪，刘勰则用了《原道》《征圣》《宗经》三篇系列文章“大畅厥旨”。如此说来，《原道》的作用和《征圣》《宗经》密不可分，也是刘勰畅论其“宗经”主张的有机组成部分。刘勰既以儒家圣人周、孔为“文”之“师”，以儒家经典为“文章奥府，群言之祖”，为“恒久之至道，不刊之鸿教”，那么，《原道》所论虽然浮泛，也必然要落实到“宗经”上来，其所“原”之“道”也不会出乎儒家范畴之外，至少应与儒家之道联系最为紧密。当然，刘勰宗“经”是为了论“文”，强调的是文必宗经、文必合道，不同于唐宋古文家之“文以载道”。《序志》所云“本乎道”，乃以“道”为“文”之本根；《原道》之作，只是把“文”推原到“道”，明其本根，借以增加“文”的神圣性，并非以其为文学创作之不二法门，也不是脱离实际地坐而论“道”。如果不是最后归结到“宗经”，《原道》便失去了它的意义。今人对《原道》以及其中个别字眼的过度解读，其实是走进了误区。①

需要注意的是，钱先生在所有论述中，从未把“自然之道”视为专用名词，也就是说，他没有像许多论者那样认为刘勰所“原”为“自然之道”。不仅如此，他还特别指出：“心生言立，言立文明，中间每须剥肤存液之功，方臻掇皮皆真之境。往往意在笔先，词不逮意，意中有诗，笔下无诗；亦复有由情生文，文复生情，宛转婵媛，略如谢茂秦《四溟诗话》所谓‘文后之意’者，更有如《文心雕龙·神思》篇所云‘方其搦翰，气倍词前，暨乎篇成，半折心始’者。”② 也就是说，刘勰所谓“心生而言立，言立而文明，自然之道也”的说法，以之论人文产生的必然性则可成立，而验之以文学创作过程却并不契合，因为创作过程往往十分艰苦，其实很不“自然”，绝非率尔操觚就可以产生优秀文学作品的。钱先生本人作为有成就的作家，对此中甘苦想必感同身受，心有戚戚焉。由此可知，所谓“心生而言立，言立而文明，自然之道也”，并非刘勰“原道”得出的结论，而只是论述过程中的一般性语句。

---

① 参见魏伯河：《走出“自然之道”的误区——读〈文心雕龙·原道〉札记》，《中国文论》第四辑，上海：上海古籍出版社，2018 年，第 64—78 页。

② 钱钟书：《谈艺录》，第 521 页。

三、论《文心雕龙》之《情采》

钱先生赞同刘勰《情采》篇所说的“立文之道”，即关于“形文”“声文”“情文”之说。他指出：“诗者，艺之取资于文字者也。文字有声，诗得之为调为律；文字有义，诗得之以侔色揣称者，为象为藻，以写心宣志者，为意为情。及夫调有弦外之遗音，语有言表之余味，则神韵盎然出焉。《文心雕龙·情采》篇云：‘立文之道三：曰形文，曰声文，曰情文。’”①

今之论者多视《程器》为作家论，而视《体性》为风格论。钱先生则将两篇均视为“论文人”即作家论。他赞成刘勰将其分作两篇的做法，因为《体性》论述“文如其人”，而《程器》则批评文人之“务华弃实”，两者合观，义乃周备。值得注意的是，他认为《情采》篇的有关论述也属于作家论。他很赞赏刘勰把“情”“文”关系区分为“为情而造文”与“为文而造情”两端的做法。钱先生写道：“《文心雕龙》论文人，以《体性》与《程器》划分两篇，《情采》篇又以‘为情而造文’别出于‘为文而造情’，至曰：‘言与志反，文岂足征！’……能道‘文章’之‘总失’作者‘为人’之‘真’，已于‘文章’与‘为人’之各有其‘真’，思过半矣。”② 至于作者为什么会“为文而造情”，钱先生分析说：其所以然之故有二：一方面，“‘不病而呻’已成为文学生活里不可忽视的事实。也就是刘勰早指出来的：‘心非郁陶……此为文而造情也’（《文心雕龙·情采》）；或范成大嘲讽的：‘诗人多事惹闲情，闭门自造愁如许’（《石湖诗集》卷一七《陆务观作〈春愁曲〉，悲甚，作此反之》）。”③ 此乃积习使然。另一方面，则是作者有其不得不然的苦衷。因为“就是一位大诗人也未必有那许多真实的情感和新鲜的思想来满足‘应制’‘应教’‘应酬’‘应景’的需要，于是不得不像《文心雕龙·情采》篇所谓‘为文而造情’，甚至以‘文’代‘情’，偷懒取巧，罗列些古典成语来敷衍搪塞。”④ 这样的论述，显然是知人论世的通达之论。

语言创新方面，钱先生对《情采》篇以“水之沦漪”比喻文章之

---

① 钱钟书:《谈艺录》,第 110 页。

② 钱钟书:《管锥编》(第四册),第 2157—2158 页。

③ 钱钟书:《诗可以怨》,《七缀集》,第 127 页。

④ 钱钟书:《宋诗选注》,北京:三联书店,2002 年,第 66 页。

“文”颇为赞赏，并将这一比喻的来源追溯到《易经》和《论语》，梳理出了这一比喻的演变历史。他写道：“《文心雕龙·情采》篇云：‘夫水性虚而沦漪结，木体实而花萼振，文附质也’（参观《定势》篇：‘激水不漪，槁木无阴’）；又以风水成‘文’喻文章之‘文’。《易》涣卦‘象曰：风行水上涣’；《论语·泰伯》：‘焕乎其有文章’。《后汉书·延笃传》载笃与李文德书自言诵书咏诗云：‘洋洋乎其盈耳也，焕烂兮其溢目也’；章怀注：‘焕烂，文章貌也。’盖合‘涣’与‘焕’，取水之沦漪及火之灿灼以喻文章。《困学纪闻》卷二〇尝谓苏洵《仲兄字文甫说》乃衍毛传‘风行水成文’之语，亦殊得间，而不知延、刘早以风来水面而为词章之拟象矣。”①赞许之情溢于笔端。

“丽辞”即对偶，属“情采”关系中“采”的范畴。对《文心雕龙》设《丽辞》篇专论对偶，钱先生也有很重要的意见。他认为：“骈体文不必是，而骈偶语未可非。……世间事理，每具双边二柄，正反仇合；倘求义该词达，对仗攸宜。《文心雕龙·丽辞》篇尝云：‘神理为用，事不孤立’，又称‘反对为优’，以其‘理殊趣合’；亦蕴斯旨。《六祖法宝坛经·对嘱》第一〇：‘出语尽双，皆取对法，来去相因’，不啻为骈体上乘说法。”② 当然，过分追求对偶，必成流弊。钱先生说：“骈体文两大患：一者隶事，古事代今事，教星替月；二者骈语，两语当一语，叠屋堆床。”③“盖六代之诗，深囿于妃偶之习，事对词称，德邻义比。上为‘太华三峰’下必‘浔阳九派’；流弊所至，意单语复。《史通·叙事》篇所讥：‘编字不只，捶句皆双，一言足为二言，三句分为四句。如售铁钱，以两当一’；文若笔胥然。例如：‘宣尼悲获麟，西狩泣孔丘’‘虽好相如达，不同长卿慢’‘千忧集日夜，万感盈朝昏’‘万古陈往还，百代劳起伏’‘多士成大业，群贤济洪绩’。彦和《丽辞》笑为‘骈枝’，后来诗律病其‘合掌’。”④ 尽管如此，钱先生对文学作品讲求对偶总体上仍持肯定态度，认为“不可因噎废食，止儿之啼而土塞其口也”⑤。

---

① 钱钟书:《管锥编》(第一册),第 198 页。
② 钱钟书:《管锥编》(第四册),第 2290—2291 页。
③ 钱钟书:《管锥编》(第四册),第 2290 页。
④ 钱钟书:《谈艺录》,第 727 页。
⑤ 钱钟书:《管锥编》(第四册),第 2290—2291 页。

四、论《文心雕龙》之《比兴》

“比兴”出于《诗》之“六义”，是诗歌创作的主要艺术手法。《文心雕龙》专设《比兴》篇，对其进行专门研究，足见刘勰对比兴的高度重视。钱先生对中国诗艺的研究特别深入，对与比兴相关的资源如数家珍，《文心雕龙·比兴》自然受到其格外青睐。当然，钱先生对《比兴》篇与其对整部《文心雕龙》一样，既有充分的肯定，也有精准的批评。

“比”与“兴”的区别，尤其“兴”的定义，是中国诗论以及训诂史上长期争议的焦点之一。刘勰对“比兴”的解释，主要来源于经传的注解，未能超越于其所处的时代。至南宋朱熹之《诗集传》将其解释为：“比者，以彼物比此物也。”① “兴者，先言他物以引起所咏之词也。”② 似乎有了较能为普遍接受的定义，而事实上并没有最终解决问题。因为他只是从外在形式上着眼，未能深入底里，得其精髓。以“兴”而论，“先言他物以引起所咏之词”，“他物”何以能引起“所咏之词”？“他物”甚多，为什么是此一“他物”而非别一“他物”“引起”了“所咏之词”？似此之类，学者仍不能无惑。

钱先生认为，刘勰《比兴》仅以外在表现的“显隐”之别来区分比兴，是不够的。因为按他的解释，“兴”与“比”并没有明确区别，他之所谓“兴”，不过是另一种“比”而已。钱先生说：

> 按“兴”之义最难定。《文心雕龙·比兴》：“比显而兴隐。……‘兴’者，起也。……起情者，依微以拟议，……环譬以托讽。……兴之托喻，婉而成章。”是“兴”即“比”，均主“拟议”“譬”“喻”；“隐”乎“显”乎，如五十步之于百步，似未堪别出并立，与“赋”“比”鼎足骖靳也。“六义”有“兴”，而毛、郑辈指目之“兴”也则当别论。刘氏不过依傍毛、郑，而强生“隐”“显”之别以为弥缝，盖毛、郑所标为“兴”之篇什，太半与所标为“比”者无以异尔。……夫“赋比兴”之“兴”谓诗之作法也；而“兴观群怨”之“兴”谓诗之功用，即《泰伯》：“兴于诗，立于礼，成于乐”之“兴”。诗

---

① ［宋］朱熹:《诗集传》,北京:中华书局,2011 年,第 6 页。

② ［宋］朱熹:《诗集传》,第 2 页。

具“兴”之功用者，其作法不必出于“兴”。孔注、刘疏淆二为一。①

这样的批评不可谓不尖锐。尤其是指出“赋比兴”之“兴”为“诗之作法”“兴观群怨”之“兴”为“诗之功用”；“诗具‘兴’之功用者，其作法不必出于‘兴’”，堪称发千古之覆。但钱先生并没有因此而忽略《比兴》篇的诸多精妙之处。我们知道，钱先生谈艺，对比喻之“二柄多边”现象独有会心，有许多精到的论述。他认为，刘勰其实已经认识到这种现象，并且怀疑他是从佛典那里受到了某种启发。至于其不足之处，不过是没有将其“团词括要”，即提炼为概念、创设为词汇而已。钱先生说：

《文心雕龙·比兴》：“关雎有别，故后妃方德；鸤鸠贞一，故夫人象义。义取其贞，无从于夷禽；德贵其别，不嫌于鸷鸟。明而未融，故发注而后见也。”盖如《豳风·狼跋》“美”周公而“不嫌”取譬于贪兽矣。“义取”物之一端而“无从”其他，即《大般涅槃经》所谓“引喻不必尽取”，“边”之谓也。刘氏通晓佛典，倘有所参悟欤？特未团词括要，遂于“分喻”之旨，尚“明而未融”耳。②

“通感”即文学艺术创作和鉴赏中各种感觉器官间的互相沟通。此种语言修辞现象古已有之，但人们习焉不察，经钱先生抉而发之，遂为众所周知。在对通感的研究中，钱先生也注意到了《比兴》中的资源。他认为《比兴》中列举的“以声比心”“以响比辩”“以容比物”都涉及通感现象。不过有趣的是，钱先生指出，刘勰写作此篇时曾“向（马融）《长笛赋》里去找例证，偏偏当面错过了‘听声类形’，这也流露刘勰看诗文时的盲点。”③

钱先生指出：“《文心雕龙·比兴》述‘比之为义，取类不常’，其三为‘或拟于心’，即西方修辞学所谓‘抽象之形象’”④，与一般把抽象的问题形象化不同，是用抽象之物比拟形象之物，即“取情理以譬物象”。这一点，是刘勰发前人所未曾发，经钱先生阐明而彰显。他列举了张融《海赋》

① 钱钟书:《管锥编》(第一册),第 110 页。
② 钱钟书:《管锥编》(第一册),第 69—70 页。
③ 钱钟书:《通感》,《七缀集》,第 66 页。
④ 钱钟书:《管锥编》(第四册),第 2095 页。

中两个颇有创造性的例子，一处是“拟云于梦”，一处是以“迹有事而道无心”比喻大海，认为是刘勰所说“拟于心”的好例。

关于“比兴”的解诂，钱先生最为赞赏的是南宋诗人胡寅《斐然集》卷一八《致李叔义书》中所载李仲蒙之语：“索物以托情，谓之‘比’；触物以起情，谓之‘兴’；叙物以言情，谓之‘赋’。”认为其“颇具胜意”。[①] 试加比较，不难发现，此说以“情”“物”二字统贯，认为赋、比、兴是通过“情”与“物”二者的不同结合关系构成艺术形象，抒发诗人情志，从美学和文学意义上揭示了《诗经》情物交感、托物言情的形象思维本质[②]，明白晓畅，颇易把握，比朱熹的定义以及古往今来的其他各种解说都要准确得多。但由于其人本非名家，其说又影响甚微，故知者无几。钱先生将其从鲜为人知的故纸堆中发掘出来，不仅见其渊博，更可见其识力。

五、论《文心雕龙》之其他精妙

除了上述之外，在钱先生的著作中，还有大量对《文心雕龙》予以赞赏的评点或征引。下面略举数例，以概其余。

钱先生认为：《楚辞》写景的艺术是前所未有的，并且予后世以极大影响。刘勰在《文心雕龙》中的有关论述，表现了他高超的鉴赏能力。钱先生说：《楚辞》“开后世诗文写景法门，先秦绝无仅有”，而刘勰《辨骚》篇“论山水则循声而得貌”、《物色》篇“然屈平所以能监风骚之情，抑亦江山之助乎”的见解“皆征识力”。[③]

钱先生认为刘勰《文心雕龙·隐秀》对后世“言有尽而意无穷”之说有首发之功，因而再三称引。他论述说：“长短乃相形之词。沧浪不云乎：‘言有尽而意无穷’；其意若曰：短诗未必好，而好诗必短；意境悠然而长，则篇幅相形见短矣。［补遗］按此意在吾国首发于《文心雕龙·隐秀》篇，所谓‘情在词外曰隐，状溢目前曰秀’，又谓‘余味曲包’。”[④] “《史通》所谓‘晦’，正《文心雕龙·隐秀》篇所谓‘隐’，‘余味曲包’，‘情在词

---

① 钱钟书：《管锥编》（第一册），第110—111页。

② 齐社祥、袁淑俊：《李仲蒙情物交感说发微》，《陕西师范大学学报》2001年第30卷（专辑），第254—257页。

③ 钱钟书：《管锥编》（第二册），第936页。

④ 钱钟书：《谈艺录》，第508页。

外’；施用不同，波澜莫二。”[①] “陆机《文赋》：‘期穷形而尽相’，范氏（按指范晔）则谓形容事物而能穷态尽妍，尚非文之高境：事外犹当有‘远致’。即《文心雕龙·隐秀》所言‘文外之重旨’，‘余味曲包’，或焦竑《笔乘》卷三录郑善夫手批杜甫诗所谓‘杜病在求真求尽’，亦如作画之贵‘意余于象’也。”[②]

钱先生认为：《文心雕龙·物色》中‘心亦吐纳’‘情往似赠’，刘勰此八字已包赅西方美学所称“移情作用”，特标举之。[③]

钱先生赞同曹丕《典论·论文》中“夫人善于自见，而文非一体，鲜能备善，是以各以所长，相轻所短”的意见，而对曹植《与杨德祖书》中“有南威之容，乃可以论于淑媛；有龙渊之利，乃可以议于割断”之说则不予认可。因为曹丕所说的是文坛实况，揭示的是作者之偏；而曹植之说看似高妙，容易得到见识浅薄者的附和，却不符合文学批评的实际，在实践中也无法落实。他辛辣地嘲讽道：“必曰身为作者而后可‘掎摭利病’，此犹言身非马牛犬豕则不能为兽医也！”[④] 有成就、有经验的作者评论别人文章，事实上往往有其难以克服的局限：“盖作者评文，所长辄成所蔽，囿于我相，以一己之优工，为百家之衡准，不见异量之美，难语乎广大教化。”[⑤] 就是说，作者评论文章反而容易受到自身长处的障蔽，难以得出公允的结论。他征引了刘勰的有关论述作为有力的论据：“《文心雕龙·明诗》论作者‘兼善’与‘偏美’曰：‘随性适分，鲜能通圆’，《知音》论评者亦曰：‘知多偏好，人莫圆该。……会己则嗟讽，异我则沮弃，各执一隅之解，欲拟万端之变。……故圆照之象，务先博观。’才之偏至与嗜之偏好，犹键管相当、函盖相称，足申曹丕之旨。”[⑥] 刘勰的相关论述，以往人们多是分别看待，有失于会通，钱先生则将其捉置一处，并且强调对作者来说，其弊尤甚，此种识解，更进一义。

钱先生对《风骨》篇“捶字坚而难移”一语甚为赞赏。他说：“卢延让《苦吟》云：‘吟安一个字，捻断数茎须’；又《全唐诗》载无名氏句

---

① 钱钟书:《管锥编》(第一册),第271页。
② 钱钟书:《管锥编》(第四册),第2002页。
③ 钱钟书:《管锥编》(第三册),第1869页。
④ 钱钟书:《管锥编》(第三册),第1669页。
⑤ 钱钟书:《管锥编》(第三册),第1669页。
⑥ 钱钟书:《管锥编》(第三册),第1669页。

云：‘一个字未稳，数宵心不闲’。前者‘行布’，句在篇中也；此之‘安排’，字在句内也。……《风骨》篇曰：‘捶字坚而难移’，则可为‘安、稳’之的诠矣。”①

钱先生在论及“发愤著书”现象时，很赞赏刘勰《文心雕龙·才略》称冯衍“蚌病成珠”的譬喻。认为刘勰虽专说一人，所涵盖的意思却比司马迁要周备。他是这样说的：“司马迁的那种意见（引者按：指‘发愤著书’），刘勰曾涉及一下，还用了一个巧妙的譬喻。《文心雕龙·才略》讲到冯衍：‘敬通雅好辞说，而坎壈盛世；《显志》《自叙》，亦蚌病成珠矣。’就是说他那两篇文章是‘郁结’‘发愤’的结果。刘勰淡淡带过，语气不像司马迁那样强烈，而且专说一个人，并未扩大化。‘病’是苦痛或烦恼的泛指，不限于司马迁所说‘左丘失明’那种肉体上的害病，也兼及‘坎壈’之类精神上的受罪。”②

六、论《文心雕龙》之瑕疵

钱先生论著中也指出了《文心雕龙》中的若干瑕疵或不足之处。下面择其要者，举其数例。

首先是“识力”犹有未达。刘勰在《诸子》《史传》中分别对《庄子》《史记》有所称述，但评价尚不到位；而在作家之中，则漏掉了陶潜。钱先生认为，这说明刘勰“综核群伦，则优为之，破格殊伦，识犹未逮”。他写道：

> 《文心雕龙·诸子》篇先以“孟荀膺儒”与“庄周述道”并列，及乎衡鉴文词，则道孟荀而不及庄，独标“列御寇之书气伟而采奇”；《时序》篇亦称孟荀而遗庄，至于《情采》篇不过借庄子语以明藻绘之不可或缺而已。盖刘勰不解于诸子中拔《庄子》，正如其不解于史传中拔《史记》、于诗咏中拔陶潜；综核群伦，则优为之，破格殊伦，识犹未逮。③

---

① 钱钟书:《谈艺录》,第 44 页。
② 钱钟书:《诗可以怨》,《七缀集》,第 118 页。
③ 钱钟书:《管锥编》(第二册),第 723 页。

当然，钱先生也指出：陶潜之被遗漏，是当时比较普遍的现象，当时之文坛领袖沈约亦有此弊，非独刘勰为然。钟嵘《诗品》虽未遗漏，但列为中品，识力也不到位。他说："晋代人文，略备于《文心雕龙·才略》篇，三张、二陆、潘、左、刘、郭之徒，无不标其名字，加以品题，而独遗渊明。沈休文《南齐书·文学传论》亦最举作者，别为三体，穷源分派，与钟记室《诗品》相近，而仍漏渊明。记室《诗品》列渊明于中驷，抉妙别尤，识所未逮。"①

其次是文体未能全备。钱先生认为，齐梁时期，小说和佛经译文已大行于世。刘勰罗列了当时各种文体，甚至本不属文章的符、簿之类也囊括其中，但对小说和译经却排除在外，不论不议，"虽决藩篱于彼，而未化町畦于此"，乃囿于成见所致，是很可惜的。他说："《雕龙·论说》篇推'般若之绝境'，《谐隐》篇譬'九流之小说'，而当时小说已成流别，译经早具文体，刘氏皆付诸不论不议之列，却于符、簿之属，尽加以文翰之目，当是薄小说之品卑而病译经之为异域风格欤。是虽决藩篱于彼，而未化町畦于此……小说渐以附庸蔚为大国，译艺亦复傍户而自有专门，刘氏默尔二者，遂使后生无述，殊可惜也。"② 班固《汉书·艺文志·诸子略》不遗"小说家者流"，认为其"盖出于稗官。街谈巷语，道听途说者之所造也。孔子曰：'虽小道，必有可观者焉，致远恐泥，是以君子弗为也。'然亦弗灭也。闾里小知者之所及，亦使缀而不忘。如或一言可采，此亦刍荛狂夫之议也。"③ 刘勰《诸子》篇摒而弗录，或因其不符合"述道言治，枝条五经"的标准。而刘勰长期在定林寺抄写佛经，他所抄写者肯定不是梵文原著而是译文，甚至不排除他本人也曾参与佛经翻译的可能，何以身在其中，从事于斯，却对当时大为流行的佛经译文视而不见？揣其原委，应该是他恪守中国文化的边界，认为佛经非中华本土产品，有意不去涉及所致。这对力主刘勰所"原"之"道"为佛道论者来说，不啻是一个有力的反讽。由此不由联想到，今之论者往往只关注刘勰"论文叙笔"说到了什么，惊叹于其无所不包，而大多不曾注意他还遗漏了什么，应该是仅能入乎其内而不能出乎其外之过。

---

① 钱钟书：《谈艺录》，第220页。

② 钱钟书：《管锥编》（第三册），第1830—1831页。

③ ［汉］班固：《汉书》，北京：中华书局，1962年，第1745页。

第三是不知史传记言实乃拟言、代言。史传中人物每言之凿凿，声情毕肖，而揣其情理，则未必有之；即或有之，史传作者又何尝闻之？令后世读者不能无疑。钱先生说："左氏（引者按：指左丘明）设身处地，依傍性格身份，假之喉舌，想当然耳。《文心雕龙·史传》篇仅知'追述远代'而欲'伟其事''详其迹'之讹，不知言语之无征难稽，更逾于事迹也。《史通·言语》篇仅知'今语依仿旧词'之失真，不知旧词之或亦出于虚托也。"① "《左传》记言而实乃拟言、代言，谓是后世小说、院本中对话、宾白之椎轮草创，未遽过也。"② 其实，钱先生所指出的局限，岂止刘勰当时未能突破，今人对史传中人物语言过于当真，以为实录，而不知其为拟言、代言者，不也大有人在吗？

第四是未能区分两种不同的叠音词。钱先生认为，《诗经》中的叠音词有两种：一种是"象物之声而即若传物之意""巧言切状""声意相宜"；另一种则但拟其声而已，无关意义。刘勰"混同而言，思之未慎"。他说："按《文心雕龙·物色》举例如'"灼灼"状桃花之鲜，"依依"尽杨柳之貌，"杲杲"为日出之容，"瀌瀌"拟雨雪之状，"喈喈"逐黄鸟之声，"喓喓"学草虫之韵'，胥出于《诗》。他若《卢令》之'卢令令'，《大车》之'大车槛槛'，《伐木》之'伐木丁丁'，《鹿鸣》之'呦呦鹿鸣'，《车攻》之'萧萧马鸣'，以及此篇（引者按：指《伐檀》）之'坎坎'，亦刘氏所谓'属采附声'者。虽然，象物之声，厥事殊易。稚婴学语，呼狗'汪汪'，呼鸡'喔喔'，呼蛙'阁阁'，呼汽车'都都'，莫非'逐声''学韵'，无异乎《诗》之'鸟鸣嘤嘤''有车邻邻'，而与'依依''灼灼'之'巧言切状'者，不可同年而语。刘氏混同而言，思之未慎尔。象物之声，而即若传物之意，达意正亦拟声，声意相宜，斯始难能见巧。"③ 笔者以为，叠音词的这种区别，应为钱先生的独家发现，自是精当之论，而以之要求刘勰，或嫌过苛。今之从事语言学研究者，自可取资，故特为拈出。

第五是驳"文人无行"不够有力。钱先生说："《文心雕龙·程器》《颜氏家训·文章》均历数古来文士不检名节，每陷轻薄，《雕龙》又以

---

① 钱钟书:《管锥编》(第一册),第 271—272 页。
② 钱钟书:《管锥编》(第一册),第 273 页。
③ 钱钟书:《管锥编》(第一册),第 196 页。

‘将相’亦多‘疵咎’为解。实则窃妻、嗜酒、凌物等玷品遗行，人之非将非相、不工文、不通文乃至不识文字者备有之，岂‘无行’独文人乎哉！《全三国文》卷七魏文帝《又与吴质书》：‘观古今文人，类不护细行，鲜能以名节自立’，《雕龙》诵说斯言。夫魏文身亦文人，过恶匪少，他姑不论，即如《世说·贤媛》所载其母斥为‘狗鼠不食汝余’事，‘相如窃妻’较之当从未减；《雕龙》仅引‘将相’，不反唇于魏文而并及帝皇，亦但见其下、未见其上矣。”① 笔者以为，刘勰未必“未见其上”，或许出于“为尊者讳”的心理，而有意不去涉及帝皇。否则，以子之矛攻子之盾，岂不痛快淋漓?!

七、余论

几十年来阅读钱先生的著作，深感其书如同知识的渊薮、学术的宝库。研治中国文学或文论者，如能静心阅读，得意会心，当如刘勰所说：“是即山而铸铜，煮海而为盐者也”（《文心雕龙·宗经》）。本文所涉及的钱先生有关《文心雕龙》的诸多精见卓识，只不过如《文心雕龙·辨骚》所说“童蒙者拾其香草”而已，但已使笔者受益良多。除了许多疑惑得以解除，还在治学态度和方法上受到深刻启示。就治学态度而论，钱先生之《谈艺录》《管锥编》，初版即轰动一时，成为名著，但钱先生似乎永不满足，在长期的阅读思考中不断加以修订增补，乃至再三再四；而原文则一仍其旧，每次增补均按时间顺序排列，以保存认识不断深化、论述不断深入之轨迹。这种严谨的治学态度，令人特别敬佩。就治学方法而言，钱先生研究任何具体问题，都把眼界放得很宽，尽可能搜集、梳理古今中外有关资料，形成链条，以历史的眼光加以比照，进而得出己见；从不浅尝辄止，轻下结论。这对后学晚辈无疑有着重要的启发、引导作用。

钱先生著作中有关《文心雕龙》的评点和征引还有很多，限于篇幅，不再列举。读者如欲了解更多，自应以耐心阅读钱先生原著更为可取。还可顺便提及的一点是，近年关于《刘子》（或称《新论》）一书作者为刘勰还是北朝人刘昼的争论颇为热闹，钱先生论著中对刘昼其人其书亦多有涉及，但他均称作者为刘昼，并将刘昼与刘勰并称为“南北朝二刘”②，可见

① 钱钟书:《管锥编》(第四册),第2158—2159页。

② 钱钟书:《诗可以怨》,《七缀集》,第128页。

他是不以《刘子》为刘勰所作的。对此，笔者虽不敢以钱先生之是非为是非，亦无意参与争论，但认为他的意见至少应引起注意。因顺便拈出，供感兴趣者参考。

笔者将这篇不成熟的阅读笔记奉献于读者，如能抛砖引玉，则私心幸甚。

（作者单位：山东外事职业大学国学研究所）

论《文心雕龙》中文学作品的存在方式[①]

于秋漪

摘　要：《文心雕龙》开篇以天地之大道为文章找到了起源和归宿，以抒发情志为文章发生的原因。然而在刘勰的批评观念中也体现出了客观看待文学作品的意识，提出了细致分析文本的方法。针对文学作品的存在方式，刘勰一方面强调作品的整体性，突出主导力量的作用，这一点可以与西方传统中的有机整体观念形成对照。另一方面，本文将《文心雕龙》中涉及的文本内部结构初步总结为"语言—意义—复意"三个层面，并分别与王弼的"言—象—意"系统和英伽登的文本层次结构做了对比。刘勰的文本层次构造的特点在于作者主观抒情需求的深度参与，文章各层面和文辞技巧都为情志的实现服务。这种整体观念和层次结构也在"六观"的批评方法中得到体现，促使我们进一步思考如何认识和评价作品。

关键词：《文心雕龙》；文学作品存在方式；有机整体；层次结构

文本是文学研究的起点，分析文本可以为解释意义、判断价值、阐发思想提供必要的基础。传统的批评理论从创作者的视角出发，提出关于写作的建议或者总结写作经验，其研究对象是与作者息息相关的"作品"，讨论价值的时候往往与形上思想、道德准则、社会历史意义和个人修养相连。作家与作品的紧密联系在浪漫主义时期达到高峰，但很快就在19、20世纪之交受到现代主义作家的质疑。以T·S·艾略特为代表的现代主义诗人反对抒情化的诗歌，主张诗歌逃避情感和个性。更早之前，俄国形式主义者已经开始用"文学性"这种本于作品自身的特质来描述和衡量文学的价值。自此，文本开始作为独立的研究对象得到关注，以此为立论基础的新批评

---

① 基金项目：国家社科基金重大项目"《文心雕龙》汇释及百年'龙学'学案"（17ZDA253）。

家们影响了整个二十世纪的文学批评。最终，“文本”概念由结构主义者推向极致，他们认为文学产品是非个人的“文本”，是一种社会惯例的体现。“文本”超脱情感，甚至超脱意义，成为重新组织语言体系和文学体系中的符码的结果。① 与西方传统中清晰的论述和发展脉络不同，在中国古代文论中，“文本”概念一直是“潜隐”的存在。有学者总结，中国古代批评的对象侧重作品的内在精神而非外在形式，思维方式重鉴定不重分析，言说方式重感悟不重学理，不过文本观念以另外的方式存在于古代诗学之中。② 在《文心雕龙》中，我们能看到刘勰对构建体系做出的尝试，但他也并未提出明确的文本理论。然而，如果《文心雕龙》要探讨文学批评的问题，那么如何看待文学就是无法回避的。批评者对于文学作品本身的认识是总结和应用一套相应的批评方法的前提。抛开文学发生和文学本质这些更为宏大的命题，本文想要探讨的是刘勰如何看待文学作品存在的形态和构成方式。

一、是否存在一个客体

《文心雕龙》开篇是从天地大道之中论述文学的本原和规则，讲到创作、修辞、风格的选择皆与作者情感表达的需要息息相关，不过刘勰作为批评的研究者却也有将文学作品视为客观存在的意识。

《知音》篇中有“夫缀文者情动而辞发，观文者披文以入情”③，这一句可以被理解成作者和读者之间的互动关系，写作的起点和阅读的终点都在于情感的抒发与交流。除了情感作用，我们也可以把它看成是描述了一种“作者—文本—读者”模式，文本就成为作者与读者两极之间的客体。“知音”或者达到情感共鸣需要依靠文本的媒介得以实现。“六观”总结道：“是以将阅文情，先标六观：一观位体，二观置辞，三观通变，四观奇正，五观事义，六观宫商。斯术既形，则优劣见矣。”④ 其关照的视角是专业的批评者，而非易被感染的普通读者。批评者隔离了个人好恶才能进入

---

① 参见［美］M·H·艾布拉姆斯:《文学术语辞典》(第7版)，吴松江等编译，北京:北京大学出版社，2009年，第633页。

② 参见董希文:《中国古代文学文本观念的另类表达》，《中国中外文艺理论研究(2013)》，北京:中国社会科学出版社，2014年。

③ ［梁］刘勰著，戚良德辑校:《文心雕龙》，上海:上海古籍出版社，2015年，第277页。

④ ［梁］刘勰著，戚良德辑校:《文心雕龙》，第277页。

批评活动，所谓“无私于轻重，不偏于憎爱；然后能平理若衡，照辞如镜矣”[①]，其关照的对象是单纯的文本，不涉作者的身份立场、悲欢喜怒。因此，我们可以认为刘勰支持在批评中树立作为客体的文本。

《辨骚》一篇堪称《文心雕龙》中批评实践的范本，开篇列举了汉代评价《离骚》的五种意见，皆与《诗经》《左传》等儒家经典进行比较得出结论。根据刘勰的描述，这些评价的问题一是不够全面，从只言片语就做出整体结论，对文章的优劣没有区分；二是过于主观，只有班固分别评价了文章体势和语言，其结论也显得简单。刘勰总结道：“四家举以方经，而孟坚谓不合传；褒贬任声，抑扬过实，可谓鉴而不精，玩而未核者矣！”[②] 这些结论并不符合文章的实际情况，只是赏玩而没有经过核实。他提出“将核其论，必征言焉”，得出结论一定要有根据，这个根据就是《离骚》的文本，看它到底是怎么写的。同样以经典为参照，《楚辞》具备了“典诰之体”“规讽之旨”“比兴之义”“忠怨之辞”[③]，即在题材风格、主旨思想、表现手法和抒情趣味上都符合经典，是值得肯定的方面；同时《楚辞》里也存在“诡异之辞”“谲怪之谈”“狷狭之志”“荒淫之意”[④]，这些都是不合经典的地方并且是不足取的。如果在文学史中为《楚辞》界定一个位置，那么它继承了三代经典的风格，也吸收了战国时期的新风尚，虽然比不上《诗经》，在词赋中已经是最好的了[⑤]。由此，刘勰从文本出发，将《楚辞》的优点和不足都说得清清楚楚，不再停留于前人印象式的判断，也不为作者的传奇所牵绊，而是切实以文中所述来评判作品。可见刘勰也在批评中践行着客观看待作品的原则。

需要注意的是，刘勰所评价的“客体”断然不是剪除一切同外在的联系。《文心雕龙》中的“文本”的特点就在于它是与人格、情感共同构建的产物，对此笔者将在后文说明。

二、首尾圆合的整体

那么，批评中作为客体的文本呈现出怎样的形态呢？刘勰多次写到整

---

① ［梁］刘勰著，戚良德辑校：《文心雕龙》，第 277 页。

② ［梁］刘勰著，戚良德辑校：《文心雕龙》，第 24 页。

③ ［梁］刘勰著，戚良德辑校：《文心雕龙》，第 24 页。

④ ［梁］刘勰著，戚良德辑校：《文心雕龙》，第 24、25 页。

⑤ 原文：“体宪于三代，而风杂于战国，乃《雅》《颂》之博徒，而词赋之英杰也。”（［梁］刘勰著，戚良德辑校：《文心雕龙》，第 25 页。）

体结构的作用。在分述各种具体的修辞方法之前，有《镕裁》一篇讲如何确立文章主干，剪裁浮辞。“绳墨以外，美材既斲，故能首尾圆合，条贯始序。”[①] 文章是需要一条主线贯穿始终才能保证主题明确而文辞精当的。《章句》中有“启行之辞，逆萌中篇之意；绝笔之言，追媵前句之旨；故能外文绮交，内义脉注，跗萼相衔，首尾一体。”[②] 夸张地说，作家在写每一句话的时候，都要考虑到前后照应，使形式和意义都能连贯推进。论述文章各方面的安排之后，刘勰用《附会》一篇讲如何将松散的材料组织整理成完整的篇章。“附会”是指“总文理，统首尾，定与夺，合涯际，弥纶一篇，使杂而不越者也”[③]，即整理全篇条理脉络，决定取舍，使文章结构完整圆融的工作。“是以附辞会义，务总纲领；驱万涂于同归，贞百虑于一致。……夫画者谨发而易貌，射者仪毫而失墙，锐精细巧，必疏体统。”[④] 将作品组织成和谐的整体需要一个主导力量，或如王元化先生所说“各部分必须适应一定的目的而配合一致”[⑤]。各部分要为某个中心服务，不能太执着于细枝末节。由此我们能够看出《文心雕龙》对于整体结构的强调，整体问题在全书中多次出现，互为呼应。从这些分散的表述中我们可以总结出刘勰对文章整体的几点认识：文章自身应该形成一个完整的结构；文章各部分紧密联系，通过相互作用使文章形式完整，意义能够有序推进；整体内部并非均一、混沌的状态，而需要树立一个同时作为引领和贯穿的主导力量。这种对整体的要求体现出刘勰希望作者抓住作品的重心，在修改剪裁中设计出和谐的结构，同时批评者也要有客观整体把握作品的意识。

在西方文论中，强调有机整体概念的有很多。亚里士多德对于悲剧的第一个规定就是“完整”，悲剧的任何部分一经挪动或删削，就会使整体松动脱节。[⑥] 他说悲剧的完整性必须有头、有身、有尾[⑦]，这可能也是最早的以活体比喻作品的说法。浪漫主义者对有机形式和固定、先验的机械形式

---

① [梁]刘勰著，戚良德辑校：《文心雕龙》，第 197 页。

② [梁]刘勰著，戚良德辑校：《文心雕龙》，第 205 页。

③ [梁]刘勰著，戚良德辑校：《文心雕龙》，第 243 页。

④ [梁]刘勰著，戚良德辑校：《文心雕龙》，第 243 页。

⑤ 王元化：《文心雕龙创作论》，上海：上海古籍出版社，1984 年，第 262 页。

⑥ [古希腊]亚理斯多德、贺拉斯：《诗学 诗艺》，罗念生、杨周翰译，北京：人民文学出版社，1962 年，第 28 页。

⑦ [古希腊]亚理斯多德、贺拉斯：《诗学 诗艺》，罗念生、杨周翰译，第 25 页。

做出了区分。“有机”在他们笔下才释放出最大的能量，它蕴含着自然、生命、活力、天才。在二十世纪，新批评者也很看重有机整体观念。布鲁克斯在《精致的瓮——诗歌结构研究》的第十一章《释义误说》中提出，名诗佳作的精髓不在于内容或主题，而在于结构。“结构是指意义、评价和阐释的结构，是指一种统一性原则，似乎可以平衡和协调诗的内涵、态度和意义的原则。”① 所谓“统一”并非各个部分的意义简单相加，也不能在统一的过程中各部分的内涵和态度就被抵消掉了，它“是一种积极的，并非消极的统一；它所代表的不是余数，而是已经达到的统一。”② 整体和部分、部分和部分之间紧密联系在一起，布鲁克斯将这种组合方式比喻成整枝草木的开花，需要根茎叶各方面的联结，割裂任何一个部分都会造成花的枯萎。自然在其批评实践中，新批评家也强调紧密联系作品的整体语境来解释局部的词语组合和修辞技巧所能达到的效果。文本中各种用词的含义和形式要素之间必然存在冲突，而一个和谐的整体结构能够使这些矛盾冲突得以化解。布鲁克斯通过戏剧过程来进行解释，随着剧情的推进，各方人物关系的矛盾将在结尾处解决。那么对于诗歌来说，批评者的工作就是发现和解决语言、修辞层面的矛盾，而非单纯提炼出诗句的意义。此外，如同剧情发展需要一条主线，“一首诗所独有的整体感（甚至于那些碰巧具有逻辑整体性和具有诗意整体性）在于将各种态度统统纳入一个等级结构，使之附属于一个整体的、起主导作用的态度。”③ 也就是说，种种矛盾也并非化解在一个均一的状态当中，批评者需要判断出主导态度作为方向。

由此，刘勰的整体观念和西方文论中的有机整体上说就体现出了一些共性。一是作品的完整性，二是在整体中突出主导效果。我们能够看出，刘勰提倡主导效果是从创作的角度出发的，是说作者主动剪裁浮辞以设计出完美的整体。一条主线从开头贯穿到结尾，即使文中有许多“杂”的成分，作者也应该在修改中使其“不越”。反过来说，“杂”和“不越”又是共存的，明确主线并不意味着自我阉割，而是在意义的丰富和集中之间找到平衡。新批评所倡导的主导效果是从批评的角度来说，是讲批评者从表面简明平淡的文本中发现矛盾，然后在整体中化解矛盾的过程。虽则文中

---

① ［美］克林斯·布鲁克斯:《精致的瓮——诗歌结构研究》,郭乙瑶等译,上海:上海人民出版社,2008年,第183页。

② ［美］克林斯·布鲁克斯:《精致的瓮——诗歌结构研究》,郭乙瑶等译,第183页。

③ ［美］克林斯·布鲁克斯:《精致的瓮——诗歌结构研究》,郭乙瑶等译,第192页。

的主导力量对创作和批评过程都十分重要，但恐怕实际解读中发生龃龉的情况并不少。作者设想好的中心思想不一定能在读者心中得到充分的回应；不同时代的读者所看重的价值也早就脱离了作者身处的语境。刘勰和20世纪的新批评者都承认文章中主导效果的作用，而他们的不同立场则体现了文学理论的演进过程。刘勰还是保持相对古典的态度，从指导作者出发谈问题；新批评者已经脱离了作者视角的限制而转向文本，在其诗歌评论中我们也能发现读者立场对价值判断的影响。

另外一点，有机整体强调自然的生命力，常常与动植物等有生命的意象相联系。这种“生气灌注”的整体在《文心雕龙》中也有体现，其与传统文论中的情志观念相结合，共同形成了一种特殊的文本层次结构。

三、另一种层次结构

我们很难说明文学文本完全是心理经验和情感的造物，同样不能将文本彻底落实为物理存在，那么究竟该怎么描述文学作品的存在方式就成为许多文学研究者共同面对的问题。波兰的现象学文论家罗曼·英伽登认为，文学作品是介于物理形态和心理经验之间的存在。“文学作品是一个纯粹意向性构成，它存在的根源是作家意识的创造活动，它存在的物理基础是以书面形式记录的本文或通过其他可能的物理复制手段（例如录音磁带）。”[①] 据此，对于文学作品的描述就需要兼顾这两方面的特性。英伽登提出可以将文学作品划分成几个层次，“它包括（a）语词声音和语音构成以及一个更高级现象的层次；（b）意群层次：句子意义和全部句群意义的层次；（c）图示化外观层次，作品描绘的各种对象通过这些外观呈现出来；（d）在句子投射的意向事态中描绘的客体层次。”[②] 这四个层次可以说是文学作品中必不可少的。各个层次都有自己独特的素材和特殊的属性，在整个作品中有各自的作用，因此也就使作品整体呈现出复调性质。这个模式可以简化成“语音—意义—图式—客体”。从第二层次“意群”起主体意向性开始发挥作用，也就是阐发意义活动出现的层次。在后面的三个层次中，作品都不能脱离主体意向而单独存在。英伽登规定的被再现的客体层

---

① ［波］罗曼·英伽登：《对文学的艺术作品的认识》，陈燕谷、晓未译，北京：中国文联出版公司，1988年，第12页。

② ［波］罗曼·英伽登：《对文学的艺术作品的认识》，陈燕谷、晓未译，第10页。

次也不是真实存在的世界，而是由文学作品虚构出的世界，其中人的创造作用不容忽视。对于文学作品中可能出现的深邃内涵或意蕴、人类的思想等因素，英伽登将其归于“形而上质”的层面。通过主体意向性的参与，英伽登就把文本中的物理要素（语音层）和受意向性影响的意义、图式、客体层面调和起来。而意向性又不同于单纯的心理经验，它在认识过程当中，需要认识对象的参与才能发挥作用。

韦勒克在写作《文学理论》的时候也参考了罗曼·英伽登区分作品层次的方法，把作品分成语音层、意义单元的组合和要表现的事物，即虚构出的“世界”、人物、背景的层面。[①] 他认为，这种方式一来避免了有机论中各种要素难以区分的弊端，又不会陷入将作品肢解得破碎不堪的危险，是比较合适的方法。[②] 这也确是一种符合读者体验的思路：阅读，莫不是从一字一句的欣赏开始，有时还未及想通意思，便已被韵律吸引了；文字之后才是意义的体味，以及由此延伸出的形象、感情、生活的联系，甚至出现更有形而上质的境界。

刘俐俐教授曾在文章中提到，《文心雕龙·知音》中的“六观”是从不同层面进入文本的路径，批评者据此得到对文本整体的把握。这种批评方法可以作为刘勰具有文学作品多层次构成思想的证据。[③] 不仅如此，文本层次结构观念在《文心雕龙》中有多处体现，“六观”作为一种方法其实是刘勰的文本观念在批评实践中的投射。

我们可以关注一下“析采”部分各篇目之间的关系。这一部分包括从《声律》到《附会》十一篇的内容，皆是探讨如何使用技巧有效地表现感情。先从《声律》和《章句》入手，这两篇都是讲语言搭配组合的问题，涉及语音的影响、字词局部组合和篇章安排的关系，以及其中的意义推进。刘勰生活的时代骈文兴盛，章句整饬有力，汉字的构型特点也使得一篇文章的视觉效果十分突出。《练字》一篇就是说明对字形的选择和组合有哪些规定，通篇所论皆是从形状出发，而不涉意义。这三篇可以说讨论的都是

---

① ［美］勒内·韦勒克、奥斯汀·沃伦：《文学理论》，刘象愚等译，北京：文化艺术出版社，2010年，第161页。

② ［美］勒内·韦勒克：《二十世纪文学批评中形式和结构的概念》，《批评的诸种概念》，罗钢等译，上海：上海人民出版社，2015年，第73页。

③ 刘俐俐：《一个有价值的逻辑起点——文学文本多层次结构问题》，《南开学报》2005年第2期。

文章中相对表层的结构，是读者最容易接触和感受的部分。我们初步将这些部分总结为语言层面，包括语音、词句组合和字形。《章句》之后是《丽辞》《比兴》《夸饰》三种修辞方法。修辞实际是语言的特殊组合方式，其特殊在于打破既定规则，创造新的语辞秩序，进而携带更为丰富的意义。那么文本中的修辞成分就必然不再停留于语言的表层，而是向着表意前进。对偶、比喻、象征、夸张等修辞方法是通过改变共时状态下语句和意象的关系来取得“义生文外”的效果；相比之下，其后的《事类》篇提到的征引人事或成辞等典故则是将当下的文本与历史文本勾连起来，利用历时关系影响表意过程。至此，使用修辞和征引典故就成为在语言组合基础上进入表意过程的层次，可以总结为意义层面。接下来相邻的两篇是《练字》和《隐秀》。前文提到，《练字》篇是以视觉形象为中心，紧接其后的是《隐秀》一篇，却是讲语言能在文章之内形成生动独特的形象，而在文章之外延伸出连绵不绝的意境。刘咸炘阐说此篇称“无隐旨秀词，而徒取事练字，则苟为夸饰而已，不足以为文也。”① 将这两篇联系起来看，说明《隐秀》是对前面《练字》的深入，从文章表层的形态进入了形象和深意，有了某种层次推进的思路。我们又可以将这文外的“复意”作为独立的一层。

刘勰在《隐秀》篇中所论述的，是文内符号意义延伸到文外形象意义的过程。文中一再以《易》中的爻象变化解释“隐”的含义，比如“夫隐之为体，义生文外；秘响傍通，伏采潜发：譬爻象之变互体，川渎之韫珠玉也。故互体变爻，而化成四象；珠玉潜水，而澜表方圆。”② 以及赞词中的“辞生互体，有似变爻。”③ 爻象体系是纯粹的抽象符号，与文学形象并不相同。刘勰使用这种类比说明他认为文内的符号与“隐”所蕴含的多重意义就是这种象征关系，此处的“复意”在深在多。或由表层深入，或自文内延伸，讨论文章技巧的部分就大致体现出“语言—意义（meaning）—复意（significance）”三个层面。这很容易让人想到王弼解释“明象”时提出的“言—象—意”三层。“夫象者，出意者也。言者，明象者也。尽意莫若象，尽象莫若言。言生于象，故可寻言以观象。象生于意，故可寻象以观意。意以象尽，象以言著。故言者所以明象，得象以忘言。象者所以

① [梁]刘勰著，戚良德辑校：《文心雕龙》，第233页。
② [梁]刘勰著，戚良德辑校：《文心雕龙》，第231页。
③ [梁]刘勰著，戚良德辑校：《文心雕龙》，第232页。

存意，得意而忘象。”[①] 王弼所指“言象意”皆是《易》中的卦名、卦象和意的关系，与刘勰的文本层次的差别在于一种是抽象符号与其象征意义，另一种是文学意义的实现，在每一个表意层面都需要情感因素的参与。

在刘勰的文本层次结构中，抒情需求是贯穿始终的。对于“情采”关系，或者说“文质”关系[②]，刘勰的态度始终是以情志即文章的思想内容为根本，文辞技巧是充分表达情志的手段。如《情采》说：“夫铅黛所以饰容，而盼倩生于淑姿；文采所以饰言，而辩丽本于情性。故情者，文之经；辞者，理之纬。经正而后纬成，理定而后辞畅：此立文之本源也。”[③]文章要先有好的思想内容、端正的风骨气势，辅以文辞修饰，才能相得益彰。经过《情采》之后十一篇的专论，刘勰在《附会》篇中将文章的组成要素总结为情志、事义、辞采、宫商四方面。“夫才童学文，宜正体制，必以情志为神明，事义为骨鲠，辞采为肌肤，宫商为声气。”[④] 这里刘勰将文章整体比喻成了一个活的人体，其中文章要表现的思想感情如同人的主导精神，文中采用的事情和道理是支撑人的骨骼，文辞修饰好像人的皮肤，节奏韵律就像人的声音。采用活体的比喻联系文章的各部分，部分之间联结贯通，整体才能鲜活有生气，这就相当明显地体现出“有机”观念，与前文中说到的整体观念相照应。还可以看出，虽然对一篇优秀的文章来说，每一部分都不可缺少，但是情志和事义显然是更为本质的、对人体更加重要的部分，辞采和声律是容易被感受到、提供帮助的部分。进一步，在探讨辞采的篇目当中，也就都出现了自情始、为情终的立论角度，使抒情目的在文本每个层面传递。语言层面上，《声律》中有“夫音律所始，本于人声者也。声含宫商，肇自血气；先王因之，以制乐歌。故知器写人声，声非学器者也”，“良由外听易为察，内听难为聪也。故外听之易，弦以手定；内听之难，声与心纷：可以数求，难以辞逐”[⑤]；《章句》中有“夫设情有宅，置言有位；宅情曰章，位言曰句。故章者，明也；句者，局也。局言者，联字以分疆；明情者，总义以包体：区畛相异，而衢路交通

---

① ［魏］王弼，［晋］韩康伯注：《周易注疏》，北京：中央编译出版社，2013 年，第 437 页。
② 指《情采》篇中“文附质”“质待文”表示的本质与形式的关系，而非华丽和质朴两种风格。
③ ［梁］刘勰著，戚良德辑校：《文心雕龙》，第 193 页。
④ ［梁］刘勰著，戚良德辑校：《文心雕龙》，第 243 页。
⑤ ［梁］刘勰著，戚良德辑校：《文心雕龙》，第 200 页。

矣”[①]。音律和词句组合都是心声的外在表现。《练字》中也将字形安排与“言”和“声”相联系，最终归因于“心”的呈现。“心既托声于言，言亦寄形于字；讽诵则绩在宫商，临文则能归字形矣。”[②] 意义层面上，《丽辞》中称赞扬、马、张、蔡的对句是“丽句与深采并流，偶意共逸韵俱发”[③]，说明对偶的精妙在于意韵的相互成就。《比兴》中两种技巧就是直接在抒情的基础上建立的，“故比者，附也；兴者，起也。附理者切类以指事，起情者依微以拟议；起情故‘兴’体以立，附理故‘比’例以生。‘比’则畜愤以斥言，‘兴’则环譬以托讽。”[④]《夸饰》中提到“然饰穷其要，则心声锋起；夸过其理，则名实两乖”[⑤]，合适地抒情和说明事理成为判断夸张是否过度的标准。《事类》中说明用典的意义是“略举人事，以征义者也”“全引成辞，以明理者也”[⑥]。“是以属意立文，心与笔谋；才为盟主，学为辅佐。”[⑦] 在文外的“复意”层面，《隐秀》开篇也提到“夫心术之动远矣，文情之变深矣！源奥而派生，根盛而颖峻，是以文之英蕤，有秀有隐”，“隐以复意为工，秀以卓绝为巧，斯乃旧章之懿绩，才情之嘉会也”[⑧]。即是说，文章意义深远的原因还是人的心思远奥，而探寻文外之义，同时也是体察作者情志的过程。既如此，刘勰设定的复意就与《易》中单纯的象征意义有了差别，是指向人的复杂的情感体验。

对抒情需求的强调，不仅是刘勰与王弼的区别，也是《文心雕龙》中的文本与英伽登的意向性文本的区别。在刘勰的模式中，由于文章本身是因情而发，所以文章的各个层面和部分都为抒情服务，作者有表达感情和议论事理的主观态度。英伽登从现象学原理出发，主体意向性并非作者有意识地作用客体上的，这是人的认识过程中无法被排除的影响因素。况且意向性作用在阅读过程中更为显著。读者面对作品无法避免带入自己的判断，并且依据个人经历和阅读经验填补作品中的空白点，使文本在接受中得到新的创造。这一机制的发现也就为后来的读者导向批评建立了基础。

---

① ［梁］刘勰著，戚良德辑校：《文心雕龙》，第 205 页。
② ［梁］刘勰著，戚良德辑校：《文心雕龙》，第 227 页。
③ ［梁］刘勰著，戚良德辑校：《文心雕龙》，第 209 页。
④ ［梁］刘勰著，戚良德辑校：《文心雕龙》，第 213 页。
⑤ ［梁］刘勰著，戚良德辑校：《文心雕龙》，第 218 页。
⑥ ［梁］刘勰著，戚良德辑校：《文心雕龙》，第 221 页。
⑦ ［梁］刘勰著，戚良德辑校：《文心雕龙》，第 221 页。
⑧ ［梁］刘勰著，戚良德辑校：《文心雕龙》，第 231 页。

刘勰对于阅读的理解还是以激发感情和体察作者的情志为目标，其最高境界便是“知音”，达到作者和读者间的心灵相通。这是超越于文本之外的精神实现，而不止于对文本的成就和对文学世界的再造。

结　语

至此，我们可以说刘勰有客观认识文学作品的态度，重视作品的整体性和文中的主导力量，初步体现出由内及外的文本层次结构的意识，可以总结为“语言—意义—复意”三个层面。《知音》中的“六观”方法也从侧面印证了这种观念。不过，“六观”中批评者鉴赏的顺序却与前文总结出的文章表层到深意的层次顺序不相符合，尤其是读者最先接触到的“宫商”成了批评方法中的最后一步。笔者推测，这或许是因为读者欣赏性的阅读与以“知音”为目的的专业批评有所差别。以音韵为例，在欣赏性的阅读中，整饬的声律能迅速使人进入审美活动，它的作用是显见而基础的；而批评者的细读，往往已是在多次阅读作品之后，为了有效判断作品的价值而考察声律，此时需要将声律与其他意义部门相结合，分析其对作品整体效果的影响，自然推后了声律的位置。另外，“六观”中以“位体”作为首位正体现了刘勰对作品整体体制风格的重视。批评者要评价作品的优劣，就要首先确定文章有没有选择合适的文体、风格以利于抒情论事。如果这个根本不能立住，表面的华丽文辞便也是虚设。总之，批评者的任务是“深识鉴奥”，其考察文本各个层面的顺序与普通读者的由浅入深并不完全相同。那么，当我们接受并建立了文学作品的层次结构，其对于认识和评价作品会产生怎样的影响呢？这是需要进一步思考的问题。

（作者单位：南开大学文学院）

论文化学社本“范注”的修订内容①

李　平

摘　要：范文澜的文化学社本《文心雕龙注》对其初版《文心雕龙讲疏》进行了全方位的、颠覆性的修订改造，从结构到体例，从校勘到出典，增删订补，匡讹纠谬，几于重造，从而为其定本开明书店本《文心雕龙注》奠定了坚实的基础。就修订内容而言，此次修订大致包含这样几个部分，一是对初版存在的讹误和不足予以纠正，二是对初版失校失注之处给以增补，三是对初版注文内容进行完善。

关键词：范文澜；文化学社本；《文心雕龙注》；修订内容

《文心雕龙讲疏》是范文澜的第一部学术著作，1925 年由天津新懋印书局正式出版。该书虽然较黄叔琳的《文心雕龙辑注》和黄侃的《文心雕龙札记》充实完备了许多，然而，由于范老当时身处天津，珍稀版本和相关材料都极度匮乏，加之又因中共地下党的秘密活动而出版于匆忙之中，故其问题与不足亦在所难免。林甘泉等人回忆说：“此书局（新懋印书局）是地下党天津地委的秘密印刷机构，由时任地委组织部长的彭真主持。范老曾对我说过此事，说：‘书局要公开出版一些书作掩护，就把我的讲义拿去印了。’出版前，曾由张伯苓校长送给时在南开任教的梁启超看过。梁氏极为赞赏并为此书写了序言。《讲疏》是纯学术著作，又有梁启超的序言，出版此书，自足以掩人耳目了。但为了不给南开添麻烦，版权页的著者署名，加上了莫须有的‘华北大学编辑员’头衔。此书印数甚少，错字很多，

① 基金项目：国家社科基金重大项目“《文心雕龙》汇释及百年‘龙学’学案”（17ZDA253）。

是可以理解的。”①

对于《讲疏》的问题与不足，范老本人最为清楚。1927年5月，范老因面临被捕的危险而从天津潜回北京。到北京后，他先后在北京大学、北京师范大学、北京女子师范大学、中国大学、朝阳大学、中法大学、辅仁大学任教。因为重新回到当时的文化学术中心，遇到赵万里、孙蜀丞等人，从而为修订《讲疏》提供了良好的学术环境，于是他开始着手修订自己的第一部学术著作。就修订内容来看，大致包含这样几个部分，一是对初版存在的讹误和不足予以纠正，二是对初版失校失注之处给以增补，三是对初版注文内容进行完善。

一、纠正讹误不足

初版《讲疏》在正文、注文以及附录中，存在诸多不足与问题。此次修订，范老对这些不足与问题进行了纠正与完善。首先，初版据底本所录《文心》原文及正文夹校存在的讹误脱衍问题，除《养气》“岂虚语哉”（“语”为“造”之误）外，其他已全部乙正。其次，初版注文在引文出处方面多有不规范之处，故修订版例言特别强调：“凡有征引，必详记著书人姓氏及书名卷数。”如初版《原道》注“爰自风姓”，引《史记》而不注篇名，文化学社本则改为：“《左传》僖公二十一年：‘任宿须句颛臾风姓也，实司太皞与有济之祀。’《礼记月令正义》引《帝王世纪》云：‘太皞帝庖牺氏风姓也。’”同篇引《尚书中候·握河纪》注“玉版金镂之实，丹文绿牒之华”，文化学社本则补出处“马国翰《玉函山房辑佚书》”②。《正纬》注［11］又引《尚书中候·握河纪》和《尚书中候·我应》，文化学社本补谓“两条均录自《玉函辑佚书》”③。同篇注“事丰奇伟，辞富膏腴，无益经典而有助文章”，初版引刘师培《谶纬论》，文化学社本则标明“见乙酉年《国粹学报·文编》”。而文化学社本《辨骚》题注引李详《文心雕龙黄注补正》，亦谓“见乙酉年《国粹学报·文编》”④。《明诗》注“唯嵇志清峻，阮旨遥深，故能标焉”，初

① 林甘泉等《高山仰止，景行行止——〈范文澜全集〉编余琐记》，《中国社会科学院院报》2004年第4版。

② 范文澜：《文心雕龙注》（中册），北平：文化学社，1929年，第8、5页。

③ 范文澜：《文心雕龙注》（中册），第33页。

④ 范文澜：《文心雕龙注》（中册），第44页。

版引沈德潜说未标出处，文化学社本则标明：“沈德潜《说诗晬语》云……”“沈德潜《古诗源注》云……”[①] 这就弥补了初版引古代典籍或近代学者之说，未详细标示篇名和出处之不足。

初版注文中的一些讹误与错乱，也是此次修订要纠正的问题。如《正纬》注“黄金紫玉之瑞”，文化学社本引《礼斗威仪》已更正为：“君乘金而王，其政象平，黄银见，紫玉见于深山。”[②] 《颂赞》注“昔虞舜之祀，乐正重赞，盖唱发之辞也”，文化学社本引《尚书大传》也更正了初版之误：“舜为宾客，禹为主人。乐正进赞曰：尚考大室之义，唐为虞宾，至今衍于四海，成禹之变，垂于万世之后。于是（时）卿云聚，俊乂集，百工相和而歌《卿云》。”[③] 对初版注中引文不足之处，修订时也做了进一步完善。如《乐府》注［11］：“《礼记·乐记》：‘子夏（对魏文侯）曰：今君之所好者，其溺音乎？文侯曰：敢问溺音何从出也？子夏（对）曰：郑声好滥，淫志；宋音燕女，溺志；卫音趋数，烦志；齐音敖辟，乔志（谓傲辟骄志也）；此四者，皆淫于色而害于德，是以祭祀弗用也。’”[④] 《铭箴》注［5］：“周公《金人铭》，无可考。案严可均（《全上古文》卷一《金人铭》注）云：‘《金人铭》旧无撰人名，据《太公阴谋》《太公金匮》，知即黄帝六铭之一，《金匮》仅载铭首廿余字，《说苑（·敬慎篇）》载其全文。’录之如下：（孔子之周，观于太庙。右陛之前，有金人焉，三缄其口而铭其背曰：）……”[⑤] 以上括号中文字，均为文化学社本所补。此外，初版《原道》第一段注［10］，《明诗》第二段注［1］［2］［3］，《乐府》第二段注［4］等注文与序号错乱问题，范老修订时也均予以纠正。

初版校注不当之处，则更是要纠正的问题。如初版《论说》“引者乱辞”，文化学社本已更改为“引者胤辞”，并注曰：“《说文·肉部》：‘胤，子孙相承续也。’‘胤’有继续之义，引申为牵引之义。《文选·长笛赋》‘曲胤之繁会丛杂’，《琴赋》‘曲引向阑’，‘引’与‘胤’同义。故曰‘引以胤辞’。”[⑥] 再如《章句》“六言七言，杂出诗骚，而体之篇，成于两

---

① 范文澜：《文心雕龙注》（中册），第 89 页。
② 范文澜：《文心雕龙注》（中册），第 39 页。
③ 范文澜：《文心雕龙注》（中册），第 188 页。
④ 范文澜：《文心雕龙注》（中册），第 108 页。
⑤ 范文澜：《文心雕龙注》（中册），第 212 页。
⑥ 范文澜：《文心雕龙注》（中册），第 356 页。

汉”，初版谓“而体之篇”疑当作“而古诗之篇”，文化学社本否定了这种说法：“‘而体之篇’疑当作‘二体之篇’。‘二体’指上六言七言。盖六言七言杂出诗骚，而未有全篇用之者。”[①] 又如初版《养气》“恒惕之盛疾”，文化学社本已改为“怛惕之盛（一作成）疾”，并注曰：“《说文》：‘怛，憯也。’《毛诗·匪风》‘中心怛兮’，《传》云：‘怛，伤也。’《文选》嵇康《忧愤诗》：‘怛若创痏。’《说文》‘惕，惊也。’《一切经音义》七：‘惕，怵惕，悚惧也。’‘怛惕’有迫促伤害之义。‘盛’一作‘成’，是。”[②]

二、增补出典校字

据统计，文化学社本新补注释条目共 375 条，仅次于修改原注条目，可见此次修订增补力度非常大，从而有效地解决了初版存在的大量失注失校问题，使文化学社本在征典释义、字句校雠方面有了长足的进步。

1. 增补题注

范老此次修订的增补工作，除了正常的出典、释义和校字外，还特别重视题注的增补。初版《讲疏》中没有一个题注，文化学社本给 26 篇的题目增加了题注。如《原道》题注：“《淮南子》有《原道训》。高诱注云：‘原，本也。本道根真，包裹天地，以历万物，故曰原道。’按彦和于篇中屡言‘心生而言立，言立而文明，自然之道也’；‘夫岂外饰，盖自然耳’；‘故知道沿圣以垂文，圣因文而明道’。综此以观，所谓道者，即自然之道，亦即《宗经篇》所谓恒久之至道……彦和所称之道，自指圣贤之大道而言，故篇后承以《征圣》《宗经》二篇，义旨甚明，与空言文以载道者殊途。纪评曰：‘自汉以来，论文者罕能及此。彦和以此发端，所见在六朝文士之上。’又曰：‘文以载道，明其当然；文原于道，明其本然。识其本乃不逐其末。首揭文体之尊，所以截断众流。’又曰：‘齐梁文藻日竞雕华，标自然以为宗，是彦和吃紧为人处。’”[③] 题解将黄侃强调的“自然之道”与彦和推崇的“圣贤大道”融合在一起，揭示《原道》《征圣》《宗经》三篇的义旨，再以纪评的高度评价作结。

《征圣》题注：“征，验也，谓验之于圣人遗文也。扬雄《法言·学行

① 范文澜：《文心雕龙注》（下册），北平：文化学社，1931 年，第 87 页。
② 范文澜：《文心雕龙注》（下册），第 145 页。
③ 范文澜：《文心雕龙注》（中册），第 1—2 页。

篇》：‘学者审其是而已矣。或曰：焉知是而习之？曰：视日月而知众星之蔑也，仰圣人而知众说之小也。’又《吾子篇》：‘好书而不要诸仲尼，书肆也；好说而不要诸仲尼，说铃也。’彦和此篇所称之圣，指周公孔子。”①这里不仅解题，而且指出了刘勰征圣思想的理论渊源。

《辨骚》题注：“《汉书·艺文志》屈原赋二十五篇。二十五篇中《离骚》为最重，后人因以骚名其全书。《时序篇》谓：‘爰自汉室，迄于成哀，虽世渐百龄，辞人九变，而大抵所归，祖述《楚辞》，灵均余影，于是乎在。’以其影响甚大，故彦和于《诠赋篇》外别论之。《史记屈原列传索隐》：‘应劭曰：离，遭也。骚，忧也。又《离骚序》云：离，别也。骚，愁也。’案屈原履忠被谤，不胜愤懑，文中再三申言弃国远游之意，王逸解‘离’为‘别’，于意较善。纪昀评曰：‘《楚辞》之源出于骚，浮艳之根亦滥觞于骚，辨字极为分明。’又评曰：‘《离骚》乃《楚辞》之一篇，统名《楚辞》为骚，相沿之误也。’李详《文心雕龙黄注补正》曰：‘周中孚《郑堂札记》云《史记·太史公自序》屈原放逐著《离骚》。又云作辞以讽谏，连类以争议，《离骚》有之。《汉书·迁传》屈原放逐，乃赋《离骚》。皆举首政以统号其全书。据此知彦和亦统全书而言，纪氏殆未审也。’”②这里将屈原作品的数量，《离骚》的含义及与《楚辞》的关系，《辨骚》篇设置的原因等都解释得非常清楚，对于阅读正文大有裨益。

《祝盟》题注：“案《周礼·春官》大祝掌六祝，作六辞，此《祝盟》命篇之本。篇中祝之类，有‘祝’‘祈’‘祠’‘告’‘祷’‘诅’诸名，兹分别解说之……以上六名，虽义兼善恶，而祭神祈福则同，故彦和以祝为名，举一而包余事也。纪评曰：‘此篇独崇实而不论文，是其识高于文士处。非不论文，论文之本也。’”③ 此乃探本之论，于题注疏解祝之类别，以收纲举目张之效。

《神思》题注：“萧子显《南齐书·文学传论》：‘属文之道，事出神思，感召无象，变化不穷。俱五声之音响，而出言异句；等万物之情状，而下笔殊形。’《文心》上篇剖析文体，为辨章篇制之论；下篇商榷文术，为提挈纲维之言。上篇分区别囿，恢宏而明约；下篇探幽索隐，精微而

① 范文澜：《文心雕龙注》（中册），第13—14页。
② 范文澜：《文心雕龙注》（中册），第43—44页。
③ 范文澜：《文心雕龙注》（中册），第193—194页。

畅朗。孙梅《四六丛话》谓彦和此书，总括大凡，妙抉其心，五十篇之内，百代之精华备矣，知言哉！兹将下篇二十篇，列表于此，可以知其组织之靡密。（上册九二页之表，作于八九年前，殊不惬意，故改为下表。）”①

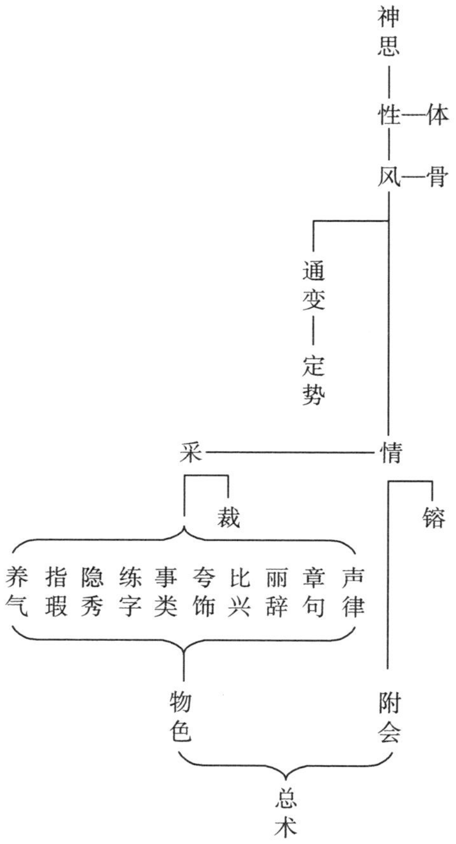

题注不仅出典解释了“神思”的含义，而且概括了《文心》上下篇的性质和特点，还修改了上册“下篇提要”所附创作论结构图。在1929年出版的上册中，“下篇提要”对初版未做任何修订，现在借为《神思》增补题注的机会，范老对初版所附创作论结构图做了重要修订。原图以总术为统领，以情志、事义、辞采、宫商为核心；现图以神思为统领，以“剖情析采”为核心。

① 范文澜：《文心雕龙注》（下册），第1页。

《练字》题注：“《章句篇》以下，《丽辞》《比兴》《夸饰》《事类》四篇所论，皆属于句之事。而四篇之中，《事类》属于《丽辞》，以《丽辞》所重在于事对也。《夸饰》属于《比兴》，以比之语味加重则成夸饰也。《练字篇》与上四篇不相联接，当直属于《章句篇》。《章句篇》云‘积字而成句’，又云‘句之清英，字不妄也’；练训简，训选，训择，用字而出于简择精切，则句自清英矣。《词学指南》引宋景文云：‘人之属文，有稳当字，第初思之未至也。’即此义矣。本篇首段教人‘贯练雅颉，总阅音义’，此探本之论也。又恐作者好怪，若樊宗师、宋子京之流，用字艰僻，义背随时，则告之曰：‘趣舍之间，不可不察’；‘义训古今，兴废殊用’。太史公撰史，凡用《尚书》之文，必以训诂字代之，诚千古文章之准绳矣。”① 题注不仅概括了本篇大旨所在，而且指出其“与上四篇不相联接，当直属于《章句篇》”。如果说这里还只是隐约地怀疑《练字》篇位置不当的话，那么在《物色》题注中，范老就直接提出了篇次调整的意见：“《文选》赋有物色类。李善注曰：‘四时所观之物色而为之赋。’又云：‘有物有文曰色，风虽无正色，然亦有声。’本篇当移在《附会篇》之下，《总术篇》之上。盖物色犹言声色，即《声律篇》以下诸篇之总名，与《附会篇》相对而统于《总术篇》，今在卷十之首，疑有误也。”② 这一意见已经体现在他对创作论结构图的修订中，图中根据对《物色》篇次的怀疑，而将之列于《附会》之左，隶属于创作论部分。对《物色》等篇篇次位置的怀疑滥觞于范老，后来杨明照、刘永济，尤其是郭晋稀诸先生，都对《文心》篇次提出了不同的调整意见。不管人们对范老等人的调整意见能不能接受，但有一点是肯定的，即篇次的调整是对文本内在逻辑性与合理性的探讨，而这种探讨对于研究《文心》的理论体系是十分有益的。

范老对题注的增补，除了别撰新注外，有时也通过修改节录初版有关注文作为题注，如《正纬》《封禅》《丽辞》《夸饰》篇题注即是。当然，更多的还是引录纪评和黄札以为题注，如《史传》《诸子》《才略》《序志》即迻录纪评为题注，《风骨》《定势》《情采》《镕裁》《章句》《事类》《指瑕》《总术》又是节录黄札为题注，而《通变》则引纪评与黄札为题注。如此之类，不再一一胪列。

① 范文澜：《文心雕龙注》(下册)，第123页。

② 范文澜：《文心雕龙注》(下册)，第189页。

2. 增补出典

初版正文多有失注之处，如《镕裁》全篇只有首尾两段各有 2 个注，第二、三两段没有注，只是各有 1 个案，结尾赞词部分也没有注。经过修订，第一段增加了 1 个注，第四段增加了 2 个注，第二、三两段各增加 3 个注，取消了原来的案，赞词部分也增加了 1 个注，加上题注一共有 15 个注，接近原来的四倍。《章句》第一、二段也都只有 1 个注，第三段 4 个注，第四、五段没有注，全篇大量逐录黄侃所论。修订之后，全篇增至 10 个注，又将原来第三段中的注 2、3、4 合并为 1 个注（注 8），所以净增值更大。此外，《辨骚》第二段只有 2 个注，文化学社本增至 16 个注；《定势》第一段只有首句 1 个注，文化学社本增至 8 个注。

当然，出典数量的增加还仅仅是一个方面，更重要的是文化学社本增补的新注质量也很高。如《正纬》"篇条滋蔓，必假孔氏，通儒讨核，谓（伪）起哀平，东序秘宝，朱紫乱矣"，补注："《尚书·序》正义曰：'纬文鄙近，不出圣人，前贤共疑，有所不取，通人考正，伪起哀平。'《正义》之文，盖本彦和。唐写本作'谓伪起哀平'，语意最明。"① 新注指明了《正义》所本，揭示了彦和之说对后世的影响。《杂文》"或文丽而义睽，或理粹而辞驳，观其大抵所归，莫不高谈宫馆，壮语畋猎，穷瑰奇之服馔，极蛊媚之声色，甘意摇骨体，艳词动魂识，虽始之以淫侈，而终之以居正"，补注："观此数语，益信七之源于《大招》。《大招》取《招魂》而扩充之，已稍流于淫丽，汉魏撰七诸公，更极淫丽，使人厌恶。"② 此阐发有利于读者深入理解原文。

再看《史传》篇的几个补注："自《史》《汉》以下，莫有准的。"补注："班彪论《史记》，谓其细意委曲，条理不经。范晔谓班氏最有高名，既任情无例，不可甲乙辨。彦和之说本此。然《史》《汉》一为通史，一为断代，皆正史不祧之祖，后之撰史者，无能踰其规范，所谓'莫有准的'，特以比《春秋经传》为不足耳。"不仅指出彦和之说多本，而且强调了应该辩证地理解"莫有准的"的含义。"然纪传为式，编年缀事，文非泛论，按实而书。岁远则同异难密，事积则起讫易疏，斯固总会之为难也。"补注："纪以编年，传以缀事。《史通·烦省篇》本彦和此说，文载

① 范文澜:《文心雕龙注》(中册),第 35 页。
② 范文澜:《文心雕龙注》(中册),第 291 页。

《征圣篇》。”这里又指明彦和之说对后世的影响。“若夫追述远代，代远多伪。公羊高云‘传闻异辞’，荀况称‘录远略近’。盖文疑则阙，贵信史也。然俗皆爱奇，莫顾实理。传闻而欲伟其事，录远而欲详其迹，于是弃同即异，穿凿傍说，旧史所无，我书则传，此讹滥之本源，而述远之巨蠹也。”补注：“‘传闻异辞’见《公羊》隐公元年、桓公二年及哀公十四年传。‘录远略近’见《荀子·非相篇》。彦和此论，见解高绝，《史通·疑古惑经》诸篇所由本也。孔子修《春秋》，讫始乎隐，以高祖以来事，尚可问闻知也。《尚书》讫始于尧舜，以尧舜为孔子所虚悬之理想人物，故尧舜二典，谓之尚书；尚书者，上古之书，与夏书商书之有代可实指者，本自有别。《竹书纪年》起于夏禹，已不可信。司马迁撰《史记》，乃又远推五帝，作《五帝本纪》；张衡欲纪三皇，司马贞本其意补《三皇本纪》；宋胡宏撰《皇王大纪》，又复上起盘古；愈后出之史家，其所知乃愈多于前人，牵引附会，务欲以古复有古相高，信‘述远之巨蠹’矣。”既指陈影响，又释义评述，充分显示了范老的远见卓识！“至于寻繁领杂之术，务信弃奇之要，明白头讫之序，品酌事例之条，晓其大纲，则众理可贯。”补注：“《史通》全书，皆推阐此四句之义，孰谓彦和此篇，是敷衍足数者。”① 纪评曾谓：“彦和妙解文理，而史事非其当行。此篇文句特烦，而约略依俙，无甚高论，特敷衍以足数耳。学者欲析源流，有刘子元之书在。”② 范老对纪评此说颇不以为然，通过补注强调彦和之说对刘知几的影响，为《史传》正名。

此次增补新注，在出典释义方面，范老非惟只重典章制度与名物训诂，且亦关注是非辨正与曲折探讨。如《诸子》“研夫孟荀所述，理懿而辞雅”，补注：“孟荀皆战国大儒，传孔门之学，不容轩轾于其间。荀子著书，主于明周孔之教，崇礼而劝学。其中最为口实者，莫过于《非十二子》及《性恶》两篇。王应麟《困学纪闻》据《韩诗外传》所引卿但非十子而无子思孟子，以今本为其徒李斯等所增。不知子思孟子，后来论定为圣贤耳，其在当时固亦卿之曹偶，是犹朱陆之相非，不足讶也。至其以性为伪，杨倞注曰‘性为也’，其义甚明。后人昧于训诂，误以为真伪之伪，遂哗然掊击，是非惟未睹其全书，即《性恶》一篇，自篇首二句以外，亦未竟读矣。

---

① 范文澜：《文心雕龙注》（中册），第 326—332 页。

② （清）黄叔琳注、纪昀评：《文心雕龙辑注》卷四，中华书局，1957 年，第 1 页。

彦和称孟荀‘理懿而辞雅’，识力远胜韩愈大醇小疵之论，宋儒盲攻，更不足道。”① 如此辨析评论，遂使事理昭晳。又如《论说》“圣哲彝训曰经，述经叙理曰论”。补注：“凡说解谈议训诂之文，皆得谓之为论；然古惟称经传，不曰经论；经论并称，似受释藏之影响。《魏书·释老志》曰：‘释迦后数百年，有罗汉菩萨，相继着论，赞明经义，以破外道。皆傍诸藏部大义，假立外问，而以内法释之。’《隋书·经籍志》：‘以佛所说经为三部。又有菩萨，及诸深解奥义，赞明佛理者，名之为论。’彦和此篇，分论为二类：一为述经，传注之属；二为叙理，议说之属。八名虽区，总要则二；二者之中，又侧重叙理一边，所谓‘论也者，弥纶群言，而研精一理者也。’”② 谓“经论并称，似受释藏之影响”，乃道人所未道，且与彦和身世经历相吻合，启发了后人从佛学角度探寻《文心》义理。

增补新注方面还有一点不可忽略，那就是文化学社本《序志》注(6)。此注先录清刘毓崧《书文心雕龙后》，接着说：

> 刘氏此文考彦和书成于齐和帝之世，其说甚确，兹本之以略考彦和身世。史料简缺，闻见隘陋，徒凭推想，庶得轮廓而已。《宋书·刘秀之传》云：“东莞莒人，世居京口，弟粹之，晋陵太守。”秀之、粹之兄弟以“之”字为名，而彦和祖名灵真，殆非同父母兄弟，而同为京口人则无疑。彦和之生当在宋明帝泰始元年前后，父尚早没，奉母家居读书。母没于二十岁左右，丁婚娶之年，其不娶者，固由家贫，亦以居丧故也。三年丧毕，正齐武帝永明五六年。《高僧释僧祐传》云：“永明中，敕入吴，试简五众，并宣讲十诵，更伸受戒之法。凡获信施，悉以治定林建初及修缮诸寺，并建无遮大集舍身斋等。及造立经藏，搜校卷轴，使夫寺庙广开，法言无坠，咸其功也。”彦和终丧，值僧祐宏法之时，依之而居，必在此数年中。今假设永明五六年，彦和年二十三四岁，始来居定林寺，佐僧祐搜罗典籍，校定经藏。《僧祐传》又云：“初，祐集经藏既成，使人抄撰要事，为《三藏记》《法苑记》《世界记》《释迦谱》及《弘明集》等，皆行于世。”僧祐宣扬大教，未必能潜心著述，凡此造作，大抵皆出彦和手也。《释超辩传》：

---

① 范文澜：《文心雕龙注》（中册），第344—345页。
② 范文澜：《文心雕龙注》（中册），第353—354页。

“以齐永明十年终于山寺，沙门僧祐为造碑墓所，东莞刘勰制文。”永明十年，彦和年未及三十，正居寺定经藏时也。假定彦和自探研释典以至校定经藏撰成《三藏记》等书，费时十年，至齐明帝建武三四年，诸功已毕，乃感梦而撰《文心雕龙》，时约三十三四岁，正与《序志篇》“齿在逾立”之文合。《文心》体大思精，必非仓卒而成，缔构草稿，杀青写定，如用三四年之功，则成书适在和帝之世，沈约贵盛时也。天监初，彦和始起家奉朝请，计自永明五六年至是已十五六年，彦和之于僧祐，知己之感深矣。二公宾主久处，欢情相接，剡山城山大石佛像，僧祐于天监十二年春就功，至十五年春竟，彦和为作碑铭，残文尚载《艺文类聚》七十六；及祐于天监十七年五月，卒于建初寺，弟子正度立碑颂德，亦彦和为制文，尤可谓始终其事者。天监十六年冬十月去宗庙荐脩，始用蔬果，本传谓勰乃表言二郊宜与七庙同改。彦和上表当即在是冬。本传云：“有敕与慧震沙门于定林寺撰经。证功毕，遂启求出家，敕许之。乃于寺易服，改名慧地，未期而卒。”定林寺撰经，在僧祐没后。盖祐好搜校卷轴，自第一次校定后，增益必多，故武帝敕与慧震整理之。大抵一二年即毕功，因求出家，未期而卒，事当在武帝普通元二年间。慧皎《高僧传》始汉明帝永平十年，终至梁天监十八年，故传中称东莞刘勰制文，不称其僧名，其时或彦和尚未出家，否则似应称其僧名矣。彦和自宋泰始初生，至普通元二年卒，计得五十六七岁。所惜本传简略，文集亡逸，如此贤哲，竟不能确知其生平，可慨也已。①

刘勰的身世，本传记载不详，其他史料又极简缺，致使他的生卒年代、家世经历、著作时间等重要问题，均有待探索。范老在刘毓崧《书文心雕龙后》的基础上，开榛辟莽、筚路蓝缕，经多方考订，细加推算，对刘勰的身世做了周详的论证，补充了《梁书·刘勰传》的空白与不足，也为后人编制更加详备细致的刘勰年谱奠定了坚实的基础。

3. 增补校字

初版《讲疏》不以校勘为重，以致失校现象严重，故此次修订，范老特别重视字句校雠工作，在增补新注时尽可能顾及校字。然而，文本校雠

---

① 范文澜:《文心雕龙注》(下册),第220—222页。

要取得重大进展，需依赖古本、善本的发现。范老撰写《讲疏》时，唐写本《文心雕龙》残卷的校勘成果尚未问世。1926年，赵万里的《唐写本文心雕龙残卷校记》发表。这就使范老修订《讲疏》时，能充分吸纳唐写本的校勘成果，并据以校雠通行本讹误衍脱之弊。

此次修订，范老据唐写本增补的校字特别多。例如，《征圣》“此事蹟贵文之征也”，补校：“‘蹟’唐写本作‘绩’，是。《尔雅释诂》：‘绩，功也。’”①《宗经》“义既极乎性情，辞亦匠于文理”，补校：“赵君万里曰：‘唐写本极作挻，《御览》六百八引作埏，以下文辞亦匠于文理句例之，则作埏是也。唐写本作挻，即埏字之讹。’案赵说是。”同篇“此圣人之殊致，表里之异体者也”，补校：“‘圣人’文学志作‘圣文’，唐写本亦作‘圣文’。”同篇“前修文用而未先”，补校：“唐写本‘文’作‘久’是。”②《辨骚》：“体慢于三代，而风雅于战国，乃雅颂之博徒，而词赋之英杰也。”补校：“‘体慢’应据唐写本作‘体宪’。宪，法也。体法于三代，谓同乎风雅之四事。‘风雅’亦应据唐写本作‘风杂’。风杂于战国，谓异于经典之四事。《史记·信陵君列传》：‘公子闻赵有处士毛公，藏于博徒。’博徒，人之贱者。”同篇“壮志烟高”，补校：“‘壮志’唐写本作‘壮采’是。”③《明诗》：“或枂文以为妙，或流靡以自妍，此其大略也。”补校：“枂文，唐写本作‘析文’，按‘析文’是。张迁孔耽二碑‘析’变作‘枂’。《丽辞篇》：‘至魏晋群才，析句弥密，联字合趣，剖毫析厘。’”④《乐府》“和乐精妙，固表里而相资矣”，补校：“唐写本‘和乐’下有‘之’字，是。‘表’谓乐体，‘里’谓乐心。”同篇“怨志诀绝”，补校：“‘怨志诀绝’唐写本作‘宛诗诀绝’。案唐本近是。‘宛’疑是‘怨’之误。古辞《白头吟》‘闻君有两意，故来相决绝’，《艳歌何尝行》‘上惭沧浪之天，下顾黄口小儿’，殆即彦和所指者耶？”⑤《诠赋》“迭致文契”，补校：“‘迭致文契’唐写本作‘写送文势’。赵君万里曰：‘案《御览》五八七引此文，与唐本正合。’案唐写本是，‘写送’见《晋书·文

---

① 范文澜：《文心雕龙注》（中册），第15页。
② 范文澜：《文心雕龙注》（中册），第21、25页。
③ 范文澜：《文心雕龙注》（中册），第51、57页。
④ 范文澜：《文心雕龙注》（中册），第92页。
⑤ 范文澜：《文心雕龙注》（中册），第116、117页。

苑·袁宏传》。”①《颂赞》“风雅序人事，兼变正；颂主告神，义必纯美”，补校：“此文宜从唐写本作‘风雅序人，故事兼变正；颂主告神，故义必纯美’。”同篇“赞者，明也，助也”，补校：“谭献校云：‘案《御览》有助也二字，黄本从之，似不必有。’案谭说非。唐写本亦有‘助也’二字。”②《祝盟》“然则策本书赠”，补校：“‘书赠’唐写本作‘书赗’，均通。”③《铭箴》“所以箴铭异用，罕施于代”，补校：“赵君万里曰：‘施下有后字。案唐本是也，与《御览》五八八引合。黄本施下有于字，即后字之讹。’”同篇：“铭实表器，箴惟德轨。有佩于言，无鉴于水。秉兹贞厉，敬言乎履。”补校：“赵君万里曰：‘表器作器表。器表与下句德轨相俪见义。’唐写本‘敬言乎履’作‘警乎立履’。案唐本是也。此犹《史记·赵世家》误触詟为触龙言（赵策有触詟）。一字误分为二。（此据桂馥《札朴》七为说，王念孙《读书杂志》谓《史记》作触龙不误。）‘立履’谓礼也。”④《哀吊》“辞定所表，在彼弱弄”，补校：“唐写本‘定’作‘之’，‘表’作‘哀’，均是。”⑤《杂文》“学坚多饱”，补校：“‘多’唐写本作‘才’，是。”⑥

当然，唐写本作为抄本，文字方面也多有讹误。张舜徽曾考证过《说文解字》唐写本残卷，指明其中有衍字、脱字、讹体、倒文等。故范老在利用唐写本与通行本对校时，也并非一味盲从唐写本。对唐写本中的有些文字，范老也提出了不同意见，表明自己的看法，甚至明确表示否定态度。例如，《正纬》：“经显，圣训也；纬隐，神教也。圣训宜广，神教宜约，而今纬多于经，神理更繁，其伪二矣。”补校：“唐写本无两‘也’字。寻绎语气两‘也’字似不可删。‘圣’字唐写本皆作‘世’，义亦通。”⑦《辨骚》“称汤武之祗敬”，补校：“‘汤武’唐写本作‘禹汤’。据《离骚》应作‘汤禹’。”同篇“虽取镕经意，亦自铸伟辞”，补校：“黄先生曰：‘二说最谛，异于经典者，固由自铸其辞；同于风雅者，亦再经镕炼，非徒貌

---

① 范文澜:《文心雕龙注》(中册),第151页。
② 范文澜:《文心雕龙注》(中册),第171、188页。
③ 范文澜:《文心雕龙注》(中册),第204页。
④ 范文澜:《文心雕龙注》(中册),第231—232页。
⑤ 范文澜:《文心雕龙注》(中册),第279页。
⑥ 范文澜:《文心雕龙注》(中册),第296页。
⑦ 范文澜:《文心雕龙注》(中册),第33页。

取而已。’唐写本‘伟’作‘纬’，误。”[①]《乐府》：“匹夫庶妇，讴吟土风，诗官采言，乐盲被律，志感丝篁，气变金石。”范注正文夹校：“（盲）元作‘育’，许改。赵云：‘育’作‘胥’。”即唐写本作“胥”。注曰：“《周礼》瞽蒙‘掌九德六诗之歌以役大师’，此云‘乐盲’，当指大师瞽蒙而言。”[②]《祝盟》“既总硕儒之仪，亦参方士之术”，补校：“‘仪’唐写本作‘义’，案当作‘议’为是。‘既总硕儒之议，亦参方士之术’，谓如武帝命诸儒及方士议封禅，公玉带上黄帝时明堂图之类。”同篇“毖祀钦明”，补校：“唐写本‘钦明’作‘唾血’，非是。”[③]《哀吊》：“或骄贵而殒身，或狷忿以乖道，或有志而无时，或美才而兼累，追而慰之，并名为吊。”补校：“骄贵殒身谓如二世，狷忿乖道谓如屈原，有志无时谓如张衡，美才兼累谓如魏武。唐写本‘美才’作‘行美’，非是。”[④]

然而，唐写本系残卷，起于《原道》赞词第五句“体”字，迄于《谐隐》篇题，实际只有13篇。故《文心》尚有接近四分之三的篇目，无法通过唐写本进行对校。对于唐写本残卷以外的篇目，范老在修订过程中，则尽可能地运用其他校雠方法，如本校、他校和理校等方法，增补校字条目。例如，《诸子》：“咸叙经典，或明政术，虽标论名，归乎诸子。”补校：“‘咸’一作‘或’，作‘或’者是。”同篇“博明万事为子，适辨一理为论”，补校：“‘适’疑当作‘述’。《论说篇》云‘述经叙理曰论’。”[⑤]《书记》“观此四条”，补校：“‘四条’疑当作‘六条’。”[⑥]《风骨》：“若夫熔铸经典之范，翔集子史之术，洞晓情变，曲昭文体，然后能孚甲新意，雕画奇辞。”补校：“《辞学指南》引‘铸’作‘冶’，‘孚’作‘莩’，‘雕’作‘彫’。”[⑦]《通变》：“从质及讹，弥近弥澹。何则？竞今疏古，风味气衰也。”补校：“《说文》‘澹，水摇也。’又‘淡，薄味也。’‘弥澹’应作‘弥淡’。‘风味’疑当作‘风昧’。‘风昧’与‘风清’相对。《说文》‘昧，闇也。’《小尔雅广诂》‘昧，冥也。’孙君蜀丞曰：‘（味）按作

① 范文澜：《文心雕龙注》（中册），第50、51页。

② 范文澜：《文心雕龙注》（上册），北平：文化学社，1929年，第19页；《文心雕龙注》（中册），第107页。

③ 范文澜：《文心雕龙注》（中册），第198、209页。

④ 范文澜：《文心雕龙注》（中册），第270页。

⑤ 范文澜：《文心雕龙注》（中册），第353页。

⑥ 范文澜：《文心雕龙注》（中册），第537页。

⑦ 范文澜：《文心雕龙注》（下册），第23页。

末是也。《封禅篇》云：风末力寡，与此意同。’”[①]《情采》“将欲明经”，“经”汪本、冯本作“理”，补校：“‘经’作‘理’，是。”同篇“夫能设谟以位理”，谢兆申云：“（谟）当作模。”补校：“‘谟’作‘模’，是。”[②]《比兴》：“张衡《南都》云：‘起郑舞，茧曳绪。’此以容比物者也。”补校：“张衡《南都赋》曰：‘坐南歌兮起郑舞，白鹤飞兮茧曳绪。’注曰：‘白鹤飞兮茧曳绪，皆舞人之容。’此云‘以容比物’，似当作‘以物比容’。”[③]《事类》：“是以将赡才力，务在博见，狐腋非一皮能温，鸡蹠必数千而饱矣。”补校：“《淮南子·说山训》：‘天下无粹白狐而有粹白之裘，掇之众白也。善学者若齐王之食鸡，必食其蹠数十而后足。’高诱注曰：‘蹠鸡足踵也。喻学取道众多然后优。’彦和语即本《淮南》文。《淮南》又本《吕氏春秋·用众篇》。‘数千’似当作‘数十’，数千不将太多乎?”[④]《练字》：“及宣成二帝，征集小学，张敞以正读传业，扬雄以奇字纂训，并贯练雅颂，总阅音义。”补校：“据《艺文志》及《说文序》，张敞正读在孝宣时，扬雄纂训在孝平时，此云‘宣成二帝’，疑‘成’是‘平’之误。‘并贯练雅颂’，‘颂’是‘颉’字之误。下文云：‘雅以渊源诂训，颉以苑囿奇文。’”同篇：“凡此四条，虽文不必有，而体例不无。”补校：“‘虽文不必有，而体例不无’，似当作‘而体非不无’。”同篇“字靡异流”，补校：“‘字靡异流’，《札记》曰‘异当作易’。”[⑤]《指瑕》“夫辩言而数筌蹄”，“言”一作“匹”，“筌”一作“首”，补校：“‘夫辩言而数筌蹄’，应依一作‘辩匹而数首蹄’”[⑥]《养气》：“夫学业在勤，功庸弗怠，故有锥股自厉，和熊以苦之人。”补校：“卢文弨《抱经堂文集》十四《文心雕龙辑注书后》：‘《养气篇》故有锥股自厉和熊以苦之人。案下六字吴本无，当本脱四字，不学者妄增成之，而忘其年代之不合也。’《新唐书·柳仲郢传》：‘母韩善训子。故仲郢幼嗜学，尝和熊胆丸使夜咀咽以助勤。’”[⑦]《物色》：“若夫珪璋挺其惠心，英华秀其清气，物色相召，人谁获安。”补校：“‘惠’与‘慧’通。钟嵘《诗品序》上：‘气之动物，物之

---

① 范文澜:《文心雕龙注》(下册),第 30 页。
② 范文澜:《文心雕龙注》(下册),第 44、45 页。
③ 范文澜:《文心雕龙注》(下册),第 107 页。
④ 范文澜:《文心雕龙注》(下册),第 120 页。
⑤ 范文澜:《文心雕龙注》(下册),第 126、129、130 页。
⑥ 范文澜:《文心雕龙注》(下册),第 143 页。
⑦ 范文澜:《文心雕龙注》(下册),第 146 页。

感人，故摇荡性情，形诸舞咏。'" 同篇："故能瞻言而见貌，印字而知时也。"补校："'印时'当作'即时'。"[①] 两"时"字衍或为"字"之误。《才略》："相如好书，师范屈宋，洞入夸艳，致名辞宗。然覆取精意，理不胜辞，故扬子以为'文丽用寡者长卿'，诚哉是言也。"补校："《汉书·司马相如传》：'相如少时好读书。'《法言·吾子》：'文丽用寡长卿也。''覆'疑当作'覈'。"同篇："子云属意，辞人最深，观其涯度幽远，搜选诡丽，而竭才以钻思，故能理赡而辞坚矣。"补校："《汉书·扬雄传》：'雄少而好学……默而好深湛之思。'子云多知奇字，亦所谓'搜选诡丽'也。'搜选诡丽'，辞深也；'涯度幽远'，义深也。'辞人最深'，'人'当作'义'，俗写致讹。"[②]《序志》："茫茫往代，既沉予闻；眇眇来世，倘尘彼观也。"补校："'沉'一作'洗'。《庄子·德充符》：'不知先生之洗我以善耶。'陶弘景《难沈约均圣论》云：'谨备以谘洗，愿具启诸蔽。'洗闻洗蔽，六朝人常语也。"[③] 以上范老在没有唐写本对校的情况下，凭借其远见卓识和精深博雅，采用本校、他校和理校法，偶尔也引用他人的校雠成果，对《文心》字句进行了补校。其所校字句大多胜义纷呈，为后人珍若拱璧。

三、完善注文内容

《文心雕龙·附会》曰："改章难于造篇，易字艰于代句。"完善注文内容是范老此次修订工作中最大的工程，也是最艰难的任务。大致说来，范老是通过这样几个方面来修订注文内容的：首先是增删出典材料，使注文内容更加精准全面；其次是补充文本校雠，弥补初版有注无校之不足；再次是提出新的观点，修正原先的看法；最后是调整注释条目，让正文与注文配合更加合理。

1. 增删出典材料

初版在出典材料的征引方面，时有遗漏不足或烦冗不确之弊，借修订之机，范老分别予以增删订补。先看增补方面。初版《原道》注"文之为德也大矣"，仅据黄札谓："'文德'之论，见王充《论衡》。《论衡·佚文

---

① 范文澜:《文心雕龙注》(下册),第 189、191 页。

② 范文澜:《文心雕龙注》(下册),第 195、196 页。

③ 范文澜:《文心雕龙注》(下册),第 238 页。

篇》云‘文德之操为文。’又云：‘上书陈便宜，奏记荐吏士，一则为身，二则为人。繁文丽辞，无文德之操。’《魏书·文苑传》：杨遵彦作《文德论》。”[1] 文化学社本修订时，则先还原初版所注为引章炳麟《国故论衡·文学总略篇》曰：“文德之论，发诸王充《论衡》（《论衡·佚文篇》）‘文德之操为文’；又云：‘上书陈便宜，奏记荐吏，一则为身，二则为人。繁文丽辞，无文德之操。’杨遵彦依用之。（《魏书·文苑传》杨遵彦作《文德论》，以为古今辞人，皆负才遗行，浇薄险忌，唯邢子才、王元景、温子昇彬彬有德素。）而章学诚窃焉。”接着指出“杨文亡佚”，并补引《文史通义·文德篇》云：“凡为古文辞者，必敬以恕。临文以敬，非修德之谓也；论古必恕，非宽容之谓也。敬非修德之谓者，气摄而不纵，纵必不能中节也；恕非宽容之谓者，能为古人设身而处地也。嗟乎！知德者鲜，知临文之不可无敬恕，则知文德矣。”再“按《易·小畜·大象》‘君子以懿文德’。彦和称文德本此。王章诸说，别有所指，不与此同。”[2] 这里不仅补充了征典材料，而且对王充和章炳麟之说进行辨正，从而揭示彦和之说所本。

同样，初版《原道》注“剬诗缉颂，斧藻群言”，亦仅录李补为注。修订时则先补引出典材料：“《尚书·金縢》‘乃元孙不若旦多材多艺。’据《毛诗·豳风·七月序》，《七月》周公所作。据《尚书·金縢》，《鸱鸮》周公所作。据《国语·周语》上，《时迈》亦周公所作。故彦和云‘剬诗缉颂’也。《尚书大传》‘周公摄政六年，制礼作乐’，此‘斧藻群言’也。”再接以李详《文心雕龙黄注补正》云：“纪文达云：‘剬字即剸字。《说文》训为齐，言切割而使之齐，与诗义无涉。古帖制字多书为剬，此剬字疑为制字之讹。《史记·五帝本纪》‘依鬼神以剬义’。注曰‘剬有制义’。是三字相乱已久，不必定用本训也。’详案张守节《史记正义·论字例》云：‘制字作剬，缘古少字，通共用之，《史》《汉》本有此古字者，乃为好本。’据此，剬即制字。既不可依《说文》训剬为齐；亦不必辨制剬相似之讹也。”最后指出“李说亦未甚谛”，并补充“钱大昕《三史拾遗》谓：‘制篆作[illegible]，隶变作剬，字又讹作制，唐人不明小学，误以剬为制之古字。’案钱说是也。《法言·学行篇》‘吾未见好斧藻其德，若斧藻其

① 范文澜:《文心雕龙讲疏》卷一,天津:新懋印书局,1925年,第1页。

② 范文澜:《文心雕龙注》(中册),第2页。

窾者也。'"[1] 如此增补，不惟出典有益，且亦辨正有方。黄札曾谓"李说是也"，范老则补引钱说，谓"李说亦未甚谛"，远胜初版仅录李补出注。

《宗经》有"诗列'四始'"之说，初版注曰："子夏《毛诗序》：'是以一国之事，系一人之本，谓之风。言天下之事，形四方之风，谓之雅；雅者正也，言王政之所由废兴也。政有大小，故有小雅焉，有大雅焉。颂者，美盛德之形容，以其成功告于神明者也。是为'四始'，诗之志（至）也。'郑笺：'始者，谓王道兴衰之所由也。'案'四始'"之义，当以此为准。"[2] 文化学社本在此注后补充曰："其《史记·孔子世家》之'《关雎》之乱，以为风始，《鹿鸣》为小雅始，《文王》为大雅始，《清庙》为颂始'。《诗·大雅·正义》所引《讯历枢》'《大明》在亥，水始也；《四牡》在寅，木始也；《嘉鱼》在已，火始也；《鸿雁》在申，金始也。'皆今文家说，不足据。"[3] 这一补充表明：范老认为刘勰是站在儒家古文学派的立场撰写《文心雕龙》的。《通变》注［9］又特别指明："'商诗指《商颂》，彦和用《毛诗》古文说。"[4] 王元化先生曾说，在《文心雕龙》的主导思想上，"我个人是同意《范注》儒家古文学派之说的（详《文心雕龙心龙创作论》上篇）"[5]。

《辨骚》"自《九怀》以下，遽蹑其迹"，初版引洪兴祖《楚辞章句补注》曰："按《九章》第四，《九辨》第八，而王逸《九章》注云'皆解于《九辨》中'，知《释文》篇第盖旧本也。后人始以作者先后叙之尔。"并谓："据此则彦和所云《九怀》（王褒作）以下，当指东方朔《七谏》、刘向《九叹》、严忌《哀时命》、贾谊《惜誓》、王逸《九思》诸篇。"[6] 这里的"知《释文》篇第盖旧本也"，让人感觉有点突兀。修订时予以增补，先谓："晁公武《郡斋读书志·楚辞类·楚辞释文》一卷。跋曰：'未详撰人。其篇次不与世行本同。盖以《离骚经》《九辨》《九歌》《天问》《九章》《远游》《卜居》《渔夫》《招隐士》《招魂》《九怀》《七谏》《九叹》《哀时命》《惜誓》《大招》《九思》为次。按今《九章》第四，《九辨》第

① 范文澜:《文心雕龙注》(中册),第7页。

② 范文澜:《文心雕龙讲疏》卷一,第21—22页。

③ 范文澜:《文心雕龙注》(中册),第21页。

④ 范文澜:《文心雕龙注》(下册),第28页。

⑤ 王元化:《〈日本研究文心雕龙论文集〉序》,《日本研究文心雕龙论文集》,济南:齐鲁书社,1983年,第5页。

⑥ 范文澜:《文心雕龙讲疏》卷一,第52页。

八，而王逸《九章》注云：皆解于《九辨》中。知《释文》篇第盖旧本也。后人始以作者先后次第之尔。或曰：天圣中陈说之所为也。’”再接以初版所引洪兴祖《楚辞章句补注》，最后殿以陈振孙《直斋书录解题》云：“洪氏从吴郡林宓（虙）得《楚辞释文》一卷乃古本。其篇第与今本不同。首《离骚》，次《九辨》，而后《九歌》《天问》《九章》《远游》《卜居》《渔夫》《招隐士》《招魂》《九怀》《七谏》《九叹》《哀时命》《惜誓》《大招》《九思》。”[①] 显然，晁跋解释最全面，故置于首，再接以洪说，最后以陈说作结，出典前后互证，颇利读解原文。

初版对文本的出典很不全面，常常顾上而不及下，或顾下而不及上。如《宗经》“故能开学养正，昭明有融”，初版注曰：“《易·蒙卦·彖辞》：‘蒙以养正，圣功也。’《正义》曰：‘谓能以蒙昧隐默自养正道，乃成圣之功。’”[②] 此注仅为上句“开学养正”出典，修订时则为下句“昭明有融”补典，在此注后接以：“《毛诗·大雅·既醉》‘昭明有融’，传曰：‘融，长也。’”[③] 同篇“韦编三绝，固哲人之骊渊也”，初版仅有下句出典：“《庄子·列御寇篇》：‘夫千金之珠，必在九重之渊，而骊龙颔下。’”[④] 修订时则为上句“韦编三绝”出典，在此注前补以：“《史记·孔子世家》：‘孔子晚而喜易，读易韦编三绝。’焦循《易图略》曰：‘孔子读易，韦编三绝，非不能解也，正是解得其参伍错综之故，读至此卦此爻，知其与彼卦彼爻相比例，遂检彼以审之。由此及彼，又由彼及此，千脉万络，一气贯通，前后互推，端委悉见，所以韦编至于三绝。若云一见不解，读至千百度，至于韦编三绝乃解，失之矣。’”[⑤]

另外，对初版暂告阙如的语源典故，修订时亦尽量予以增补。如《章表》“子贡云‘心以制之，言以结之’，盖一辞意也”，初版谓“子贡语不可考”，文化学社本则为之出典：《左传》哀公十二年：“公会吴于橐皋。吴子使大宰嚭请寻盟。公不欲，使子贡对曰：‘盟所以周信也，故心以制之（制其义），玉帛以奉之（奉贽明神），言以结之（结其信），明神以要

---

① 范文澜:《文心雕龙注》(中册),第55—56页。
② 范文澜:《文心雕龙讲疏》卷一,第22页。
③ 范文澜:《文心雕龙注》(中册),第21页。
④ 范文澜:《文心雕龙讲疏》卷一,第23页。
⑤ 范文澜:《文心雕龙注》(中册),第22页。

之。’”《荀子·非相篇》：“观人以言，美于黼黻文章。”[①] 再如《谐隐》：“遂乃应玚之鼻，方于盗削卵；张华之形，比乎握舂杵。”初版谓“应玚、张华事，未详其说”，文化学社本则只谓“应玚事未闻其说”，并为张华事补出典：“《世说新语·排调篇》注引《张敏集·头责子羽文》曰：‘范阳张华，头如巾齑杵。’谓头著巾，形如齑杵也。”[②]

增补之外，范老修订时对初版注文亦多有删节。初版注《宗经》“故《系》称‘旨远辞文，言中事隐’”曰：“《易·下系辞》：‘其旨远，其辞文，其言曲而中，其事肆而隐。’《正义》曰：‘其旨远者，近道此事，远明彼事，是其旨意深远。若龙战于野，近言龙战，而远明阴阳斗争，圣人变革，是其旨远也。其辞文者，不直言所论之事，乃以义理明之，是其辞文饰也。若黄裳元吉，不直言得中居职，乃云黄裳，是其辞文也。’韩康伯注云：‘变化无恒，不可为典要，故其言曲而中也。其事肆而隐者，事显而理微也。’”[③] 文化学社本将韩注调到《正义》前，并删除原引《正义》“若龙战于野，近言龙战，而远明阴阳斗争，圣人变革，是其旨远也”；“若黄裳元吉，不直言得中居职，乃云黄裳，是其辞文也”两段例文，显得更加简洁，更富有逻辑性。

初版注《谐隐》“汉世《隐书》，十有八篇，歆固编文，录之歌末”曰：“《汉书·艺文志》杂赋十二家，其末列《隐书》十八篇。师古曰：‘刘向《别录》云：《隐书》者，疑其言以相问，对者以虑思之，可以无不谕。’王先谦曰：‘《晋书》有秦客廋辞于朝。《新序》齐宣王发《隐书》而读之。’”[④] 文化学社本删“王先谦曰……”，因为前文对文本的释义出典已经很清楚了，再继以“王先谦曰……”，未免画蛇添足。

《指瑕》：“若夫注解为书，所以明正事理；然谬于研求，或率意而断。”初版注曰：“纪晓岚云：‘此条无与文章，殊为汗漫。’案《论说篇》云：‘若夫注释为词，解散论体，杂文虽异，总会是同。’据此，注解为文，所以明正事理，尤不可疏忽从事，贻误后学。彦和于本篇特为指说，殊存微意，纪氏不知而言，未见其可也。”[⑤] 接着引《颜氏家训·文章篇》指陈

---

① 范文澜:《文心雕龙注》(中册),第 462 页。
② 范文澜:《文心雕龙注》(中册),第 303 页。
③ 范文澜:《文心雕龙讲疏》卷一,第 23 页。
④ 范文澜:《文心雕龙讲疏》卷三,第 46 页。
⑤ 范文澜:《文心雕龙讲疏》卷九,第 7—8 页。

文章用事之疏误纰缪的一大段文字。文化学社本则删《颜氏家训·文章篇》一大段文字，并在“贻误后学”之后补曰：“何晏见王弼《老子注》，乃以所注作道德二论，郭象注《庄子》，亦即以意阐发，无异单篇之论，注与论本可通也。”[①] 这里主要阐释“注”与“论”通，可以“明正事理”。至于注解中因“谬于研求，率意而断”产生的疏误纰缪，下文有具体的事例，可在下文注解中出典释义。

2. 补充文本校雠

为弥补初版文本校雠之不足，此次注文修订的一个重要方面，就是补充字句校勘内容，使注文有校有注，校注并行。如《宗经》“故子夏叹书，昭昭若日月之明，离离如星辰之行”，初版据黄注所引《尚书大传》出典：“子夏读书毕，见于夫子。夫子问焉：‘子何为于《书》?’子夏对曰：‘《书》之论事也，昭昭如日月之代明，离离若参辰之错行。上有尧舜之道，下有三王之义。商所受于夫子，志之于心，弗敢忘也。’”[②] 文化学社本在此出典的基础上补曰：“唐写本‘明’字上有‘代’字，‘行’字上有‘错’字。”[③] 同篇“其婉章志晦，谅以邃矣”，初版引黄札出注：“黄先生曰：‘此《左氏》义。上文五石六鹢之辞，乃《公羊》说。其实《春秋》精谊，并不在此，欲详其说，宜览杜元凯《春秋经传集解序》。’案杜序云：‘二曰志而晦，约言示制，推以知例，参会不地，与谋曰及之类是也。三曰婉而成章，曲从义训，以示大顺，诸所讳避，璧假许田之类是也。’”[④] 文化学社本首先补校字：“‘谅已邃矣’《文学志》作‘原已邃矣’。‘原’，本也；‘已’，甚也，言本义甚深邃也。改‘原’为‘谅’非是。”再接以初版所引杜预《春秋左氏传序》曰……按，“谅以”文化学社本正文夹校：“孙云《御览》作‘源已’，唐写本‘以’作‘已’。”[⑤]

在修订完善注文的同时，范老也常常兼及校字。如《明诗》开篇：“大舜云‘诗言志，歌永言’，圣谟所析，义已明矣。”初版引《尚书·尧典》《礼记·乐记》《毛诗序》《诗品序》等出典，并案：“诗之起源，先于散文，稽之中外，莫不皆然。盖情感于物，则形于声，声成文，斯谓之

① 范文澜:《文心雕龙注》(下册),第141—142页。
② 范文澜:《文心雕龙讲疏》卷一,第23页。
③ 范文澜:《文心雕龙注》(中册),第23页。
④ 范文澜:《文心雕龙讲疏》卷一,第25页。
⑤ 范文澜:《文心雕龙注》(中册),第25页。

音。考《白虎通》云：‘音，饮也。言其刚柔清浊，和而相饮也。’此即韵文之谓矣。太古之时，有声无字，故谣训徒歌，谚训传言，其实皆诗也。诗与歌本系一物，自其体言之谓之诗，自其用言之谓之歌。未形于声谓之诗，既形于声谓之歌。《乐记》曰：‘使其声足乐而不流，使其文足论而不息。’声即歌也，文即诗也。《乐府篇》云：‘故知诗为乐心，声为乐体。乐体在声，瞽师务调其器；乐心在诗，君子宜正其文。’二者大别，彦和言之详矣。”[①] 初版出典甚为烦冗，文化学社本修订为：“《尚书·舜典》‘诗言志，歌永言’，此舜命夔之辞。王肃注曰：‘谓诗言志以导之，歌咏其义以长其言。’《毛诗》郑玄《诗谱序正义》引郑注《尧典》曰：‘诗所以言人之志意也。永，长也。歌又所以长言诗之意。’‘圣谋’唐写本作‘圣谟’。黄校本亦改‘谋’作‘谟’。《尚书·伪伊训》‘圣谟洋洋，嘉言孔章’，作‘圣谟’是。”[②] 相较初版，修改后的注文，显然更加简明实用，且校注并行。

同篇“诗者，持也！持人情性，三百之蔽，义归无邪。持之为训，有符焉尔。”初版出典：“《古微书》引《诗纬·含神雾》云：‘诗者，持也。’《乐记》曰：‘先王耻其乱，故制雅颂之声以道之，足以感动人之善心，不使放心邪气得接焉。’《乐记》又曰：‘是故先王本之情性，稽之度数，制之礼义，合生气之和，道五常之行，使之阳而不散，阴而不密，刚气不怒，柔气不慑，四畅交于中，而发作于外，皆安其位而不相夺也。’《吕氏春秋·仲夏纪·古乐篇》曰：‘成乐有具，必节嗜欲。’此之谓矣。”[③] 文化学社本修订注文，先引郑玄《诗谱序正义》曰：“名为诗者，《内则》说负子之礼云‘诗负之。’注云‘诗之言承也。’《春秋说题辞》云‘诗之为言志也。’《诗纬·含神雾》云‘诗者，持也。’然则诗有三训：承也，志也，持也。作者承君政之善恶，述己志而作诗，为诗所以持人之行，使不失队，故一名而三训也。”再按以己断：“彦和训诗为持，用《含神雾》说。《论语·为政》‘子曰：《诗》三百，一言以蔽之，曰思无邪。’《正义》‘思无邪者，此诗之一言，《鲁颂·駉篇》文也。诗之为体，论功颂德，止僻防邪，大抵皆归于正于此一句可以当之也。’‘有符焉尔’唐写本

① 范文澜：《文心雕龙讲疏》卷二，第1—2页。
② 范文澜：《文心雕龙注》（中册），第65页。
③ 范文澜：《文心雕龙讲疏》卷二，第2页。

作‘信有符焉’，无‘尔’字，是。”[①] 修订后的注文明显胜于初版，同时增加了校字。

同篇“昔葛天氏乐辞云：玄鸟在曲”，初版引《吕氏春秋·仲夏纪·古乐篇》出典：“昔葛天氏之乐，三人操牛尾投足以歌八阕，其二曰‘玄鸟’。”[②] 文化学社本先补校勘，引赵君万里曰：“唐写本‘天’字‘氏’字‘云’字均无。案此文疑当作‘昔葛天乐辞，玄鸟在曲’，方与下文‘黄帝云门，理不空绮’，相对成文。今本衍‘氏’字‘云’字，唐本夺‘天’字，均有误，然终以唐本近是。”并“案赵说是也”，再修订出典：“《吕氏春秋·仲夏纪·古乐篇》‘昔葛天氏之乐，三人操牛尾投足以歌八阕：一曰载民、二曰玄鸟、三曰逐草木、四曰奋五谷、五曰敬天常、六曰建帝功、七曰依地德、八曰总禽兽之极。’高诱注曰‘上皆乐之八篇名也。’”[③] 校字之外，出典也比初版更完善。

注文修订时所增补的校字，也多以唐写本为据，或赞成或否定。如《乐府》“至宣帝雅颂，颇效《鹿鸣》”，文化学社本谓：“唐写本作‘至宣帝雅诗，颇效《鹿鸣》’。案宣帝时君臣侈言富应，正宜有‘颂’字方合。”又“暨后郊庙，惟杂雅章，辞虽典文，而律非夔旷”，文化学社本谓：“唐写本‘后’下有‘汉’字，是。‘杂’作‘新’亦是。‘惟新雅章’，指东平王苍所制也。”又“故陈思称李延年闲于增损古辞”，文化学社本谓：“‘李延年’唐写本作‘左延年’，是。左延年见《魏志·杜夔传》善郑声者也。亦见《晋书·乐志》。”又“缪袭所致，亦有可算焉”，文化学社本谓：“‘缪袭’唐写本作‘缪朱’，恐误。缪袭作魏鼓吹曲十二首，又挽歌一首。纪评曰：‘致’当作‘制’。”又“昔子政品文，诗与歌别，故略具乐篇，以标区界”，文化学社本谓：“唐写本‘具’作‘序’，是。”[④] 再如《诠赋》“昔邵公称‘公卿献诗，师箴赋’”，文化学社本谓：“唐写本‘公’下无‘卿’字，非是。‘箴’下有‘瞽’字，应据《国语》改为‘瞍’字。”又“观夫荀结隐语，事数自环，宋发巧谈，实始淫丽”，文化学社本谓：“‘巧谈’唐写本作‘夸谈’，是。”又赞词“风归丽则，辞剪美

---

① 范文澜：《文心雕龙注》（中册），第65—66页。
② 范文澜：《文心雕龙讲疏》卷一，第2页。
③ 范文澜：《文心雕龙注》（中册），第66页。
④ 范文澜：《文心雕龙注》（中册），第113、119、127页。

稗”，文化学社本谓：“‘美稗’唐写本作‘稊稗’，是。”①《杂文》：“唯士衡运思，理新文敏，而裁章置句，广于旧篇。”赵万里谓唐写本“‘运’字‘理’字均无”，文化学社本谓：“唐写本无‘运’‘理’二字，似非。”②

《谐隐》及其以后各篇，没有唐写本可资对校，范老则通过其他各种方法补充校勘内容。如《谐隐》“庄姬托辞于龙尾”，文化学社本引孙君蜀丞曰：“案《列女传》‘姬’作‘姪’。《渚宫旧事》三引《列女传》作‘姪’，‘姬’字定误。”③《诸子》“篇述者，盖上古遗语，而战伐所记者也”，初版仅谓“‘战伐’当作‘战代’”。文化学社本则引《札迻》十二，进一步补充初版校字：“‘战伐’元本作‘战代’（冯本、活字本并同）。案元本是也。《铭箴》《养气》《才略》三篇并有‘战代’之文。”④《论说》“至石渠论艺，白虎通讲，聚述圣言通经，论家之正体也”，文化学社本引孙诒让说补校字：“孙诒让《籀庼述林》四有《白虎通义考》上下二篇，甚详明。其下篇云：‘今本《文心雕龙》述上衍聚字，圣下衍言字，应依《御览》引删。’”⑤《诏策》“皇帝御寓，其言也神”，文化学社本通过他校法补校曰：“《说文》宇，籀文从禹作寓。《文选》沈约《奏弹王源》‘自宸历御寓’，字亦作‘寓’。‘御寓’字应改作‘御寓’。”又“汉初定仪则，则命有四品”，初版谓“《叔孙通传》‘定宗庙仪法，及稍定汉诸仪法’，以上‘则’字当是‘法’字之误。”文化学社本补校曰：“上‘则’字疑当作‘法’。《史记·叔孙通列传》：‘定宗庙仪法，及稍定汉诸仪法，皆叔孙通为太常所论著也。’本书《章表篇》‘汉定礼仪，则有四品。’本篇则五字为句。则字有写作‘則’者，传书者误分为二‘则’字，因缀于上句而夺去‘法’字。”这里以本校法对初版校字予以补充，并解释讹误的原因。又“《周礼》曰‘师氏诏王为轻命’”，文化学社本补校曰：“案此句与上‘《诗》云’对文，疑当作‘《周礼》曰师氏诏王，明为轻也’。”⑥范老据上文“《诗》云‘有命在天’，明为重也”，通过理校法得出此句的校勘结论，洵为卓见！此外，文化学社本下篇《神思》注［25］、《体性》注

① 范文澜:《文心雕龙注》(中册),第145、155、168页。
② 范文澜:《文心雕龙注》(中册),第292页。
③ 范文澜:《文心雕龙注》(中册),第306页。
④ 范文澜:《文心雕龙注》(中册),第334页。
⑤ 范文澜:《文心雕龙注》(中册),第358页。
⑥ 范文澜:《文心雕龙注》(中册),第390、392、411页。

[9]、《风骨》注[9]、《情采》注[10]、《声律》注[7]、《章句》注[9]、《比兴》注[8]、《夸饰》注[6][8]、《事类》注[11][20]、《练字》注[13]、《附会》注[2][9]、《总术》注[2]、《时序》注[13]、《知音》注[13][14]、《序志》注[19]等注文修订中，也都补充了文字校勘方面的内容，限于篇幅，不再一一赘述。

3. 修正原先观点

范老在修订初版注文时，不少条目都是全部改变原来的出典，否定原先的看法，提出新的观点，使修订版较初版不仅有了量的提高，更实现了质的飞跃。如《宗经》“经也者，恒久之至道，不刊之鸿教也”，初版引《白虎通》云：“经，常也。有五常之道，故曰五经。”文化学社本不仅对此进行了大量的补充论证，而且在此基础上提出了新的见解：“窃疑训经为常，或是后起之义。《国语·吴语》：‘十行一嬖大夫，建旌提鼓，挟经秉枹。十旌一将军，载常建鼓，挟经秉枹。’韦昭注曰：‘在掖曰挟，挟经兵书也。’此文下有‘王乃秉枹，亲就鸣钟鼓、丁宁、錞于振铎，勇怯尽应，三军皆譁釦以振旅，其声动天地。’吴王此战本欲虚声惊敌，故初则拥铎挟经，恐其有声，及后骤发巨声震动天地，晋师乃大骇，所挟之经决非兵书，为理至明，韦说恐未是。经乃金之假字，丁宁錞于之属耳。经金即可通假，疑六经之经，本呼为金。古人凡巨典宝训，或铸钟鼎，或书金策，口曰金口，声曰金声。孔门弟子尊夫子删定之书，称之曰金，其后假经为金，而本义遂湮没不著。（经金韵部不同，而声类则同，但别无左证，故附于此，以当忘说。）”① 此乃范老独见，道他人所未道。

初版引《周易·系辞下》“精气为物”一段，为《宗经》“故象天地，效鬼神，参物序，制人纪，洞性灵之奥区，极文章之骨髓者也”出典，并谓：“按此即彦和所称‘象天地，效鬼神，参物序，制人纪’也。”② 文化学社本则另引文献出典：“《礼记·礼运》‘孔子曰：是故夫礼必本于天，殽于地，列于鬼神，达于丧祭射御冠昏朝聘。’《释文》‘殽户教切，法也。’此殆彦和说所本。”③ 这就改变了初版的语源出处。《正纬》“昔康王河图，陈于东序”，初版谓：“《尚书·顾命》‘河图陈于东序。’案河图与

① 范文澜：《文心雕龙注》（中册），第19页。
② 范文澜：《文心雕龙讲疏》卷一，第21页。
③ 范文澜：《文心雕龙注》（中册），第19—20页。

大玉夷玉天球并殊，意者天球如浑天仪之类，河图为舆地图之类，要之其为历代相传之宝器无疑。”① 文化学社本出典与初版相同，但按语则截然相反：“案河图与大玉夷玉天球并陈，意者天球如浑天仪之类，河图为舆地图之类，虽历代相传，不必真是神秘之宝器。”又“山渎钟律之要”，初版谓“‘山渎’疑即《山海经》”，文化学社本则引陈先生曰：“‘山渎’当是《遁甲开山图》《河图括地象》及《古岳渎经》等。”②

《史传》：“唐虞流于典谟，商夏被于诰誓。”初版注曰：“《墨子·明鬼篇》曰：‘尚书夏书其次商周之书。’刘向《别录》题曰‘虞夏书’。马融书传曰有‘虞纪为书之始’。自周汉以来，说书者并据虞夏为始。《尧典》亦《虞夏书》，并无唐书之目。此文谓‘唐虞流于典谟，商夏被于诰誓’，疑是‘虞夏流于典谟，商周被于诰誓’之误。谓虞夏书之流于今世者，为《尧典》《陶谟》诸篇，商周书之传于世者，为《汤誓》《大诰》诸篇也。”③ 文化学社本彻底否定此说，重新出典：“《穀梁》隐八年传云：‘诰誓不及五帝。’谓典谟唐虞所传，诰誓三王始有也。《尚书》所载皆典谟训诰誓命之文，虽为古史，而体例未具，非史之正宗。至周公制《春秋》，编年之体，于是起也。”④

《诸子》：“暨于暴秦烈火，势炎昆冈，而烟燎之毒，不及诸子。”初版注曰：“彦和谓‘烟燎之毒，不及诸子’，此谓诸子流传于后者，较为完整，非谓始皇不烧诸子书也。”⑤ 文化学社本注曰：“《史记·始皇本纪》：‘三十四年，丞相李斯请史官非秦纪皆烧之；非博士官所职，天下敢有藏诗书百家语者，悉诣守尉杂烧之。所不去者，医药卜筮种树之书。若欲有学法令，以吏为师。’彦和云‘烟燎之毒，不及诸子’，恐非事实。战国诸子之学，亦有师徒相传，珍守勿失，其书籍又非如六经之繁重，山岩屋壁，藏匿自易，故至汉代求书，诸子皆出也。《论衡·书解篇》‘秦虽无道，不燔诸子，诸子尺书，文篇具在。’此彦和所本。”⑥ 初版解释彦和之语的意思是：“诸子流传于后者，较为完整，非谓始皇不烧诸子书也。”修订版通

① 范文澜：《文心雕龙讲疏》卷一，第39页。
② 范文澜：《文心雕龙注》（中册），第35、38页。
③ 范文澜：《文心雕龙讲疏》卷四，第2页。
④ 范文澜：《文心雕龙注》（中册），第310页。
⑤ 范文澜：《文心雕龙讲疏》卷四，第17页。
⑥ 范文澜：《文心雕龙注》（中册），第339—340页。

过出典，指明彦和语所本，即以为“秦虽无道，不燔诸子”，故范老谓彦和所曰“恐非事实”，改变了原先的观点。

《诏策》：“孝宣玺书，赐太守陈遂（赐太守元作责博士，考《汉书》改。汪本作责博进陈遂），亦故旧之厚也。”初版注曰：“宣帝赐陈遂玺书：‘制诏太原太守。官尊禄厚，可以偿博进矣。妻君宁时在旁，知状。’孙诒让曰：‘疑当作责博于陈遂。元本惟于字误作士，责博二字则不误。’”① 文化学社本修订曰：

> 《汉书·游侠传》：“陈遵祖父遂，字长子。宣帝微时与有故，相随博弈，数负进。及宣帝即位，用遂，稍迁至太原太守。乃赐遂玺书曰‘制诏太原太守。官尊禄厚，可以偿博进矣。妻君宁（遂之妻名）时在旁，知状。’遂于是辞谢，因曰：‘事在元平元年赦令前。’其见厚如此。”荀悦《汉纪》云：“杜陵陈遂，字长子。上微时与上游戏博弈，数负遂。上即位，稍见进用，至太原太守。乃赐遂玺书曰‘制诏太原太守。官尊禄重，可以偿博负矣。’”《札迻》十二“孝宣玺书赐太守陈遂。注云：‘赐太守，元作责博士，考《汉书》改。汪本作责博进陈遂。’冯校云：‘赐太守，元版作责博士，梅鼎祚所改也。当作责博进。’纪云：‘当作偿博进，改为赐太守，似非。’案疑当作‘责博于陈遂’。此陈遂负博进，玺书责其偿，《汉书》所载甚明。元本惟于字讹作士，责博二字则不误。梅、黄固妄改，纪校亦误读《汉书》，皆不足凭也。”案孙说亦非也。宣帝微时，依许广汉兄弟及祖母家史氏，其贫可知。陈遂杜陵豪右，何至博负而不偿耶？宣帝谓我赐汝之尊官厚禄，可以抵偿负汝之簀矣（钱大昕云，进本作簀）。妻君宁云云者，犹言君宁知我所负之数，明足以相抵也。参以《汉纪》，语意更显。宣帝与遂亲厚，赐玺书以为戏；遂恃有故恩，因曰事在赦令前，亦戏辞也。故《汉书》曰：“其见厚如此。”彦和本文当作“偿博于陈遂”。②

修改后的注文，不仅出典材料更加详尽，而且否定了初版所引孙诒让之说，认为“孙说亦非也”。因为陈遂乃杜陵富豪，不可能赌博输了而偿还

---

① 范文澜:《文心雕龙讲疏》卷四,第52页。

② 范文澜:《文心雕龙注》(中册),第397—398页。

不了负债，倒是宣帝在困顿贫穷时，赌博输了难以偿还负债，即位后乃以封官授禄抵偿赌债。故范老提出新解："彦和本文当作'偿博于陈遂'。"关键在于到底是陈遂欠宣帝的赌债，还是宣帝欠陈遂的赌债？孙诒让认为是前者，范老认为是后者，并运用理校法，又引《汉纪》为证，其说甚有说服力。

《风骨》："夫翚翟备色而翾翥百步，肌丰而力沉也；鹰隼乏采而翰飞戾天，骨劲而气猛也。文章才力，有似于此。若风骨乏采，则鸷集翰林；采乏风骨，则雉窜文囿。唯藻耀而高翔，固文笔之鸣凤也。"初版引纪晓岚云："'风骨乏采'是随笔开合以尽意。"并谓"此评是也"。文化学社本则结论相反："纪评曰：'风骨乏采，是陪笔开合，以尽意耳。'案纪说非是。夏侯湛《昆弟诰》，苏绰《大诰》之属，不得谓为无风骨，而藻采不足，故喻以'鸷集翰林'。'采乏风骨'，则齐梁文章通病也。王应麟《辞学指南》引此文作'若藻耀而高翔，固文章之鸣凤也'。"[①] 再如《定势》"刘桢云：'文之体指实强弱，使其辞已尽而势有余，天下一人耳，不可得也。'"初版引黄侃之说："'文之体指实强弱'，黄先生曰此句有误：细审彦和语，疑此句当作'文之体指贵强'，下衍'弱'字。"修订时，范老则提出了自己的校勘意见："窃案《抱朴子·尚博篇》云：'清浊参差，所禀有主，朗昧不同科，强弱各殊气。'疑公干语当作'文之体指，实殊强弱'，《抱朴》语或即本之公干也。故下文云：'公干所谈，颇亦兼气。'《诗品》云：'魏文学刘桢，其源出于《古诗》。仗气爱奇，动多振绝，真骨凌霜，高风跨俗。但气过其文，雕润恨少。'案此亦公干尚气之证。"[②] 此句有误，人所共知。然究竟作何修改，则见仁见智，各不相同。徐兴公引谢肇淛云："当作'文之体指，虚实强弱。'"王利器从之。黄侃谓"当作'文之体指贵强'，下衍'弱'字。"刘永济的看法接近黄侃："'体'下疑脱一'势'字。此句当作'文之体势贵强'。'指''弱'二字衍，'实'又'贵'之误。"杨明照则谓："'指'疑为'势'之误。《南齐书·文学·陆厥传》：'刘桢奏书，大明体势之致。'即此引文当作'体势'之切证。本篇以'定势'标目，篇中言文势者不一而足；上文且有'即体成势'及'循体成势'之语，亦足以证当作'体势'也。'实'下似脱一

---

① 范文澜:《文心雕龙注》(下册),第22—23页。

② 范文澜:《文心雕龙注》(下册),第38—39页。

‘有’字。原文作‘文之体势，实有强弱’。”① 范、杨二家所校，均兼顾本证、他证，所不同者，前者重气，后者主势，实有异曲同工之妙。

《知音》：“至如君卿唇舌，而谬欲论文，乃称史迁著书，咨东方朔，于是桓谭之徒，相顾嗤笑，彼实博徒，轻言负诮，况乎文士，可妄谈哉。”初版引李详曰：“案此事无考。《史记太史公自序索隐》：‘桓谭云：迁所著书成以示东方朔，朔皆署曰：太史公。’此史迁著书谘东方朔之证，惟彦和指此为君卿所称，而谭嗤之。不识谭此言上下或有诋君卿之说，《索隐》仅就朔言太史公证之。此则予妄测之论，所谓聊胜无也。”② 修订版则否定李详之说，认为：“据彦和此文，则是桓谭笑楼护之说，《索隐》误记。”③

4. 调整注释条目

初版注释条目的安排多有不合理之处，文化学社本对其修订时做了大量的调整，以使注文与正文的配合更加合理。大体而言，此次修订对注释条目的调整，循着扩展与合并两条路径展开，以下分述之。

所谓扩展就是将原来的 1 条注目，扩展为 2 条、3 条、4 条、5 条乃至更多。其中，将原来的 1 条注目扩展为 2 条的情况最为普遍。如《征圣》：“夫子文章，可得而闻，则圣人之情，见乎文辞矣。”初版仅出一注，文化学社本则分一为二，前两句一注，后两句一注。“书契断决以象夬，文章昭晰以象离。”初版亦出一注，文化学社本则两句分注。《正纬》：“马龙出而《大易》兴，神龟见而《洪范》耀。”初版两句合注，文化学社本则两句分注。《祝盟》：“六宗既禋，三望咸秩。”初版亦是一注，文化学社本则分一为二，将原注中的“三望”另立注目。“至于商履，圣敬日跻，玄牡告天，以万方罪己，即郊禋之词也。素车祷旱，以六事责躬，则雩禜之文也。”这里“郊禋之词”与“雩禜之文”明为两事，而初版则并为一注，修订版将其分为二注，显然更合理，条目也更清晰。“骍毛白马，珠盘玉敦，陈辞乎方明之下，祝告于神明者也。”初版亦是一注，修订时则前两句与后两句分别出注。《诔碑》：“大夫之材，临丧能诔。诔者，累也。累其德行，旌之不朽也。”“碑者，埤也。上古帝王，纪号封禅，树石埤岳，故曰碑也。”这两段话，初版分别各出一注，修订版则分别各出两注。《史传》：“及班

---

① 杨明照:《增订文心雕龙校注》(上),北京:中华书局,2000 年,第 411—412 页。

② 范文澜:《文心雕龙讲疏》卷十,第 14 页。

③ 范文澜:《文心雕龙注》(下册),第 208 页。

固述汉，因循前业，观司马迁之辞，思实过半。其十志该富，赞序弘丽，儒雅彬彬，信有遗味。”“至于后汉纪传，发源《东观》。袁张所制，偏驳不伦。”这两段话，初版也是分别各出一注，修订版则又分别各出两注。《论说》：“至如李康《运命》，同《论衡》而过之；陆机《辨亡》，效《过秦》而不及；然亦其美矣。”李康、陆机显系两事，初版统而注之，实不及修订版分而注之。《诏策》：“虞重纳言，周贵喉舌。故两汉诏诰，职在尚书。”前两句与后两句分注，显然优于四句合注。《奏启》：“昔唐虞之臣，敷奏以言；秦汉之辅，上书称奏。陈政事，献典仪，上急变，劾愆谬，总谓之奏。奏者，进也。言敷于下，情进于上也。”初版笼统注之，意义不明。修订版先出典注“上急变”“献典仪”，再另立条目注“奏者进也”。《书记》：“至如陈遵占辞，百封各意；祢衡代书，亲疏得宜。”陈遵、祢衡，初版合注，修订版分注，孰优孰劣，不言自明。此外，修订版下篇《神思》注［2］［3］和注［9］［10］、《风骨》注［12］［13］、《通变》注［7］［8］、《比兴》注［1］［2］、《总术》注［8］［9］、《知音》注［1］［2］等，也都是将初版之注一分为二。

一分为二之外，还有将初版1条注目分为多条注目的情况，如分一为三、分一为四、分一为五等。《宗经》：“《诗》主言志，诂训同书，摛风裁兴，藻辞谲喻，温柔在诵，故最附深衷矣。”初版仅出一注，修订版分一为三，两句一注，使注释条目更加清晰。《哀吊》：“短折曰哀。哀者，依也。悲实依心，故曰哀也。以辞遣哀，盖不泪之悼，故不在黄发，必施夭昏；昔三良殉秦，百夫莫赎，事均夭横，黄鸟赋哀，抑亦诗人之哀辞乎。”初版笼统出注，出典释义甚为混乱；文化学社本不仅增补修订了初版注文，而且将初版一注析为三注，分条出典释义，目清义明，远胜初版。《体性》：“故辞理庸俊，莫能翻其才；风趣刚柔，宁或改其气；事义浅深，未闻乖其学；体式雅郑，鲜有反其习。”初版全据黄侃《札记》，统为一注；修订版则引黄札注“风趣刚柔，宁或改其气”，再补注“事义浅深，未闻乖其学”，最后引黄札注“体式雅郑，鲜有反其习”，并作补充。《神思》：“故思理为妙，神与物游。神居胸臆，而志气统其关键；物沿耳目，而辞令管其枢机。枢机方通，则物无隐貌；关键将塞，则神有遁心。”初版仅从心理学角度，用通俗的语言阐释这段话的意思；修订版则引《札记》《礼记·孔子闲居》《周易·系辞上》《文赋》等，分别为“思理为妙，神与物游”“神居胸臆，而志气统其关键”“物沿耳目，而辞令管其枢机”“枢机方通，则物无隐貌；关键将塞，则神有遁心”出典释义，将原注一分为四。《杂文》：“详夫汉来杂文，名号多品。或典诰誓问，或览略篇章，或曲操弄引，或吟讽谣咏。总括其名，并归杂文之区；甄别其义，各入讨论之域；类聚有贯，故不曲述。”初版仅有一注解释这段原文，“典诰誓问”“览略篇章”“曲操弄引”“吟讽谣咏”等诸多杂文名号放在一起出注，不便观览。修订版则一分为五，先就四组杂文名号分别出注，再出一注做总结：“凡此十六名虽总称杂文，然‘典’可入《封禅篇》，‘诰’可入《诏策篇》，‘誓’可入《祝盟篇》，‘问’可入《议对篇》，‘曲操弄引’‘吟讽谣咏’可入《乐府篇》，‘章’可入《章表篇》，所谓‘各入讨论之域’也（‘览略篇’或可入《诸子篇》）。”① 《论说》：“详观兰石之《才性》，仲宣之《去代》，叔夜之《辨声》，太初之《本元》，辅嗣之《两例》，平叔之《二论》，并师心独见，锋颖精密，盖论之英也。”初版也是一注，修订版则析之为七，“兰石”至“平叔”每人一注，最后一注为总结：“以上皆正始以前人，故上文云‘迄于正始’。”②

再看合并。所谓合并就是将原来 2 条及以上的注目合并为 1 条，其中合二为一的情况最普遍，其次是合三为一。如文化学社本《明诗》注［20］［21］、《乐府》注［17］、《诠赋》注［3］［5］、《颂赞》注［19］、《祝盟》注［9］［19］［23］［38］、《铭箴》注［9］［10］［11］［12］［13］［16］［17］、《诔碑》注［10］［15］［16］［17］、《哀吊》注［22］、《杂文》注［25］、《谐隐》注［2］、《史传》注［6］［22］［28］［29］［40］、《诸子》注［6］［20］、《论说》注［10］［32］、《诏策》注［3］［20］［32］［33］［39］、《檄移》注［8］［22］、《封禅》注［9］［12］、《章表》注［12］、《奏启》注［32］［37］［40］、《议对》注［36］、《书记》注［38］［39］［47］［57］［58］、《神思》注［17］、《通变》注［20］、《情采》注［4］［5］、《声律》注［6］［11］、《夸饰》注［4］［6］［9］、《隐秀》注［3］、《指瑕》注［4］［7］［9］［12］、《附会》注［8］、《总术》注［2］、《时序》注［1］［7］［14］［17］［18］［24］、《物色》注［2］［9］、《才略》注［15］［16］、《程器》注［10］［11］、《序志》注［15］［16］等，都是将初版 2 条注目合并为 1 条注目。再如文化学社本《诠赋》注［12］、《铭箴》注

---

① 范文澜：《文心雕龙注》（中册），第 296 页。

② 范文澜：《文心雕龙注》（中册），第 368 页。

[25]、《谐隐》注［8］、《论说》注［29］、《奏启》注［22］、《书记》注［45］、《体性》注［1］、《比兴》注［6］、《夸饰》注［8］、《指瑕》注［14］、《养气》注［9］、《时序》注［4］［6］［10］［12］［21］［23］［28］、《才略》注［3］［14］［19］、《知音》注［3］［14］、《程器》注［4］［7］等，都是将初版3条注目合并为1条注目。

还有合四为一的，如《史传》："故本纪以述皇王，列传以总侯伯，八书以铺政体，十表以谱年爵，虽殊古式，而得事序焉。"初版"本纪""列传""八书""十表"四句分别出注，不免支离；修订版合四为一，注曰："《史记》本纪十二，世家三十，列传七十，书八，表十，共一百三十篇。本篇不言世家，恐有脱误。疑当据班彪《史记论》作'本纪以述帝王，世家以总公侯，列传以录卿士'，文始完具……"①《丽辞》："《易》之《文》《系》，圣人之妙思也。序《乾》四德，则句句相衔；龙虎类感，则字字相俪；乾坤易简，则宛转相承；日月往来，则隔行悬合；虽句字或殊，而偶意一也。"初版于分号四句各出一注，而征引文献均来自《周易》之《文言》与《系辞》，故修订时将其合为一注。《比兴》："观夫兴之托谕，婉而成章，称名也小，取类也大。《关雎》有别，故后妃方德；尸鸠贞一，故夫人象义。义取其贞，无从于夷禽；德贵其别，不嫌于鸷鸟；明而未融，故发注而后见也。"《指瑕》："若夫君子拟人，必于其伦，而崔瑗之诔李公，比行于黄虞；向秀之赋嵇生，方罪于李斯；与其失也，虽宁僭无滥，然高厚之诗，不类甚矣。"以上两段都是先述原则，再接以事例，具有相对完整性，初版均分为4条注目，难免割裂之弊，故修订版分别将其并为一注。《时序》："越昭及宣，实继武绩，驰骋石渠，暇豫文会，集雕篆之轶材，发绮縠之高喻，于是王褒之伦，底禄待诏。"此段"石渠""绮縠"已分别见于《论说》《诠赋》篇注，而初版仍将"见《论说篇》""见《诠赋篇》"立为2条注目，共出四注，失之烦琐，故文化学社本合四为一。《才略》："虞夏文章，则有皋陶六德，夔序八音，益则有赞，五子作歌，辞义温雅，万代之仪表也。"初版于"六德""八音""有赞""作歌"各出一注，均出典于《尚书》，且第四注谓"文已引见前"；修订时，范老以为没有必要分注，遂将其合为一注。《知音》："夫麟凤与麏雉悬绝，珠玉与砾石超殊，白日垂其照，青眸写其形。然鲁臣以麟为麏，楚人以雉为凤，魏氏以夜光

① 范文澜：《文心雕龙注》（中册），第314页。

为怪石，宋客以燕砾为宝珠。形器易征，谬乃若是，文情难鉴，谁曰易分。”初版为“鲁臣”“楚人”“魏氏”“宋客”四句出注，然注［1］谓“见《史传篇》”，注［2］［3］均引《尹文子》出典，注［4］引《阚子》出典。为避免烦琐，文化学社本将其合为一注。

此外，将初版5条及以上注目合而为一的，虽然不多见，但也不是个别现象。如《书记》注［2］、《时序》注［17］、《物色》注［2］，均将初版5条合为1条；《书记》注［19］、《夸饰》注［2］、《时序》注［12］［17］，又将初版6条合为1条；《比兴》注［4］，将初版7条合为1条；《论说》注［21］、《时序》注［5］、《物色》注［3］，则将初版8条合为1条；《体性》注［3］，更是将初版9条合为1条；《诸子》注［7］、《时序》注［8］，甚至将初版10条合为1条；而《程器》注［3］，则是创纪录地将初版15条合为1条。

与注释条目的扩展或合并相配合，必要时范老也对注文内容进行适当调整，以便更好地解释正文。《正纬》：“有命自天，乃称符谶，而八十一篇，皆托于孔子；则是尧造绿图，昌制丹书，其伪三矣。”初版于“孔子”“绿图”“丹书”后各出一注，修订版不仅合三为一，而且将初版“昌制丹书”条注文中所附的刘师培《谶纬论》，改为文末附录。《诠赋》：“夫京殿苑猎，述行序志，并体国经野，义尚光大，既履端于倡序，亦归馀于总乱。”文化学社本注［14］对初版此条注文作了重要的改造和补充，并将原注引《国语》的出典内容调整到注［16］中。《祝盟》：“及周之太祝，掌六祝之辞，是以庶物咸生，陈于天地之郊；旁作穆穆，唱于迎日之拜。”修订版将此段原注［5］［6］合并为注［9］，并将原注［5］的内容调整移前到新版注［4］中，还对原注文予以修订完善。《谐隐》：“昔齐威酣乐，而淳于说甘酒”；“昔楚庄齐威，性好隐语”。初版在第一段注［5］和第二段注［9］中，两次引《史记·滑稽列传》为这两句话出典；修订版则只于注［4］引《史记·滑稽列传》为前句出典，因后句出典内容已包含在注［4］中，故不再为后句出注。同篇：“隐语之用，被于纪传。大者兴治济身，其次弼违晓惑。盖意生于权谲，而事出于机急，与夫谐辞，可相表里者也。”初版注曰：“谐辞与隐语性质相同，惟一则悦笑取讽；一则隐约示意；苟正以用之，亦可托足于文囿；然若空戏滑稽，则德音大坏矣。”①

① 范文澜:《文心雕龙讲疏》卷三,第46页。

修订版则将此注文调整到注［19］，用来注解："昔楚庄齐威，性好隐语。至东方曼倩，尤巧辞述。但谬辞诋戏，无益规补。"显然，这一调整是为了更好地配合正文，强调"若空戏滑稽，则德音大坏矣"！《神思》："至于思表纤旨，文外曲致，言所不追，笔固知止。至精而后阐其妙，至变而后通其数，伊挚不能言鼎，轮扁不能语斤，其微矣乎！"初版引《吕氏春秋·本味篇》《庄子·天道篇》及纪评出典，修订版则将初版所引《庄子·天道篇》出典内容"轮扁曰：'臣也以臣之事观之，斫轮徐则甘而不固，疾则苦而不入。不徐不疾，得之于手，而应于心，口不能言，有数存焉于其中。臣不能以喻臣之子，臣之子亦不能受之于臣，是以行年七十而老斫轮。'"前移至注［11］中，作为"独照之匠，窥意象而运斤"一句的出典内容，并谓："'独照之匠'语本此。"①《定势》："自近代辞人，率好诡巧，原其为体，讹势所变，厌黩旧式，故穿凿取新，察其讹意，似难而实无他术也，反正而已。"修订版重新注解这段话，而将初版注解这段话的内容，稍做修改后移至注［18］，作为注解篇末之语用："彦和非谓文不当新奇，但须不失正理耳。上文云'章表奏议则准的乎典雅，赋颂歌诗则羽仪乎清丽'，言文章措辞，势有一定，若颠倒文句，穿凿失正，此齐梁辞人好巧取新之病也。绎彦和之意，措辞贵在得体，贵在雅正。世之作者，或捃摭古籍艰晦之字，以自饰其浅陋，或弃当世通用之语，而多杂诡怪不适之文，此盖采怪奇之标准，故遂成体讹耳。"②

5. 规范引文附目

征引文献是范注注文的重要组成部分，初版在征引文献及其附目标示上存在诸多问题，范老修订时，不仅增益了许多材料，而且做了不少规范性工作，如修订版"目录"下特别注明："注中引文成篇者，附目于各篇下。"就是说目录中各篇篇名下列示的文献名，都是注中引文篇幅相对较大且独立成篇者，或足以与本文相互发明而附于篇末者。

修订版《原道》篇末附录增加了《易乾文言》《易坤文言》，保留了初版所附阮元《文言说》《书梁昭明太子文选序后》，删除了初版所附阮元《与友人论古文书》。初版所附3篇文献，完全承袭黄侃《札记》，而《札记》在《原道》篇所附《与友人论古文书》只是节录，另于《丽辞》篇全

① 范文澜：《文心雕龙注》（下册），第5页。
② 范文澜：《文心雕龙注》（下册），第40页。

录之。故修订版于《原道》篇删之，并于《丽辞》篇全录之。初版《宗经》目录篇名下没有附目，但第二段注［8］则大段引录刘师培曰……修订版于目录篇名下增补附目：刘师培《小学发微补》一节。初版《正纬》目录篇名下仅附刘师培《谶纬论》1篇，而注中则大段引录多种文献，故修订版另补6篇附目：徐养原《纬侯不起于哀平辨》、刘师培《国学发微》一节、《〈隋书·经籍志·六艺纬类〉序》、桓谭上疏论谶、张衡上疏论谶、荀悦《申鉴·俗嫌篇》，其中前2篇属于修订新补，后4篇则为初版注文所引。初版《辨骚》目录篇名下附了很多随注文出现的歌名，注文中这些歌辞大多很简短，因此修订版附目中删除了这些歌名，只保留了初版所附班固《离骚序》《离骚赞序》、王逸《楚辞章句序》、屈原《离骚》几篇，并补入了新征引的成篇文献名，如王逸《离骚经序》《九章序》《九歌序》《九辨序》《远游序》《天问序》《招魂序》《大招序》《卜居序》《渔夫序》。《明诗》目录篇名下附目，删除了篇幅较小的几篇，如《南风之诗》《卿云歌》《毛诗·召南·行露篇》，保留了《五子之歌》《韦孟讽刺诗》《柏梁台诗》《孺子歌》，何晏《拟古诗》一首、《失题诗》一首，嵇康《幽愤诗》，应璩《百一诗》，袁宏《咏史诗》，孙绰《秋日诗》，孔融《离合作郡姓名字诗》，王融《春游回文诗》，钟嵘《诗品》（上中）诸篇，新增了《祠洛水歌》，苏武诗四首，苏武《答李陵诗》《别李陵》，李陵《与苏武诗》三首、录别诗八首，班婕妤《怨诗》，优施《暇豫歌》，成帝时童谣，枚乘《杂诗》九首，古诗十一首，《南齐书·文学传论》，汉《郊祀歌·天马歌》，孔融六言诗三首，汉《郊祀歌·日出入》，《毛诗序》，郑玄《诗谱序》等篇。

修订版《乐府》附目与初版略有差异，一是删除了初版所附“黄先生论诗乐之分合”，因为篇中注文尚有多条引黄札，不宜仅列一条，干脆删去。二是删去篇幅短小的2篇《毛诗·唐风·蟋蟀篇》和《毛诗·郑风·溱洧篇》，而初版据黄札引录的《怨诗明月篇东阿王词七解》也一并删去。三是新增《陌上桑》和《三侯之章》《挽歌二章》《铙歌十八曲》之目。修订版《诠赋》附目则与初版颇有差异，增补篇目较多，除保留初版的荀况《礼赋》《知赋》、魏文帝《柳赋》、枚乘《菟园赋》、章炳麟《辨诗》一节外，其他14篇均系新补。修订版《颂赞》附目略有增补，先将初版误置于《诠赋》附目的《周颂·时迈》调整到《颂赞》附目之首，接着增补了屈原《橘颂》，再将初版未列入附目的《鲁颂·駉》和《商颂·那》补上。修订版《祝盟》附目则多有更改、替换和补充，一者将初版附目之首的《孝昭冠辞》，更名为《祭天辞》《祭地辞》《迎日辞》；二者随着注文内容的变化，以《考工记》祭侯辞、曹操《祭桥玄文》，取代初版董仲舒《救日食祝》《请雨祝》《止雨祝》、汉光武《即位祭告天地文》《告祠高庙迁吕后主文》；三者增补《桑林祷辞》《卫太子祷辞》、魏明帝《甄皇后哀策》、秦昭王《与夷人盟辞》。修订版《铭箴》附目对初版进行了增、删、改，一是删初版所附黄帝《巾几之铭》、禹《簨簴铭》、汤之《盘铭》、孔悝之《鼎铭》、夏《箴》、王朗《井灶箴》，二是增班固《燕然山铭》、李尤《围棋铭》《权衡铭》、张载《剑阁铭》《百官箴目》、温峤《侍臣箴》和潘尼《乘舆箴》，三是将初版周武王《户铭》《席四端铭》改为武王铭五首。修订版《诔碑》主要是增补，随着注文内容的丰富，篇名附目下共增补 16 篇引文目录：柳下惠《诔》、扬雄《元后诔》、苏顺《和帝诔》、崔瑗《和帝诔》、潘岳《皇女诔》、蔡邕《郭有道碑》《陈太丘碑》《周勰碑》《胡广碑》、孔融《张俭碑》、孙绰《王导碑》、梁元帝《内典碑铭集林序》《墓志铭考》、赵翼《碑表考》《墓志铭考》《碑表志铭之别考》。修订版《哀吊》除删初版附目首篇《毛诗·秦风·黄鸟篇》外，其余都是增补，如潘岳《刘氏妹哀辞》《王氏哀辞》、吴大澂《叔字说》、贾谊《吊屈原文》、扬雄《反离骚》、班彪《悼离骚》、蔡邕《吊屈原文》、陆机《吊魏武帝文》、李充《吊嵇中散文》。初版《杂文》篇名下附目只有潘勖《拟连珠》一篇，修订版附目删此篇，另补宋玉《对楚王问》、傅玄《七谟序》《韩非子·众端参观篇》、东方朔《答客难》、扬雄《解嘲》、陆机《演连珠》四首、《穆天子传·世民吟》。初版《谐隐》篇名下附目只有束皙《饼赋》和荀卿《蚕赋》2 篇，修订版在此基础上另增 5 篇：宋城者讴、宋玉《登徒子好色赋》、邯郸淳《笑林》三节、袁淑《鸡九锡文》《驴山公九锡文》。

初版《史传》附目只有班彪《史记论》1 篇，修订版增加韩愈《答刘秀才论史书》1 篇。《诸子》篇初版与修订版均无附目。修订版《论说》篇名下附目，删初版严尤《三将军论》、王粲《难钟荀太平论》《无为论》残文、《文师篇》4 篇，保留其王粲《儒吏论》、傅嘏《难刘劭考课法论》、何晏《无名论》、郭象《庄子序》、裴頠《崇有论》、范雎《上秦昭王书》6 篇，另增班彪《王命论》、范宁《王弼何晏论》、王弼《明象论》、李康《运命论》、徐干《覈辩论》、李斯《上始皇书》《韩非子·说难》、邹阳

《上吴王书》8篇。修订版《诏策》附目，将初版汉武帝策封齐王闳、汉武帝策封燕王旦、汉武帝策封广陵王胥三目合而为一，作汉武帝封三王策，这样更加简洁合理。同时删初版附目汉武帝《赐严助书》、汉宣帝《赐陈遂玺书》、汉光武《赐侯霸玺书》和晋明帝手诏4篇，增加潘勖《册魏公九锡文》1篇。《檄移》初版篇名下附目只有隗嚣《移檄告郡国》和桓温《檄胡文》2篇，修订版增加晋吕相《绝秦辞》、陈琳《为袁绍檄豫州》、钟会《檄蜀将吏》、司马相如《难蜀父老文》、刘歆《移太常博士书》5篇。初版《封禅》附目只有张纯《泰山刻石文》1篇，修订版增加司马相如《封禅文》、汉武帝《泰山刻石文》、扬雄《剧秦美新》、班固《典引》4篇。初版《章表》附目也只有张骏《请讨石虎李期表》1篇，修订版增加孔融《荐祢衡表》、诸葛亮《出师表》、黄式三《读蜀志诸葛传》、黄以周《默记叙》、曹植《求通亲亲表》、羊祜《让表》、庾亮《让表》、刘琨《劝进表》8篇。初版《奏启》附目有刘隗《奏劾祖约》《奏劾周莚、刘胤、李匡》2篇，修订版增加李斯《治骊山陵上书》、贾谊《上书言积贮》、晁错《上书言兵事》、匡衡《奏议郊祀》、王吉《上疏言礼仪》、路温舒《上书言尚德缓刑》、谷永《上书论鬼神》、杨秉《上疏谏微行》、高堂隆《上疏言天变》、路粹《枉状奏孔融》、傅咸《奏劾王戎》11篇。修订版《议对》附目除保留初版5篇外，另增吾丘寿王《禁民挟弓弩对》、贾捐之《罢珠厓对》、刘歆《不毁孝武皇帝庙议》、陆机《议晋书断限》、公孙宏《对策文》、杜钦《对策文》6篇。同时，改初版附目何曾《请蠲出女刑议》为程咸《议妇人刑》，因为此乃“曾使程咸上议，非曾自撰”①。修订版《书记》附目将初版6篇合并为5篇，另增郑子家《与赵宣子书》、子产《寓书告赵宣子》、司马迁《报任少卿书》、杨恽《报孙会宗书》、嵇康《与山巨源绝交书》、赵至《与稽茂齐书》、张敞《奏书谏太后游猎》、丙吉《奏记霍光》、杨绍《买地券》9篇。

范老为《文心》作注，重在名物训诂、词语讨源，故下篇“剖情析采”各篇，注释条目明显减少。与此相应，下篇引文附目也随之锐减。《神思》初版附目仅有陆士衡《文赋》一节，修订版亦删之。《体性》《风骨》《通变》《定势》《情采》各篇，初版篇名下俱无附目，修订版也仅于《体性》增加《文镜秘府论·论体篇》1篇，于《通变》增加钱大昕《与友人

① 范文澜:《文心雕龙注》(中册),第491页。

书》1篇。《镕裁》初版附目有章实斋《古文十弊》一节、《史通·叙事篇》2篇，修订版删前留后，另增《文镜秘府论·定位篇》《日知录·文章繁简》2篇。《声律》初版据黄札附目4篇，修订版删其《沈约答陆厥书》，另补《文镜秘府论·论八病》。《章句》初版大量迻录黄札，而附目仅笼统地标示为黄先生论文，修订版则尽可能删除初版所引黄札，只完整地迻录约论古书文句异例1篇，并于附目标示。《丽辞》初版附目6篇，修订版删其范晔《狱中与诸甥侄书》、刘申叔《论文章变迁》、裴度《与李翱书》、阮伯元《四六丛话序》4篇，保留其阮元《文韵说》、李兆洛《骈体文钞序》2篇，另增《文镜秘府论·论对》节录、阮元《与友人论古文书》2篇。《比兴》初版附目仅杜牧之《晚晴赋并序》，修订版增加潘岳《萤火赋》1篇。《夸饰》附目与初版同，仅刘师培《美术与征实之学不同论》1篇。《事类》初版无附目，修订版补扬雄《兖州牧箴》1篇。《练字》《隐秀》《指瑕》《养气》《附会》诸篇，初版与修订版俱无附目。《总术》附目与初版同，仅学海堂《文笔策问》1篇。《时序》初版无附目，修订版补裴子野《雕虫论》、梁简文帝《与湘东王书》、李谔《上书正文体》3篇。《物色》《才略》《知音》《程器》初版俱无附目，修订版仅于《才略》增补乐毅《报燕王书》、桓谭《仙赋》、张华《鷦鷯赋》、左思《咏史诗》4篇。末篇《序志》，初版附目4篇：应玚《文质论》、李充《翰林论》、陆云《与兄平原书》、挚虞《文章流别论》。修订版除保留这4篇外，另增曹丕《典论·论文》《典论·论文》逸文四条、曹丕《与吴质书》、陆机《文赋》、桓谭《新论》论文5篇。

就“范注”各版的修订而言，文化学社本是修订力度最大的。此次修订，范老对初版进行了全方位的、颠覆性的改造，从结构到体例，从校勘到出典，增删订补，匡讹纠谬，几于重造，从而为其定本开明书店本《文心雕龙注》奠定了坚实的基础。修订后的《讲疏》更名为《文心雕龙注》，于1929—1931年由北平文化学社分上中下三册出版。新版《文心雕龙注》虽然订正了初版的许多问题与不足，更符合注书体例与学术规范；然而，初版所具有的“多作讲疏”“关注时代”等特色，在修订版中则有明显的淡化，这也是一种遗憾！

（作者单位：安徽师范大学文学院）

《文心雕龙》英译本“序言”两篇①

施友忠　黄兆杰等著　戚　悦译

一、施译《文心雕龙》双语版序言

大约十三年前，我开始翻译《文心雕龙》，既是为了履行一项愉快的义务，也是为了满足自己的兴趣。我一直都非常喜爱这本书，不仅醉心于其语言的美丽，而且惊叹于作者对文学本质及形式的深刻见解，正如霍克思教授所言，此乃“所有同类见解中最伟大者”。“文心”指本质，而“雕龙”指在艺术上呈现该本质的形式要素。在第一版中，我曾试图用副标题“中国文学思想与形式的研究”来表明这一点。从刘勰所处的时代开始，这本书便反复得到评论和引用，在数个世纪之间，有众多学者接受了这本书的观点，并将其融入自己的著述中，虽然他们采取了崭新的方式进行表达，但是《文心雕龙》的影响依旧清晰可见。如此美丽且重要的一部作品，此前竟然从未被介绍到西方世界，而其他价值远远不如《文心雕龙》的作品却摆满了西方图书馆的书架，真是匪夷所思。不过，这本书的语言很难，它淋漓尽致地展示了刘勰所处时代的一种精妙文体，倘若明白了这一点，那就能理解为什么这本书迟迟未能得到译介。毫无疑问，面对这样一项挑战，肯定有不少人愿意尝试，却又犹豫不决。不论如何，总得有人迈出第一步，于是我便闯入了这片许多人都不敢踏足的领域，希望能起到抛砖引玉的作用。这是翻译《文心雕龙》全书的首次尝试，难免会犯错。更加不幸的是，由于时间有限，我没有机会征询朋友们的建议。当我在自己的小

---

① 基金项目：国家社科基金重大项目“《文心雕龙》汇释及百年‘龙学’学案”（17ZDA253）。

房间里埋头苦干时，总会有脆弱、疲惫或情绪低落的瞬间。对于一些学者们指出的明显错误，我还能作出怎样的解释呢？

理所当然，我喜欢鼓励的话语。所以，我要衷心感谢一些学者，他们不厌其烦地通读了我的翻译，并向我提出富有洞察力的批评，指出具体的错误，给予精辟的建议，告诉我如何改善这个译本。我尤其要感谢印第安纳大学的柳无忌教授和牛津大学的戴维·霍克思教授，虽然他们颇为体谅地说，这个译本“在某种程度上是一项创举”，慷慨地对我予以鼓励，但是他们并没有因此而放宽要求。有时候，在批评我的缺点时，他们甚至比其他人更加严厉。然而，现在这个双语版的英语部分是采用原纸型照相制版印制的，难以大幅度修改，所以，虽然他们有一些意见非常宝贵，但是我无法采纳，这是唯一的遗憾。

尽管我非常喜欢鼓励的话语，但是我也充分明白批评的好处，尤其是那些基于理解以及为了学术而提出的批评。所以，在修订这个双语版时，我尽可能地考察了批评家们提出的大多数观点。无论是赞同的还是反对的，我都同样感激。不过，当我在研究这些评论时，我发现有一些观点的提出是由于批评家本身没有充分理解汉语的原意。我只能对他们表示同情。汉语的困难是无可否认的，就连生活在汉语环境里的中国学者也无法完全避免错误。因为要想轻松地理解汉语，必须广泛地阅读、记忆和背诵文学作品，还得习惯于汉语的表达方式并加以运用。唯有如此，一个人的眼睛、耳朵和思想才能彻底接受汉语的精神和韵律，也才能在创作中深切体会到成功的喜悦和挫败的苦涩。只有毕生的经历才能带来这种感觉。我希望学习外国语言的学生们能够明白，等待他们跨越的不只是语言差距，还有文化的距离。我希望他们能够保持谦逊，意识到自身的不足。只有当一个人认识到自己的无知时，才能获得真正的知识。

1967 年，我写信给哥伦比亚大学出版社，询问关于双语版的事情，但是没有立即收到答复。第二年，哥伦比亚大学出版社通知我，库存中所有的译本已全部售罄，他们向我提供了两种选择：一是重印，以满足市场的需求，二是把版权归还给我，让我准备一个新版本。由于他们无法推出修订版，而重印又不允许修改错误，所以我选择了第二种做法。后来，（台湾）中华书局同意推出双语版，并允许我进行一定的修改，于是我就把版权授予了他们。

原文采用了开明书店版[①]，遇到存在不同解读的地方，我便根据过去注释家的观点进行选择，其中包括梅庆生、黄叔琳、范文澜、王利器、杨明照等众多学者。我非常感谢这些注释家，他们旁征博引，不辞辛劳地阐明文本的含义，大大减轻了我这项工作的负担。在王利器和杨明照的版本最后，提到了数百年来出现的《文心雕龙》的不同版本和学者评论，以及《文心雕龙》对中国文人的巨大影响，对类似问题感兴趣的朋友可以参考。

因为这是双语版，所以我删掉了原有的术语对照表。

感谢台湾大学的郑骞教授为这个译本撰写了中文序言。感谢哥伦比亚大学出版社将版权退还给我，允许我毫无限制地使用第一版的材料，以便为这一版做准备。此外，我还要感谢（台湾）中华书局出版这个双语版译本。

施友忠
中国台北
1970 年 3 月 5 日

二、黄兆杰、卢仲衡、林光泰《文心雕龙》英译本引言

关于《文心雕龙》作者刘勰的生平，我们知道得不多。官方史书《梁书》和《南史》中的两篇简短记载颇为相似。大约在 465 年，刘勰生于东莞莒县（即今山东莒县）。他年少时便成了孤儿，由于家贫而没有娶妻，将全副精力都投入到了学习之中。后来，他迁移到南方，居于京口（即今江苏镇江）。[②] 在 483 至 493 年间，沙门僧祐到江南讲佛，刘勰跟随他住进了定林寺。据《序志》篇所言，《文心雕龙》应当写于刘勰三十岁之后，大约完成于 501 年。在四十岁之前，刘勰曾在朝为官，之后便出家为僧，法号慧地。刘勰卒于 520 年，终年五十六岁。当刘勰在世的时候，《文心雕龙》既不流行，也没有得到高度重视。

当刘勰写作《文心雕龙》的时候，孔子早就在大约十个世纪之前提出

---

① 译者按：应指台湾开明书店翻印出版的范文澜《文心雕龙注》。

② 译者按：刘勰并非出生于莒县，自然也不存在他本人迁移南方的问题，而是“世居京口”。

了对诗歌的看法，孟子也表达了他的意见，老子和庄子亦然（这里仅仅以西方最熟知的几个人物为例）。《诗大序》已经问世，司马迁、扬雄、班固和王逸都对批评思想有所贡献。不过，今天看来，孔子、孟子、老子和庄子都属于我们所说的“哲学家”，他们在文学评论方面的观点只是附带的产物而已。就连《诗大序》的作者也主要是一位道德家，而非文人。

关于这些早期的“批评家”，有两点值得注意。第一，如前所述，他们关注的中心对象是道德，而非文学。第二，他们的言论都比较简短，而且经常缺乏具体的语境，因而其内涵不够清晰。

在二世纪和三世纪，一批更加务实的批评家陆续涌现。曹丕和曹植均具有细腻敏锐的感受力，而陆机则凭借其条理清晰的长篇之作《文赋》，成为刘勰之前最杰出的批评家。实际上，有些人也许会偏爱陆机，甚至胜过刘勰。

但是，我们必须先把刘勰放在一边，越过他向后世展望。七世纪至十世纪的文学批评大多是零散的——这里一篇序言，那里一篇后记，或者在信件中偶然提及一些文学观点，等等。在十一世纪，第一部诗话出现了，从那时起直到十九世纪末，这便成了文学批评最重要的形式。随意漫谈，趣味盎然，悠闲从容，并略带几分旁观者的气质——诗话确实是中国研究诗歌乃至艺术的主流方式。既然可以做翩翩君子，谁还想当专家学者呢？

这也就解释了为什么《文心雕龙》非常重要并且值得翻译。它傲然挺立在中国文学批评史上，可谓前无古人后无来者，就像一座雄伟的纪念碑——至今依然如此，又如一位庄严的君主，掌管着所要探讨的每一个大大小小的问题。《文心雕龙》堪称一部内容完整、结构缜密的巨著。

若要欣赏《文心雕龙》，我们必须从审视它的结构开始。大体而言，这部作品似乎是由两部分组成，前二十五篇涉及了总体性的问题，后二十五篇则讨论了文学艺术方面的话题。其实，二者的界限并不是很明确。最重要的篇章是前三篇和最后一篇，不过这些篇章的重要性也并非完全相同。

第五十篇基本相当于后记，可以作为序言放在全书的开头，它的风格也跟其他篇章截然不同，有一种强烈的叙述性，读来颇具魅力，最重要的或许是其中流露着深切的真诚。如此看来，《梁书》会完整地引用这一篇，也就不足为奇了。

不过，即便是世界上最好的后记或序言，也不过是正文的附属品而已。因此我们必须承认，《文心雕龙》的最后一篇比开头三篇的重要性要小一些。

阅读前三篇，人们可能会误以为它们是按照重要性的顺序，从大到小进行排列，实际上恰恰相反。刘勰的目的是确立一套具体文本的权威性。他并不掩饰在此过程中对“道”和“圣人”表达自己的敬意。如果我们稍微考虑一下，前三篇与第五至二十五篇之间的关系（我们认为第四篇比较特殊，因此并未将其算进去），我们会发现，第三篇是后面各篇的源泉，而第一篇和第二篇只是作为一个遥远的背景而已。

为什么要单独讨论第三篇的重要性呢？因为从中我们可以看出研究文学的文本方法，正是这一方法使刘勰变得格外具有现代意义。文本超越文本，文本危及文本，文本破坏文本，文本消灭文本。

现在，让我们来看看刘勰对文学和写作的观点，包括一些惊人的深刻见解。我们并非要试图总结刘勰的思想，因为那是对读者的冒犯，我们只是打算分享一些美妙或精彩的瞬间。

在《史传》中，刘勰说，“原夫载籍之作……使一代之制，共日月而长存；王霸之迹，并天地而久大。”这句话值得注意的字是“作”[①]，刘勰并未天真地以为史书的撰写是客观的。但是，即使史书难以做到客观，却可以是有用的，实际上也应该是这样：“然后铨评昭整，苛滥不作矣。”[②]

我们之所以引用刘勰对史书的观点，也是为了提醒读者诸君，对于刘勰来说，文学是指所有的写作形式，在欧洲语言中，文学的本意也是如此。

不过，也许我们还是应该继续看看刘勰对诗歌及其创作的思考。在《神思》中，刘勰告诉我们——这里我需要进行大量引用：

> 是以陶钧文思，贵在虚静；疏瀹五藏，澡雪精神。……
>
> 登山则情满于山，观海则意溢于海；我才之多少，将与风云而并驱矣！……

① 译者按：作，黄译本将其译为“创造性的写作”。

② 译者按：黄译本将该句其译为：“最终，史学家有责任提供一个优雅的诠释，那么政治上的苛滥现象就不会再出现了。”

是以秉心养术，无务苦虑；含章司契，不必劳情也。

我们也许永远都无法破解为文之“术”的奥秘，但是对于刘勰所做的尝试，我们理应心存感激。

（译者单位：清华大学人文学院）

编后记

四十年前，牟世金先生在其《雕龙集》的“前言”中有一个说法，那就是在中国文论的发展历程中，《文心雕龙》不仅起着重要作用，而且前者都是后者“已安排的体系的延伸”。近来，再次拜读汪春泓先生大著《文心雕龙的传播和影响》，其“后记”有云：“《文心雕龙》在中国文学史乃至文化史上发挥着深远的影响，这种影响是任何一部其他文学和文学理论书籍所不可比拟的。自《文心雕龙》产生之后，它的影响就不间断地一直引导着中国文学创作与理论批评的发展，这在世界文学史上也属罕见。”窃以为此说不啻是牟先生之论的展开。著名“龙学”家涂光社先生在最近出版的大著《〈文心雕龙〉范畴考论》中，更以翔实的论证说明，刘勰在古代文论范畴创用上的贡献无与伦比，古代文学理论批评运用的所有范畴概念都不难在《文心雕龙》中找到自己的归属或者渊源。牟先生、涂先生和汪先生可以说是颇具代表性的三代“龙学”家，他们的共识说明，《文心雕龙》是中国文论的“枢纽”。正因如此，《中国文论》创办之初，即以《文心雕龙》为最重要的研究对象，希望以此为“枢机”和“关键”，贯通对中国文论的研究和探索；其本于《文心雕龙》结构体系的独一无二的栏目设置，亦体现了这样的初衷。比如，我们的第一个栏目以“文心雕龙”为名，一来表示对《文心雕龙》的研究将成为《中国文论》的重点和特色，二来揭橥《文心雕龙》乃“中国文论”的关键和枢纽，三则想说明，凡是对“中国文论”重要问题的探究，皆可以“文心雕龙”之名来概括。

本辑的中心内容仍然是“龙学”，尤其是对“龙学”史的探索。第一篇文章是朱文民先生的《黄侃与中国现代“龙学”的创建》。正如朱老师所说，怎样看待现代“龙学”的产生和发展，这是“龙学”发展史上的一件大事；尤其是如何看待现代“龙学”初创时期的一些重要人物，如何理清前前后后的一些历史事实，我们下的功夫还很不够，还有不少工作要做。

比如，如何看待章太炎先生对现代“龙学”的作用，便是一个重要的问题。尽管有研究者注意到这个问题，本刊也曾经发过这方面的文章，但朱老师认为仍然有所忽略。他把章太炎先生称为现代“龙学”的播种者，认为其“龙学”成果“虽然不显眼，却是火种，可以燎原；具有酵母的能量，可以发酵，成为现代‘龙学的种子”。为此，朱老师搞清楚了一些重要的问题，比如上海图书馆藏章太炎《文心雕龙札记》，“是1909年章太炎在东京《明报》馆内寓所讲授《文心雕龙》的内容，为钱玄同搜集其他听课记录综合整理而成”，“章太炎在日本给黄侃、朱蓬仙、鲁迅、朱希祖、钱玄同等人讲授《文心雕龙》的具体时间，是公元1909年3月11日至4月8日，每周一次，周四上午授课，每次讲授内容是10篇，共分五次授完。”如此详细的结论是前所未见的。朱老师说：“章太炎在日本向中国留学生播下的有关《文心雕龙》的种子，首先在北京大学黄侃那里生根、发芽、结果。”现代“龙学”创建的来龙去脉可以说更为清晰了。

当然，朱老师的文章题目特别点出黄侃，自然是因为黄侃之于现代“龙学”发端的重要性，而其中需要理清的问题也仍然有不少。通过仔细爬梳，朱老师指出：“我们可以断定，黄侃在北京大学既给1916年毕业的金毓黻班讲《文心雕龙》，也给1917年毕业的范文澜班讲《文心雕龙》，又给1919年毕业的傅斯年班讲《文心雕龙》，还给1920年毕业的赵亮功班讲《文心雕龙》（忽略跨年级、跨学科听课）。”又说：“资料证明，黄侃在接替朱蓬仙给傅斯年等人讲授《文心雕龙》之前，就已经在其他年级开设《文心雕龙》课。黄侃在蔡元培主政北大之前，讲授《文心雕龙》所属学科为‘词章学’，在蔡元培改革北大课程之后，其讲《文心雕龙》所属学科为‘文学概论’。”这些都是以往不甚清楚的问题，有些还是非常重要的问题，而其结论则是不可能轻易得出的。正因为有此扎实的功夫，对有关问题的认识，朱老师也有不一般的看法，如谓：“把黄侃《文心雕龙札记》的结集出版并引起轰动，看成是现代‘龙学’诞生的标志，对此我是同意的、赞成的。但是，在承认黄先生功绩的同时，我冒昧提一点不同看法：我同意金毓黻先生说的‘非精心结撰’的看法。第一，体例不统一。……第二，无论作为讲义，还是专著，每篇文字，应该大体整齐。然而，三十一篇之中，篇幅有长有短，最短者如《情采》《熔裁》仅六七百字；最长者如《章句》篇，两万二千多字（包括引文）。当然《章句》篇内容，在清代以前属于小学，细分可划入训诂学范畴。这训诂学正是黄侃的长项，也许是原因之一，或许可以看成是与新文化派的论战。不管怎样解释，也掩盖不了黄侃的任性。”再如，对于刘咸炘的《文心雕龙阐说》，朱老师认为其“毕竟是初次‘放胆作札记’，就全书来说，没有体例，没有系统，没有给予统筹全局关照，而是随着读书有感而发，给人以过于零碎之感。”这都是实事求是的认识。

值得一提的是，朱老师对所论人物均有颇为详尽而又要言不烦的生平简介。在一般学术论文中，类似简介本可不必，尤其是那些著名人物；但我还是有意保留了朱老师的这些简介内容，这是因为这些内容并非随便抄来的一般简介，而是自有其更为丰富而翔实的特点，其绝非泛泛之谈，而是颇有针对性，可以帮助我们更好地把握相关问题，因而是不可或缺的。

“文心雕龙”栏目下的另一篇文章是蔡鑫泉先生的《〈文心雕龙〉的结构及其理论体系——基于“总论”与“批评论”的考察》。该文利用诠释学、文本分析等方法，对《宗经》《正纬》《辨骚》《物色》等篇主旨进行分析，从而确立它们在《文心雕龙》理论体系中的重要地位。作者认为，根据“枢纽”的比喻寓意和谶纬寓意，“总论”可以做新的分层；而《时序》等五篇，是对文体论和创作论所作的总结，宜称之为“综论”，可以作出与“总论”相应的分层。“综论”的《时序》《知音》《物色》，与“总论”的《辨骚》《正纬》《宗经》主旨相同，互为呼应、补充，共同对文体论、创作论发挥总则作用。以此认识为基础，蔡先生精心绘制了一个《文心雕龙》理论体系框图，以清晰显示各个板块之间的相互作用关系。他说：“借助《文心雕龙》理论体系框图，可以更准确理解‘盖《文心》之作也’段，准确掌握各部分之间的关系。《文心雕龙》理论体系结构匀称、完备，极为精美。刘勰匠心独运，不愧为谋篇高手，著作名家。”

应该说，该文的探讨和一些说法还不无可商榷之处，文章的论述也还不够细致和完善，但笔者以为，这篇文章对《文心雕龙》理论体系的把握和揣摩是“用心”的，由此得出的一些结论虽然看上去还比较笼统，但却并非泛泛之谈，而是有的放矢，有些则是颇有会心之处的。更为可喜的是，作者在用心理解《文心雕龙》文本的同时，心中没有忘记当下，时刻不忘运用，理论思维的跨度是不同凡响的；当然，总体而言，可能还只是点到为止，但笔者觉得，这是“龙学”的生命力所在，值得褒扬。

在“文之枢纽”栏目下，首先是蒋凡先生的长文《〈左传〉春秋齐文化述略》的下篇——《春秋改革第一相：齐国管仲传叙》。蒋先生学问老到，思维练达，笔力如椽。对于管仲相齐而推动改革，他认为这“标志了春秋时代士人阶层开始突破周朝旧贵族世卿世禄制度及贵族对思想文化的垄断，大踏步地走上了历史舞台，谱写了上古时代改革开放的新篇章”，因而“管仲是春秋时代真正意义上改革家中的第一名相”。文章特别指出，“从太公开国之后，改革已成齐人的重要思考，并逐渐成为齐国的文化传统”，“由于贤明君主齐桓公的支持，他与贤圣之臣管仲配合默契，因此把齐国改革的霸业，推向了成功的峰巅。政治改革，举贤授能必不可少，这是历史的经验”。蒋先生还把齐国与鲁国进行了对比，指出：“鲁人少有甚或不思变革，已成习惯思维，连孔子也难以免俗，季氏初税亩，稍加变革，即遭孔圣抨击。此所以鲁国常受侵蚀欺侮也。直至战国时被楚所亡。鲁国的经验教训，也为近邻齐国从反面提供了必需改革的思考。不思变则不如人，不如人则国弱力小受欺侮，这对齐国管仲改革也是一种刺激和推动。”如此举重若轻的历史叙说，既是对先贤智慧的体认，亦富有鲜活的时代感，可谓发人深省。

改革是政治，也是文化，离不开文章之力，因而这不仅是中国文论的题中应有之义，而且可以视为中国文论的一个至关重要的特点。刘勰所谓“政化贵文”“事绩贵文”“修身贵文”等说法，正与此相通。实际上，在蒋先生所描绘的管仲改革之路上，“文”的力量不可或缺。如谓：“管仲议论，义正辞严，堂堂正正，虽非华丽文章，但言辞恳切，朴实厚重，很有分量而感人至深，其逻辑推理谨严，具浑厚气势，自然具有感人服人的力量。”这不由得让人想起刘勰所谓“志足以言文，情信而辞巧，乃含章之玉牒，秉文之金科”的论断，所谓“五礼资之以成，六典因之致用；君臣所以炳焕，军国所以昭明”，这样的文章就绝非雕虫小技了。

“文之枢纽”栏目下的另一篇文章是杨来来的《刘勰的“文心”论及其理想人格思想》。作者认为，纵观整部《文心雕龙》，“文心”可谓刘勰命意的关键；出于个体人格实现的需要，刘勰积极从事论文，将完善“文心”看作是实现人生价值的伟大实践。较之单纯把《文心雕龙》视为“文论”而言，这一认识是不无新意的。文章还谈道，刘勰对“文心”的认识经历了一个从初识到体悟，再到建设的完整过程；随着刘勰对“文心”认识的逐步扩充、完整，他追求理想之文的意识愈加明确，最终生成了他的理想人格思想。作者指出，“心哉美矣”是刘勰对“文心”的初步认知，“文果载心”乃是刘勰对“文心”的进一步体认，“余心有寄”意味着刘勰不遗余力地建设“文心”，而刘勰寻觅“文心”的根本目的则是建构理想人格。正是基于这样的认识，文章强调“我们需要进一步看清、看透刘勰寄寓《文心雕龙》之中的千古‘文心’的真面目，理解其深刻含义所在。与此同时，我们应当更为清楚地认识到，刘勰不仅是一位具有博大胸襟的文艺理论家，更是一位兼具深邃思想的文学思想家，他所寻求的理想人格思想正是其富有理论生命力的文学思想的最佳说明。”应该说，这些说法不一定完全符合《文心雕龙》的实际，但却是较为精细的领悟，体现了新一辈“龙学”学者的“用心”和真诚，因而是值得嘉许的。

在“论文叙笔”栏目下，首先是涂光社教授的大作《〈刘子〉与〈文心雕龙〉》一文。《刘子》一书谁属的问题短期内不可能有结论，因而涂老师本文主旨也不是探讨这个问题。作为《刘子》刘勰著的坚定支持者，涂老师说：“《刘子》《文心》是否同为刘勰所作的问题笔者不再赘言，拟通过比较研究弥补目前《刘子》思想理论研究上的欠缺，更全面地了解思想理论大家刘勰的卓越成就。厘清两书思想理论与撰述方式同异之所在及其缘由，也分别进行同类论著——《文心雕龙》与其他文论著述、《刘子》与其他杂家子书的比较，揭示其在各自领域的理论贡献。如此也当有助于进一步澄清以往的争议。”这可以说是迂回战术，附带解决《刘子》作者问题。

涂老师指出，《刘子》与《文心雕龙》两书分属集部和子部，论述却有交叉和重合；两书皆成于齐梁，却以论文与论政分属而同中有异；两书思想宗尚有异，而异中有同。他们都是哲学思辨氛围下营造出的思想大家和理论经典，它们突出的成就是以范畴创用实现理论突破和境界提升。比如，“《文心雕龙》对进入自觉时代的文学评论做了系统总结并实现理论境界的全面跃升。《刘子》用古以说当前，兼综‘九流’之‘治道’，体现了开放包容的学术精神，‘道者玄化为本，儒者德化为宗’‘二化为最’则清晰勾勒出先秦汉魏六朝学术发展的脉络和动向，乃至三教合一传统形成的趋势，又可谓典型的六朝杂家宣言。”尤其是对于《刘子》，涂老师有很多用心且精到的体会。如谓：“《九流》中的子学综论不仅是一篇六朝杂家论著的宣言，也明示其思想理论的取法，透露两书有不同凡响建树的所以然；其先秦汉魏学术史脉流精切的表述，一个不应忽略的节点是：汉初的政绩仰仗黄老治国理念，西汉末出现补正经学倾向的尚‘玄’之风，东汉渐炽，其后才有魏晋南北朝玄学昌盛。《九流》的表述能弥补汉魏学术史研讨的不足，某些尚嫌朦胧的问题或可从中找到明晰的答案，非常难得。”特别是《九流》一篇，涂老师格外看重其学术史的意义：“《九流》的学术史论可补以往古代学术史论（尤其两汉学术史论）之不足，是《刘子》的重要闪光点，也为两书比较研究提供了一条思路：先从学术史的角度考究齐梁问世的文论和政论思想宗尚与理论模式异中有同之所由，然后分论玄学思辨推动下两书范畴概念组合的创用在各自领域成就的一系列非凡理论建树。”

细心的读者不难体会，涂先生的文章风格鲜明，那就是用语精炼，用先师牟世金先生的话说是老练，少用关联词语，行文要言不烦，意蕴丰富深厚。这对今天年轻的读者来说或有不适，但却是老一辈学人不尚空谈的扎实之风，值得我们学习。颇有意味的是，涂老师文章中有一段谈到汉字“特有的表意性、集约性和稳定性”，他说：“由于有集约语义的功能、字形稳定，话语组合不全依靠语序语法，自身语义网络在词语搭配和组合上也能发挥作用；名词有‘意动’‘使动’用法，语法可放弃符号标识不显于语言形式，类似压缩助词等语法标识带出的隐性特征，拼接也较灵便自由……”应该说，涂老师的文章也较为充分地体现了汉字的这些特点，值得用心揣摩。

“论文叙笔”栏目下的另一篇文章是赵亦雅的《〈文心雕龙〉与〈文选〉诔文观之比较》。自硕士论文开始，亦雅便以全副精力投入《文心雕龙》与《文选》的比较研究，日积月累，颇为辛苦，收获亦不言而喻。刘勰的《文心雕龙》有《诔碑》专篇，萧统的《文选》则列有“诔”体。该文即通过《文心雕龙·诔碑》篇与《文选》所收诔文之比较，进一步阐述、辨析刘勰和萧统在评选代表作家作品及文体认识上的特点和异同，并指出二者在文学观念上的不同。文章从四个方面比较了《文心雕龙》和《文选》在选篇标准和文学观念上的差异：一是对于诔文的代表作家，《文选》首推潘岳，而刘勰既推重东汉诔文，也赞扬潘岳之文；二是刘勰认为诔文中的“叙哀”部分是“述功”部分的引申，而《文选》则显示了对诔文“叙哀”的重视；三是刘勰提倡“工在简要”的诔文，反对繁秽的文风，《文选》中诔文却多为长篇；四是刘勰与萧统对诔的定义都指出了其“美终”功能，但《文选》之诔文更多体现了魏晋以来偏重叙哀的特色，刘勰则显示出规范诔文文体的态度，并以“大夫之才”的角度看待诔文。应该说，《文心雕龙》与《文选》是两部不同性质的著作，但又有着千丝万缕的联系，两书的比较可以有不同的角度、不同的方式方法，自然也会有不同的结论，但都是非常必要的。

在“剖情析采”栏目下，首先是游志诚教授的大作《〈刘子·防欲〉细读》一文，此为游教授正在进行的《〈刘子〉五十五篇细读》之一。作者首先对《防欲》篇进行解题，而后爬梳其易学渊源，阐释其子学义理，复与《文心雕龙》进行互证，细读之功，着实了得。就《防欲》而言，作者指出其“全篇主旨在‘节’欲，而不是禁欲、止欲，当然也没有‘无欲’的意思。则本篇非从佛教、道家、道教之学，而是衍义易学易理，转化在人生德行修养的实际作为，树立‘塞兑于未形，禁欲于脆微’之原则，此本篇用一卦易理进行全篇主题发挥之例。”寥寥数语，一显作者细读之功，二显游教授不愧为《周易》专家。尤其是后一方面，游教授指出：“校订《刘子》单凭对校正误，不参取《周易》之学，不做‘理论系统’之分析，则极容易望文生义，迷信校勘太过也。”无论已经完成出版的《〈文心雕龙〉五十篇细读》还是正在进行的《刘子》五十五篇之细读，对《周易》一书的熟悉让游教授如鱼得水、如虎添翼。

当然，《周易》的运用只是工具和方法之一，立足于《刘子》文本的细读则是基础。游教授找出《防欲》篇最关键的两句话是：“情之伤性，性之妨情，犹烟冰之与水火也。”“性贞则情销，情炽则性灭。”细读此二句的结果，则是“知刘子诠释性与情乃是处于‘相生相妨’之关系，并不是只有‘情出于性’而已”，从而知《防欲》论述重点都在讲“性”与“情”之关系，而“《刘子》讲的‘性情’有两大范畴，一个是指血气之性，另一个是指心性之性。”进而游教授以之与《文心雕龙》的相关思想进行了比较，指出：“比较《文心雕龙》同有‘血气’与‘志气’不同之说法，如出一辙，表明《文心雕龙》与《刘子》二书共通‘血气’含义，只差别在一个是谈作家如何由‘学习’进而改善血气之性，另一个则是讲究如何全性不乱神，教导君子‘防欲’之工夫。易言之，同样的‘血气’概念，虽然各自在《文心》文论与《刘子》子论有不同的分析侧重，不同的论述对象，但是‘血气’一词与志气之分别，则是《文心》《刘子》二书所共通的含义。”

游教授细读《防欲》一篇，却着眼《刘子》全书，把握其基本思想，指出“《刘子》全书首三篇《清神》《防欲》《去情》三章联成一气，代表刘子在心性心神之学的基本思想。”则如此细读便颇有宏观的指导意义了。如谓：“细味上列养身四法，涉及与‘身’有关联之情性、情欲、情感、心神、心性等诸语词概念，皆实有其义，实有其物，其防范养护之道，在禁于未形，收于未放，勿使泛滥势盛，颠倒不禁，最终有违‘正性’之身。”如所周知，《刘子》一书具有重要的现实意义，《防欲》篇所论，可谓发人深省。

“剖情析采”栏目下的另一篇文章是王慧娟博士的《论隐与中国古典诗歌的创作、批评和审美》。该文尝试从中国古典诗歌创作过程中的“神思”与“用典”，隐语化的解诗传统与以谶解诗，以及趣、味、境、象的审美风格追求等不同角度，探寻隐之思维在中国古典诗歌中的重要地位与影响。文章指出，中国古典诗歌创作向来讲究立象以尽意、摹景以传情，从艺术构思到锤字炼句的每个创作环节，隐之思维参与其中、贯穿始终，此亦造就了中国古典诗歌审美风格的含蓄蕴藉、寓意婆娑，孕育了“趣”“味”“境”“象”等独具中国文化特色的审美范畴；不仅如此，在中国历代诗话中亦不乏古典诗歌批评妙用隐喻化思维的典型例证。因此，作者认为，隐之思维，贯穿于中国古典诗歌创作、批评和审美的方方面面。应该说，这些探讨都还只是初步的，许多认识还有待于深化和拓展，但文章得出的一些结论还是颇有意义的。如谓：“与古人论画一样，中国古典诗歌就在这样一重又一重隐语化的过程中，在隐与显所构成的矛盾张力中，诗之大旨、诗之趣味、诗之境界就隐含在这个由隐语化所构成的层深结构中，昭示着古人对诗歌趣、味、境、象、意的特殊偏爱与追求。……正是由于这种崇尚隐语化表达的诗歌理念的影响，才最终孕育出中国古典诗歌空灵含蓄、言近旨远、令人回味无穷的审美特色和艺术本质。”

在“知音君子”栏目下，首先是魏伯河教授的《钱钟书论〈文心雕龙〉》一文。这无疑是一个颇有趣味的话题，正如魏教授所说，作为学术大师的钱钟书先生对刘勰和《文心雕龙》虽无专文进行研讨，但在其《管锥编》《谈艺录》等谈文论艺类著作中却随机发表过很多重要的见解和精彩的点评，表现出深刻的理解和独特的眼光；这些点评，从鉴赏品味语言艺术的角度出发，深入体察前人为文之用心，抉隐钩沉，细大不捐，从艺术观点，到文句字词，勿论褒贬，多能见人之所未见，发人之所未发，戛戛独造，别树一帜，为我们留下了极有价值的研究资料。魏教授认为，研究《文心雕龙》和中国文论，不应忽视钱先生的意见，认真阅读他的这些精到评骘，不仅可以释疑解惑，加深对《文心雕龙》原著的理解，还可受到治学方法的重要启示，有利于将学术研究引向深入。这无疑是非常正确的。

具体而言，魏教授发现了不少钱先生有关“龙学”的精到见解，如“尤其是指出‘赋比兴’之‘兴’为‘诗之作法’、‘兴观群怨’之‘兴’为‘诗之功用’；‘诗具“兴”之功用者，其作法不必出于“兴”’，堪称发千古之覆。”又说：“钱先生指出：‘《文心雕龙·比兴》述“比之为义，取类不常”，其三为“或拟于心”，即西方修辞学所谓“抽象之形象”’，与一般把抽象的问题形象化不同，是用抽象之物比拟形象之物，即‘取情理以譬物象’。这一点，是刘勰发前人所未曾发，经钱先生阐明而彰显。”这都是颇有意义的再发现。魏老师还特别指出：“几十年来阅读钱先生的著作，深感其书如同知识的渊薮、学术的宝库。……除了许多疑惑得以解除，还在治学态度和方法上受到深刻启示。就治学态度而论，钱先生之《谈艺录》《管锥编》，初版即轰动一时，成为名著，但钱先生似乎永不满足，在长期的阅读思考中不断加以修订增补，乃至再三再四；而原文则一仍其旧，每次增补均按时间顺序排列，以保存认识不断深化、论述不断深入之轨迹。这种严谨的治学态度，令人特别敬佩。就治学方法而言，钱先生研究任何具体问题，都把眼界放得很宽，尽可能搜集、梳理古今中外有关资料，形成链条，以历史的眼光加以比照，进而得出己见；从不浅尝辄止，轻下结论。这对后学晚辈无疑有着重要的启发、引导作用。”

可以看出，魏教授不仅讨论钱先生对《文心雕龙》的观点，而且从中探究、取法为学之道，对此，笔者深为赞同。大约正是有钱先生为榜样，魏教授该文于钱先生论及《文心雕龙》之语全力抉发，片善不遗，尤其是不仅详细论述钱先生对《文心雕龙》的肯定性评价，而且也认真梳理钱先生对《文心雕龙》所存在之不足的批评，这对我们全面认识钱先生之于《文心雕龙》的意见，显然是极为有益的；其于“龙学”史之功，也就不言而喻了。当然，钱先生有关“龙学”之论尚夥，值得进一步挖掘。

“知音君子”栏目下的另一篇文章是于秋漪的《论〈文心雕龙〉中文学作品的存在方式》。文章指出，在刘勰的批评观念中体现出了客观看待文学作品的意识，提出了细致分析文本的方法，因而值得探讨。文章认为，针对文学作品的存在方式，刘勰一方面强调作品的整体性，突出主导力量的作用，这一点可以与西方传统中的有机整体观念形成对照；另一方面，可以将《文心雕龙》中涉及的文本内部结构初步总结为“语言—意义—复意”三个层面，通过与王弼的“言—象—意”系统和英伽登的文本层次结构进行对比，发现刘勰的文本层次构造的特点在于作者主观抒情需求的深度参与，文章各层面和文辞技巧都为情志的实现服务；这种整体观念和层次结构也在“六观”的批评方法中得到体现，促使我们进一步思考如何认识和评价作品。应该说，将刘勰与20世纪的新批评者进行比较是需要谨慎从事的，如秋漪的文章便特别指出二者的区别，指出他们“都承认文章中主导效果的作用，而他们的不同立场则体现了文学理论的演进过程。刘勰还是保持相对古典的态度，从指导作者出发谈问题；新批评者已经脱离了作者视角的限制而转向文本，在其诗歌评论中我们也能发现读者立场对价值判断的影响。”然而，千古文心一脉通，笔者认为这样的比较是必要而有意义的。

在本期“学科纵横”栏目下，是李平教授的长文《论文化学社本“范注”的修订内容》。文章指出，范文澜的文化学社本《文心雕龙注》对其初版《文心雕龙讲疏》进行了全方位的、颠覆性的修订改造，从结构到体例，从校勘到出典，增删订补，匡讹纠谬，几于重造，从而为其定本开明书店本《文心雕龙注》奠定了坚实的基础。正因如此，李教授这篇长文的研究是非常必要而有意义的。文章把修订内容概括为三个大的方面，一是对初版存在的讹误和不足予以纠正，二是对初版失校失注之处给以增补，三是对初版注文内容进行完善。并对每一个方面进行了详细的比对、研究和总结，用力之勤，令人感叹。如：“据统计，文化学社本新补注释条目共375条，仅次于修改原注条目，可见此次修订增补力度非常大，从而有效地解决了初版存在的大量失注失校问题，使文化学社本在征典释义、字句校雠方面有了长足的进步。”对文化学社本之有长足进步的评价来自一个数目的统计，真正一读原书，方知于此需下多少功夫。

当然，更重要的是通过对修订内容的把握，总结有用的研究信息。如谓：“范老此次修订的增补工作，除了正常的出典、释义和校字外，还特别重视题注的增补。初版《讲疏》中没有一个题注，文化学社本给26篇的题目增加了题注。”这便是一个重要的问题。实际上，此后不少《文心雕龙》译注本都有“题注”或“题解”一项，范注或有开山之功。再如：“对《物色》等篇篇次位置的怀疑滥觞于范老，后来杨明照、刘永济，尤其是郭晋稀诸先生，都对《文心》篇次提出了不同的调整意见。不管人们对范老等人的调整意见能不能接受，但有一点是肯定的，即篇次的调整是对文本内在逻辑性与合理性的探讨，而这种探讨对于研究《文心》的理论体系是十分有益的。”这一历史叙述概括了一个重要“龙学”话题的来龙去脉，因而也是极有意义的。又如："刘勰的身世，本传记载不详，其他史料又极简缺，致使他的生卒年代、家世经历、著作时间等重要问题，均有待探索。范老在刘毓崧《书文心雕龙后》的基础上，开榛辟莽、筚路蓝缕，经多方考订，细加推算，对刘勰的身世作了周详的论证，补充了《梁书·刘勰传》的空白与不足，也为后人编制更加详备细致的刘勰年谱奠定了坚实的基础。"事实的确如此。实际上，牟世金先生等对刘勰生平事迹的研究，亦无不受范注之启发。

这篇长文所论涉及问题繁杂、琐细，但李平兄不惮烦琐，不仅资料运用极为细心，一丝不苟，而且很多问题爬梳、分辨之细致，令人叹为观止。如对范文澜讲疏本与文化学社本注释条目分合的研究，既细辨其一条分为二至五条乃至更多条，又认真梳理其将原来两条及以上的注目合并为一条，甚或找出其将五条、六条、八条、九条、十条乃至十五条合为一条者。这看起来完全是一个功夫活，但如作者所说："与注释条目的扩展或合并相配合，必要时范老也对注文内容进行适当调整，以便更好地解释正文。"应该说，如此细致而严谨的为学精神，本为一个真正学者之本分，但在这样一个人文学术不无浮躁之风的时代，还是颇显书生本色及其可贵，因而令人敬佩。当年王元化先生曾称赞牟世金先生的《文心雕龙研究》一书"继承了清人不病琐"的"求实学风"，我们细读李平教授的这篇文章，也可以感受到对这种学风的继承和发扬。读完这篇大作，我觉得能够如此精读范老文化学社本《文心雕龙注》，并以之与讲疏本进行详细比较，从而完全把握其注疏演变情况者，惟李平先生一人耳！范老地下有知，其当惊知己于千古乎！

本期"文场笔苑"栏目下，是两种《文心雕龙》英译本的两篇"序言"。这两篇序言都不长，这是将它们放在一起的原因，但这两篇不长的序言却都提供了一些难得的信息。首先是"施译《文心雕龙》双语版序言"。施友忠先生的《文心雕龙》英译本早已蜚声海内外，如所周知，该书"是翻译《文心雕龙》全书的首次尝试"，其意义和功绩早已无须多言，而且这个英译本长篇序言的主要内容，也早已为大陆读者所熟悉（该序言的大部分译文曾在《文心雕龙学刊》第二辑发表，译者为曦钟），而在这个译本出版十几年后，译者又有些什么话要告诉我们？这正是这篇双语版序言的价值所在。比如英译本有个副标题"中国文学思想与形式的研究"，为什么用这样一个题目？施先生在这里明确指出，那是因为他"惊叹于作者对文学本质及形式的深刻见解”，他对《文心雕龙》这个书名的理解是：“‘文心’指本质，而‘雕龙’指在艺术上呈现该本质的形式要素。”较之对《文心雕龙》书名的英译（The Literary Mind and the Carving of Dragons），施先生这一简洁的说明显然更符合《文心雕龙》的实际。由此我们也可以想见，当初之所以加上这样一个副标题，自然是因为对书名的英译不足以概括译者对《文心雕龙》内容的理解。这一更为符合刘勰思想的理解与书名英译之间的距离说明，包括书名在内的《文心雕龙》翻译中的一些问题，并非因为施先生不能很好地理解这部书，而是因为两种语言之间转化的困难，尤其是因为《文心雕龙》的“语言很难，它淋漓尽致地展示了刘勰所处时代的一种精妙文体”，要想准确翻译，实在是并不容易的事情。

在这篇短短的序言中，施先生借用牛津大学霍克思教授的话，表达了这样一个认识，那就是《文心雕龙》是“所有同类见解中最伟大者”，这话听起来有些笼统，但施先生的解释则非常具体：“从刘勰所处的时代开始，这本书便反复得到评论和引用，在数个世纪之间，有众多学者接受了这本书的观点，并将其融入自己的著述中，虽然他们采取了崭新的方式进行表达，但是《文心雕龙》的影响依旧清晰可见。”显然，这与笔者在本篇“编后记”一开始便引用的三代“龙学”家的观点可谓如出一辙。这不仅说明对《文心雕龙》的价值和意义，早已是英雄所见略同，而且再次提醒我们，施先生不仅仅是一个《文心雕龙》的英译者，更是一个对这部书有着深刻认识和把握的研究者，其译本产生虽早，却有着广泛影响，其中的原因也就不难理解了。

其次是黄兆杰、卢仲衡、林光泰三位先生的《文心雕龙》英译本“引言”。关于在香港出版的这部较新的《文心雕龙》英译本，本刊曾于第五辑发表一篇书评，有兴趣的读者可以参看。该书的这篇“引言”也很短，但其中仍然有着启迪智慧的观点。一是像施友忠先生一样，三位译者对《文心雕龙》在中国文论史上的地位有着高度的评价，那就是：“它傲然挺立在中国文学批评史上，可谓前无古人后无来者，就像一座雄伟的纪念碑。”这也正是他们要翻译这部书的原因，“这也就解释了为什么《文心雕龙》非常重要并且值得翻译”。这一评价同样来自对《文心雕龙》特点的把握，即“《文心雕龙》堪称一部内容完整、结构缜密的巨著”。可见他们都不是为了翻译而翻译，而是出于对《文心雕龙》的深切把握和深入研究。二是他们对《文心雕龙》的把握也有着自己的独到之处，如谓：“我们会发现，第三篇是后面各篇的源泉，而第一篇和第二篇只是作为一个遥远的背景而已。”为什么第三篇也就是《宗经》格外重要呢？“因为从中我们可以看出研究文学的文本方法，正是这一方法使刘勰变得格外具有现代意义。文本超越文本，文本危及文本，文本破坏文本，文本消灭文本。”由于这里的语言非常简洁，并未展开论述，所以笔者还不能很好地抓住其中的真正含义，但所谓“文本方法”，确实令人觉得颇具现代色彩。这不能不令人想起本期蔡鑫泉、于秋漪的文章，可见古老的《文心雕龙》完全可以焕发时代的光芒。

当然，三位译者也没有忘记《文心雕龙》的历史特点，他们特别指出：“对于刘勰来说，文学是指所有的写作形式，在欧洲语言中，文学的本意也是如此。”应该说，这样的提醒是非常有益的。正如译者所说：“我们也许永远都无法破解为文之‘术’的奥秘，但是对于刘勰所作的尝试，我们理应心存感激。”话不在多，心诚则明。对一个《文心雕龙》与中国文论的研究者而言，我们无论能否探得古人话语的奥秘，对留下如许不可多得之著作的先贤心存感激都是应有的态度，第一位的态度。

良德

己亥年六月

稿　约

《中国文论》创刊于2014年，山东大学儒学高等研究院主办，1—4辑由上海古籍出版社出版，自第5辑开始，由山东人民出版社出版，每年两辑。欢迎各位同仁赐稿。兹就有关问题说明如下：

一、来稿字数不限，既欢迎短小精悍的佳作，亦不拒洋洋洒洒的长篇；然无论长短，均需作者独立创获，文责自负。

二、来稿请在文前加500字以内摘要和5个以内关键词，并欢迎提供文章的英文题目、摘要和关键词（如不能提供亦可）。

三、来稿请用WORD排版，简体横排，单倍行距，正文用五号宋体，独立分段引文用五号楷体。

四、稿件所有引文均需准确无误，并详细注明出处。注释请采用脚注（即页下注），每页重新编码，用①②③……注释的要素和格式，示例如下：

①［唐］姚思廉：《梁书》，北京：中华书局，1982年，第712页。（文中再次引用本书可省略出版信息，简化为：［唐］姚思廉：《梁书》，第713页。下同。）

②［唐］杜甫：《偶题》，［清］仇兆鳌：《杜诗详注》，北京：中华书局，1999年，第1541页。

③［宋］晁公武撰，孙猛校证：《郡斋读书志校证》，上海：上海古籍出版社，1990年，第517页。

④［梁］刘勰：《文心雕龙·原道》，范文澜：《文心雕龙注》，北京：人民文学出版社，1958年，第1页。

⑤王重民：《中国目录学史论丛》，北京：中华书局，1984年，第134页。

⑥［美］勒内·韦勒克、奥斯汀·沃伦：《文学理论》，刘象愚等译，南京：江苏教育出版社，2005年，第158页。

⑦牟世金：《〈文心雕龙〉的总论及其理论体系》，《中国社会科学》1981年第2期。

⑧庞朴：《一分为二，二合为三——浅介刘咸炘的哲学方法论》，《国学研究》第11卷，北京：北京大学出版社，2003年，第123页。

⑨曹顺庆：《〈价值理性与中国文论〉序》，刘文勇：《价值理性与中国文论》，成都：巴蜀书社，2006年，序，第3页。

⑩张清俐：《形成〈文心雕龙〉研究的中国学派》，中国社会科学网 http：//ex. cssn. cn/zx/bwyc/201803/t20180323_3885240. shtml，2018年3月23日。

五、来稿请于文末注明作者详细通信地址、邮政编码、联系电话以及电子邮箱。

六、来稿一个月内即决定刊用与否并作出回复，除作者特别要求外，一般不退稿，请自留底稿。

七、本刊拟用稿件，编辑有删改权，不同意删改者，请来稿时申明。

八、来稿一经采用，酌奉薄酬，并寄赠样刊两册。

九、本刊联系方式：

电子邮箱：zgwlck@163. com，zgwlck@126. com

通信地址：山东省济南市山大南路27号

山东大学儒学高等研究院《中国文论》编辑部

邮编：250100

图书在版编目（CIP）数据

中国文论．第六辑/戚良德主编．--济南：山东人民出版社，2019.11
ISBN 978-7-209-12110-1

Ⅰ.①中… Ⅱ.①戚… Ⅲ.①中国文学—文学理论—研究 Ⅳ.①I206

中国版本图书馆 CIP 数据核字(2019)第 259881 号

中国文论（第六辑）
ZHONGGUO WENLUN（DILIUJI）
戚良德　主编

主管单位　山东出版传媒股份有限公司
出版发行　山东人民出版社
出 版 人　胡长青
社　　址　济南市英雄山路 165 号
邮　　编　250002
电　　话　总编室（0531）82098914
　　　　　市场部（0531）82098027
网　　址　http://www.sd-book.com.cn
印　　装　山东华立印务有限公司
经　　销　新华书店

规　　格　16 开（169mm×239mm）
印　　张　17
字　　数　280 千字
版　　次　2019 年 11 月第 1 版
印　　次　2019 年 11 月第 1 次
印　　数　1—1000
ISBN 978-7-209-12110-1
定　　价　38.00 元